中国文学海外传播研究书系
北京师范大学中国文学海外传播研究中心
张 健 张清华 主编

他者眼光与海外视角

世界视野中的中国当代文学

张清华 编

北京大学出版社
PEKING UNIVERSITY PRESS

图书在版编目(CIP)数据

他者眼光与海外视角/张清华编. —北京:北京大学出版社,2015.12
(中国文学海外传播研究书系)
ISBN 978-7-301-26456-0

I.①他… Ⅱ.①张… Ⅲ.①中国文学—当代文学—文学评论 Ⅳ.①I206.7

中国版本图书馆 CIP 数据核字(2015)第 259684 号

书　　　名	他者眼光与海外视角
著作责任者	张清华　编
责 任 编 辑	延城城
标 准 书 号	ISBN 978-7-301-26456-0
出 版 发 行	北京大学出版社
地　　　址	北京市海淀区成府路 205 号　100871
网　　　址	http://www.pup.cn　新浪微博:@北京大学出版社
电 子 信 箱	pkuwsz@126.com
电　　　话	邮购部 62752015　发行部 62750672　编辑部 62767315
印 刷 者	北京大学印刷厂
经 销 者	新华书店
	965 毫米×1300 毫米　16 开本　23.25 印张　333 千字
	2015 年 12 第 1 版　2015 年 12 月第 1 次印刷
定　　　价	55.00 元

未经许可,不得以任何方式复制或抄袭本书之部分或全部内容。
版权所有,侵权必究
举报电话:010-62752024　电子信箱:fd@pup.pku.edu.cn
图书如有印装质量问题,请与出版部联系,电话:010-62756370

目 录

中国文学海外传播研究书系·总序 …………………… 张　健/1
编选说明 ………………………………………………… 张清华/1

辑一·中国当代文学海外传播研究

政治美学的"混生"与"延宕"
　　——中国当代文学海外接受的发展 ……………… 刘江凯/3
微缓不绝的异样"文火"
　　——中国当代文学在荷兰……………… 吴锦华　何墨桐/16
影响与焦虑：中国当代诗在美国的译介状况 ……〔美〕明　迪/34
本土性、民族性的世界写作
　　——莫言的海外传播与接受……………………… 刘江凯/75
新世纪中国当代文学研究与译介在韩国
　　——以2001年至2009年为中心 ………〔韩〕李嘉英/96
翻译先行、研究滞后
　　——余华作品在越南 …………〔越南〕陶秋惠　刘江凯/103
当代中国电影与文学的海外接受关系
　　——以《红高粱》《活着》为例 …………………… 刘江凯/112

辑二·当代海外汉学研究之研究

想象"文化中国"的方法
　　——论王德威的中国现当代文学研究 …………… 苗　绿/125
枳橘之间
　　——顾彬的中国当代文学研究 …………………… 刘江凯/132
顾彬对中国当代诗歌的传播 ……………………………… 冯　强/143

再中国化和再政治化
　　——论柯雷对多多诗歌的解读 …………………… 冯　强/153
细腻的雄心,独特的兼容
　　——评柯雷的中国当代诗歌研究 ………………… 吴锦华/189
衔泥之燕:杜博妮的中国现当代文学研究…………… 刘江凯/202

辑三·当代海外汉学家访谈

重写中国文学史
　　——王德威访谈录之一 ………………〔美〕王德威　苗　绿/213
中文语境里的"世界公民"
　　——王德威访谈录之二 ………………〔美〕王德威　苗　绿/221
研究些又美丽又艺术的
　　——洪安瑞教授访谈录 ………………〔瑞士〕洪安瑞　赵　坤/229
更重要的是要容有"百家"
　　——戴迈河访谈 ………………〔加拿大〕戴迈河　冯　强/254
动荡中的前行
　　——关于中国当代先锋诗歌访谈柯雷
　　　…………………………………〔荷〕柯　雷　张清华/269
"太简单、但刚好是最重要的几点"
　　——莱顿大学柯雷教授访谈录 ………〔荷〕柯　雷　吴锦华/279
关于中国文学研究与中国当代文学
　　——顾彬教授访谈录之一 ……………〔德〕顾　彬　刘江凯/291
关于中国文学研究与中国当代文学
　　——顾彬教授访谈录之二 ……………〔德〕顾　彬　刘江凯/319
"我希望得到从容"
　　——顾彬教授访谈 ……………………〔德〕顾　彬　冯　强/338
最好是有真理,有风格
　　——对汉学家拉斐尔先生的一次访谈
　　　…………………………………〔瑞士〕拉斐尔　冯　强/353

中国文学海外传播研究书系·总序

张　健

营造良好的世界文化生态,促进不同民族文化间的相互了解与尊重、对话与交流,借以实现和谐世界的人类理想,越来越成为一种世界性的共识。文学作为人类精神文化的重要载体,由于其自身所具有的鲜明的民族特质和相对的共通性,由于其包含在特定社会生活内容当中的丰富的情感诉求和对于人性的多方位思考,由于其所具有的较强的可读性和极为广泛的受众基础,它的国际传播可以而且应当成为跨文化交流的一种重要而有效的途径。

中国的文学源远流长,承载着博大精深的中国文化。中国文化的要义之一,就是"和"。为了"和",中国文化主张"和而不同"。因为在这种文化看来,绝对的"同"必然导致绝对的"不和"。这一点,与当今世界各民族文化、区域文化之间互荣共生的时代精神是完全吻合的。中国文学因此而成为世界上了不起的文学之一,中国人对于本国文学的思考因此而成为人类思想当中重要的一部分。在世界范围内传播中国的文学及其对于文学的思考不仅仅是国家文化战略的需要,同时也符合人类和平发展的根本利益。在一个全球化的时代,为了保证当今世界民族文化多样性的存在,通过我们创造性的工作,让世界上更多的人群能够分享中华优秀文化的精髓,为人类文化的繁荣与世界的和平做出中华民族独特的贡献,是中国文学及其研究重大而崇高的历史责任。

有鉴于此,北京师范大学文学院,作为中国大陆中文教育与文学研究的学术重镇之一,近年来一直在跨文化的文学传播与交流方面进行着积极的尝试和切实的努力。为此,我们成立了"中国文学海外传播研究中心",并且从2009年开始实施"中国文学海外传播"的计划。其旨归有二,一是希望站在民间和学术的立场,通过与国外教育、学术机构中有识之士长期有效的合作,在海外直接从事中国文学及其研究的传播工作,向世界展现当代中国最鲜活的状貌和样态;二是希望在中国文学及其研究国际化的大趋势当中为本土文学及其研究的繁荣增添新的契机、新的视域和新的活力。这项计划的具体内容除组织召开跨学科跨界别的与"中国文学海外传播"有关的大型国际学术研讨会,在海外出版发行英文期刊《今日中国文学》,翻译出版中国作家的重要新作及国内学者的相关论著,在国内编辑出版著名英文期刊《当代世界文学》的中国版,发布中国文学及其研究的海外文情报告以外,还包括了另外一个后续的大型项目,即分批出版"中国文学海外传播研究书系"。

  我相信,这项计划的成功实施,可以有效地展示中国文学的当代风采,有利于建构世界文学中完整而真实的中国形象,增进国际社会对于当代中国及其文化的了解与认识;有利于不同国家、种族和民族间的文学、文化及至思想和学术的交流;有利于中国文学海外传播经验的积累,有利于中国文学海外传播方面的发展战略与策略的探讨和调整;有利于本土的中国文学及其研究的创造性发展。它的意义应该是重大而深远的。

  到目前为止,我们已经成功举办了两次跨学科、跨界别的大型国际学术研讨会,反响很好;英文学术期刊《今日中国文学》现已正式出版四期,面向全球发行,在西方的作家、诗人、批评家、学者、编辑、出版商、发行商、文学爱好者、汉语爱好者当中已引起广泛的关注和浓厚的兴趣;《当代世界文学·中国版》已经编辑出版了四辑;列入"今日中国文学"英译丛书的作品和作品集已经通过了论证和审定,其版权协议、翻译等各项准备工作正在进行之中,在完成英译以后它们将由美国方面的出版社负责在世界范围内出版发行;海外文情报告和英译的国内学者论文集中的一部分亦已进入到付梓出版的阶段。由于中外双方的精诚合作与国内的多方支持,计划终于取得了重要的突破和初步的实绩。

但另一方面,三年多的传播实践在使我们进一步认识到中国文学海外传播事业的重大意义的同时,也告诉了我们这项事业的高度复杂性和它特有的难度。文化、制度、社会现实上的差异和语言上的障碍,是我们必须面对的难题;海内外之间多方的沟通与磨合是我们日常的功课;超越实务层面的理性而系统的思考是我们需要迎接的挑战。"中国文学的海外传播"无疑是一项崇高的事业,而崇高的事业无疑又是需要为之付出巨大精力、智力和心力的。究竟应该如何去遴选作品,才能表现出当代中国的文学及其研究的独特神韵和真实风貌?才能反映出中国社会历史性的变化?怎样做,才能保证乃至提高中国文学在海外传播的有效性?应当如何从发展和变化的眼光去看待外国读者的阅读心理和欣赏趣味,去看待中国本土的文学及其研究的传统和独特性?如何理解和对待海外汉学在中国文学、中国文学研究及其海外传播问题上的作用和影响?如何在世界范围内扩大资源,提升高学养、有神韵的翻译能力?如何更有利于海外出版物向教育教学资源的转化?凡此种种,显然都需要深入的探讨和系统的思考。人类崇高的事业必然是有思想的事业。我们需要来自多重视角的洞见与卓识,我们期待更多同道在智力和学术上的跟进。而这也就成为我们设计"中国文学海外传播研究书系"的初衷之一。

当然,这套书系的创意,绝非仅仅来自中国文学海外传播过程中实践性的迫切需求,除此之外,它与我们的学术追求和理论抱负,与我们对于中国文学及其研究的历史趋势、中国文学海外传播事业的总体认识和判断,同样有关。

随着经济全球化和高科技迅猛发展,随着中国综合国力的不断提升,中国文学及其研究已经进入国际性的跨区域、跨文化、跨族群互动交流的新阶段。大陆与台港澳地区、中国与世界各国之间的文化和学术上的交流与合作不仅日益频繁而且日见深化,中国大陆的文学和文学研究正在悄然融入世界文学和国际学术的广阔天地。中国离不开世界,世界缺少不了中国。西学仍在东渐,中学正在西传。在一种全球化的时代语境当中,如何发展和看待中国的文学及其研究,早已不再仅仅是中国人自己的事情,它已然成为国际社会越来越多有识之士共同关心的话题。中国的文学、对于中国文学的研究、中国文学的海外传播、对于中国文学海外传播的研究这四者已经空前紧密地联系在一起。中国文学及其研究的世界性格局正在由此而形成。

在这种背景之下去讨论中国文学及其研究,自然是离不开国际意识和国际视野的。特别是当"涉外"的中国文学及其研究已然成为一种需要人们高度关注和重视的新"现实"的时候,中国文学及其研究的内涵、功能、方法、层次、意义和其所适用的范围显然已经和正在发生着前所未有的深刻变化。"涉外"的中国文学及其研究并非今天才有,但在过去,它们明显属于一种边缘性的附加部分,而今,它却成了中国文学及其研究不可分割的一部分。这对传统意义上的"涉内"的"中国文学及其研究"无疑是一种具有历史意义的丰富和拓展。这种丰富和拓展要求我们在理念观念、认知内容、思想方法、研究范式、传播方式、制度环境等方面进行一系列相应的调整,以一种更为自觉的态度关注和引领中国文学及其研究领域的这些历史性的新变化。

世界性的格局,需要我们更为深入地认识中国文学及其研究的国际化问题。这种国际化实际包含了外化和内化两个最为基本的方面。其"外化",是指中国文学及其本土研究在国际上的传播;其"内化",指的是发生在中国文学及其本土研究内部的自我调整与优化。这种自我调整与优化最为根本的内驱力当然来自中国社会的内部,但它显然又是同域外文学及其学术研究在中国的传播,同中国文学、本土的中国文学研究向外的传播及其反馈密切相关。外化和内化应该是国际化问题当中相互依存、交相互动、密不可分的两个方面。我们强调中国文学及其研究的向外传播,丝毫不意味着我们可以忽视中国文学及其研究自身的调整、建设与优化。

但问题是,在一些人那里,这种"外化"往往遮蔽了"内化"的必然性和必要性。在这些人看来,所谓"中国文学及其研究"本身实际上不仅是既定的而且是恒定的,所谓"外化"或"涉外",无非是要把这些既定、恒定的东西以一种既有的方式"向外"传播出去而已。殊不知,传播即交流，而交流从来不可能是单向度的。在交流的过程中，交流的双方乃至多方或早或迟、或显或隐都会发生相应的变化。中国文学的海外传播，情况亦会如此。传播出去的中国文学固然依旧是"中国文学"，但它已经不再是原初意义上的中国文学，而是经过了"他者"理解的、打上了某种"他者"印记的"中国文学"。这种情况反转回来势必又会直接间接地影响到本土原生的中国文学。在一种世界性的格局之下，"外化"和"内化"、"涉外"和"涉内"，是难以截然分开的。在我看来，中国文学的海外传播，无论是就传播的主体、客体、中介，还是就传播的环境、机制、动力而言，都会存在着一种极其复杂微妙的、多层多向互动的转化过程。对于这一复杂的转化过程的理性总结和系统研究，不仅会直接推进海外传播的实务，而且它本身就是中国文学及其研究的重要组成部分。

"涉内"的中国文学及其研究和"涉外"的中国文学及其研究，当然会有明显的区别，但是它们之间的相关性和统一性不可忽视。我们应当看到在两者之间事实上存在着复杂的互动关系。我们需要重视中国文学及其研究在国际传播过程中对于本土的中国文学及其研究所提供的反馈性影响，不仅是为了更好地"外化"，同时也是为了本土的中国文学及其研究自身的进一步"优化"。在这个意义上，我觉得我们应该认真研究一下国外特别是英语世界的文学及其研究的情况和国外大学相关机构的教学科研情况。尽管我们和他们在许多方面有着明显的不同，我们在文学及其研究方面有着丰富而成功的经验，我们无须也不会跟在他们后面亦步亦趋，但是他们作为"他者"所提供的经验是值得我们认真对待和有选择地借鉴的。在文化和学术跨地域、跨族群、跨语言的交流与传播当中，"差异"的积极意义有时或许大于它的消极意义，有了"差异"才会有"差异"与"差异"之间的互识、互动、互补、互融、相生，才可能生成人类文明多元而和谐发展的建设性力量。

就此意义而言，中国文学海外传播研究完全可以并且正在成为中国文学及其研究当中的一个带有交叉学科性质、极具发展前景的新兴领域。这一由中国文学与传播学两个基本学科在全球化语境下的耦合而形成的新兴领域,就目前的情形看,已经具有了可持续的、特定的研究对象和比较明确的研究目标。尽管它在短时间内还不大可能形成一门相对独立的学科,但我相信,经过越来越多有识之士的不懈努力,随着研究资源的不断丰富和积淀以及研究方法的不断成熟,它最终是完全可以建构起一整套属于它自己的、逻辑化的科学知识体系的。愿我们"中国文学海外传播研究书系"的陆续出版,对于加快这一学术发展的进程能够有所助益。

我们希望这套研究书系能够提供一扇了解中国文学及其研究海外传播与接受基本状况的窗口,打造一个在国际化大背景下思考中国文学及其研究问题的多向对话与交流的平台。很显然,这套书系不可能为人们提供终结性的统一结论,但却可以提供一次理解、尊重、包容、借鉴乃至超越彼此间差异的新的可能,让海内外更多的有识之士从这种围绕"中国文学海外传播"问题而展开的、"和而不同"的、跨学科跨文化的多重对话与往复交流当中,获取新的启示、新的灵感、新的兴趣、新的话题和新的动力。《论语》有言:"以文会友,以友辅仁。"我们真诚地希望这套书系的出版能够得到国内外更多朋友的关注,同时也希望海内外有志于传播和研究中国文学的同道们,不吝赐教赐稿,让我们大家一起来推动这项有益于人类福祉的事业。

2012 年 7 月 29 日

编选说明

如何看待评价中国当代文学，它的成就究竟几何？这成了近年来国内外学术界和文学界争论不休的焦点问题，不止国内分歧巨大，外国学者也参与进来。总之，关于这一问题的讨论是在一个国际化的视野中展开的。为此我们在"中国当代文学海外传播研究书系"中专设了"世界视野中的中国当代文学"的专题，分两部来展示这些论争和成果。

第一部"中国当代文学的世界语境与评价"共分为四个单元，分别为：

一、"中国文学如何走向世界"。选取了七篇建设性讨论的文章，这几篇文章基本都是2008和2011年在北师大召开的"中国文学海外传播国际学术研讨会"上的发言，有陈晓明的《与世界"渐行渐远"的汉语文学》、吴俊的《走向世界：中国文学的焦虑》、程光炜的《当代文学海外传播的几个问题》等，聚焦探讨了中国当代文学走向世界及海外传播的问题。二、"世界语境与中国当代文学的评价之争"。围绕由海外汉学家顾彬对中国当代文学的批评引发的一场"关于如何评价中国当代文学"的论争，本辑汇集了参与讨论的代表性文字，期待读者可以从中感受到不同立场与评价方式的碰撞和对话，深入思考中国当代文学到底价值几何的问题。三、"中国作家与世界视野"。该辑收入了2011年在北师大召开的"中国文学海外传播国际学术研讨会"上中国作家代表的部分发言，希望读者从作家的思考角度获得某些启示。四、"张枣专论——纪念远行的诗人"。收入了多位诗人和批评家对于这位英年早逝的旅德诗人的纪念与研读的文章。期待可以为我们理解中国当代诗歌的"世界语境"提供一个案例。

第二部"他者眼光与海外视角"共分为三个单元，分别为：

一、"中国当代文学海外传播研究"。该辑编选了刘江凯的《本土性、民族性的世界写作——莫言的海外传播与接受》、明迪的《影响与焦虑:中国当代诗在美国的译介状况》、陶秋慧的《翻译先行、研究滞后——余华作品在越南》等7篇文章,是以实证资料的形式,具体介绍和探究中国当代文学究竟在多大程度上走向了世界,并对当代文学海外传播中存在的问题做了某些思考。二、"当代海外汉学研究之研究"。该辑是针对当代几位有影响的海外汉学家如王德威、顾彬、柯雷、杜博妮等的研究所做的研究,对于了解国际汉学界对中国当代文学的研究状况多有启示。三、"当代海外汉学家访谈"。该辑收入了游学海外的北师大师生与海外汉学名家的对话,或者在学术交流时的访谈,通过对话与思想的互动,他们激发出了许多灵感。相信这些对话也能够给予读者某些有益信息和思想启示。

辑一 中国当代文学海外传播研究

政治美学的"混生"与"延宕"

——中国当代文学海外接受的发展

刘江凯

中国当代文学的翻译与出版很早就启动,整体地看,这个过程大体经历了从"本土到海外"的译介转变,从"政治到艺术"的审美转变,从"滞后单调到同步多元"的历程。与之相应,如果我们必须找到一个名词来概括中国文学在海外的传播机制与特点的话,那么我以为应该就是"政治美学"了。所谓"政治美学"(Political Aesthetics),在国内还尚未成为一个公认的学术概念,但作为一个名词却早已开始使用,如本雅明对艺术哲学的思考、伊格尔顿在《美学意识形态》中的相关论述、朗西埃的《美学的政治》中的讨论等。同样,中国的"政治美学"至少可以从毛泽东的文艺思想算起,作为一种学术提法则大约是新世纪以后的事。在本文中,"政治美学"的内涵是基于如下意义上使用的:它是针对东西方不同的文化传统、政治趋向、意识形态的差异而出现的一种美学上的差异,这种差异必然导致理解上的迟滞与偏差、误读与偏见,但它又是一种奇怪和多歧义的派生关系,这种差异有时候也会使传播的理解向着另一个方向意外地倾斜。

从这个意义上来看中国当代文学海外接受的发展,其特点可以概括为"混生"与"延宕",即:中国当代文学的海外传播与接受过程中,政治和美学的各种因素始终混合在一起,经过不同时代和区域的过滤后,虽然其形态和"浓度"发生了变化,却依然无法完全切断二者的联系;同时,这种"混生"又非简单的叠加关系,而会根据不同的文化、时代语境的变化,发生从整体到局部、个人等不同层次的"延宕",使得文学产生出在政治和美学之外更复杂的其他意味来。

一、"从本土到海外"的译介转变

按照大陆文学史的惯例,我们把1949年以后的中国文学称为"当代文学",但作为"前史"的当代文学海外翻译却在建国前就已经开始。以丁玲为例,英译本《我在霞村的时候》(龚普生译),早在1945年就由印度普纳库塔伯出版社出版了。日本投降后,曾先后翻译了丁玲的《自杀日记》《一月二十三日》等,并且出版了日文版《我在霞村的时候》(《人间》1947年第2卷第2期,冈崎俊夫译)。1949年新中国成立后,仅苏联就翻译出版了丁玲的《太阳照在桑干河上》《新中国的文学》《指路星》等十种作品,同年美国《生活与文学》第60卷第137期也发表了G·别格雷译的《入伍》,保加利亚索菲亚工会出版社翻译出版了《太阳照在桑干河上》。至1950年,《太阳照在桑干河上》就已经有五个译本,分别是:苏联俄文版、匈牙利文版、波兰文版、罗马尼亚文版和丹麦文版。我没有做更大规模的调查,但根据掌握的资料,建国初的中国当代文学翻译,其主体仍然是从"现代文学"延伸过来、并且被当时主流文学接纳的一些作家。丁玲的当代译介很有代表性,甚至具有某种象征的意味。从政治意识形态的角度讲,她的作品同时被当时的两大阵营关注;从对外宣传的角度讲,她开启了通过文学展现新中国社会与文学现状的大门;从作品本身来说,艺术和政治纠结在一起,这些特征在建国后的当代文学译介中是比较普遍的。

同样是中国当代文学的翻译与出版,我们应该注意区分大陆、港台和海外几种渠道的不同特点。以笔者对中国当代文学与海外期刊的研究情况为例(具体内容参阅本文相关章节),大陆1951年创办的《中国文学》(Chinese Literature),香港在70年代创办的《译丛》(Renditions: A Chinese-English Translation Magzine)杂志,以及海外更多的期刊,其办刊的着眼点和作品背后的选择意识还是有着明显区别的。不同时代、语境的期刊,其潜在的政治和审美意识形态有着复杂而微妙的表现;同一期刊,也会随着历史的发展表现出不同的阶段特征,"政治美学"的"混生"效应在这些期刊中若隐若现,"延宕"出许多值得体味的内容来。以大陆的《中国文学》为例,该刊连续出版到2000年,即使在"文革"期间,这份专门负责对外宣传的英文期刊也没有中断过,这多少令人觉得像个奇迹。让人不由得会想:"文革"期间,究竟是什么原因使得它能存活下来?而2000年又是基于什么样的原因导致了这个品牌期刊停办?《中国文学》作为大陆对外译介的头号功臣,围绕着它,一定发生过很多有趣的故事,而这些故事的背后往往又会连挂出更多政治、社会、经济、文化的关系,很值得单独做更多的研究。

图1 《中国文学》1953年封面

图2 《中国文学》1966年封面

哈佛的期刊资料显示,"文革"初期,《中国文学》有一年的出版是比较特殊的,是很薄的一个合订版,内容明显减少了很多,这一出版结果的前后究竟隐藏着哪些不为人知的故事?笔者猜想,该刊在"文革"中存活下来一个重要的原因就是:它承担了对外宣传毛泽东思想和"文化大革命"的历史使命。联想一下1968年法国的"五月风暴"、日本的"全学共斗会议(全共斗)"学生武斗运动等,这种猜想不能说没有道理,在下文的分析中也会得到进一步的证实。笔者在哈佛燕京学社图书馆曾浏览过这些期刊,仅从封面来看,也可以感受到其中的时代变化和不同阶段的风格。燕京学社图书馆所保存的《中国文学》最早是从1953年春季第1卷（图1）开始的，封面很简单，灰蓝色的封皮上方是白底黑字的英文"中国文学"，中间是胡乔木、茅盾等人的文章目录；下边是古朴的动物图腾花边。后来封面变成了非常简单的中国民俗画面，虽然每期的内容并不一样，但整体风格却显得简朴、隽永，令人觉得十分清新、亲切。从1966年10月号起，封面则变得越来越"革命"化了，如图二所展示的封面：上半部是一幅革命宣传画，下半部则是期刊名等信息。画面的背景是一片"红"，毛主席像太阳一样散发着光辉，在一位中国工人兄弟铁拳的领导下，世界各国人民斗志昂扬、奋勇向前——手里依然拿着枪。开始时，我还在疑惑，新中国都已建立十几年了，为什么这些工农兵要拿着枪一副打倒反动政府的样子？仔细分辨出那些人包括外国友人时，我才明白这幅画的意思：在毛泽东思想的照耀下，世界各族人民团结起来，解放全世界！《中国文学》从1969年第1期起开始引用毛主席语录，当期是"工人阶级必须领导一切！"刊物目录包括现代革命京剧《海港》、三个革命故事、《毛主席最新指示》、革命诗歌四首等，文学批评的题目是《农民批判文艺当中的修正主义路线》。翻阅整个"文革"期间的内容，基本都保持了这种风格。联系前文，1966年十月号的封面图正好回应了我的疑惑，对外宣传毛泽东思想和中国的革命理论，团结世界人民，解放全世界的共产主义理想，很有可能成了保护这份期刊的革命法理依据。并且，这种"输出"也确实影响了海外的革命运动。除了著名的法国"五月风暴"外，日本的"全共斗"其实也直接学习了中国"文革"。当时东京大学的正门上悬挂着"造反有理""帝大解体"的标语，京都大学也悬挂出了同样的标语，神田甚至被命名为神田学生"解放区"①。另一个例子是著名的"文革"红卫兵诗歌《献给第三次世界大战的勇士们》，"痴人说梦"一般地演绎了那一代人的革命浪漫主义情怀和英雄主义气概。诗歌的语言和想象力其实还是不错的，全诗从为牺牲的战友扫墓献花写起，回忆了他们战斗的一生。如"摘下发白的军帽，献上洁素的花圈，轻轻地，轻轻地走

---

① 关于"文革"对日本的影响，参阅〔日〕马场公彦：《"文化大革命"在日本（1966—1972）——中国革命对日本的冲击和影响》，《开放时代》2009年第7期。

到你的墓前;用最挚诚的语言,倾诉我那深深的怀念"。中间有一段可以说勾勒出了当时人们设想的毛泽东思想进军路线图:"我们曾饮马顿河水,跨进乌克兰的草原,翻过乌拉尔的高原,将克里姆林宫的红星再次点燃。我们曾沿着公社的足迹,穿过巴黎的大街小巷,踏着《国际歌》的颤点,冲杀欧罗巴的每一个城镇,乡村,港湾。我们曾利用过耶路撒冷的哭墙,把基督徒恶毒的子弹阻挡。将红旗插在苏伊士河畔。瑞士的湖光,比萨的灯火,也门的晚霞,金边的佛殿,富士山的樱花,哈瓦那的炊烟,西班牙的红酒,黑非洲的清泉",正如诗歌本身所诉说的,"我们愿献出自己的一切,为共产主义的实现"。不得不承认:不论是社会的现实还是诗歌的幻想,主动的宣传还是被动的传播,通过文学进行意识形态的宣传,输出自己的革命理论,并对海外确实起到了巨大的影响,在文化输出上,也许"文革"做得反而比现在更为成功。

图3　日本东京大学门口悬挂的口号

　　1978年起,《中国文学》从封面到内容又出现了明显的变化。该年第1期封面是名为《金光闪耀的秋天》的山水画,画面内容是从高处俯瞰延安的景象,宝塔山下一片繁荣景象,充满了生机和希望。该期首篇是小说节选,名为《新生活的建设者们》。在"回忆与颂歌"栏目下是《难忘的岁月》和《民歌四首》,还包括小说故事、艺术注解、古典文学和一些绘画艺术作品。到1984年,期刊封面变成了铜版纸,刊名也增加了"小说、诗歌、艺术"三个限定。如该年春季卷,画面继续回归到中国水墨画,是一个放牛的小孩站在牛背上,试图用手探抓树枝的景象。并且在扉页上有了期刊介绍、主编(此时是杨宪益)和版权声明等内容,该期包括邓刚、陆文夫、史铁生三人的小说,巴金在京都的演讲(《我的生活和文学》)等专栏,还有艾青的9首诗歌等,内容和篇幅明显更加丰富和厚重。1999年封面是一幅有现代艺术特点的绘画,封面上推荐了本期要文,其他没有太大变化。对于《中国文学》停刊的原因,从网上可以看到一份杨宪益外甥写的采访资料,解释停刊的理由竟然只有两个字:没人。"经费有,钱没问题。我们依靠人,党的书记何路身体不好,我爱人戴乃迭身体不好。我离休了,除此之外,四五人都不行,没人了。"①果真如此,我倒觉得因为没有合适的人而停掉这个品牌期刊,也体现了一种勇气、责任和值得敬佩的精神。

图4 《译丛》创刊封面

香港的地位比较特殊,在很长的一段时间内,起着东西阵营交流的"中介"作用。1973年香港中文大学翻译研究中心创刊的《译丛》(Renditions)也是一份很有代表性的期刊,对中国文学的海外传播有着非常重要的贡献。从1973年至今,每年分春秋两季出版两期(1997年是合集),往往是图文并茂,每期篇幅约15万字,译介范围包括古代文学经典、现当代散文、小说、诗歌及艺术评论等各种体裁作品,地域范围包括大陆和港台。《译丛》通常每期会围绕

---

① 赵蘅:《杨宪益妙语如珠"有一说一":老了啥都不做》,《文汇读书周报》2010年12月30日,http://news.xinhuanet.com/book/2010-12/30/c_12933177.htm.

一个主题刊载译作,如"古典文学""20世纪回忆""当代台湾文学""张爱玲""后朦胧诗"等。按照刘树森的统计:"《译丛》发表的译作 70% 为约稿,译者大多为经验丰富的翻译家,或擅长翻译某种体裁的作品并对某一作家素有研究的人,从而保证了翻译质量有较高的水准。自由投稿有 90% 来自香港或英美等国研究中国文学的学者,其中 60% 出自母语并非汉语的译者之手,香港译者的稿件约占 10%;其余 10% 的自由投稿来自大陆的译者。"①经过多年的发展,《译丛》

图 5 《译丛》2010 春季卷封面

逐渐地扩大其国际影响力,被誉为"了解中国文学的窗口"。纵览《译丛》三十多年的目录,如果和《中国文学》比较的话,就会发现二者在作品选择风格上有着明显的区别。为了直观地感受,我们选取 2010、1997、1985、1973 四年为例来观察。

2010 年秋季第 73 卷以诗歌为主,包括杜甫的《秋兴八首》、万爱珍(Wann Ai-jen)的诗 5 首、根子诗 2 首、韩东诗 4 首;此外,还有鲁迅《科学史教篇》、薛忆沩《老兵》、北岛《我的美国房东》以及一些书评等。1997 年合集分为小说、散文、诗歌三部分,在近三十位作者中,笔者有所了解的作者似乎只有西西的《飞毡》(1996),其他的基本都不熟悉,但从作者名和篇名来看,应该是以港台作家为主的一期。1985 年春季卷的内容也分为小说、散文、诗歌三类:小说作者有冯梦龙、端木蕻良和刘心武(《黑墙》),散文有柏杨的《丑陋的中国人》等,诗歌有古典诗歌和当代诗歌翻译(涉及的诗人有李煜和北岛、江河、杨炼等)。1973 年秋季卷创刊号的内容也大概分为小说、诗歌和艺术欣赏几类,小说包括鲁迅的《兄弟》等,诗歌既有王安石的,也有当代女诗人的作品,还有一

---

① 刘树森:《香港中文大学翻译研究中心与翻译系简介》,《中国翻译》1994 年第 5 期。

些关于翻译的文章等。如果和前文《中国文学》比较,就会发现:首先,《译丛》在整体上并不是以大陆当代文学为主要译介对象,早期它对香港作品的译介多有侧重,后来才渐渐地有了对大陆当代文学的关注;其次,它没有大陆那么明显的意识形态宣传的味道,更多的是从文学本身出发进行编辑;再次,就其办刊风格来看,它没有像《中国文学》那样剧烈的时代变化,即使对比1997年香港回归前后,也不觉得有"激烈、动荡"之感。《译丛》实实在在地以高质的翻译,向海外尤其是英语读者传播、译介了大量的中国文学,当然也包括许多著名的当代文学作品。比较这两个期刊,它们还有一个共同特点:由期刊演绎出专门的出版丛书。如《中国文学》从1981年起,衍生出"熊猫"丛书①,并于1986年成立中国文学出版社,专门承担出版英、法两种文字《中国文学》杂志、"熊猫"丛书。而《译丛》也从1976年起,开始编辑出版《译丛丛书》,1986年底又推出《译丛文库》。二者均为汉译英文学系列丛书,不定期出版。先后推出《唐宋八大家》和《史记》等古代典籍,也有韩少功、莫言等当代作家的小说集。

　　随着中国对外开放力度的加大,过去由政府控制、主导的对外译介局面渐渐地被打破,除了香港这个"中介"角色外,海外出版机构也更多地直接加入到对中国当代文学的翻译出版中来。笔者对中国当代文学的小说、诗歌、戏剧,不论是作品集还是作家个人,都做过大量的统计整理。以中国当代小说作品集和作家作品英译情况为例(参见本文"跨语境叙述:中国当代小说翻译"一节内容),统计显示:中国当代小说60部英译作品中,由中国大陆出版13部,主要的出版机构是外文出版社、熊猫书屋、新世纪出版公司;香港出版了4部,出版机构有香港联合出版社、香港中文大学"译丛"。可以看出,外文出版社和熊猫书屋承担了建国以来最主要的译介任务,而香港的"译丛"等出版机构也是中国文学海外传播的重要力量。相对于我们主动的文化输出,海外出版机构对中国当代文学的大力引进是中国文学海外传播的主要贡献

---

① 关于"熊猫丛书",请参阅外文局民刊《青山在》2005年第4期所载《中国文学出版社熊猫丛书简况》一文,有具体书目。

者。在60部作品集中,约三分之二强的作品均由海外出版机构完成,其中,美国和英国又占了绝大多数。上世纪70年代之前,中国英译小说的出版机构以北京的外文出版社为主,当然也有外国出版机构的作品,如1953年由K. M. Panikkar编辑,Ranjit Printers & Publishers出版的《中国现代小说》(*Modern Chinese Stories*)。70年代以后,海外出版机构越来越多地参与进来,渐渐形成了"本土译介"和"海外译介"相结合的格局,发展到今天,那些最有代表性的作家如莫言、余华、苏童的作品,都是直接将版权出卖,由海外出版机构翻译出版。可以看出,虽然中国当代文学从开始就有海外出版机构参与其中,但就整体而言,还是大致经历了一个由"本土译介"向"海外译介"的转型过程。近年来,随着中国不断地加强文化的战略输出,中国当代文学的海外译介模式变得越来越多,呈现出政府主导与私人拓展、本土与海外合作等更灵活多样的局面。

海外出版机构如法国、德国、意大利、日本、韩国等,越来越多地直接参与翻译出版中国当代文学作品,使得同一个作家,往往也会有多种语言的翻译版本。如果说早期的文学翻译,还可以通过一些权威部门取得相对准确的翻译出版信息,现在则因为不断开放的文化交流政策以及作家们的私人交往等原因,已经很难准确地统计究竟有哪些作品被翻译成多少种文字出版了。好在国内外的翻译出版,都是在相同的中国当代文学发展背景下进行的,因此虽然在编译取向上会有差异,但同时也能反映出某些相似的共同趋势,这些都是我们进一步研究时需要注意的地方。

二、"从政治到艺术""从单调滞后到多元同步"

中国当代文学的海外接受大致地经历了"从政治到艺术"的审美转变,并且这一过程仍然没有结束。在当代文学史上,讨论文学和政治的关系是件让人感到既纠结又必需的事情。经过几十年的文学"被"政治化、国家化的历史语境后,今天的文学就像一位成功逃婚的新娘,一方面极不愿意被"丈夫捆绑"(英语中的husband,本意即用带子捆绑)失去自由;另一方面,似乎又很难逃脱委身于"丈夫"的角色。文学之于政治,正如女人之于男人,总让人欲语还休,欲罢不能。

关于中国当代文学海外接受从政治到艺术的审美转变,我们可以从海外相关研究著述中得到比较直观的印象。根据笔者对海外中国当代文学研究著述的整理,上世纪50年代初到70年代末,海外出版的各类中国当代文学研究著作几乎都具有强烈的政治意识形态色彩。在西方甚至专门有"世界社会主义文学"或者"共产主义下的文学"这样的命名。这意味着海外尤其是早期对中国当代文学的接受,首先是把它视为"世界社会主义文学"的一个组成部分,强调意识形态的分析、注重与苏联模式的比较、并从历史根源上探寻这一文学形态的发展过程。此类研究成果很多,如上世纪50年代的《共产中国小说》(*Fiction in Communist China*)、《中国文艺的共产进程》(*The Communist Program for Literature and Art in China*)等。

七八十年代之交,当时中国文学呈现的"喷涌"状态和繁多的文学事件、广泛的社会影响、对外开放的态度都促使海外研究也进入到一个活跃期。这一阶段的海外文学研究总体上"意识形态"在慢慢减弱,但仍脱不了"社会学材料"的观察角度。从时间上来讲,这一研究模式一直持续到20世纪80年代以后才有所松动,海外学界对于中国当代文学的研究整体上开始淡化意识形态,原来的研究模式密度渐渐降低,开始出现角度更加多元的研究著述。到了90年代后,这种趋势更加明显。虽然仍然有从政治意识角度出发的研究,但过去那种单调的、社会学式的政治意识研究角度得到了拓展和丰富,出现了更多从文化、语言学、艺术本身来欣赏、研究的著作。这种趋势不光在对中国当代文学的综合研究中如此,在小说、诗歌、戏剧、电影等专题或分类文学中同样如此。除了政治意识形态的分析外,增加了诸如性别研究、女性主义、美学、现代主义、后现代主义等各种理论视角。但必须承认的是,即使到今天,海外对中国当代文学的接受也不会全然从审美出发。在我对部分海外学者进行问卷调查或直接访问的过程中,以美国为例,他们对当代文学的定义甚至已经扩展到了整个"文化"领域,文化解读的潮流远远地多于基于文本的审美阅读。欧洲的情况和美国略有不同,在法兰克福书展期间,我发现虽然不乏通过小说了解当代中国的人,但他们确实也有审美的角度。德国作家马丁·瓦尔泽在和莫言交流时,就明确表示了他对莫言作品艺术性的赞赏。余华作品《兄弟》在美国和法国的接受,从各种评论来看:一方面仍然体现了小说的"当代性"社会意义;同时,小说中语言的幽默、精彩的故事、人物的悲欢等艺术性因素也被这些评论关注。这显示了今天海外对中国当代文学的接受,绝非过去那样完全是浓重的意识形态猎奇,也不要指望他们彻底放弃通过小说了解社会的所谓纯粹审美阅读。我觉得今天海外对莫言、余华等人的接受,其实正好进入到了一种正常的状态:不同的人按照自己的需要解读小说,有的纯粹只是娱乐一下;有的仍然从中评论当代中国社会;有的寻找不同于本民族的生命故事和人生经验;另外一些感受其中的幽默语言、异族故事,还有各种可能的思想,等等。

笔者以为早期海外对中国当代文学的接受其实也相当类型化、模式化,能跳出窠臼、有独到见解的研究成果并不多见。通观整个海外中国当代文学研究,整体上基本经历了由意识形态向文学审美回归、由社会学材料向文学文本回归、由单极化向多元化发展这样一种趋势。促成这种转变的原因,并不见得仅仅是海外文学思潮的变化,我更愿意相信这是因为中国当代文学这个"皮"的变化,决定了海外接受"毛"的基本走向,在这个基础上,海外思潮的变化和国内文学的发展形成了极为丰富的互动局面,共同导致了由政治到文化艺术的审美转变。

中国当代文学海外接受另一个整体趋势是"从单调滞后到多元同步"的时代转变。这里的"单调"主要指海外对中国当代文学接受的角度单一,不论是读者还是学者,正如前文所分析的一样,往往局限于政治意识、社会学这样的角度。"滞后"则指作品翻译和海外研究往往会比国内出版晚上几年。这种滞后的原因在早期更多的是因为政治限制、中外交流的渠道不畅通,后来则更多地是由于作品筛选、翻译需要一定的时间。翻译滞后的现象存在于小说、诗歌等各个方面。笔者印象深刻的是关于中国当代戏剧的英译情况,如果说"中国当代戏剧经历了上世纪60年代的辉煌,70年代的凋零,80年代初期复苏,自1985

年以来至今处境一直困难"的话①。那么中国当代戏剧的翻译出版确实也佐证了这个判断。当代戏剧的两个上升繁荣期,即60年代和80年代初,正好是海外翻译出版相对缺少的时候;而它的两段低潮期,即70年代和90年代后,恰恰是翻译出版比较繁荣的时期,并且70年代的翻译出版多集中在60年代的剧目上;90年代以后的翻译出版则更多地集中在80年代初的剧目上。这显然和翻译出版的相对滞后有着明显的联系。这种现象也同样存在于80年代以前中国当代小说的翻译中,但80年代末90年代后,随着中国越来越快地融入国际社会,各种交流渠道不断拓宽,许多小说,尤其是像莫言、苏童、余华这样的名家,他们的小说海外版权,越来越快地被购买出版。按照王德威教授的意见:80年代后期,大陆作家的小说几乎是在台湾同步出版的,有些小说他甚至在大陆出版前就阅读到了原文。如果考虑到某些小说生产的敏感性,台湾或海外的接受甚至比大陆还要早。比如余华的最新作品《十个词里的中国》就是首先出台湾版;大陆即使出版,估计也得删掉许多内容。再如阎连科的《四书》,现在正由台湾筹备出版,大陆的出版似乎还没有列上日程。早期从大陆出去的海外华人作家,如严歌苓、虹影等,他们往往保持两条路线,其作品的接受是从海外逆向输送到国内。如果说这些例子稍显特殊,余华的一段话也许充分说明了今天的海外接受几乎是和国内同步的:"《兄弟》在国外的巨大成功以后,我又面临一个新的问题,这是我以前没有面对过的。虽然《活着》《许三观卖血记》也在国外陆续地出版,但我还真没有为此到国外做过宣传。《兄弟》是第一次。等到写完《兄弟》之后一年多,我开始写新的长篇小说的时候,《兄弟》在国外的出版高峰到了,就要求你必须去做宣传,你就得去。"②余华的这段话清楚地表明,他的《兄弟》海外版与国内的出版时间差仅为一年。事实上,根据余华作品的翻译统计,以《兄弟》为例,2006年大陆出版后:同年推出越南语版,2007年出韩语版,2008年

---

① 参见《当代戏剧之命运:论戏剧黄金时代一去不复返?》,《佛山日报》2003年12月18日,该文介绍了魏明伦等人的戏剧观点。
② 王侃:《余华〈兄弟〉,我想写出一个国家的疼痛》,见当代文学网。

出版法语、日语版,2009年出英语、德语、西班牙、斯洛伐克语版等,意大利语版也是分2008年、2009年推出上下部。可以看出,从国内到海外,虽然不同国家的出版时间会略有差别,但翻译滞后的时间已经大大缩短,有的甚至几乎是同步的。

中国当代文学的海外接受,除了从本土到海外、从政治到艺术、从单调滞后到多元同步的历史发展特征,以及政治美学的"混生"与"延宕"的总体特点外,当然还有许多其他的特征,也潜藏着许多亟待挖掘的问题。比如语言对于沟通的重要性以及其中的误解;不同国家、民族交流的共同经验和不同感受;不同语境对于作品造成的"延异"和认同等。我曾在德国和美国分别和当地同学聊起余华小说《活着》中的一个细节:福贵背着死去的儿子,走在回家的路上,看着月光下的路面,余华说那上面仿佛撒满了盐。我简单讲述这个故事的情节后,问两个外国朋友,他们能否体会到"盐"这个意象在此处的妙用?两人都说不知道。我把这个问题请教于哈佛大学的田晓菲教授,她表示别说外国人,即使中国人也未必都能体会到这种文化或文学上的艺术细节。之所以讲起这个事例,笔者是想说明,海外对中国当代文学的接受充满着误读与错位,也充满着意义的再生产和不同语境的混生效果。考虑到语言翻译的障碍,不同文化的隔膜,民族国家在世界地位中的变迁,不同欣赏者各自的学识体验,这一切都让海外接受变得繁丰起来。尽管我努力地想把握中国当代文学海外接受的特征与规律,但同时也感到了这种努力的困难。我不过是在这繁华纷乱的景象中提出一些自己的看法,而事实将会客观地纠正我看法的谬误之处。突然想起和顾彬教授访谈时他说过的一句话:最后的知识,我们是得不到的。

微缓不绝的异样"文火"

——中国当代文学在荷兰

吴锦华　何墨桐

中国文学的海外传播近年来逐渐成为学界的热门话题。但这一话题所包含的文化实践是一个至为复杂的过程。且不论文化差异、国际环境、历史传统、现实拘囿等背后的问题,且论谁在传播、如何传播、传播谁的作品这些表层的问题,也常常决定着传播和反响的效果。

著名汉学家、荷兰莱顿大学的柯雷教授2010年5月在北京师范大学召开的"中国文学海外传播"学术研讨会上曾指出:所谓"海外"与"西方"是大而笼统的概念,需要区分对待。法国、德国、荷兰,虽然国土相邻、语言相近,但中国文学在这些国家的传播情况却大有不同。另一方面,"文学"是多种文类的总称,精悍短小的诗歌与篇幅浩瀚的长篇小说,因其翻译强度、难度的千差万别,也会造成海外传播的巨大差异。因此,即使同属中国文学,诗歌和小说的传播方式也有待分开考量。

海外传播的另一个关键词——"中国作家"其实也是一个值得仔细斟酌的概念:是书写中国的作家、中国国籍的作家,还是用中文写作的作家?"中国作家"这一表述本身便已含糊不清,表意不明。随着1978年改革开放政策的实施,越来越多的中国人选择移居海外。其中有不少人使用非汉语书写中国经验,使用寓居国家的当地语言与读者交流,这部分作家作品的海外传播和中国国内热门作家的海外传播也会大不相同。所以,我们讨论中国当代文学海外传播时,必须在共通的传播规律中充分考虑这种具体差异,因为这种差异性也可能正是其存在的最大价值。比如本文拟探讨的中国当代文学在荷兰的传播,笔者相信有这样的因素存在。

一、文火:中国文学荷兰传播历史概观

纵览中国文学在荷兰的传播历史,大概用"文火"来形容最为合适了。这大概也是荷兰莱顿大学(Leiden University)和比利时根特大学(Gent University)六位汉学家共同编辑的杂志《文火》(Het Trage Vuur)的双重寓意:可理解为"微缓","温温不绝,绵绵若存";又可理解为"文学之火","不向商业化文化猎奇屈服,编选单凭作品的文学价值"。

中荷交往史以贸易始,也因贸易而起伏波折,反目成仇又握手言欢。比起贸易主线,中国文学在荷兰的传播史相对显得风平浪静、不温不火、静水流深。

地处西北欧,40%国土低于海平面,面积只有北京的2.5倍大小的"低地之国"——荷兰,在16世纪末迅速崛起,成为世界近代史上的海上霸主和殖民强国。荷兰在葡萄牙与中国的贸易中嗅到了商机,在17世纪初主动派出了范·内克(Van Neck)舰队来到广州口岸,要求与中国通商却遭拒绝。平日见惯了"番鬼"的广东人和福建人,看到"其人衣红,眉发连须皆赤,足踵及趾,长尺二寸,形壮大倍常,似悍澳夷(葡萄牙人)"的荷兰人,纷纷诧异于其怪异的形象,以"红毛番"和"米粟果"称呼之。吃了闭门羹的荷兰人,在武力攻击竞争对手葡萄牙的同时,在随后的百年里,以"先兵后礼"的方式打开了与中国进行贸易的通道,并开始了与中国长期的贸易关系。

务实的荷兰商人们仅仅对与贸易相关的中国风俗人情感兴趣,而无意于了解其文学作品。"从事汉语文学翻译和研究的人多为欧洲传教士,意大利和法国传教士尤其活跃。"1767年,荷兰人按照英译本将《好逑传》翻译为荷兰文,这是第一部中国文学的荷兰语译著。时隔半个多世纪后,《玉娇梨》——第二部中国作品——的荷文版才面世。

直到19世纪,荷兰人对中国的兴趣再一次因为实用主义的原因而激发。1876年,莱顿大学首开先河设立汉学院,培养能与荷属殖民地印度尼西亚华人打交道的官员,从此开创了欧洲最为久远的汉学历史。当时印度尼西亚住着大量来自中国沿海地区的华侨。荷兰政府要管理

华侨,需要了解中国移民(主要是来自广东、福建的移民)的习惯、宗教、法律。第一、二届的汉学院毕业生都不会说官话,但闽南话非常流利。汉学院历任的教授,多是研究中国宗教、法律、哲学的专家。在汉学院成立后的百余年历史里,只有 4 位人物与中国文学亲密接触:第一个介绍"五四运动"的戴文特(Jan Julius Lodewijk Duyvendak,1889—1954)、将狄仁杰的故事"西传"的高罗佩(Robert Hans van Gulik,1910—1967)、志在研究陆游诗歌的容克(Dirk Reinder Jonker,1925—1973)以及成为汉学院第一位中国文学教授的伊维德(Wilt Lukas Idema,1944—　)。

随着 1949 年印度尼西亚宣布独立,荷兰人认为东方学研究已无多大必要。莱顿汉学院进入发展的瓶颈期,教授职位空缺,学生人数锐减。1970 年,只有 6 个人选择就读汉学院,最后毕业的只有 2 人。1975 年,选择就读的人数上升至 26 人,然后只有 1 人毕业。刚刚结束"文革"的中国在"改革开放"政策指引下打开了封闭已久的国门,这无形中"拯救"了处在瓶颈期的莱顿汉学院。莱顿汉学院的学生数量开始逐年增加。1985 年上升至 85 人,达到顶峰,而后数字有所回落。这些学生到中国学习和生活,直接从中国带回了第一手资料信息。这些汉学院的毕业生不再是与荷属殖民地的印度尼西亚华人打交道的官员,而成为文学翻译家及研究者、荷兰驻中使馆工作人员、荷兰驻中公司职员等。他们发挥多语优势,为中荷的政治、经济、文化交往贡献自己的力量。如今在荷兰活跃的翻译家,几乎都是 80 年代后到中国留学的莱顿大学汉学院毕业生。

80 年代以来,荷兰对中国的关注原因超越了实用主义而走向多元化。1978 年后,在懂中文的读者有限、翻译基金有限、对中国文学热情有限的荷兰,对中国的经济、政治的关注热度持续高涨,中国文学依然持续、相对低调地传播着。与此前不同,以王露露为代表的使用荷兰文写作的华人小说家,以琼柳、颜峻、陈黎等为代表的使用中文写作的诗人,以及以莫言、苏童等为代表的使用中文写作的小说家,他们的作品在荷兰的传播情况,更为直观且充分地呈现了商业效益、文学价值、语言差异、文学文类、作家性别等因素在传播过程中的作用。

二、"代言人"王露露：用荷兰文写作的小说家

在荷兰家喻户晓、口耳相传的中国作家当数直接使用荷兰语写作的王露露。她90年代末在荷兰"横空出世"，掀起了一股热潮，荷兰乃至欧洲其他11个国家的近50万读者极为好奇地注视着这位神情略带忧郁的长发作家，倾听她用"王式荷兰语"讲述那个遥远而陌生的中国故事。王露露恰逢其时地成为掌握荷兰语、英语、汉语三门语言的作家，省去翻译中介带来的误读与拖延，站在了与荷兰读者接触的最前线。现在，她在荷兰已然成为中国话题的发言人。

王露露出生于高级知识分子家庭，爸爸是军事科学院的研究员，妈妈是中国社会科学院近代史研究所的研究员。王露露80年代取得北京大学英文系学士及硕士学位后便漂洋过海，到荷兰南部的马斯特里赫特市(Maastricht)教授中文。1997年，她出版了第一本荷兰语自传体小说《百合剧院》(*Het lelietheater*)，一举攻下荷兰畅销图书榜的榜首位置，并斩获1998年荷兰文学新人奖(Golden Ezelsoor)。2001年，由Hester Velmans执笔翻译，兰登书屋(Random House)出版了该书的英文译本，再次成为英文畅销书。自《百合剧院》(*Het lelietheater*)一炮走红后，王露露以先快后慢的速度陆续出版了《致读者的信》(*Brief aan mijn lezers*)、《温柔的孩子》(*Het tedere kind*)、《白丧事》(*Het Witte Feest*)、《丁香梦》(*Seringendroom*)、《红喜事》(*Het Rode Feest*)、《明月》(*Heldere maan*)等11本著作。

在《百合剧院》这部可归类为"成长小说"的长篇作品里，主人公莲以第一人称视角讲述了她的"文革"经历。莲出生于高级知识分子家庭，"文革"时爸爸被单位派到边远地区工作，妈妈则被送到劳改干校改造思想。莲的成长历程被搭建为故事的主线，在劳改干校里接受"私塾"教育、与同性朋友金若即若离的同性关系则被编织为故事的副线。

在作品开篇，因为一次"耻辱"的求情，莲得以跟随妈妈到了劳改干校。在求情过程中，莲的妈妈呵斥莲把衣服脱掉，好让党组书记看到

她身上的白癜风。当莲扭捏地抗拒时,她的妈妈顺手就给了她一巴掌。如此"侵犯人权"的开篇后,年近14岁的莲被迫跟随母亲下放农村。她目睹了劳改干校里女性知识分子的窘迫。阴暗潮湿的狭窄居室,日复一日的单调劳动,难以果腹的饮食,让这些曾经高贵的女性如无望的囚徒般萎靡度日。莲的妈妈在高压之下,情绪极度不稳定,这种绝望让她时而温柔地细声细气,时而瞬间雷霆大发,骂声连连。在如此压抑的环境中,在妈妈向党组织的第二次求情下,莲得以向接受改造的知识分子学习,接受与学校正统政治意识形态教育不同的"私塾"教育。她听到了关于历史的不同讲述,历史观得以重塑。她如此渴望分享她学到的一切,但劳改干校里没有和她年纪相仿的朋友,她只能来到开有百合花的池塘,对着青蛙、蜻蜓等池塘生物诉说她想诉说的一切。

干校的故事成为作品的第一部分,其中掺杂着对莲的好友金的介绍。1973年以后的故事成为作品的第二部分,主要讲述莲和金的故事。金是来自穷苦农民家庭的孩子,沉默寡言,不修边幅,其外貌和智力都逊他人一等,因此在学校里备受歧视。莲是唯一试图鼓励金好好学习、参加体育比赛的同学。她试图鼓励、引导金成为"三好学生",但金的全部努力却因为家庭背景而毁于一旦。在莲渐渐受到异性关注的同时,莲和金之间发展出一种隐晦的同性恋之情。金最后却嫁给了一个地痞流氓,一段同性之爱匆匆而终。

来自各界的评论普遍认为《百合剧院》中社会背景的架设是真实感人的,知识分子被洗脑、羞辱、残酷对待的境遇,以及作者对于政治风云变化的描述,都给读者留下了深刻的印象。作为一本讲故事的书,毫无疑问,它成功地给读者留下了一个残酷"文革"的印象。

《百合剧院》这本类似自传的书中,那个可怜的莲已经长大成人,成为一位作家。尽管作品中的她经历了这样的苦难,但她的乐观坚强为现实中的王露露赚得了同情分。在接受采访时,王露露说,"歌唱时,把自己视为最好的女高音;工作时,把自己视为世界运转时不可或缺的一部分"。这样的自信使王露露赢得了不少女性崇拜者,被她们推崇到偶像的地位。

以坚强、独立、个性形象出现的女性作家总是容易赢得市场的青睐。卫慧、棉棉、尹丽川以及春树等女作家的作品都有了荷兰译本。然而,懂得荷兰语的王露露比这些作家更主动地参与到了荷兰的公共事务中,因而更容易成为关于中国的"代言人"。王露露作为一个公众人物,时常成为讨论的话题。在国人眼中属中等身高的王露露,在身材高大的荷兰读者看来,显得有几分瘦弱。读者们纷纷惊叹,如此瘦小的穿着高跟鞋的中国女人,竟可以爆发出如此惊人的力量。

高深(Peter de Hoog)是一位荷兰退休律师,目前在莱顿大学访学。他谈及对王露露的印象时,给予了很正面的评价。他屡次提及王露露在与激进的荷兰人辩论时的精彩表现。北京奥运会举办前夕,某些荷兰人在电视媒体前批评中国没有人权,号召荷兰人拒绝参加北京奥运会以示抗议。据当时看了现场直播的留学生描述,这些荷兰人批评中国一面冠冕堂皇地办奥运,一面不尊重人权。他们极端地宣称,"谁支持中国奥运,谁就是凶手"。王露露是在场的中国人代表,她用荷兰语与这些极端的荷兰人进行激烈的辩论。事后王露露承认当时有点情绪失控。据观众描述,她"言辞锋锐,声音尖利,手势颇多"。尽管不少人受不了王露露的尖嗓门,但有好些荷兰人用了一个词来形容她:这个女人有点"强势"。荷兰人善辩,倾向于通过讨论甚至是辩论的方式来寻求问题的答案。他们印象中的中国人"总是不愿把自己的话说出来。中国人的表情让人猜不透"。王露露这位自信、乐观、敢言、穿旗袍的大嗓门女人以另一种略带暴力的方式改变着荷兰人对中国的传统印象。

在获得赞誉的同时,王露露作品中的故事结构、人物形象尤其是语言也引发了许多的争议。

王露露在采访中提到,"(对双语甚至三语写作者来说),用第二或第三种语言进行写作,像隔靴搔痒,像带着镣铐跳舞"。概括王露露的语言特色,第一是大篇幅地塑造意象,第二是大量地对中国成语进行直译和改编,王露露的这些语言创新虽然大胆,但也颇受争议。

意象的使用是王露露一直引以为豪的地方。王露露在采访中多次提到:荷兰人表达情感很直接,想说"我爱你"就会直白无修辞地脱口而出;而中国人喜欢说"山无棱,天地合,才敢与君绝"。中文传达的不仅仅是一个语言信息,更是传递一种感觉,营造一种氛围。王露露对于意象的信手拈来,的确赢得了一批荷兰读者的喜爱。葛达(笔名)这位不懂中文的荷兰女性读者,在类似豆瓣的书评网站 goodreads 上,给王露露的每一本书都打了五颗星的最高评分。当笔者通过电子邮件对葛达进行采访时,她耐心且详尽地回复说,对王露露的文风极为欣赏。她对远东地区(中国、日本、东部俄罗斯、蒙古等)非常感兴趣。当她在书店偶遇《百合剧院》一书,对王露露作品的喜爱与追随便一发不可收拾。她尤其喜欢王露露的笔调,在她看来,一位荷兰作家会说"她的卷发很长",但王露露会这样写——"她的头发,蜷曲,触到她的后背低低的地方"。这样的描写,给予葛达一个宽广的想象空间,她跟随着王露露语言的脚步,去想象一个她完全不了解的中国。

然而对于中文水平达到 HSK6 级的荷兰男性读者叶达安(Daan van Esch)来说,王露露这样慢条斯理的描述简直是他的噩梦。喜欢读王朔、棉棉、老舍、邓拓作品的莱顿大学汉学院研究生叶达安,因在一本杂志上看到对王露露的恶评,便决定去读一读她的作品。没读几页,他便认同了书评家的观点:作品写得过于夸张,繁琐得让人不愿卒读。叶达安举例说,作者不愿意简单地说"她哭了",她必须用洋洋洒洒几页的篇幅,夸张地描述说"眼泪像瀑布一样从她的脸颊流淌下来,近乎像尼亚加拉大瀑布那样,但比尼亚加拉大瀑布更让人动情,让人感觉接近"云云。

另一方面,王露露大量地对中国成语进行直译和改编,既是出于塑造意象的考虑,也是意图给不了解中国的读者介绍中国的历史和文化。她的这种举动,犹如推翻了多米诺骨牌,不仅使人怀疑她的语言能力,进而对她建构作品的能力也表示质疑。

荷兰的知名翻译家林恪(Mark Leenhouts)尖锐地批评王露露的语言实验。他举例说,王露露喜欢"无厘头"地改编中文及荷文中的短语,如汉语中"热锅上的蚂蚁"被她改为"蹦床上的蚂蚁"。而荷兰语中的"猫不在家,老鼠就乐得跳舞",她改为"如果猫离开了垒,老鼠就乐得跳舞";荷兰语里的"四只眼睛在场的",她改为"六只眼睛在场的"。林恪认为这种语言实验产生的唯一效果就是荒谬,让人勉强苦笑。房儒本（Ruben Oosterhuis）是莱顿大学汉学院的研究生，他常常困惑于王露露的陌生化语言，需要将王露露的荷兰语转化为中文才能大概猜出作者的意思，但往往还是让人"丈二的和尚摸不着头脑"。他举例说，王露露在后记中将自己的作品比喻为夏日爽口的西瓜，这让他感觉非常地莫名其妙。

王露露的作品结构也颇受争议。在故事情节进行得很紧凑之时，她爱加入一段中国历史背景的介绍，时不时地突兀打断最戏剧化的一幕。除此之外，王露露的故事无悬念、虎头蛇尾、过多独白的问题也遭到颇多批评。2007年，王露露借小说《明月》获得了最差情色描写奖。这个奖为 *Humo* 杂志所设，意在消除小说中没必要的、单调的、糟糕的情色描写片段。

随着中国逐步走向国际，不再是遥不可及的国度，这位中国女人的神秘面纱渐渐被揭开，王露露的读者人数开始大幅度减少。读者对王露露的好奇度逐步下降，对她的异域情调也不再觉得新奇。然而仍有不少继续支持王露露的读者，这些人大多为30—50岁的荷兰女性，这个群体的人有学习和认识其他文化的强烈愿望，或者说得尖锐些，她们有这样的时间或闲情。虽然王露露的作品不再像之前那样热门，但她在特定的粉丝群心里，依然是一位偶像。

三、冷静与自由的日常艺术：中文诗歌的荷兰生态

王小龙曾在一首诗中调侃，在80年代的中国，随便往窗外扔一颗石头，砸中的极有可能就是写诗的人。1986年在四川成都，由诗歌刊物《星星》主办的"全国最受欢迎诗人"的颁奖礼上，北岛、顾城、舒婷等诗人着实见识了读者追星般的疯狂。然而，随着启蒙主义的失落，曾经自以为是救世主的诗人无奈地走向社会的边缘，只能在诗歌的一方小天地里，孤独而寂寥地坚守着自己的文字家园。写诗、读诗，不再成为一种全国的热潮。

在荷兰，似乎很少见到如此大规模的、变化的"诗歌热"，荷兰人对诗人和诗歌有着别样的期待。荷兰文学创作和翻译基金会会长亨克·

普罗佩尔(Henk proper)指出,荷兰人的工作节奏快,每日上下班的机械生活让荷兰人或多或少地产生抑郁情绪。他们喜欢周五晚上泡酒吧,也愿意参加诗歌朗诵会,聆听诗人的声音。在他们看来,诗人对世界、对社会的态度、看法和他们不同,诗人的敏锐使他们不会聚焦于上班族那实际又物质的困惑与焦虑,而是会捕捉到生活中别的东西。在聆听诗人朗诵时,大家大可以把日常的琐碎扔在一边,感受诗人对世界的新看法和新认知。据北岛的回忆,他当年到荷兰参加鹿特丹诗歌节时,不禁惊叹观众的冷静。安静的听众安分守己,花钱购买朗诵会的门票,买份节目单或诗集,必要时鼓鼓掌,绝不会喊出"万岁"之类的口号。荷兰人读诗、参加诗歌朗诵会,似乎成为日常生活中不可或缺的文化活动。

鹿特丹国际诗歌节是世界上最负盛名的诗歌节之一。每年,来自世界各地的诗人都会汇聚于此。自1970年创办以来,几乎每年不落,今年已是第43届。在官方网站的资料库里,可查阅43年来获邀的来自81个国家的1074名诗人的简介和参加诗歌节的作品。诗歌节节目种类丰富,既有面向诗歌翻译爱好者的诗歌翻译工作坊,又有面向普通观众的诗歌朗诵会。中国大陆诗人何晓林、郑敏、北岛、马高明、舒婷、多多、顾城、杨炼、芒克、西川、翟永明、于坚、张枣、肖开愚、颜峻,中国台湾诗人洛夫、陈黎、叶觅觅等都曾受邀参加鹿特丹诗歌节。诗歌节创始人是马丁·莫伊(Martin Mooij)——北岛笔下的"马丁国王",1930年出生于荷兰鹿特丹,曾是一名畅销书作家。他认为有着得天独厚的港口环境的鹿特丹,应该成为一个诗人的自由港,让世界各地的诗人能够写他们想写的东西,能够表达他们所要表达的东西。

柯雷(Maghiel van Crevel)是将荷兰诗歌翻译到中国、将中国诗歌翻译到荷兰的关键性人物。柯雷对多多、北岛的著作翻译最为全面,这两位诗人都出版过荷兰文的个人作品。在此基础上,柯雷1996年出版的博士论文《粉碎的语言:中国当代诗歌与多多》分为上下两篇,上篇勾勒朦胧诗的发展脉络,下篇对多多的诗歌做文本细读的个案研究。另外,柯雷还翻译了被列为第三代诗人的西川、韩东、于坚、孙文波、翟永明等人的作品。柯雷2008年出版的诗学著作《精神、混乱和金钱时代的中国诗歌》,成为荷兰读者、从事文学研究的学者深入了解中国文学尤其是中国诗歌的必读书籍。该书的中文译本已由张晓红译出。

80年代末在北京大学留学的柯雷,在首都剧场偶遇荷兰著名作家、出版商阿德里安·凡·蒂斯(Adriaan van Dis)以及马高明,三人携手促成了《荷兰现代诗选》的翻译和出版。1990年,既是学者又是诗人的汉乐逸(Lloyd Haft),与柯雷合作译出了1978年以来在中国文坛崭露头角的诗人的作品选,其中包括顾城、多多、北岛、芒克、王家新、柏桦、杨炼、琼柳等十位诗人。这本诗集由莫伊伦霍夫(J. M. Meulenhoff)出版社出版。自90年代以来,柯雷以及他的博士生张晓红、马苏菲(Silvia Marijnissen)、雨龙(Jeroen Groenewegen)等着力于中国诗歌的英文及荷兰文的翻译和研究,并协助举办位于阿姆斯特丹或鹿特丹的国际诗歌节。张晓红在翻译大陆女诗人作品、马苏菲在翻译台湾诗人如商禽、夏宇等的作品方面颇有建树。

荷兰的诗歌翻译家除了关注国内的知名诗人外,还关注了一些名字并不十分响亮的诗人,比如琼柳、陈黎、颜峻。这些诗人在荷兰有相当多的读者。

广西壮族女诗人黄琼柳,是广西乡土诗人黄勇刹(《刘三姐》的执笔者之一)的女儿。1980年以前,黄琼柳受父亲的影响,主要创作民歌体诗,如"明月跃山梁,/晚风拂面庞,/大队会一散,/踏月把路上……"(《踏月行》)1985年,广西民族出版社为一批势头正劲的广西青年诗人出了一套《广西青年诗丛——含羞草》。诗丛不仅收录了黄琼柳的《望月》,还收录了杨克的《太阳鸟》、林白薇(小说家林白)的《三月真年轻》等12位诗人的诗集。

对各种外文有广泛兴趣和了解的荷兰诗人Rein Bloem对黄琼柳作品评价极高。Rein Bloem和柯雷合作,一起翻译了黄琼柳的作品。她的作品不仅出现在1990年的多人诗集上,还结集为个人作品集。"一家很小、业余而绝对高雅的出版社(Amsterdam:De Ruysdael, 1989)给琼柳出了一套五首的组诗的漂亮的双语小册子。琼柳还举办过好几次个人朗诵会、翻译讨论会、公开采访等。"

陈黎是一位台湾诗人,同时也是一名翻译家。他在 2009 年获邀参加鹿特丹诗歌节,因《战争交响曲》广受好评,赢得了不少荷兰读者的喜爱。诗歌通篇只运用了 4 个汉字——"兵、乒、乓、丘"。全诗共分三节。第一节中,"兵"字整齐排列,每行 24 个,共 16 行。第二节里,部分的"兵"字被"乒"和"乓"代替,零落且不规则地散落诗节各处。第三节恢复第一节时的整齐排列,"兵"字全部被"丘"字所代替。视觉上,陈黎巧妙地通过汉字字形和组合形状的变化,重现了战争的过程:战前整装待发的士兵,气宇轩昂;战争中变得缺手少腿,七零八落;战后齐齐捐躯,狐死首丘。听觉上,诗人通过四个汉字声音的重叠与变化,通过对音量与节奏的控制,绝妙地从另一维度重现战争。荷兰最大的报纸《NRC 商务报》(*NRC Handelsblad*)曾以"诗人陈黎用方块字创造战争"("Dichter Chen Li Creëert Oorlog Met Karakters")作标题,报道诗歌节的朗诵情况。报道写道:"当你坐在观众席上,台上的异域诗人你并不认识,他们写诗的语言你也并不了解,你必须通过翻译才能间接了解诗歌的意思,必须花费心思才能与诗人进行心灵上的交谈。……坐在观众席上的你,往往会不知道在听什么,不知道为何在听。当然,灵光一闪的奇迹会出现,在某一瞬间你爱上了一首诗,一句诗,或是诗的语调,但奇迹并不经常发生。"这篇报道赞扬陈黎等诗人的努力,为观众"表演"既具地方特色又超越国界、语言的诗歌,大家可以通过视觉和听觉进行感受的诗歌。

颜峻出生在兰州,西北师范大学中文系毕业。他写诗、玩音乐,出版诗集《次声波》(2001)和《不可能》(2006)。柯雷将他的诗歌朗诵描述为"三个向度的诗歌表演"。第一向度的表演由图片构成。颜峻在大屏幕上投影一系列动态的、设计好顺序的图片。这些图片捕捉一个个社会事件,如英美入侵伊拉克、SARS 爆发期间医院内部掠影以及强拆事件等。除了这些明确与意识形态相关的照片之外,还有静态的鸟儿的写照、船划过湖面的余澜、十字路口的车来车往等系列照片,光影变幻中传达一种复杂糅合的情绪:既疏远、压抑、萧瑟,又有忧郁、思乡以及怜悯。第二向度的表演是声音,有颜峻本人的朗诵,有时也有由敲击器皿发出的声音,还有一些电脑合成的声响。第三向度的表演则是配图文字。三个向度的配合,使得颜峻的诗歌表演别具一格。

  当颜峻受邀参加2011年鹿特丹诗歌节时,他一惊一乍的表演让一些老年人提前退场,但赢得了大量青年人粉丝。在朗诵结束后,听众纷纷涌到前台与他握手,表示诗人启迪了他们,让他们对生活有了新的了解。前文所提到的荷兰文学基金会主席普罗佩尔先生的女儿是颜峻的忠实读者,据普罗佩尔先生接受搜狐记者采访时描述:"我自己女儿12岁就可以背他的很多诗歌,因为他的语言非常吸引人。跟荷兰作家一样,他非常关注社会问题,通过他的诗歌会讲一些政治或者社会各种各样的问题,他的文笔非常好,大家觉得他写的诗非常美,有时候非常浪漫,但是他的诗歌有时候会涉及一些比较重要的大家都面临的社会问题,所以我觉得他是个演员,也是搞艺术的,但是也有自己的社会责任。而且这个人很年轻,他的年轻观众(读者)特别喜欢听他的话,通过他的诗歌他们也会自己思考一些社会当中更重要的问题。"

  诗歌节中,这些创新性的表演既形象地给不熟悉中国的荷兰观众"通报"了最新事件,又可以让他们感受到中文的音乐美和建筑美,简洁有力地征服了荷兰观众。除诗歌朗诵外,诗歌作为一件艺术元素,被创新性地进行了艺术的融合和加工。创始人莫伊先生曾充满创意地在鹿特丹市超过400辆的城市垃圾车上写下各种精彩的诗句,把诗歌带入千家万户。2004年始,鹿特丹市政厅用两年时间,将鹿特丹新西区(Nieuwe Westen)的几条相邻街道打造为把诗歌公共艺术化的"诗路"。鹿特丹新西区的居民来自60多个国家和地区,因此"诗路"的"原材料"是来自不同国家的诗歌作品。其中台湾诗人陈黎的诗作《墙》的最后两行"墙壁有耳/依靠着我们的脆弱巨大地存在"被荷兰艺术家布杰宁(Toni Burgering)再创造为结合诗与视觉艺术的公共艺术品,悬挂于位于马森尼塞街(Mathenesserplein)上的一座名为新马森尼塞通道大楼(Nieuw Mathenesserpoort-gebouw)的外墙。布杰宁将《墙》最后两行的荷译,和诗的标题——中国字"墙",做成霓虹灯管,悬于该大楼入口的墙上。以黄色灯管构成的"墙"字,看起来仿佛是一间房子的平面图,有许多隔间,也有一些空地。两行荷兰语译诗,则以蓝色灯管成一列展开。

四、"翻版"中的错位期待:中文小说在荷兰

相比以荷兰文写作的中国作家王露露以及用中文写作的诗人们,用中文写作的小说家在荷兰的影响力略逊一筹。当笔者向各大书店及出版社写信咨询关于中国的推荐书目时,莱顿 De Slegte 书店回复推荐美国学者史景迁(J. D. Spence)、费正清(J. K. Fairbank)、李侃如(Kenneth Lieberthal)描写中国社会转型的书籍。德格斯(De Geus)出版社推荐该社翻译并出版的张贤亮、张洁、虹影、毕飞宇、余华、韩少功等作家的小说以及加拿大儿童文学作家 Ye Tingxing 的作品。海牙的 the American Center 书店则是推荐 Jung Chang、Lisa See 和 James Clavell 的作品。这样的调查结果折射出一种无法忽视的现状:中国作家的中文小说作品只是引起了学术圈的关注,而没有吸引大范围的普通读者。

有两位人物,对中国当代小说的海外传播(不只限于荷兰)起着至关重要的影响:一位是第五代导演张艺谋,一位是中国现当代文学的首席翻译家葛浩文(Howard Goldblatt)。

刘江凯在其文章中曾指出:"莫言、余华、苏童的海外接受有一个共同特点:他们都有被著名导演张艺谋改编并获国际电影大奖的作品。"莫言的中篇小说《红高粱家族》被张艺谋拍成电影《红高粱》,1988年获第 38 届柏林国际电影节金熊奖。苏童的小说《妻妾成群》搬上银幕变成了电影《大红灯笼高高挂》。余华的小说《活着》也被拍成了同名影片,1994 年获得第 47 届戛纳国际电影节评委会大奖。这些影片上映时,在欧洲的上座率极高。"西方"观众好奇地凝视着曾经发生过"文化大革命"的文明古国重开大门后的模样。张艺谋捧红了巩俐等影星之余,顺势推动了莫言等作家的书籍在美国及欧洲部分国家的大卖。葛浩文又被称为中国文学的"接生婆"。鉴于他对原作大刀阔斧的改编,或许将其称为中国文学的"化妆师"更为恰当,后文将就这点详细论述。

非常有生意头脑的荷兰出版社,借电影、小说极受欢迎之风,火速组织翻译家翻译莫言、苏童、余华、姜戎等作家的作品。借助葛浩文翻

译、Penguin 出版社出版的英译本，六位翻译家联手翻译了荷兰语版本的《狼图腾》，由荷兰普罗米修斯（Prometheus）出版社于同年出版。莫言大部分作品的荷译本如《天堂蒜薹之歌》等，都是以葛浩文的英译本为底本而进行了转译。池莉、李锐等作家的作品，在葛浩文1996年出版的 Chairman Mao Would Not Be Amused: Fiction from Today's China 一书中也有收录。荷兰出版社当时火速组织各路翻译家从英译本20个故事中选出14个，风风火火，同年便推出了荷译本。但书籍出版后的实际效果却让出版社大大失望：荷兰读者并不十分买账；出版社的编辑评价销售情况说，"不差，但远不如我们期待的"。

就在中国文学翻译和销售在邻国法国进行得如火如荼之时，荷兰的出版社开始勒住跟风策略，谨慎地盘算，投放中国长篇小说到如此小的荷兰市场是否划算。愿意购买中国作家版权的文学代理越来越少。无法带来经济效益的中国小说翻译再难引起出版社的引进意愿。

相比起90年代的中国当代小说荷译本的出版，如今的翻译和出版规模已经远远缩小，同时也走向了精品化的路线。虽然高行健获得了诺贝尔文学奖，但"财大气粗"的莫伊伦霍夫出版社充其量也只敢出版两本高行健的作品。德赫斯出版社是仅有的专设中国文学出版资金的小型出版社，它只挑选优秀的译者来独立翻译韩少功、苏童、余华以及白先勇的作品。前文所提的林恪是其中的一位主力译者。从1996—2006年，德格斯出版社出版了由林恪翻译的韩少功的作品《爸爸爸》《女女女》《马桥词典》、苏童的《米》《我的帝王生涯》、毕飞宇的《青衣》以及白先勇的《孽子》。作为莫言的忠实读者，前文所提的马苏菲与荷兰的德勒斯出版社签订合同，于2012年年底出版莫言的长篇小说《蛙》的荷译本。《檀香刑》的荷译本是他们接下来的计划。

分析中国知名且文学成就高的小说家在荷兰受冷落的原因，马苏菲和林恪都不约而同地提到了中荷小说传统审美上的差异性：在社会和个人之间，中国小说更注重描写社会和众人，而忽略了个人。

马苏菲在《中国文学在荷兰》一文中提到——"大部分的荷兰读者对中国一无所知，近些年这些情况才略微有些改观。中国文学里的人物非常多，但在对人物的心理发展上往往缺乏细致的刻画。众多缺乏立体感的人物充斥在作品的字里行间,往往让读者产生无法接近的距离感。"林恪在《今日中国文学》(*Chinese Literatuur Van Nu*)一书里,提到了对莫言和余华的评价——莫言、苏童、余华的作品对西方读者来说,他们反映社会万花筒的小说更像是一本专门提供信息的书(informative books)。"莫言的《生死疲劳》写的是1950—2000年中国农村的改革。余华的《兄弟》,比较的是'文化大革命'的疯狂行为和如今消费社会的白痴行为。他们的书,松散、分集式的结构让西方读者无法视之为一件完整的艺术作品。西方文化里,结构(composition)和个人性(individuality)是主导因素,这正是中国作品所独缺的。""中国作家在作品中反复质问中国社会中出现的问题,这些质问和'非中国'地区的读者没有很大联系,至少,不是显得很急切很相关的事情。"

这样刻板的阅读印象根深蒂固且仍在延续。2011年,苏童和棉棉应邀成为阿姆斯特丹市的驻市作家,在参加"为中国而写"的读者见面会时,苏童接到的一连串提问,大多是询问苏童为什么不在书中反映近些年的某些敏感事件,询问苏童为什么不在小说里对热门事件发言等。在作家通过作品表达对社会的关注这个问题上,荷兰读者对荷兰小说家并无要求,却对中国小说家分外苛责,仿佛中国作家天生的使命便是反映社会问题,拯救社会。

在我看来,这种对中国的刻板印象的形成,与带着"有色眼镜"的媒体对民众的影响有关,恐怕也与葛浩文大刀阔斧的修改有关;中国小说家被"构建"成无力塑造立体人物的执笔人。

笔者并未亲自将葛浩文的英译本和莫言作品的中译本进行对比研究,梳理被改写的细节。借助华侨大学英语语言文学专业袁萍的硕士论文《〈红高粱家族〉英译本之改写现象研究》中的研究成果,笔者可能有失偏颇地推测,葛浩文对莫言作品的改写部分导致了西方读者对莫言作品的偏见。莫言作品中并不缺乏细致的人物心理描写,而是葛浩文没有将之充分翻译。试看一两个例子:

莫言《红高粱家族》(人民文学出版社,2007年,第120页):"<u>父亲眼见最后一颗高粱盖住了奶奶的脸,心里一声唿响,伤痕累累的心脏上,仿佛又豁开了一道深刻的裂痕。这道裂痕,在他漫长的生命过程</u>

中,再也没有痊愈过。第一锹土是爷爷铲下去的。稀疏的大颗粒黑土打在高粱秸上,嘭咚一响弹起后,紧跟着是黑土颗粒漏进高粱缝隙里发出的声响。恰似一声爆炸之后,四溅的弹片划破宁静的空气。父亲的心在一瞬间紧缩一下,血也从那道也许真存在的裂缝里飞溅出来。他的两颗尖锐的门牙,咬住了瘦瘦的下唇。"

葛浩文(纽约维京出版社,1993 年,第 135 页)对这段的翻译是:"Grandma was the last to be interred. Once again her body was enshrouded in sorghum. As father watched the final stalk hide her face, his heart cried out in pain, never to be whole again throughout his long life. Granddad tossed in the first spadeful of dirt. The loose clods of black earth thudded against the layer of sorghum like an exploding grenade shattering the surrounding stillness with its lethal shrapnel. Father's heart wept blood."

莫言(2007 年,第 133 页):"罗汉大爷和众伙计被我爷爷和奶奶亦神亦鬼的举动给折磨得智力减退,心中虽有千般滋味却说不出个酸甜苦辣,肚里纵有万种狐疑也弄不出个子丑寅卯。"

葛浩文(1993 年,第 149 页):"Uncle Arhat and the hired hands were so tormented by their naked, demonic exhibition of desire that their intelligence failed them, and even though they had a bellyful of misgivings, in time, one after another, they became my granddad's loyal followers."

莫言这般细致的心理描写并没有体现在葛浩文的英译中。莫言的荷兰译者并没有参看原文,甚至有些译者完全不懂中文,直接按照葛浩文的英译本进行荷兰文的翻译,这便形成了一个以讹传讹的传播链。

中国知名且文学成就高的小说家在荷兰受冷落的第二个原因,已在林恪的文章中略见端倪,只是他并未明确指出,那便是对中国主流文学的偏见。"西方"普遍将中国主流文学视为中国官方认可的文学,只有在中国禁书里才可以听到不同于官方意识形态所认可的声音,听到来自个人的真实声音。这种情况大概并不少见。2009 年,加拿大华人学者梁丽芳在首都师范大学举办的国际研讨会上发言时指出,凡是在封面上印上"Banned in China"的书,在加拿大多是卖得不错的。在荷兰本地,也可找到类似的例子。2012 年,本文的两位执笔者走进荷兰的二手书店 De Slegte 后,未寻见其他被翻译的中国当代小说作品,却赫然看见阎连科的《为人民服务》一书。第一笔者虽只懂极少的荷兰文,但从封面的裸女及毛主席像,以及斗大的"ban"判断,便可猜出书名。第二笔者汉语 HSK6 级水平,极爱读书,但也只是第一次听说作家阎连科,初识阎连科便是这本只显示阎连科部分文学功力的《为人民服务》。

五、结语

前文的论述基本呈现了中国当代文学在荷兰的传播的"文火"样态。以王露露为代表的使用荷兰文写作的华人小说家,以琼柳、颜峻、陈黎等为代表的使用中文写作的诗人,以及以莫言、苏童等为代表的使用中文写作的小说家,基本呈现了荷兰读者对中国文学的大概态度和接受印象。借此我们可以进一步概括:第一,荷兰人强调中国文学的"及物性"。尽管荷兰文学中会有虚构(fiction)和非虚构(non-fiction)的分类,但大部分的荷兰读者似乎都下意识地认为中国文学都是 non-fiction 的,是真实反映中国历史和社会发展的非虚构材料。第二,"及物"的同时,强调文学的"艺术性"。电影、音乐、绘画、建筑、文学是可以进行创新性结合的艺术门类,荷兰人喜欢各种创新性的实验。第三,强调文学的"本土性"和"世界经验"的糅合。尽管荷兰读者会因为作品中过多的社会描述、缺少个人形象的刻画而冷落中国当代小说,但是注重写个人、抽象社会背景的先锋小说及较年轻一代作家的作品,被翻译成荷兰文刊登在《文火》杂志上时,编辑常收到读者来信抱怨说:"这有什么中国特色?这可以说是一位西方作家的作品";"这先锋在哪里?我们早已读过类似的作品"。进一步说,对"本土性"和"世界经验"进行糅合的期待具有普适性。不只限于荷兰读者,其他"西方"读者也有这样的期待。

前文论述也在对比中呈现了诗歌和小说传播方式与效果的不同。同是用中文写作,翻译成荷兰文,诗歌需要投入的财力和物力比小说明显要少得多。相比较而言,诗歌能够传播的方式更为多样,诗歌与音乐的结合为诗歌的传播提供了一条便捷的途径,以音律与形象为媒介,读者即使不懂中文,也能体会汉语的视觉和音律之美,超越国界与诗人相沟通。而小说的传播更大程度上受限于译者的拿捏和读者的阅读经验,受到的阻力比诗歌要大一些。同时在对比中也呈现了女性作者相较于男性作者以及使用荷兰语写作相较于需翻译的中文写作在作品传播上的优势。

语言的限制、资金的限制、兴趣的限制,让中国文学的海外传播如"文火"般"燃烧"了几百年。在全球化的今天,荷兰和中国之间的交往越来越频繁,学习中文的荷兰人越来越多,到中国留学的学生规模越来越大,这股"文火"是否会燃烧为熊熊烈火而隐含速朽的可能?且让我们持续关注中国当代文学在荷兰的传播发展。

影响与焦虑:中国当代诗在美国的译介状况

〔美〕明 迪

自从奥地利音乐家马勒于1908年以德语版唐诗为基础创作了第九交响曲《大地之歌》,欧美音乐家就开始着迷于中国古典诗并前赴后继为其谱曲。而德语版问世之前,唐诗于18世纪初就传到法国,19世纪中期出现《唐诗》(1862)和《玉书》(1867)两种法译版,前者影响了马拉美,后者更是广泛流传,并被转译成德、意、葡、英、波、西、俄语等多种文字。《玉书》(Le Livre de Jade)译者为19世纪法国唯美派诗人戈蒂埃的女儿朱迪思·戈蒂埃(Judith Gautier),经她"美声"译过去的李白沉溺享乐,美酒载妓,呼应了法国象征主义和颓废主义的某种美学趣味,深得其父好友波德莱尔的赏识。20世纪初美国诗人庞德创造性的唐诗翻译更是给欧美现代派诗歌吹起一股强劲东风。中国新诗诞生之后被指责为"外来影响"和"欧化",但这"外来"和"欧化"有多少是本土诗歌传统的折射呢? 艾略特受过波德莱尔的影响,而波德莱尔则受过美国爱伦·坡的影响并大量翻译了其作品,文学传统是互相渗透的,经典翻译进入文学传统并改变这个传统,改变之后的传统变得强大之后再去影响其他文学(这连锁反应还包括回头反射)。庞德的"日日新"太有新意了,以至于孔子的本土后代经常忘记"(day by day) make it new"出自于庞德翻译的孔子引文"苟日新,日日新,又日新"。叶芝的《当你老了》(1892)被反复翻译,很少有人去注意这首诗是对16世纪法国诗人Pierre de Ronsard《当你老了》的英译和改写。庞德译的《长干行》太经典了,经常被放在他的名下收入美国20世纪诗选。这里涉及两个问题——翻译与文学影响,而我们首先得了解中国诗歌在国外的译介状况。本文把范围缩小到中国大陆当代诗在美国的译介,权当抛砖引玉。

诗人翻译、学者翻译、诗人兼学者的翻译,译者如果仅仅是忠实地翻译作品,把解释权交给读者和评论界,当然理想;但译者如果只翻译作品而不介绍(或不了解)背景,就会流失某些信息。比如艾略特"最残忍"的四月,源自、呼应、对抗于乔叟"甜蜜"的四月,有点类似韩东的《有关大雁塔》之于杨炼的《大雁塔》。如果不解释,非母语读者就无法明白这之间发生的深刻美学变化(影响不仅来自外国文学的译介,更多的变化产生于本土文学内部)。但带有个人审美倾向的作品选择或过度导读式翻译造成的后果,则是不可预测的负面效应。更可怕、更通常的情形是,译者即使什么附加语也不带,只要翻译了作品就会有后果(说明作品重要),可见翻译的"副作用"之大,强势译者似乎兼任了批评家的角色。

1913 年,旅居英国的庞德根据汉学家翟理士(Herbert A. Giles)的《中国文学史》(1901)改译了屈原的四首诗,取名《仿屈原》《刘彻》等,引起很大反响。美国东方学家 Ernest Fenollosa 的遗孀把其夫在日本收集的文学资料和撰写的笔记交给庞德,庞德当时是叶芝的秘书,他们俩立刻对日本古典音乐剧大感兴趣。叶芝受影响还写了仿日剧本,庞德的兴奋点则从日本俳句转向中国唐诗,并将东方学家的唐诗笔记整理成英文诗,于 1915 年出版了 18 首诗的小册子《华夏集》(*Cathay*)。这一历史性及文学性的举动不仅引起了英语诗歌界对汉语诗歌的百年兴趣和前赴后继的唐诗英译(并影响了几代美国诗人如威廉姆斯、艾米·洛威尔、史蒂文森、哈特·克兰、桑德堡、施耐德、罗伯特·布莱、罗伯特·哈斯等),也引起诗歌翻译史上关于翻译原则的长期争论,甚至出现"庞式翻译"这一贬义词(当然更多时候是褒贬兼具)。

对于庞德的翻译,有汉学家以及中国诗人如叶维廉曾指出其不准确之处。法国的《玉书》更是错误百出,甚至是刻意不顾原文而"肆意"发挥以体现译者心目中的"美感"。但误读和误译有时会带来意想不到的奇妙效果(譬如从"天天进步"转义为"日日创新"),《玉书》及其再版以及其他语种转译本都成为畅销书,戈蒂埃女士后来被选为龚古尔文学院院士(法国第一位女院士)。她和庞德都偏爱李白。译者的个人趣味使得他们完全无视原作者在文学史上的地位变化和后人评价。不过,庞德和戈蒂埃等人的唐诗翻译推动了文化传播,让中国古代诗人走进西方文学,又回头影响了本土后代。但这里涉及另外两个问题,如果没有趣味不同的其他译者力荐杜甫、白居易、王维、寒山等(当然也包括他们两人不断继续翻译并扩大范围),李白永远是"第一";如果不懂原文又如何辨别出原文不同的风格和差异?

意象派运动从 1908 年开始到 1917 年结束,1912 年由庞德正式命名,庞德将其代表作《女诗人 H. D. 的诗》寄给同一年(1912 年)在美国芝加哥的《诗刊》(*Poetry Magazine*)创办人 Harriet Monroe。意象派起源与中国有多大关系不在此讨论,庞德的"翻译"不过是以中国古典诗来呈现他心目中的"理想"英语诗。罗伯特·洛威尔后来出版里尔克、蒙塔莱、波德莱尔、兰波等人的翻译诗集时干脆取名《模仿》(*Imitations*)。无论是诗人译诗还是翻译家译诗,一向都有"faithfulness"(是否"忠实"于原文)之争,也都面临同样的问题:译者是否隐藏于其后,将被译者的声音呈现给读者。庞德注重于模仿原诗中的情绪,洛威尔注重语调,而阿什贝利去年出版的兰波英译《亮光集》(*Illuminations*)可以说不仅体现了诗人译诗对于情绪和语调的把握,同时又注重语言和意象在转换过程中的准确。庞德的华夏诗,同中国诗人以《诗经》语言风格所翻译出来的英美当代诗一样,是一种艺术再创造,展现的是译者的诗歌美学,并非严格意义上的翻译。

庞德对于中国诗歌的意义在于他所掀起的"汉诗热"经久不衰,英译层出不穷,阿瑟·威利(Arthur Waley)的《中国诗 170 首》(1918)、江亢虎与 Bitter Bynner 合译的《玉山:唐诗三百首》(1929)、王红公(即雷克斯洛思[Kenneth Rexroth])的《中国诗 100 首》(1956),数不胜数,直到汉语新诗引起人们瞩目,譬如 1936 年在伦敦出版的《中国现代诗》(Harold Acton 与陈世骧合译)、1947 年出版的《当代中国诗》(Robert Payne 编选,与闻一多等人合作),后者收有徐志摩、闻一多、何其芳、冯至、卞之琳、俞铭传、臧克家、艾青、田间 9 位诗人的作品;1963 年在美国出版的《20 世纪中国诗选》(留美学者许芥昱[闻一多的学生]编选并写序言,康奈尔大学出版社),收入作品从 20 世纪初一直到 1960 年。随着时间的拉近,80 年代开始,中国当代诗的译介增多,1983 年,北岛的小诗册《太阳城札记》在康奈尔大学出版;1984—1985 年,美国诗人巴恩斯通父子在北京外国语学院教书时合作翻译了部分当代诗人的作品(参见《诗东西》第一期访谈),并出了专辑(美国 Nimrod 杂志 1986 年春夏刊);1986 年美国铜谷(Copper Canyon)出版社出版了 1985 年普利策诗歌奖获得者女诗人卡罗琳·凯泽(Carolyn Kizer)的译诗集 Carrying Over: Poems from the Chinese, Urdu, Macedonian, Yiddish, and French African,其中收有中国诗人舒婷的作品。个人诗集方面,北岛诗集《八月的梦游者》(汉学家杜博妮 Bonnie S. McDougall 译)和多多诗集《从死亡的方向看》(Looking Out from Death,译者为 Lee Gregory 和 John Cayley)先后于 1988 和 1989 年在伦敦出版,1989—1990 年,杨炼的三本诗集英译本在澳洲出版,1990 年起,美国新方向出版社推出北岛系列。进入新世纪后,其他中国诗人的个人诗集也相继在美国出版,而集体选集的出版更是如雨后春笋,汉语当代诗走出中国已势不可挡。

  面对新世纪开始越来越多中国当代诗的英译出版(诗选集、杂志专辑、个人诗集以及其他文集),没有被翻译的诗人自然会有压力,甚至焦虑;已经被翻译的诗人更加焦虑,这里的焦虑不只是"影响的焦虑",更多的是诗人自身的焦虑;而读者和评论界的"焦虑"更多。这些焦虑最终又投射到文学史本身。如何判断原作的价值及其在中国当代诗歌史中的位置?出版社和编辑采用了什么选择标准?取舍之间是否有"诗歌政治"在起作用?这些选本是否反映了某种"翻译政治"?所选作品是否代表了中国当代诗的最高水准?选取的角度是否会引起外界对中国当代诗的误读或理解偏差?除了文学价值之外,是否还有其他价值标准在起主导作用?当代汉诗是否有可译性?以及选本的翻译质量,等等,这些都是诗歌界关注的问题。国外诗人读者还关心中国当代诗在各个阶段的美学特征和不同诗人的诗学发展,除了西方影响之外中国诗人有没有自己的突破。除此之外,译者和原作者还同出版社一样焦虑销售问题。翻译书籍在美国只占出版物的 3%,小说和诗歌的总和只占 0.7%,而且更多的读者根本不读翻译作品,所有介入翻译和即将介入翻译的原作者、译者、编者、出版人同时或不同时地集体焦虑传播问题。由于时间和篇幅的限制,本文仅对近 30 年在美国出版的中国当代诗英译出版物作一个大致介绍（及部分评析），带有个人观点或偏见，最终判断权在于读者——本文目的在于促进更多的诗歌翻译交流。

一、英译选集有多大的代表性？是否以质量取胜？

华裔学者和诗人对于汉语新诗的英译一直起着推动作用，比如圣地亚哥大学的台湾诗人叶维廉教授编选并翻译了《现代汉诗：“中华民国”二十位诗人（1955—1965）》（爱荷华大学出版社，1970），华裔汉学家荣之颖（Angela Jung Palandri）主编了《台湾现代诗》（加州大学出版社，1972），南加州大学的台湾诗人张错教授翻译编选了《千曲之岛：台湾现代诗选》（哥伦比亚大学出版社，1986）。此外，香港中文大学出版的英文版《山上的树：新汉语写作选》（宋祺和闵福德合编，1984）收有朦胧诗专辑和台湾新诗人专辑。任教于加州大学戴维斯分校的台湾学者奚密出版过3本关于现当代汉语诗的书。第一本《现代汉诗：1917年以来的理论与实践》（耶鲁大学出版社，1991）为学术专著，后附汉语作品原文。第二本《现代汉诗选》（*Anthology of Modern Chinese Poetry*）（耶鲁大学出版社，1992）由她主编并翻译，收有从胡适（1891—1963）到台湾女诗人陈斐雯（1963—　）66位诗人的作品，不分国籍地域一律按出生年代排下来，大陆当代诗人有江河、芒克、多多、舒婷、翟永明、梁小斌、严力、王小妮、杨炼、顾城，共10人。奚密在以"从边缘出发"为标题的前言中谈到汉语诗歌从文化和文学的中心走到边缘；她从1905年科举制度废除，1911年民国诞生，台湾戒严时期的文学，到上世纪70年代北京地下文学及《今天》文学杂志的创办等，对现当代历史变迁作了详尽介绍，她指出现代汉诗的特点是诗人从边缘同中心进行对话。前言中提及食指和孟浪，并有一个章节涉及女性诗人，从冰心、林徽因到舒婷、王小妮、翟永明、陆忆敏、唐亚平等，被提到的诗人并未全部收录作品。北岛的诗因版权问题而未收录。汉学家宇文所安给予好评，称道其全面和丰富。第三本是她与瑞典汉学家马悦然合作编译的《台湾前沿：中国现代诗选》（纽约哥伦比亚大学出版社，2001）。

奚密的《现代汉诗选》(1992)英译准确,语言干净,32页的前言以及书后的参考书目和索引都具有汉学研究及收藏价值。在此前后另有3本中国当代诗选面世,一本是《红杜鹃:"文革"以来的中国诗歌》(*The Red Azalea: Chinese Poetry Since the Cultural Revolution*,编者爱德华·莫兰[Edward Morin],夏威夷大学出版社,1990,265页),收有蔡其矫、高伐林、龚佩瑜(舒婷)、顾城、何小竹、江海城、雷抒雁、李琦、梁小斌、马丽华、邵燕祥、唐亚平、王小妮、许德民、徐刚、严力、杨炼、叶延滨、于坚、Yu Xuntan、赵丽宏、赵振开(北岛)、郑敏的诗作。第二本是美国著名诗人唐飞鸿(Donald Finkel,1929—2008)翻译的《碎镜:民主运动中的中国诗歌》(*A Splintered Mirror: Chinese Poetry from the Democracy Movement*,北点出版社,1991,101页),第三本是托尼·巴恩斯通(Tony Barnstone)编选的《暴风雨中而出:中国新诗》(*Out of the Howling Storm: The New Chinese Poetry*,卫斯理安大学出版社,1993年,精装版155页)。这三个选本的书名和出版时间已将选题和时间段标明了。荷兰汉学家柯雷在2008年出版的关于汉语新诗的专著(下面将会介绍)中点名批评后两本诗集过于注重政治背景,带有"内容歧视"(content bias),会引起不懂汉语的读者误认为中国当代先锋诗的主题主要以政治为主。他自己则着力介绍于坚、孙文波等人,尤其是颜峻。从时间上来看,他批评的对象与他所观察的中国诗歌是不同时期的"当代诗"。唐飞鸿在前言中提到他对朦胧诗的兴趣来自卡罗琳·凯泽翻译的舒婷作品(1985)和杜博妮翻译的北岛作品(1988)的影响,之后他与懂中文的合作者们一起翻译了北岛(17首)、多多(7首)、顾城(13首)、江河(3首)、芒克(5首)、舒婷(2首)、杨炼(1首),《碎镜》收录了这7位诗人的作品(包括卡罗琳译的舒婷诗),也就是说,这本诗选是把北岛和舒婷放到一个更大的背景之中,使美国读者在他们两人之外读到更多的朦胧诗人的诗作。前言很短,主要谈及诗歌表现的复杂性。他没有提到巴恩斯通1985编选的中国当代诗专辑,译文不如巴恩斯通准确流畅。

托尼·巴恩斯通(1962—)大学毕业后与父亲威利斯·巴恩斯通(美国著名诗人、学者、翻译)一起于1984—1985年在北京外国语大学执教,后返回伯克利加州大学完成文学创作硕士和文学博士学位,师从罗伯特·品斯基和罗伯特·哈斯(两位都是诗人、翻译、美国前桂冠诗人)。他编选的《暴风雨中而出:中国新诗》分"朦胧诗"和"后朦胧诗"两个部分,第一部分收录了北岛、杨炼、舒婷、江河、顾城、多多、芒克的作品;第二部分收录了周平、西川、张真、唐亚平、菲野、贝岭、哈金的作品。该诗选有两篇前言,一篇是四页的"翻译如同伪造",从货币谈到黄金价值,从达·芬奇油画谈到诗歌翻译,并风趣地引用马尔克斯的话:《百年孤独》英译本比西班牙原著更好。托尼·巴恩斯通的翻译准则是专注和用心,模仿原作的气质,追求精神上的相似,他翻译的杨炼、芒克、西川在选集中十分出彩。第二篇前言为 38 页之长的"通过玻璃镜看中国诗歌",谈到他在北京的所见所闻,以及从阅读中了解的中国现当代史。他从毛泽东在延安文艺座谈会上的讲话,一直谈到后"文革"时期中国的文化镜像,还谈到 1983 年的"反精神污染"运动,1984—1985 年为最开放时期,中国对英美文学的介绍从左拉、德莱赛、狄更斯,转向梭罗、艾默森、惠特曼,等等。他对北岛、杨炼、多多、芒克、舒婷等人的作品解读很细致,在将中国诗人与西方现代派作对比时,他不认为中国当代诗受西方影响,其成就是中国古典诗歌精髓的再现,他认为朦胧诗的意义在于寻找新的价值观,新的自我,新的诗歌美学。对比同类选本,一看编者前言,二看所选的作品,这个选本选用了别人的翻译,也选用了他同中国诗人和华裔诗人的合译,内容很丰富,其中菲野和周平的作品较为鲜见。每个选本的编辑都有自己的视野(或局限)和标准(或偏颇);在有限的视野内挑选出好作品就尽到了责任,发掘出新人就是贡献(抑或是无功之劳)。托尼·巴恩斯通在美国读者只关注北岛和舒婷的时候,对杨炼、多多、芒克作了大篇幅的介绍和评析;首次推出了更年轻的诗人,比如西川。

  巴恩斯通去中国原本是想了解美国现代派的精神源泉,结果成为 80 年代最早与中国当代诗人互动的美国诗人之一,这本诗选出版后得到很多好评——从我所看到的 8 篇评论中摘录两句——"一流的翻译""对于了解中国当代诗的重要读本"。我个人觉得美国诗人、翻译家、学者 Leonard Schwartz 的评语很中肯,"重要的过渡性的诗选",也就是说,既是重要的,又是过渡性的——如同所有诗歌选集一样有其时间上的过渡性,对某一个特定时期的了解具有意义;但还需要参考其他选本以了解中国当代诗全貌。巴恩斯通对北岛和朦胧诗诗群的解读和评论很有深度,一篇评论中有这样一句话:诺贝尔文学奖评委在忽视了中国这么多年之后,只需要看这一本书就能够发现一些世界级的声音。这句评语既高度赞扬了这个选本,也引起一种警惕:一个只有14人的选本过于好了,是否会遮蔽中国大陆的其他诗人?

巴恩斯通还编选了其他中国诗选和文集,比如《空山拾笑语:王维诗选》(1991)、《写作艺术:中国大师语录》(1996)、《安克辞典:古往今来三千年中国诗选》(安克出版社,2005,436页)、《中国情诗》(或译为《中国性诗》)(2007),其中《安克辞典》(与周平合编)已成为经典,从《诗经》一直到现当代,130多位作者,600多首诗,当代部分到朦胧诗为止(外加哈金),容量上超过了Robert Payne与闻一多等人合作的《白驹:古往今来三千年中国诗选》(英国John Day出版社,1947,320页)。

新世纪开始前后,出现过两本由中国大陆女诗人编选的中国当代诗,第一本是英文版《新一代:当今中国诗选》(*New Generation: Poems from China Today*,Hanging Loose出版,1999,234页),由王屏主编并与12位美国诗人合作翻译,共收录了24位诗人的作品:车前子(1首)、陈东东(2首)、贺中(11首)、贾薇(3首)、梁晓明(3首)、刘漫流(4首)、孟浪(4首)、莫非(6首)、默默(3首)、唐亚平(2首)、王家新(3首)、王屏(4首)、唯色(2首)、西川(4首)、雪迪(3首)、严力(1首)、伊沙(6首)、于坚(8首)、翟永明(3首)、张耳(2首)、张真(2首)、赵琼(3首)、郑单衣(2首)、邹静之(7首)。通读之后(没有中文对照),雪迪、伊沙、于坚、王屏等人的作品给我印象很深。书后有施家彰和哈金的短评,赞赏了这本新一代诗人的英译诗选。美国(华裔)诗人John Yau和王屏各写一序。前者对中美之间诗学演变作了很有启发性的对比,他以于坚、梁小明、莫非的代表作为例,比较了于坚的"拒绝隐喻"和陆机的《文赋》以及60年代罗伯特·克理为对抗意象派而提出的诗到"词语"为止的主张;后者侧重介绍中国社会的政治变化、观念改变、当代诗歌流派以及合作翻译方式,两篇序言互补,在不长的篇幅内对

80—90年代的中国诗歌以及所选录的主要诗人做了比较全面透彻的介绍。

张耳与大陆诗人陈东东合编的中英双语诗选《另一种国度：中国当代诗选》(*Another Kind of Nation：An Anthology of Contemporary Chinese Poetry*，Talisman 出版社，2007，451 页) 也收集了24位诗人，也是按拼音排列，多了22位新人：曹疏影(5首)、陈东东(6首)、韩博(6首)、韩东(11首)、胡续冬(6首)、黄灿然(10首)、姜涛(4首)、蓝蓝(13首)、吕德安(5首)、马兰(7首)、莫非(9首)、清平(7首)、桑克(6首)、树才(9首)、唐丹鸿(6首)、杨健(11首)、杨小滨(8首)、叶辉(8首)、臧棣(8首)、张耳(7首)、张枣(7首)、张真(8首)、赵霞(8首)、周瓒(3首)。张耳在序言里说这些诗人都出生于60—70年代，成名于90年代，与中国古代诗人比如王维和李白等擅长写山水花鸟不同，当代诗人不再写自然山水，而是写城市的街道和拥挤的人群，以及人们的精神层面。她避开了其他诗选必谈的朦胧诗和政治风波，而是在中国诗歌的大框架下介绍这一批诗人，并谈到西方诗歌的影响。陈东东的中文序言《大陆上的鲁滨逊》没有译成英文，书后是张耳整理介绍的翻译过程和部分译者的通信，最后是作者/译者简介。我将在介绍了王清平的选本之后再做一个比较和讨论。

有两本中国女诗人选本也值得关注：Julia C. Lin 编选、翻译的《红土地上的女人》(*Women of the Red Plain：An Anthology of Contemporary Chinese Women's Poetry*，1995)，《二十世纪中国女诗人诗选》(*Twentieth-Century Chinese Women's Poetry：An Anthology*，2009)。金介甫(Jeffrey C. Kinkley)撰写的《1949—1999年中国文学的英译本出版状况述评》对第一本选集的评价不高，说是"鱼龙混杂"。Zhu Yanhong 为第二本选集写有评论，赞誉其"选入作品广泛，信息量大"。此前，Julia C. Lin 还出版有《现代汉语诗导论》(*Modern Chinese Poetry an Introduction*，华盛顿大学出版社，1973)。

其他国家和地区，有汤潮与 Robinson Lee 主编合译的《新潮：中国当代诗选》(*New Tide：Contemporary Chinese Poetry*，加拿大 Mangajin 出版社，1992，199页)，收录了25位诗人的作品：贝岭、陈东东、多多、海子、韩东、胡伟、江河、老木、林莽、绿原、马高明、孟浪、莫非、牛汉、裘小龙、汤潮、童蔚、王家新、王寅、夏云(王渝)、雪迪、严力、张枣、张真、郑敏,该选本不强调政治背景,方方面面的诗人都有,但年代跨度一大,拼音排列的不足就显得十分突出。2007年澳洲出版了一本英文的《八位中国当代诗人》(编者 Naikan Tao 和 Tony Prince,148页),编者自称根据不同流派和诗歌影响而收入了这8位诗人:杨炼、江河、韩东、于坚、翟永明、张真、西川、海子。

回到美国方面,2011年10月,铜谷出版社出版了中英双语《推开窗:当代中国诗选》(*Push Open the Window: Contemporary Poetry from China*,307页),王清平主编,著名中国小说翻译家葛浩文夫妇为翻译主编。王清平的英文前言很短,两页不到,主要是说中国近20年来的诗歌写作被世界忽视,在某些国家,唐诗宋词是"中国诗歌"的同义语,然后谈到由于众所周知的各种原因,中国当代诗质量糟糕,1976年之后有所改观,80年代末趋于正常,90年代才开始成熟,最后说到再怎么力求平衡的编者也难免有偏见和局限,但这个选本里的大多数诗人和作品都代表了中国(诗歌)最好的部分。接着是葛浩文和夫人林丽君教授的两页半前言,主要谈翻译问题和这个选本的翻译编选过程,谈到从北京编辑送交的150首诗压缩到现在这个规模难免遗失了好诗,按照年代编排可以反映出中国诗歌的发展。然后是美国诗人 Forest Gander 简短而激情洋溢的前言,其中有对部分诗人的点评。作品部分是汉英对照,目录和作者简介只有英文。共收录49位诗人的作品,每人1—3首:食指(2首)、芒克(3首)、舒婷(2首)、于坚(2首)、翟永明(2首)、王小妮(2首)、孙文波(2首)、顾城(3首)、柏桦(2首)、张曙光(3首)、王家新(2首)、宋琳(2首)、肖开愚(2首)、韩东(3首)、陈东东(2首)、张枣(2首)、清平(3首)、森子(3首)、黄灿然(2首)、西川(3首)、黄梵(3首)、蔡天新(1首)、臧棣(2首)、海子(3首)、叶辉(2首)、马永波(1首)、树才(2首)、伊沙(2首)、余怒(2首)、戈麦(3首)、蓝蓝(2首)、西渡(2首)、杨键(2首)、桑克(2首)、陈先发(2首)、林木(3首)、周瓒(2首)、朱朱(2首)、姜涛(1首)、燕窝(2首)、蒋浩(2首)、马骅(1首)、韩博(2首)、冷霜(2首)、朵渔(2首)、胡续冬(2首)、秦晓宇(3首)、沈木槿(3首)、王敖(1)。

开篇是食指的《相信未来》和《这是四点零八分的北京》,虽然中文看来有些过时(文学作品不应该过时),但诗人、汉学家石江山(Jonathan Stalling)的英译却很漂亮,通读之后比较引人注目的有芒克的《人死后也会老》、于坚的《登纽约帝国大厦》、森子的《废灯泡》和《夜宿山中》、西川的《蚊子志》《思想练习》《皮肤颂》、黄梵的《蝙蝠》《词汇表》《中年》、马永波的《奇妙的收藏》、树才的《马甸桥》、胡续冬的《一个拣鲨鱼牙齿的男人》等。汉学家陆敬思教授(Christopher Lupke)以前给人的印象有点学究气,这个选本里的译诗却让人眼前一亮。孙文波、萧开愚、臧棣各两首都是他翻译的;萧开愚的诗译得神采飞扬;蓝蓝两首诗的英译也非常精彩到位;蔡天新的5首小诗组成的《冬日的变奏》细节迷人;舒婷的《天职》和《享受宁静》挑选得很好,熟悉舒婷的美国诗人和读者会感到欣喜。

作品从1968年到2008年,跨越40年,也可以说是50个年头,但这50年来中国当代诗的发展变化没有在序言里介绍,北岛、多多、杨炼未被收入,也许编者是有意避开已经在英语世界被介绍过的诗人,但舒婷和顾城也是已经被译介过的,却被收入。70年代和80年代的作品很少,也许正如编者在前言里所说,中国当代诗直到90年代才有起色,那为何不干脆编一个"中国当代诗20年诗选"呢?虽然按照出生年代排序是标准的英文诗选目录方式,前言里也说到以年代编排来展示发展状况,但编者忘了,按照出生年代排列的诗选都有一个详细的前言和作者介绍,使读者横看纵看都能看到不同诗歌流派的产生、每个作者的特点。此外,作者简介太"简"了,孙文波的简介只有两句话,转译成中文大意是:孙文波于1956出生于成都,1985年开始写作,出版了半打诗集。叶辉的简介也是类似的两句话。于坚和伊沙的简介很平淡。绝大多数的作者简介都简简单单,等于没有介绍。50年轰轰烈烈的诗歌史,看不到任何影子。只有食指、翟永明、韩东、西川等人的简介详细一点,其他很多人都面目不清。也许有些作者不愿意多介绍自己,但在美国出版物中对作者进行介绍是编者的责任(中国的习惯是作者提供简介。我随手翻出几本美国现当代诗选,作者介绍都是统一以编者视角来撰写的，重要诗人非常详细，非重要诗人也比较详细，值得收入就值得介绍）。也许编者认为不需要介绍，让作品说话，这些作品也许会让英语读者记住几首好诗，但很难让他们记住作者的名字。也许编者正是希望让读者关注中国当代诗的作品而不是作者，但中国当代诗的发展与作者的出生年代关系不大，比如，从目录上看到的是舒婷、于坚、翟永明、王小妮、孙文波、顾城这个顺序，但如果我们纵观当代诗的发展状况，他们却出现在不同阶段，具有不同起源、不同流派和不同风格，与目录顺序完全无关。也许编者正是要提醒读者不要去关注历史发展，而关注作品本身，但这个选本里并非都是每一位作者的最好作品。书末的译者介绍远比作者介绍详细、丰富。这个由国家赞助翻译出版的选本，真的能代表中国当代诗50年的最高成果吗？也许在有限的版面之内，任何编者都无法做得更好。这个选本的长处是集合了翻译界的名流，同时也是中国当代诗人的集体大亮相。

  这是第一本官方选本，由中国新闻出版总署和美国国家艺术基金会赞助，很少有诗集享受过这本诗集出版时的待遇，西川和周瓒代表被入选的作者赴美朗诵，接受采访。同一个交换项目的《当代美国诗选》已由人民文学出版社出版，40位美国诗人，每人3首（美国最重要的诗人未被收录，令人费解）。美国这边对《推开窗》的宣传做得非常好，但笔者只看到一篇评论，大致是说质量不均衡，但还是有一定的趋势，似乎越到后面（年轻的）质量越好，越有复杂性，并提出两个问题：第一个是泛泛而谈，说并不是推开窗就可以对中国当代诗一目了然，要警惕翻译媒介的作用，比如过去美国读者读王红公翻译的杜甫并不知道是在读译者还是原作者的作品；第二个问题针对这个选本，译者的数量之多（49位作者43位译者）导致一个潜在问题。他认为如果一位译者统一翻译的话，可以对中国诗歌的发展和变化提供更准确的理解。我觉得这两个问题可以综合起来看，一个译者或者一个翻译团队统一编译，可以全面把握质量，如果能读出不同诗人的不同风格，并且通晓中文、对不同语言风格进行准确模仿，那么确实是很理想的选本；太多的译者，容易呈现出一种表面上的丰富，而且一个译者只翻译某位陌生诗人的一两首诗很难深入了解作品和诗人，从而使翻译沦为一种简单的文字转换。

名家翻译是《推开窗》的最大亮点，翻译上的参差不齐也很显著，这一点英语读者比我更能一目了然。按常识，翻译两首诗比翻译一本个人诗集要简单，但即便如此也未见其多下工夫，于坚的"圣人登泰山而小鲁"，柏桦的"风调雨顺"等，未见妙译，当然也确实不好译。蒋浩的《海的形状》译得非常好，但有几个细节特点和庄子味道并未体现出来(一看中文，原来蒋浩的"非鱼"被改成"鲱鱼"，蒋浩说这并非他自己所改)，当然，这首诗复杂的层面即使未翻译出来也不影响对其整体的欣赏，而《游仙诗》基本上是失败的。陈先发的《前世》和《秩序的顶点》，语焉不详，毫无诗意，在书后加注也没用。有些诗令人失望，不是翻译问题，而是转换到另一种语言之后失去了光彩和原有的特色，或者是在另一个语境里没有任何意义，引不起共鸣。这里不是讨论可译性(好诗都经得起翻译)，也不是回避难度(越具有挑战性的难度，译出来越出彩)，而是说有些汉语诗放到英语语境里会发亮，有些则会显得黯淡，应该多挑选作品让译者选择，有这么好的财力和人力，完全可以做得更好一点。有一个东西比资金更重要——时间，如果译者肯花更多时间去通读(起码是多读)一位诗人的作品，并阅读相关评论和访谈，了解诗人所处的文化背景和所要表达的意思、是否在与传统进行对话或质疑，这样翻译出来的文本才能体现原作的意愿。

杨炼今年二月接受北塔访谈时说："当代中文诗写了30多年，在世界上也出了不少诗选，却没有任何一部能(哪怕部分地)呈现我们的思想深度和创造能量。究其病因，在于编者和译者们第一自身没有思想，抓不住要点。第二急功近利、喜欢走捷径。结果，大路货的'编选'，粗糙肤浅的'译诗'，唯一起了败坏当代中文诗声誉的作用。"这个批评很尖锐，但不知他对中文当代诗的译介状况了解多少，才作出这样的全盘否定。

美国书评网站 RainTaxi2008 年春季号有一篇关于张耳/陈东东选本的评论，作者柯夏智(Lucas Klein，毕业于耶鲁的汉学家，现在是西川作品的译者)，北大出版社《新诗评论》2008 年第 2 辑上登载了这篇评论的中译及张耳的答复：《评〈另一种国度：当代中国诗选〉》(〔美〕柯夏智/孟连素译)、《致中国读者兼评柯夏智先生》(张耳)。柯夏智的文章,同宇文所安针对北岛诗集英译的评论文章(下面再讨论)一样,引起了一些误读。初看,他似乎仅仅是在质疑张耳和陈东东的选择标准和翻译质量,但实际上,他给每一位编选和将要编选中国诗歌英译的编者/译者提出了一些很中肯的警醒:在一定规模的选本里怎样选择作者和作品才具有代表性和全面性?另一个问题是,中文并不是拼音文字,作者按拼音排序能向英文读者提供多少有关中国当代诗的发展及各种流派的信息?他的主要批评意见是说两篇序言对英语读者帮助不大,没有揭示出当代诗的走向(韩东的《有关大雁塔》不仅被音译处理成"Da Yan Pagoda",而且没被点出与杨炼"Goose Pagoda"的关系);翻译中谬误过多,译者未注意细节,对作者背后的文化不了解,对怎样处理作者的声音(或无声)也没有把握好。他仔细列举了很多糟糕的译笔,但同时也将妙笔一一列举出来,并提出了一些值得思考的问题,编者/译者如何向读者提供"新闻的新闻"(庞德语)(最尖刻之处是文章最后引用了张耳本人的诗句,大意是:总是开错路,从西边下高速公路,却进了东边的唐人街)。

　　这三年来我时常想到柯夏智提出的问题,英语读者为什么要去读一本翻译诗集呢?编者一定要提供有趣、有意义、有相关性的信息以及新鲜的文本和有效的翻译去吸引读者,再就是合作翻译的利弊所在(另一个他未直接提出的问题是,编者是否应该收录自己的作品?)。张耳的回复文章针对的主要是批评意见,而忽略了文章中的赞美之处和问题部分。张耳谈到选择方法("入选条件")和翻译方法,关于翻译,她说每一个参与翻译的都是出色的诗人,翻译都很认真,反复修改,选本呈现的绝不是批评文章里所说的"草稿"。翻译质量问题见仁见智,我个人觉得有一部分诗翻译得很好,有一部分确实呈现草稿状态——被不同译者改来改去之后失去连贯性和语调上的一致。我还想补充一点,中文诗的英译选本最重要的一点是让读者了解汉语当代诗的状况、汉语当代诗人的不同风格和语言创新,以及如何在中西文学传统中进行取舍并探索新路,这一点除了通过前言和诗人介绍来传递,翻译本身也可以传递一定的信息,译者需要费尽心思去表现原作的风格,但有时候一两个词就可以达到事半功倍的效果,比如臧棣的《石器》一诗里有这样一行:"它们重申着我们在最高的虚构里/遭遇的事情",这里"最高的虚构",张耳选本中用的是"highest fictions",相比之下,如果用史蒂文森用过的"supreme fiction",立刻就可以传递出有关诗歌传统、诗歌影响、诗人成长、诗人所关注的问题等大量信息。这牵扯到另一个问题,就是选本的读者对象——编译一本当代诗选是给英语诗人看,还是只给汉学家看?

张耳和陈东东的初衷是想区别于学者翻译或汉学家翻译,让懂中文的诗人和不懂中文的诗人合作,创造出英语诗,重点在于"诗"。这里出现两个问题:诗人本身的局限会限制翻译出来的成品质量,集体创作是否还是创作。译者 A 要像侦探家那样去解读密码,译者 B 要像地下工作者那样传递密码,两人(或多人)合作应最大限度地释放密码的信息,但破译和传递要想在两个(甚至多个)不同的大脑里一起进行,应该有一个有效的机制才可行,否则合译就会失败。第一个问题还涉及一个更重要的问题,好的翻译会呈现出原作者最佳的一面,不够好的翻译自然无法做到这一点,那么,这种不对称对原作者是否公平?比如,在英译中,杨小滨和周瓒的诗就比陈东东和胡续冬的诗看起来要胜出许多,这恐怕是编者没有预料到的。

如果将张耳和陈东东的选本同王清平和葛浩文夫妇的选本做一个对比,我会立刻同情张耳他们:一个是民间努力,义务翻译;一个是国家项目,有基金赞助。人力和财力都有天壤之别。张耳的前言第一页就有错字,如果她有资金一定会请人校对一遍;翻译上的问题,如果她有翻译费可以请到最好的懂汉语的美国诗人。张耳他们的翻译实践在短短两年内推出了一批"后朦胧诗"之后更新的一代诗人,他们选的 24 位诗人与王清平选的 49 位虽有一部分重合,但仍可以参照起来阅读,比如《推开窗》只收录了黄灿然的《母子图》和《母女图》两首短诗,《另一个国度》却收录了 10 首诗,《推开窗》未收录的诗人,比如吕德安和莫非等,可以在《另一个国度》里欣赏到。

柯夏智对张耳/陈东东提出的批评,同样也适用于王清平/葛浩文夫妇的选本,但没有见到他质疑后者:挑选作者出于哪些考虑?是否具有全面性和代表性?序言对英语读者是否有所帮助?译者是否理解原作者、并突出原作者的风格？也不知柯夏智是否敢于对《推开窗》的翻译质量提出批评。同样的问题也适用于《玉梯》。

这篇调查文章写完一个月之后，为了不漏掉最新英译（英美不分家），我找杨炼要了《玉梯》终稿电子版（已正式出版）。《玉梯》为英国血斧（Bloodaxe Books）出版，共360页，主编为W. N. Herbert、杨炼，副主编为Brian Holton、秦晓宇，前有两位主编分别写的序，中间正文分两个部分，第一部分为抒情诗，第二部分为叙事诗、组诗、新古典诗、实验诗、长诗，6种分类之前有秦晓宇撰写的小序言，后有主译者Brian Holton的译后记作为跋，最后是4位编辑的简介、版权、作者/页码索引，但无作者简介（很奇怪）。53位作者分类并按出生年代排序，抒情诗部分收录48位作者，约150页，包括北岛（14首）、芒克（3首）、多多（16首）、钟鸣（3首）、于坚（2首）、严力（4首）、王小妮（2首）、杨炼（11首）、翟永明（4首）、柏桦（7首）、顾城（9首）、孙文波（1首）、欧阳江河（4首）、张曙光（1首）、廖义武（2首）、周佑伦（1首）、宋琳（2首）、吕德安（1首）、肖开愚（3首）、Yang Zheng（2首）、陈东东（4首）、孟浪（1首）、森子（1首）、胡冬（3首）、麦城（2首）、清平（1首）、张枣（13首）、黄灿然（1首）、西川（3首）、杨小滨（2首）、郑单衣（2首）、海子（2首）、潘维（2首）、宋炜（1首）、臧棣（6首）、伊沙（8首）、余怒（1首）、陈先发（1首）、戈麦（2首）、朱朱（1首）、姜涛（1首）、蒋浩（1首）、马骅（1首）、水银（1首）、韩博（1首）、胡续冬（3首）、秦晓宇（4首）、王敖（1首）。

第二部分不知是版面/页数限制还是别的原因，作品减少，叙事诗部分有孙文波（《在西安的士兵生涯》）、张枣（《德国士兵雪曼斯基的死刑》）、朱朱《鲁滨逊》《清河镇》、孙磊，作品总共占20页；新古典部分有北岛《母亲》、杨炼《热河宫》、肖开愚《星期天诳言》、杨小滨、张典、蒋浩《春秋解》，共8页。组诗部分有邹静之、杨炼（《大海停止之处》）、顾城（《鬼进城》）、翟永明、肖开愚、陈东东、张枣、西川，共42页。实验诗部分有于坚《零档案节选》、杨炼《同心圆节选》、顾城、杨小滨、哑石，共11页。长诗部分有江河、芒克、杨炼、吕德安、肖开愚、孟浪6位的长诗节选，共16页。

文学作品选集按照主题、体裁、作者出生年代、地区、流派、作者姓氏等各种方式编排，这些都体现出编者的思路，中国当代诗按以上六类分开编选有什么优势，大概四位编者心里都有个宏图，只是因篇幅关系裁减之后没有展现出来。秦晓宇做了很深入的研究和细致的评述，但他的论文删减之后被放在六个分类之前作为导读，似乎没有起到作用，比如关于叙事诗，他指出在张枣和朱朱的诗里都有一个"我"在说话，但读者必须确认这个"我"是作者自己还是另一个人。这几段完全可以去掉，因为太浅显，庞德翻译李白《长干行》时需要解释诗里的"我"不是李白吗？可以看出编者们想对中国诗歌的渊源作一番梳理，但这样的分类是否能揭示中国诗歌从古至今的演变发展或者与世界文学进展的关联呢？中国当代诗人如何与古代诗人或西方诗人对话也没有充分展现出来，尤其是，当代诗被这么抒情、叙事地一分类，个人差异被淡化了，不如像奚密那样分为评论卷和作品卷——参照阅读可能更有效；或者用一篇完整的序言系统介绍中国诗歌传统以及当代汉语诗的美学特征(有一段插曲，某美国诗人在北京与几位中国诗人聚会后写一随感：某中国诗人说"我喜欢抒情诗，讨厌叙事诗"，美国诗人问"你喜欢谁的诗？"答曰"毕晓普"。于是美国人心里产生了两个疑问：中国当代诗人把抒情和叙事分得那么清么？不知毕晓普在中文译文里是怎样呈现的？)。

《玉梯》通读下来，最引人注目的是叙事诗和部分组诗。抒情诗部分中，北岛、多多、顾城、伊沙等人的大部分作品为其他译者旧译，新译部分中，钟鸣、杨炼、张枣、肖开愚、陈东东、孟浪、杨小滨、姜涛等很多诗人的作品都译得很精彩。但也有些地方似乎是误译，或者说是另类解读，比如张枣《镜中》"只要想起一生中后悔的事，梅花便落了下来"被译成"only if she recalls every regret in her life/will plum blossom fall and fall"(回译成中文大意是：她只有想起一生中每一件后悔的事，梅花才会落下)，这一句的主语(谁想起)可以多解，固定成"她"是出于英语结构的无奈，但"只要……便"这个句型被解读成"只有……才"，不知何故。无论怎么化古，语义的逻辑性在那里，改变之后与诗的其他部分就脱了节。当然，创造性误读不一定会毁掉一首诗，相反，有时甚至可以带来新意,只是在这里意思不一样了,本来是"(每次)只要(一)想起……"就会怎样,现在"想起"成了必需的条件。第八行"羞涩"用"shame"(羞耻)显得过重。这首群众喜爱的诗,在英语里变了味。开首部分确指的主语"她"和肯定的条件句使诗的歧义和多义性消失。汉语无主语确实给翻译带来了难处,但这是汉语的特点,而且正是这个特点丰富了汉语诗,为什么不创造一种句式来反映汉语无主语的妙处?庞德摈弃了维多利亚时代的陈旧语言,以一种新的诗歌语言翻译了唐诗,反照出当代译者缺乏创意。

肖开愚《毛泽东》一诗中最后一节"他睡在满是旧籍的游泳池/改建的工作间"被译成睡在游泳池:"he sleeps in a swimming pool full of old books/in between rebuilding work","睡在游泳池改建的工作间"与"睡在游泳池"是不一样的,也许后者更好玩,"游泳池里装满旧书"也不错,但愿这一句的两个误译能成为翻译史上的国际经典。

序和跋往往最引人注目。杨炼序言由中文转译,英语很流畅,很有气势,读起来有杨炼的诗人风格,能看出他的视野和思考深度,语法错误不影响阅读理解,中国人和熟悉中文语式的都能看懂,3 篇文章中这一篇是对作品内容最好的导读。第一篇 W. N. Herbert 的 13 页序主要讲两点,他先谈到 1919 年的五四运动、1949、"文革"、1989 这些政治动荡对汉语现当代诗的冲击和影响,但这个选本里不是政治诗;他说这是在英语里第一次展现中国当代诗的多样性,这个选本是填补空缺。他谈到几种空缺(gap):对于(英语)大众读者、学生甚至教师而言,几乎没有什么权威性的中国当代诗选本资源,这是个空缺;阿瑟·威利的学者翻译与庞德的诗人翻译之间存在一个很大的 gap;中国古典诗歌英译,一边是英国学者的僵硬,一边是美国诗人的自由精神,中间缺乏华人声音;译者与作者之间也存在 gap。这个"gap"论是一个很好的总结,但部分结论显示出偏见或缺乏了解。他说关于过去 30 年的中国当代诗,英语读者也许能在奚密、John Cayley、张耳编选的诗选里找到痕迹,但缺少一本全面概括的选本。W. N. Herbert 似乎不知道王清平和葛浩文夫妇的选本已进展了几年、并于去年 10 月出版(或者知道但不当回事),也不知道美国的其他选本。他说的 John Cayley 选本应该是指英国诗人 John Cayley 与赵毅衡等人编选、在英国出版的 3 本《今天》文集。他说英国学者和美国诗人之间还缺少华人声音,显然是因为不知道叶维廉、张错、施家彰等人的译介和著述,而且似乎没有把奚密、王屏、张耳/陈东东的选本当回事。他说(其他选本)译者同作者之间缺乏交流,但《玉梯》的译者同作者之间的交流除了杨炼之外看不出其他任何作者的介入。在学者翻译和诗人翻译之间,他提倡文化翻译,强调译者同作者沟通,这一点倒是值得赞赏。Herbert 是这个选本的灵魂人物,凡有他参与的合译,明显地更有诗意。

  《玉梯》的跋很令人意外。这篇译者后记透漏,(除了五分之二其他译者的现成翻译之外)初译由 20 多岁、说香港话、中学和大学就读英文学校的香港 Lee Man-Kay 女士提供,译者本人则为苏格兰人、汉学家,自谦不能读懂某些微妙之处。《玉梯》确实比其他选本更大范围、更精彩地展示了汉语当代诗,但主译者 Brian Holton 语气不逊,说美国译者似乎很少能够在纸上创造出节奏脉动,这容易使他们的诗成为毫无诗意的散文剪裁拼贴,我不太清楚他在这里是指哪些美国译者。美国人翻译汉语诗的太多了,他这样全盘否定不知有什么根据。他说中国之所以没怎么获得过诺贝尔文学奖,是因为政府的某些习惯行为,以及文学作品的劣质翻译(他是杨炼的长期英译者,杨炼没有获得诺贝尔文学奖原来是他的翻译不好?!)。他说他必须告诉中国译者用英语字典的定义代替中文词语是创造不出诗歌的;中文人名或地名无论多好听都在英语里引不起联想;大多数中国人的英译都无用,流畅不等于精通(并指名道姓说许渊冲的翻译很糟糕);中国人想做英译或其他语言的翻译,必须与高水准的母语者合作。他的这些劝告或训诫,一部分我同意,比如我也觉得与英语母语诗人合译是上策,但我不认为所有中国人都无法译出好诗来,奚密和麦芒的英译就相当专业;中国人名和地名在英语里也不一定就完全引不起联想,举一个最简单的例子,庞德译的《长干行》结尾"相迎不道远,直至长风沙""And I will come out to meet you/As far as Chō-fū-Sa",日本注音虽然不标准,但谁管"Chō-fū-Sa"(长风沙)是什么呢,陌生的地名让英语读者联想到很远的路程。他把张枣《镜中》的"南山"译为"Southern Mountain"反倒是未见得能引起多少联想。Brian Holton 这篇跋似乎有一股怒气或怨气,但不知是冲谁而发。

大小序言再加上跋,文字部分很多,是王清平选本的另一个极端,对比之下反倒觉得像王清平那样少说效果更好,起码给诗文本留有更多空间。总的感觉是编诗选需要考虑读者对象,有的放矢,在对当代诗的来龙去脉以及对作者的诗学特征作适度的介绍和评析时,要么用最当下的理论,要么避开理论只谈动向和分析作品,从这一点来看,奚密和巴恩斯通的选本做得最适中(当然这两本都该更新或出续集了),王屏选本的两篇前言最有实用价值。

杨炼作为主编之一,在5个部分都有作品大展,这一点在当代英语诗选里是很少见的,也许是文化差异。办杂志用编辑的东西体现办刊方向,很常见;同人诗选体现某种流派,收录编者自己的作品也很正常;但编一本规模较大的选集(anthology)一般需要克制一下——不用或少用自己的作品。王屏和张耳等人编的诗选,涵盖面不大,是否是同人诗选不明显,杨炼选本包涵了几代诗人,在读者眼里不可能是同人诗选,会有 self-promoting(推销自己)之嫌。当然这个细节不足挂齿,完全看读者如何去看待。个别明显开后门的做法倒显出是同人诗选了,但杨炼声称这是最全面的中国当代诗选。《玉梯》收录/翻译了长诗和组诗,本来是件好事,如果按照常见的英语诗选方式列在每个作者名下,就能反映这些作者的创作,但分类列出来,就显得是在突出长诗/组诗的重要性,从而使其他诗人看上去像是点缀而已,中国当代诗成了长诗/组诗与短诗的较量,在众多焦虑之后,又多了一个长诗焦虑,似乎不写出长诗就不是大诗人,这个选本的目的似乎是为了建一个汉语当代诗"正典",那么,布鲁姆如果把自己放进《西方正典》,那部正典还有权威性吗?米沃什主编的《明亮事物之书:国际诗选》(1998)为什么没收录他自己的作品呢?《玉梯》编者可能忽略了这个问题。

二、文选、专著、期刊的广泛或深入,流传的时间和范围

中国当代诗人的英译,除了以诗歌选集(anthology)的形式出现之外,中国现当代文学选集和世界文学选集里也会有作品收录,文学史专著中也会提及重要诗人,前者淹没于汪洋大海,后者只有学者去关注。诗人之间的交流以诗歌选本为主要途径。较有影响的选本包括:美国女诗人卡罗琳·佛雪主编的《拒绝遗忘:二十世纪见证诗选》(诺顿出版社,1993,816页),收有北岛和多多的作品;美籍华裔诗人Tina Chang与人合编的《亚洲当代诗选》(诺顿出版社,2008年,784页),这个庞大的选本没有按照国家地区排列,而是按照主题编排,极其有限的几个中国当代诗人混在其他亚洲名字里,不引人注意;卡明斯基编选的《国际诗歌选》(Ecco出版社,2010年,540页)也很浩大,从泰戈尔、卡瓦菲斯一直到当代(上世纪)80年代出生的诗人,涵盖了几乎所有现当代欧洲著名诗人,有的收录了十多首,亚洲以中国为主,有闻一多、何其芳、洛夫、雷抒雁、北岛、多多、于坚、顾城、翟永明、张耳、西川、严阵,除了北岛和顾城各两首之外,其他中国诗人各一首。卡明斯基参考了很多选本而筛选出这个集子,他对于非英语诗人的选择标准是不看名气,只看英译的诗歌性和可读性。他同亚洲当代诗选的编者一样,对中国诗人的选择有一定的盲目性,但他注重文本的方式还是可取的。去年我参与了一本世界诗歌选本编辑(还未出版),这个选本也有很大的盲目性,后来我发现主编过于偏向当下,就没有积极参与。诗歌文本需要一定时间的沉淀和经典化才有价值(比如卡明斯基选本里有三分之二作品经过了时间检验),一人编选有局限性,多人编选则无标准,质量上无法统一,但话说回来,无论是否是多人合编,都有可能出现鱼龙混杂的现象。

宇文所安(Stephen Owen)的《中国文学:从初始到1911年》(*An Anthology of Chinese Literature: Beginnings to 1911*,诺顿出版社,1997);杜博妮(Bonnie S Mcdougall)和雷金庆(Kam Louie)合著的《二十世纪中国文学》(哥伦比亚大学出版社,1997),所选作品1900年到1989

年,到朦胧诗为止;林培瑞(Perry Link)的《"文革"后的流行文学及受争议文学》(*Stubborn Weeds: Popular and Controversial Literature after the Cultural Revolution*, 1983),杜迈克(Michael Duke)的《后毛时代的当代中国文学》(*Contemporary Chinese Literature: An Anthology of Post-Mao Fiction and Poetry*,1984),香港岭南大学刘绍铭和汉学家葛浩文合编的《中国现代文学选》(哥伦比亚大学出版社,1996),从书名和出版年代就可以看出涵盖的时间段,将这些专著和选集交叉起来阅读,会使英语读者对中国文学和中国诗歌的发展有一个总体了解。

华盛顿州立大学陆敬思(Christopher Lupke)主编的《中国当代诗的新视角》(*New Perspectives on Contemporary Chinese Poetry*,2007年,256页)是在2004年波士顿西蒙斯学院蔚雅风主持的"现代汉语诗国际研讨会"召开之后编选的一本论文集,共12篇文章,以蔚雅风和陆敬思的两篇序言和奚密的文章《〈可兰经〉里没有骆驼——论现代汉诗的"现代性"》开篇,第一部分"新视角"有陆敬思等汉学家关于郑愁予、痖弦、洛夫、刘克襄的文章,Andrea Lingenfelter关于女性诗歌以及对比夏宇和翟永明的文章;第二部分"中国大陆当代诗"有黄亦兵(麦芒)关于顾城、Paul Manfredi关于严力、江克平(John A. Crespi)关于于坚和孙文波、李点关于知识分子写作与民间写作之论战、戴迈河(Michael Day)关于网络诗歌的文章。封面是画家诗人严力的"砖头气球"。此类文集很难得,柯雷为之写评给予肯定,并建议将来扩充时增加香港地区和毛时代中国(的诗人)。柯雷自己的专著《精神、混乱和金钱时代的中国诗歌》(*Chinese Poetry in Times of Mind, Mayhem and Money*,莱顿Brill出版社,2008,518页),讨论的对象有海子、西川、于坚、韩东、孙文波、北岛、杨炼、王家新、尹丽川、沈浩波、颜峻等,此前他还出版过《粉碎的语言:当代中国诗与多多》(*Language Shattered: Contemporary Chinese Poetry and Duoduo*,莱顿CNWS,1996)。美籍华裔诗人施家彰主编的《中国作家谈写作》(*Chinese Writers on Writing*,三一大学出版社,2010),辑录从1917年到2010年中国大陆、香港、台湾及海外作品41篇,包括作品摘选,也包括外国作家谈中国作家或访中国作家,其中几篇关于当代诗的文章节选值得参阅。

期刊方面:文学刊物、诗歌杂志、大学文学期刊、网刊等,只要有机缘或兴趣都会出中国诗歌专辑,这里就我所知挑选几个介绍一下。俄克拉荷马州塔尔萨大学的 Nimrod 国际期刊 1986 年春夏刊是中国专号,托尼·巴恩斯通等人为特约编辑,132 页,有诗歌、散文、小说、书法、国画,以及汉学家和美国诗人谈中国问题的文章,当代诗部分有顾城、周平、芒克、多多、西川、北岛、舒婷、江河等,多人翻译,还有部分诗人手迹,诗歌之外有梁衡、冯骥才、高晓声等人的作品。主编 James V. Feinnerman 在题为《社会的镜子:中国文学的一种传统》的序言里,从《诗经》到楚辞,从唐诗宋词到元明清的戏剧小说,从民国到当下(当时),对中国文学作了一番介绍和梳理。托尼·巴恩斯通在题为《人人都在写诗》的文章里谈到他在中国既见过官方作协的作家,也见过地下诗人,并对"文革"和"文革"以后的现状作了一番介绍,谈到新一代诗人常常被归纳到朦胧诗人名下,但实际上风格区别很大,顾城的意象清晰,常让人联想到中国古典诗以及英美意象派,舒婷的抒情诗使人想起美国自白派,北岛和芒克的文学传统影响要广泛一些,但主要来自于法国和西班牙超现实主义,最后他总结说,李白、杜甫、王维的后代正从他们的前辈滋养过的西方诗人那里吸取营养,文艺复兴的条件很快就会在中国成熟,这些诗歌新鲜,如果有更多时间打磨会更成熟。

美国 Beloit 学院英语教授/诗人 John Rosenwald 1987 年在复旦教英语时合作翻译了一些当代诗,回美国之后在 Beloit Poetry Journal 诗歌季刊 1988—1989 年冬季刊做了一个中国诗歌专辑,题为《烟民:遭遇中国新诗》,共 75 页,收录有多多、北岛、顾城、舒婷、谢烨、孙武军、兰色、芒克、王小龙的少量作品,他写于 1989 年 1 月 2 日的前言大意如下:"烟民。烟雾。星火燎原的诗歌。烟头。房间烟雾朦胧。人们随时点燃。看得见、听得见的诗歌,心声的表述。中国已千年燃烧着诗歌。'文革'之后的 12 年间,火焰又一次燃烧,更热情,也或许更危险。1987 年秋季我和安·阿伯在上海复旦教英语时,直接或间接地遭遇到对新诗越来越浓厚的兴趣。"他说专辑里既有西方所熟悉的诗人,也有第一次介绍的诗人,然后他对"朦胧诗"这个词的英译提出了看法,他认为 Obscure 太负面,Misty 太正面,他自己用的 Hazy 抓住了原意,既是对景物的隐喻又有不确定的意味。接着他对美国读者介绍中国大陆出版的《朦胧诗选》，但他认为"朦胧诗"并非流派，譬如芒克虽然被划在朦胧诗人里，但作品风格更接近于城市诗人兰色和王小龙，城市诗人更直接、更具有讽刺意味、更当下。这本75页的专刊简洁而出色。

《文学评论》(The Literary Review)季刊1989年春季号是一个非常有趣的中国诗歌专号，标题是"美国诗人和中国诗歌"，目录以译者排列，从庞德、阿瑟·威利(英国)、王红公一路排到加里·施耐德，40多人，包括巴恩斯通父子，然后是被译者的索引，新诗诗人只有闻一多、北岛和舒婷。其中有一篇宇文所安的文章谈道，"中国诗歌在英译中可以辨析的'中国性'完全是从非中文母语的读者视角来发现的"。这句话当然有个上下文语境，但对诗歌翻译也有效，他说李白、杜甫、苏东坡不是以"中国诗人"身份进入英语诗歌，而是以他们自己的声音。这句话今天读来很有启发性，值得进一步思考。

内布拉斯加大学的文学季刊 Prairie Schooner 1991年夏季号是中国专辑，田晓菲为特约顾问，诗歌篇幅不大，有骆一禾、芒克、舒婷、田晓菲、杨炼、王小妮、北岛、黄运特等人的作品。

《今天》杂志在美国出了一本英文专辑(Zephyr出版社，2004)，赵毅衡等人编选，没有按类别分，收有宋琳、北岛、西川、虹影、张真、吕德安、曾宏、杨炼、张枣、欧阳江河等人的少量诗歌。

夏威夷大学(马诺校园)的《马诺：太平洋国际写作杂志》(Manoa: A Pacific Journal of International Writing)长期关注的对象包括中国在内，做过中国诗歌专辑，并出版有诗文选集 The Poem Behind the Poem: Translating Asian Poetry (铜谷出版社，2004年，269页)，主编为Frank Stewart，收有巴恩斯通父子、山姆·汉密尔、默温、施耐德、施家彰等人的21篇文章，以奚密的《汉语诗：看得见与看不见之处》压轴。

主流诗歌界的《诗刊》《美国诗歌评论》《坎尼评论》等很多刊物也都少量发表过中国当代诗人的英译作品，尤其是在90年代初发表过朦胧诗和与朦胧诗人同时代的其他诗人的作品。

近年来，网刊《醉船》(The Drunken Boat)2006年春夏季号的中国当代诗专辑，有柯雷等多人翻译的作品，涵盖面很广，大陆部分有西川、翟永明、陈东东、于坚、多多、孙文波、欧阳江河、王小妮、尹丽川、杨健、李森、李南、韩东、王家新，海外部分有北岛、哈金、雪迪等，还有中国台湾、中国澳门、中国香港、新加坡等地的诗人。

戴迈河（Michael Day）翻译了很多中国当代诗，2005年建立网上资料库，信息量大，但有些诗翻译不准确，在对汉语句式的理解上出了偏差，有时把跨行的一句诗译为两个句子，有时相反。此外，他强调"非官方诗人"的重要性，初看起来似乎很接近真相，但其实这个概念用起来最混乱，"非官方诗人"在中国诗歌语境里已成为主流，到了2005年以及2005年之后还这样用，会给西方读者一个不清晰的描述，使他们将这一概念与70年代的"地下诗人"混为一谈，譬如于坚、西川等人都有公职，得过官方诗歌奖，说他们是"非官方诗人"什么意思呢？把他们与作品被禁的诗人放在一起介绍到底起什么作用？我觉得这应该解释为一种非官方意识，而非身份。"前卫"和"独立"这两个词可能更清楚一点，即无论是官方还是民间，只需看其是否具有独立意识以及作品创新的前卫意识。此外，他译介的作品时间段为1982—1992年，作为一个中国通及柯雷的学生和汉学家，应该更新了。我对他的大量译介抱以敬意，但因为网络传播的范围之广，才鸡蛋里挑骨头。

2008年美国诗人乔直（George O'Connell）与史春波合译的"中国诗歌专号"（《亚特兰大评论》[*Atlanta Review*]，2008）国内已流传，我看到部分电子档，发现他们的翻译合作很默契。

旧金山的*Believer*文学月刊于2010年6月号上刊登了一个中国诗人专辑，只有西川和于坚的作品，罗伯特·哈斯撰文为他们两人写介绍评论。这个专辑虽然小，但效果好，有力提升了这两位诗人在美国的知名度。

香港的英语网刊《茶：亚洲文学杂志》（*Cha: An Asian Literary Journal*）于2011年7月推出了中国特辑，黄亦兵（麦芒）为特约主编，内容很丰富，诗歌部分除了英语诗歌以外，译诗部分有多多、王家新、翟永明、西川、臧棣、孟浪、明迪、陈东东、树才、肖开愚、麦芒、康城等人的作品。

美国圣地亚哥的诗歌年刊《诗国际》（*Poetry International*，2012，总

第18期)刊登了一个中国诗人小辑,有臧棣、吕德安、多多、哑石、明迪、琳子、邱启轩、蒋浩、李少君、吕约、孙文波等人的作品。朦胧诗和后朦胧诗被大量介绍之后,美国部分诗人对鲜有介绍的汉语诗人表示出兴趣。

今年是美国老牌诗歌杂志《诗刊》(Poetry Magazine)创办100周年,去年年底我为该诗刊基金会做了一个中国当代诗专辑,按照他们的要求只能选15位诗人,我选了多多、于坚、西川、臧棣、哑石、蓝蓝、胡续冬、蒋浩、宇向、吕约、江离、吕德安、孙文波、王家新、杨炼的作品,并写了序言以及对每一位诗人的介绍和点评(英文)。为了尽量用一些美国读者从未见过的新面孔,对于成名很早的诗人不得不忍痛割爱,而且从众多诗人中筛选到15人非常难,所以在序言里提到唯一的标准是这些作品触动了我、引起了我的共鸣。既然是个人美学趣味起了关键作用,所以就没有自称客观。

美国长期关注世界文学(包括中国文学)的期刊还有俄克拉荷马大学的《今日世界文学》,该刊创办于1927年,2010年夏季又与北京师范大学合作创办了《今日中国文学》,创刊号上有北岛的散文《芥末》、翟永明和西川的诗;2011年冬春号刊登有郑小琼、田禾、曾德旷的诗,最新一期有车前子和王家新的访谈和诗歌。

俄亥俄州立大学的现代中国文学和文化资料中心是一个宝库,有关中国文学的专著、评论文章、论文、文选等大多能查到。

网刊/网站与纸刊以及诗选的区别和利弊:网络传播快、广、经济,缺点是多年以后当你已经不断修改原作或译作之后,旧作还留在网上,陌生人会以旧作去评判优劣。期刊上发表作品可以被订户和其他诗人作者读到,图书馆也会有收藏,但过期杂志书店不卖。出版的诗选没有过期日,而且集中起来比较引人注意,但要买小出版社出的书只有网购。从交流的角度来说,各有所长。不论网刊还是纸刊,专辑都体现了某个特定时期内的一部分活跃诗人,诗选本也是如此,都有时间性和编辑倾向,中国当代诗英译还没有出现具有权威性的专辑或诗选选本。不过即使出现"权威性"选本也值得怀疑,正如批评家的言论只代表一家之言,一本诗选和专辑只代表编者的眼光。如何使选本具有权威性其实很值得编者思考。

　　汉语诗歌译介无非几种用途：文化传播、汉学研究、诗人交流、自娱自乐，等等。始于自娱自乐最后可能会达到广泛传播；目的在于交流或供研究的最后可能无人问津；初衷在于"面面俱到"的最后可能一面也不到，毫无特色。但这些都还不是主要问题，主要问题是当代诗译介没有一本达到庞德的《华夏集》18 首和施耐德的《寒山诗选》24 首所达到的那种效果：一种崭新的诗歌，让英语读者振奋，并改变其诗歌趣味。只有原创性的原作＋原创性的翻译才能达到这个效果。汉语当代诗并非缺乏原创性，但如何呈现出原创性和独特性对编者和译者都是一种挑战。

三、个人诗集的英译出版机会如何？有哪些因素在起作用？

　　中国当代诗人英译诗集出版的数量北岛居首位，美国新方向（New Directions 出版社）推出的有：《八月的梦游者》(The August Sleepwalker，杜博妮 Bonnie S. McDougall 译，1990）；《旧雪》(Old Snow，杜博妮与陈迈平合译，1991）、《距离的形式》(Forms of Distance，大卫·亨顿[David Hinton]译，1994）、《零度以上的风景》(Landscape Over Zero，大卫·亨顿与 Chen Yanbing 合译，1996）；《开锁》(Unlock，爱略特·温伯格 Eliot Weinberger 与 Iona Man-Cheong 合译，2000）；《在天涯》(At the Sky's Edge，2001，这本是《距离的形式》和《零度以上的风景》合集）；《时间的玫瑰》(The Rose of Time，温伯格编选，温伯格等译，2010，这本为 5 本旧诗集的精选加 15 首新诗），共 7 本诗歌选本，此外还有短篇小说集《波动》(Waves，1990）、散文集《午夜之门》(Midnight's Gate，2005，之前有 2000 年西风出版社出版的散文集《蓝房子》[Blue House])。

　　1989—1993 年间，美国媒体上有几篇关于北岛诗集英译的评论文章，宇文所安的文章因引起争议而知名度最大。1990 年他为《新共和》杂志写的北岛书评未加标题，编辑根据内容而加了一个——"全球影响焦虑：什么是世界诗歌"（"The Anxiety of Global Influence：What is World Poetry"），中文译文已发表于北大出版社的《新诗评论》(2006，总第三辑)。宇文所安从几个不同的方面谈到"世界诗歌":诗人心目中理想的世界诗歌,没有语言障碍,被外人接受;诺贝尔文学奖造就的(西方)"世界"诗歌;诗人刻意写就的世界诗歌,失去地方性,成为西方文学翻版;诗歌翻译造成的世界诗歌。此外,谈到理想的世界诗歌翻译成另一种语言之后还能保持其诗的形态,从而迫使我们重新定义"地方性",接着又谈到受劣质翻译影响而形成的所谓新诗,然后才以北岛诗歌为例批评中国新诗的滥情,接着是肯定北岛的才华和译者的功劳,说北岛诗歌不像其他中国诗那么甜腻。宇文所安对中国新诗起源的质疑以及关于地方性与世界性的对立,本文由于篇幅所限不作讨论。他评价北岛及北岛那一代诗人时说他们从"文革"中走出,敢于使用大胆的意象。他的赞美和批评都很含蓄。他也谈到西方读者有的喜欢北岛后期的非政治诗,有的则喜欢北岛早期的政治诗,由此他提出了几个很重要(也很尖锐)的问题:"谁能决定哪种诗有价值、从而来判断诗人的转变好还是不好,是西方读者还是中国读者?谁的认可更有分量?""假如这些诗是美国诗人用英文所写,它们还会被出版、并且是被一家有名望的出版社出版吗?"

  宇文所安对北岛的第一本英译诗集《八月的梦游者》的翻译质量是充分肯定的,也没有否认北岛的才华及其不同于中国古典诗歌的一种创建,他认为北岛的诗歌为世界诗歌提供了一种可能的写作方式,但又正因为这一点而担忧:面对译者的出色翻译,国际诗人会赞美这些诗,这种赞美又会反馈到本土,使本土诗人也赞赏这些诗,从而认为这个诗人重要。这既是对译作的高度肯定又是一种疑虑,同时给诗歌译者们造成两难,译得太好了会有"美化"之嫌,引起读者错觉;译得不好则会"贬损"原作,并使译本失去读者市场。但与其说是"为难"译者,不如说是给译者提出了更高、更严的职业标准。更重要的一点是,英译品质直接影响了被译者在西方的被接受程度及其地位和重要性。我们在考察中国当代诗英译状况时,也应该思考这些问题。

  从新方向1990年版《八月的梦游者》的几个序言中我们可以看到,北岛的英译诗最早是以《太阳城札记》小诗册的形式于1983年在康奈尔大学出版,译者杜博妮在1983年版的小诗册里写道,她在不违背原义的前提下偶尔会自由发挥将原作译成更好的英语句子，而不拘泥于其字面意思。她致谢的一大排鼓励者中有马悦然、史景迁和李欧梵。在1988年以及1990年版的前言里，杜博妮详细介绍了北岛的成长环境，1949年以来的中国社会政治、1976年以来的中国诗歌诉求以及北岛诗歌的美学特征。在1990年美国版序言里谈的是政治风貌和《今天》复刊。封底在向美国读者介绍北岛时将其称为中国前卫诗人，最有天赋及最受争议的作家之一。诗集《旧雪》(1991)主要介绍北岛的流亡诗人身份。《零度以上的风景》(1996)将北岛介绍为诺贝尔文学奖候选人、美国艺术文学院荣誉会员，称这本声音和意象独特的新诗集更具有抒情性和深刻性。《在天涯》(2001)由著名诗人Michael Palmer作序，这篇序言与之前序言的不同之处，在于它剖析了中国状况之后，紧接着将北岛置于世界文学这样一个更大的框架中，与文学史上的诗歌巨人一起进行评论——北岛的意义已不仅仅在中国文学之内了，同时这篇序言也介绍了北岛在世界各国的旅行，最后以一句象征性的"他不带护照旅行"结束。《时间的玫瑰》(2010)是北岛自序，谈到其40年的写作、建筑工经历，在艰难环境下开始写作，谈到《今天》，谈到流亡，谈到《今天》是唯一一份穿越了地理界限的中国先锋文学杂志，最后一段将写作、铁匠、捕猎、自由、距离这些概念糅合在一起谈，一连串的比喻和转喻，很有感召力。书末是温伯格2009年写的北岛生平介绍，谈到北岛30年的作品显示出他没有停留于"朦胧诗"时期，而是逐渐复杂，这归功于他在流亡中发现了策兰、瓦列霍、曼德尔施塔姆、艾基、特朗斯特罗姆等，最后谈到北岛不能回国，但书籍却在大陆畅销，被允许在香港教书。封底是过去各大媒体上的评语摘录，出版社介绍北岛是中国最知名的诗人，其作品已被翻译成30种语言，公共崇拜者包括达尔维什、桑塔格、特朗斯特罗姆。这本诗集全面展示了北岛40年的写作，似乎是为诺贝尔文学奖而准备，然而出人意料的是，最终是北岛的崇拜者之一特朗斯特罗姆获得桂冠（这里有两个问题：此书于2010年正式出版，而2009年北岛获得中坤诗歌奖后就被邀请回国，再加上2011年北岛的青海湖之行，立刻使"不能回国"之说过期；第二，除了《今天》以外，贝岭和孟浪在美国波士顿与大陆作家/诗人联合组稿编辑的《倾向》从1993年到2000年出版了13期,也可以说是穿越了地理界限的中国先锋文学杂志,区别在于《今天》海外版有赞助保障,《倾向》因经费问题和其他问题而休刊)。

北岛的7本诗集都出自名家之手,杜博妮是著名汉学家,大卫·亨顿以翻译杜甫起家,1997年因翻译《李白诗选》、北岛的《零度以上的风景》和《孟郊晚期诗选》而获得美国诗歌学会翻译奖,温伯格是著名的帕斯英译者、诗歌评论家。

杜博妮在《八月的梦游者》的前言里说:"北岛的诗歌具有可译性,因为其最突出的特点是强有力的意象和显著的结构。"杜博妮确实抓住了这两点并在这两个方面突出了北岛的诗歌风格,即使是比较弱的诗,经她这样一处理,弱点也被掩盖了。北岛的《走吧》一诗起句:"走吧/落叶吹进深谷/歌声却没有归宿。"杜博妮译成:"Let's go—/Fallen leaves blow into deep valleys/But the song has no home to return to."对比一下唐飞鸿的英译版:"Let's go/dry leaves blowing down the valley/homeless, singing."一对比就可以看出杜博妮的译作妙在何处,沉闷的排比句"走吧"在唐飞鸿笔下还是沉闷的,而杜博妮一个破折号就将它们起死回生。从"落叶""深谷",到第三行,都可以看出两个版本的效果大不一样,杜博妮的翻译更有诗意,也确实如评论所说更富于音乐性。最后一节"走吧/路呵路/飘满了红罂粟",杜博妮的英译是:"Let's go—/The road, the road,/Is covered with a drift of scarlet poppies."北岛此处的"路呵路"和《船票》一诗里的"海啊,海",杜博妮处理得都很巧妙,没有把夸张的"啊"译出来,而是把拖长的"啊"转变成紧凑的"the road, the road""the sea, the sea",从而带来一种节奏感。

大卫·亨顿翻译中国古诗时很随意,沿用了王红公的中间断句、跨行的方式(唐诗哪有跨行?),赋予唐诗一种新的变了样的生命。翻译北岛的诗时则处理得很老到、神似,而且有一种奇妙的功能,很普通的句子在他笔下也能出彩,比如,"这是并不重要的一年"—"it's been a perfectly normal year"。他抓住了北岛的语言特征,非完整句式的短词语,比如"在母语的防线上/奇异的乡愁/垂死的玫瑰"—"at the mother tongue's line of defense/a strange homesickness/a dying rose"。再比如"母亲的眼泪我的黎明"—"mother's tears my daybreak"。他同杜博妮一样不拘泥于原文,"千百个窗户闪烁"——"windows glimmer by the thousand",将"千百个"后置,更有诗味。《在天涯》的封底,出版社的介绍语是:既表现了原作的音乐性,也表现了原作的厚度。北岛流亡之后的诗比70—80年代的诗更有深度,所以才有亨顿译本与杜博妮译本的区别——他们翻译的是不同时期的作品。北岛最新英译诗集今年即将由 Black Widow 出版社出版,译者为 Clayton Eshleman(瓦列霍的英译者)和 Lucas Klein,从电子版中看到一些很好的句子,整体上不如前人的译本,当然这也许是先入为主的原因。

新方向出版社于2005年推出了很厚重的一本顾城诗选英译《梦之海》(*Sea of Dreams*,206页,之前有另一家出版社的顾城诗选《无名之花》[*Nameless Flowers*])。继北岛和顾城之后,新方向今年四月即将出版西川的《蚊子志》,中英双语,共253页。北岛诗集中英双语版除了30年作品合集《时间的玫瑰》为288页,其他都不超过200页。

《蚊子志》(柯夏智译)的译者前言是精彩的导读,谈到西川对朦胧诗的高涨抒情和韩东的反智都不满意,而是追求一种国际性的纯诗。西川早期的诗偏于抒情,1989年之后的两年西川几乎停笔,然后以一种新的风格出现,他的散文诗有其自身的诗歌方式。跋是作者的文章《传统在此时此刻》的英译,这对读者了解作者的思想深度是另一种窗口,这一点是其他中国当代诗人个人英译集子里所没有的。柯夏智翻译西川,让人想到好的诗歌译本除了译者理解到位、语言技艺高超之外,译者与诗人之间存在某种气质相投也起很大作用,就像庞德译李白、威利译白居易、王红公译杜甫、施耐德译寒山那样有一种默契。封底是罗伯特·哈斯在 *Believer* 杂志上对西川的介绍,大意是:他翻译了庞德、特朗斯特罗姆、米沃什、博尔赫斯,他自己的写作显示出相应的复杂性和美学跨度。正式出版的封底改为加里·施耐德和 C. D. 赖特等人的短评。北岛之后,是否会出现西川热?柯夏智在为西川作品开辟的博客里提到西川以后也许会得诺贝尔文学奖提名,这一点不知是开玩笑,还是推测?不过他这样说也有一点根据,在活着的中国当代诗人里,除了北岛,新方向只推出了西川,这也许是某种指示灯?对于西川的宣传,在两个细节上近似当年对北岛的推介:1989年的影响和创办地下刊物《倾向》(1988—1992)(这里有两个问题:西川并非《倾向》的唯一创办人,但英语里未说西川是创办人"之一";《倾向》也不是西川从1988年一直办到1992年)。这让人感到中国当代诗如果要引起西方重视,必须带一些政治方面的因素。这一点又让人联想到柯雷对唐飞鸿和托尼·巴恩斯通的批评。难道新方向出版西川是因为1989年和创办《倾向》吗?难道中国当代诗不足以好到以诗本身引起西方重视吗?另一方面,如果一个中国诗人不认识北岛、没有参与或见证1989、没有创办地下刊物,他的诗歌再好、在中国影响再大,如何才能被新方向出版从而引起西方重视呢?这是中国当代诗人面临的问题,也是英译者面临的问题,唐诗已经进入了英语,但当代诗有什么非政治性的突破可以进入英语世界?

柯夏智选译的西川作品,用典很多,而且涉及面比较广,但他一个注释也没有用,这是高妙之处,显出译者的水平。他在忠实的基础上用英语展现了原作最好的状态,而不是死译。同杜博妮翻译北岛一样,柯夏智也是很巧妙地裁减,使英译简练而不失原味,比如《山中》结尾两行"四匹马暗红的心房内/有火树银花霎时成为星座":"Within the dark red hearts of the horses/A silver blaze becomes a constellation(直译:银火变为星座)";或者变换英语句式以遮盖原作的弱处,比如《一个人老了》的开头部分:"一个人老了,在目光和谈吐之间/在黄瓜和茶叶之间,/像烟上升,像水下降",被译作"A man ages— between sights and eloquence/Between cucumbers and tealeaves/Like smoke rising, like the descent of water"。第三行如果直译,就成了呆板的句式:"like smoke rising, like water descending"。再比如《夕光中的蝙蝠》里有一句"使我久久停留",他只用了一个动词"pulls me/ to"(后半句省略),这是翻译中的神来之笔,比原来乏味的句式出色很多。"生命的大风吹出世界的精神",他也译得很精彩,"*Spiritus Mundi* blows through life's wind"。拉丁语 *Spiritus Mundi* 是叶芝在《第二次降临》中用过的,简单一个词道出这首诗的寓意和引申义以及更多层面的解读,比用注释强多了。出色的翻译,不遗余力的推崇,这些都是原作者的幸事。

除了新方向以外,西风(Zephyr)出版社也一直致力于外国文学译本的出版,有俄罗斯系列、中国系列、波兰系列。中国系列推出了洛夫、夏宇、多多、张耳、商禽。

多多诗集中英双语版《抓马蜂的男孩》(*The Boy Who Catches Wasps*: *Selected Poems by Duo Duo*,西风出版社,2002,211 页),译者为汉学家利大英(Gregory B. Lee),他前言中谈到在中国时发现多多的诗歌具有复杂的意象,句式在后"文革"诗人中很少见,于是邀请多多去他在北京的公寓庆祝 1986 年元旦,席间谈起北岛、顾城、芒克、江河,并对 20—30 年代诗人有过争论(译者当时刚完成关于戴望舒的专著)。前言从个人交往转向对中国新诗的概述以及对多多个人诗学发展的评述,接着是译者序言,介绍翻译的难处和对多多诗歌的英译处理。这两篇文字都对英语读者理解多多作品很有帮助,但第二篇太简单了,有关中文主语缺失应该是汉语基础课的内容。读这本诗集,文字上的忠实不是问题,翻译技巧也没问题,但缺乏诗味。诗歌的感觉主要是靠独特的语汇、节奏、语调、语气带动起来的。有一篇好评也是停留在谈论如何理解多多某些诗歌中的主语到底是指什么,评论文章的作者 Kazim Ali 赞美了译者的技巧,但多多诗歌的复杂性、音乐性以及语言上的创新没有在这个译本中显现出来,这一缺陷没有被评论者发现,或者是发现了没有指出来。译者有两大任务,一是把作者的声音和风格凸显出来(而不仅仅是字面意思),二是介绍作者和作品在文学史中的位置(包括纵向和横向两个坐标)。这一点麦芒做得很成功,他以数首诗的出色翻译和一篇很有分量的纽斯塔特国际文学奖"提奖辞"(参见《今日世界文学》2011 年春季特刊),充分展示了多多的诗歌特征及其对中国当代诗的贡献。

海子的诗歌英译,2005 年由 Mellen 出版社出版,译者为 Zeng Hong,Zhao Qiguang 在前言中称海子为朦胧诗人之一(?),25 岁时卧轨自杀。这两个卖点确实造成一些影响。还有《在秋天的屋顶上》(*Over Autumn Rooftops*,Host 出版社,2010),译者为 Dan Murphy(毕业于美国康州大学,麦芒的汉语学生)。Tupelo 出版社将出版叶春的译本《麦子熟了》。此外,加州大学尔湾分校博士生 Gerald Maa 也在翻译海子,很值得期待。

西风出版社与《今天》基金会、香港中文大学出版社联合出版了《今天》系列，由北岛、刘禾以及西风出版社主编 Christopher Mattison 共同主编，在香港印刷，目前推出了于坚、翟永明的中英双语诗集，即将出版韩东、欧阳江河、柏桦的双语诗集。

于坚的《便条集》(*Flash Cards*, 2010, 151 页)，由王屏和美国诗人 Ron Padgett 合译，很受好评，获得 2011 年 BTBA 翻译奖提名。《便条集》属于那种不需要任何前言都可以吸引读者的书，便条不是诗，但比诗更有趣，简单随意之中玩尽了反讽与揶揄。英译相当漂亮，这是诗人译诗的好处，把一首诗吃进去，消化透，再创作出一首诗。王屏翻译于坚多年，同于坚的语言有一种天然的默契，我还记得 2004 年于坚第一次在美国朗诵的那次诗歌研讨会，我做同声翻译，到了诗歌部分我口中念王屏的英译，耳机里听于坚朗诵中文，感觉用词和语调十分接近。Ron Padgett 在前言里说既不想把于坚译成美国诗人，也不想让他显得太中国化，而是把他置于两个极端之间。Simon Patton 的导读是一篇很有价值的评论。从诗集文宣资料上看到于坚两岁时因医生用青霉素过量而失去了大部分听力，他说"已经习惯用眼睛来认识世界，而不是靠与其他人交谈。我必须为自己创造'内在的耳朵'"。

翟永明的《更衣室》(*The Changing Room*, 2011, 164 页)，英文标题有对弗吉尼亚·伍尔芙《一个人的房间》(*A Room of One's Own*)的回应，但内容没有显示出"Changing"（变化），收录作品 40 首，从翟永明 80 年代的组诗一直选译到她近期的《毕利烟》，涵盖了其将近 30 年的写作，突出了一种女性声音，但显得单一。王屏的序言，加上译者前言，对作者作了很好的介绍，译者 Andrea Lingenfelter 谈到美国自白派对翟永明的影响，但指出翟永明有她自己的声音，其意象由夜晚、黑暗、血、性、死亡主导（这其实还是很自白派），作者经常回到中国文学和中国历史的过去，与男权社会不断对话。读译文，感觉翟永明早期的作品翻译得出色一些，90 年代以后的趋于平淡。译者很会把握分寸，把翟永明喜欢用的词语比如"今朝""如今"译成简单的"today"（今天），有时候干脆没有翻译出来，使句子在英文里显得更当下。但有几处英译比较罗嗦，比如《渴望》最后一行，"使这一刻，成为无法抹掉的记忆"——

"That transforms this moment into a memory that can't be wiped away",《边缘》中的一句"该透明的时候透明"—"turning translucent when should turn translucent"。似乎没有译出风格的变化,从《女人》到《静安庄》到《十四首素歌》到《时间美人之歌》到《关于雏妓的一次报道》,有相似的哀怨,《毕利烟》终于有了变化,结果最后一行的"去政治化的本土味道"被误译成"驱散政治化土壤的味道"(driving away the smell of a politicized soil),"去政治化"和"本土"没有译出来。此外还有其他一些误译,譬如"下毒"被译成"吞毒",当然,这些细节也许不重要。Andrea Lingenfelter 之前翻译过棉棉和安妮宝贝,语言造诣和翻译造诣都很高,主要问题是选择面太窄,但她在前言里说她已经挑选了不同时期、不同题材的作品。

韩东的《来自大连的电话》(*A Phone Call from Dalian*, 2012, 128 页), 多人合译(六人不同时期翻译的汇集), 44 首诗, Nicky Harman 编选, 题材和风格十分宽泛、有趣, 柯雷和 Nicky Harman 分别作序。英译有点参差不齐, 但序言挽救了一切。柯雷的导言是一篇很好的诗歌评论, 他对韩东诗歌观念的改变以及当时在中国诗歌界的影响都做了很好的介绍, 也揭示了韩东诗歌文本中一些内在的东西。译者前言与柯雷导言互补互应。

欧阳江河的《重影》(*Doubled Shadows*, 2012 年, 136 页), 由温侯廷(Austin Woerner)翻译并撰有译者前言。开篇是德国汉学家顾彬的导言。顾彬说 1979 年以来中国诗歌既是奇迹, 也是灾难, 新诗经过 30 年的实验(1919—1949)和 30 年的意识形态化(1949—1979), 到了 70 年代末从形式到内容都开始走向成熟, 其代表性的产物立刻成为世界文学的一部分, 北岛、顾城、多多是那个时代的抒情声音, 被广泛翻译、讨论。为什么说是灾难?因为 1992 年开始的市场经济把中国当代文学推向一个不确定的新空间, 这个时期出现的诗人如欧阳江河要求文学脱离简单的、非黑即白的政治表达模式, 而更多地关注美学和语言问题。后朦胧诗人并非不政治化, 而是将政治隐藏起来,《傍晚穿过广场》之所以能发表是因为审查制度跟不上诗人的复杂语言。除了政治和经济因素, 第三大危险是英语的时髦, 中国文学不关心自己的传统,读者必须了解西方传统才能读懂中国诗人,你必须是国际诗人才能是中国诗人。欧阳江河解决这个难题了吗?他用一种复杂的语法、丰富而不寻常的词汇写诗,写诗人与现实的复杂关系(如《手枪》《玻璃工厂》《报复》)。并非只要是中国人就能读懂中国当代诗。此外,欧阳江河不是穷诗人,而是中产阶级,住在有门卫把守的公寓里,不能随便见到他。以上为简译。顾彬导言写出了当代诗复杂的一面,并以极其幽默的隐喻结束。

温侯廷为耶鲁大学东亚系毕业生,翻译过李贺,2009 年在《今天》基金会赞助下到北京与欧阳江河合作翻译后者的诗,他在翻译前言里写道,翻译一个活着的作者可以绕开文字而直接进入对方的想象世界,译文不是二等文本,而是同原文一样属于原创,同原文一样忠实于原作者,甚至比原文还要更忠实,所以,为了达到这个目的,任何绕道都可以是合理的。前言很长,译者谈到如何理解欧阳江河的过程,并以翻译实践和如何处理某些诗句来介绍作者的语言风格。译诗部分有很多精妙之处,但有些地方对不懂中文的英语诗人会是一种挑战,不过挑战之处正好可以引起人们的注意,使读者看到一种新的诗歌风格,相对而言,韩东不同于朦胧诗的文本风格在英译中却不是那么明显和突出。

关于柏桦的《风在说》(*Wind Says*),我只看到非正式电子版,感觉不错,译者前言的感性文笔似乎与柏桦的诗歌气质很相投。译者是居住巴黎的诗人 Fiona Sze-Lorrain,译笔优雅,前言略显浮华,好在书后有访谈,会使读者对柏桦有一些直观认识。

杨炼的英译诗集在美国看不到。旅美大陆诗人中,雪迪的诗译成英语的最多,已出版 4 本诗集和 4 本小诗册(chapbook),共 8 本,质量大都上成,获得了许多好评。张耳在西风出版社出了两本英译诗集——《关于鸟的短诗》(*Verse on Bird*,2004,71 页)和《水与城》(*So Translating Rivers and Cities*,2007,153 页),由张耳本人与数位美国诗人合译。麦芒(黄亦兵)的双语诗集《石龟》(Turtle Stone,Godavaya 出版社,2005,167 页),作者自译,美国华裔诗人 Russell Leong 作序。还有直接以英文写作的中国诗人出版的个人诗集,哈金 3 本,王屏 2 本,渐清和叶春各 1 本。篇幅有限,无法多介绍。

最新一本汉诗英译是食指的《冬天的太阳》(Winter Sun,石江山 [Jonathan Stalling]译,张清华作序,俄克拉荷马大学出版社,2012,208页)。北岛《回答》中的"告诉你吧,世界/我—不—相—信!"(Let me tell you, world. / I‐do‐not‐believe!)已成为名句,但有些英语读者不知道北岛受食指影响并有所呼应,"我不相信"之前的"相信未来"以个人诗集的英译面世,应该说石江山做了一件非常有意义的事情,而且他的语言奇才发挥得很好。但我担心诗歌读者会被这样的豪言壮语吓跑:"朋友,坚定地相信未来吧,/相信不屈不挠的努力,/相信战胜死亡的年轻,/相信未来,热爱生命。"有时候译者和出版者大概不会考虑读者,而只是为诗歌史留一册档案记录,这样来看,《今天》系列是否也是为了留"史"?那么英译出版与中国文学史到底是什么关系?翻译和出版除了交流之外还有更特殊的意义?当然也可以简单地看作翻译相对于文学发展有一种滞后现象。

四、离开政治因素,汉语当代诗能否引起外界注意?

在诗歌不断边缘化的时代,中国当代诗能够在国外作为译本出现应归功于出版社,当然也有编者和译者的努力(本文也受惠于相关出版社寄来的样书和部分电子档以及提供的信息)。但翻译作品对出版地作家和诗人的影响是非常有限的,中国当代诗的翻译和出版更没有构成"影响",这一点与中国大陆的翻译作品对读者造成的影响完全不同。即使在中国大陆,随着外语普及,读者对翻译质量也具有鉴别力了。中国当代诗的英译质量也不整齐,取决于译者的修养和是否愿意多花时间和精力。但无论质量如何,不管是出版社还是译者或是作者都希望引起注意,这就会出现一些宣传言词,而东西方之间似乎永远是意识形态方面的差异容易引起关注,这一点出版人/译者/作者三方都清楚,于是"文革"和"1989"永远是噱头,甚至连"男权社会""女性主义"也成了噱头。

身为政治流亡诗人的布罗茨基不仅对"流亡"具有高度清醒认识,而且不玩暧昧(我在《流亡心态与移居心态》一文里已写到,不重述),

并指出诗歌(Poetry)与政治(Politics)之间除了共有字母 P 和 O 以外别无其他共同之处。汉语诗人和译者却似乎忙于在两者之间找通道,借政治抬高/凸显诗,而不是自信地让诗歌文本本身来消解政治。

也许是中国诗歌生态环境所致,中国诗人长期以来有着"走出中国"的焦虑,并且在同西方人接触中衍生出一套行之有效的方式,但随着中国国情变化也出现暧昧之处——流亡身份和国内非官方诗人身份在西方吃得开,但中国经济强大之后的各种好处也难以割舍,于是有了双重身份:既是官方重要诗人,又代表非官方独立诗人。在这里我们遇到的问题错综交织,但互相关联。除了政治政治,还有诗歌政治、人情关系,最后牵扯到筛选问题、翻译问题、出版推销问题,最终都是"走出中国"的问题。

位于纽约的新方向出版社创办于 1936 年,起因是庞德当年对创办人的一句话——"做点有用的事",中国诗歌能走出中国,从各方面看都受惠于庞德。铜谷出版社由受过庞德影响的日本俳句和中国唐诗译者山姆·汉密尔同女诗人 Tree Swenson 于 1972 年创办,新主编 Michael Wiegers 对中国诗歌的关注是中国诗歌的幸运,铜谷位于美国西北角的华盛顿州,已出版 400 多本书,2010 的数据是每年出版量为 18 本。西风出版社创办于 1980 年,位于东北部波士顿,1990 年开始以出版翻译诗集为主,主编 Christopher Mattison(诗人、俄语翻译)1999 年上任,除了合作出版《今天》系列,还在策划一个香港文学出版计划。正常情况下,西风每年出版 6 至 8 本书。这三家文学出版社对中国当代诗的关注是诗歌之幸,尤其是后两家并不大的出版社能出版中国当代诗真是不易,当然,赞助确实解决问题。诗歌出版之难,个人诗集出版之难,中美一样,但正是因为难,才会有选择标准、翻译质量、原作质量等问题引起关注。

美国诗歌界的三次中国诗歌热,第一次是 20 世纪初庞德的《华夏集》引起的中国唐诗热,第二次是 1946 年庞德在美国首都圣伊丽莎白精神病院翻译中国《诗经》305 首(哈佛大学出版社,1954)而掀起的中国古诗热,并得到纽约和旧金山诗人群的回应,庞德从对汉字的视觉欣赏转向对汉语的音乐性欣赏,这两个方面都引起其他诗人的兴趣,从而出现持续不断的翻译,威廉·卡洛斯·威廉姆斯生前翻译的 39 首诗在其身后出版(新方向,1966),王红公翻译的《中国诗 100 首》(1956)、《中国诗又一百首》(1971)也是新方向出版的(2003 年新方向又推出温伯格编选的《中国古诗选》,汇录了威廉姆斯、王红公、庞德、施耐德、亨顿的译作,在此之前有铜谷出版社《丝绸之龙:中国诗选》,施家彰编译,从古代到现代,之后有 2005 年安克出版社的巴恩斯通与周平合编的《中国诗三千年》,从《诗经》到朦胧诗都有收录)。第三次从 80 年代开始,第一个阶段 1985—1995 年以大陆朦胧诗和台湾现代诗的翻译为主,以北岛个人诗集以及奚密和巴恩斯通的选本为代表,第二个阶段从新旧世纪交接开始,以海峡两岸的个人诗集和大陆诗选为主。第三次"热"其实是夸大之词,西方对当代诗的兴趣只在小范围之内,尤其是新世纪之后,关注更多来自中国诗人和汉学家,美国诗人的友谊声援主要出于对 1989 以及后来"中国崛起"的关心,或者出于早年对中国古诗的热爱,中国当代诗歌文本本身要激起外界兴趣,取决于当代诗的最好部分、最特别之处是否能成功地转换成另一种语言。

美国诗人对中国古诗的兴趣起于多种原因,19 世纪法译版《玉书》虽然错误百出,但因其"异质"造成影响,带动了其他国家诗人和汉学家的翻译。20 世纪初期英美诗人极力想摆脱启蒙主义说教和浪漫主义抒情以及维多利亚时代的僵死语言,寻求新的出路,庞德创造的自由体中国诗与现代派的主张不谋而合,具象、直接、精准、清晰、有视觉感,以意象代替了枯燥的概念。庞德之所以"发明了"中国古诗,是因为在他之前,英国汉学家 Herbert Giles 等人翻译的古诗是按照格律和尾韵来翻译的,严谨但死板,所以没有引起诗人关注。后来其他诗人的唐诗翻译也是因为其既有东方题材,又有英语的新颖表达,所以容易被接受,西方读者对中国诗的兴趣并非在于格律部分,而在于那种千回百转、情景交融、最后物我两忘的笔法和境界。施耐德写过一些文字谈中国古诗对美国诗人的影响,在 1977 年的一篇文章里他谈到他最感兴趣的是中国古诗对大自然的描写、天人合一的意境以及诗文本的复杂性和音乐性。那么,中国当代诗除了政治因素之外有什么诗学特征能引起西方诗人的真正兴趣,这是中国诗人应该考虑的(当然,当代诗有自己的自身发展,不必为了引起外国的兴趣而刻意改变)。

庞德将中国格律诗译成自由体英诗而创造了一种新文体,那么已经是自由体的中国新诗无论怎样译都译不出新味,"新诗不如古诗"有很大原因是因为离得太近,没有距离带来的陌生感和差异,这是翻译的失败还是诗歌的失败?朦胧诗以集体面目引起西方注意,在很大程度上是因其对体制的对抗,80年代后朦胧诗也因与朦胧诗的关系而受到关注,在聚光灯照耀下,其他流派和诗人势必处于暗处。第三代的崛起在诗学上与朦胧诗"对抗",也因提及朦胧诗而受到注视,但中国当代诗非常丰富,有不同的传统和起源,其他流派很少以集体形象在英译选本中出现,柯雷批评过以政治背景突出诗歌文本,实际上抛开政治背景,中国当代诗在全球化语境下早已没有《诗经》、楚辞、唐诗宋词的中国性,但所谓中国性也是由很多的个人声音所构成,杜甫和李白不同,当代张三与李四也不同,怎样展现个人独特声音,高质量翻译很重要,但最终是原作品本身的特质与个人风格。

"好诗坏译"(bad translations of good poems)和"坏诗好译"(good translations of bad poems)是大家关注的问题,好诗或坏诗由中文母语诗人判断,好译或坏译则由英语母语诗人判断,这样就出现不可解决的矛盾局面,然而实际情况并非如此,通常是一个主体(或团体)作出两种裁决,这实际上是更危险的局面。更糟糕的情况是,如果没有进入中国当代诗"正典"的话,写得再好也没用,永远是那些"已进入文学史"的诗人被反复翻译。于是更多的"文学史"幻想被制造出来,更多人忙碌着、焦虑着。

唐代"次要"诗人寒山,极受一些美国诗人喜爱,最早有英国汉学家阿瑟·威利的翻译(1954),美国这边有好几个译本,比较著名的有施耐德译本(1958)、Burton Watson译本(1970)以及赤松(Red Pine)的完整译本(1983,2000)。可见译介这种事,不完全根据作者在文学史上的所谓地位,译者的兴趣或出版社的兴趣,足以促成一个诗人在另一种语言中的新生。

文学在于创作本身,是否会进入文学史,是否会被译介,并不重要,何况文学史不是靠译介状况来决定的,何况文学史是可以改写、重写、更正、更新的(尤其是因政治因素或人情关系而崛起的部分),何况"文学史"对真正的诗人并不重要。但国外译介常常影响到国内评价,这一点宇文所安22年前就提出担忧,22年来状况并未改变,汉学家推荐出去的必然成为重要诗人,唯一不同的是人数增加了几个。这是一枚硬币两面的问题,中国诗人知道的国外诗人(从名字到作品)与被国外诗人知道的中国诗人(从名字到作品)比例失常。

从歌德的世界文学,到宇文所安的世界诗歌,中国当代诗在其中处于什么位置,如何拓展中国性或个人风格并经得起转译?在接受外来影响下形成的诗歌美学一经翻译就失去新意,如何在全球化语境下和世界诗歌谱系中开拓新的个性鲜明的诗学?如何在世界范围的参照系之下创新?如何在古今中外的视野下挖掘汉语的更大潜力?庞德在英语里发明了中国唐诗,中国当代诗人如何在汉语里重新发明杜甫和陶渊明?如何继承并摆脱本国传统和外来影响而建设新的诗歌体系,其原创性和复杂性如何在翻译和交流中体现出来?英国翻译前辈为翻译维吉尔而创造了无韵体,庞德为翻译中国古典诗而开拓了自由体(不能说创造只能说开拓和延展,因为《华夏集》里面的句式在他自己的诗里都已用到),中国当代诗的英译面临更大挑战,必须创造出一种新的形式,突破英语语法的局限,否则汉语诗的特点无法充分呈现出来(比如《镜中》起句的多义性就被狭义化了),尤其是中国当代诗人在语言上、观念上、风格上的创新完全无法展现出来(比如《蝶恋花》),这是"焦虑"的重点所在。

翻译小辞典:学者翻译,严谨、准确,供汉学研究之用;诗人翻译,具有庞德式的诗歌创造力和想象力,但要避免庞德式的误译;批评家翻译,以批评的眼光挑选作品,从比较文学角度诠释作品,不失学者翻译的准确度和诗人翻译的原创性,比学者翻译和诗人翻译更具有开阔的视野和译文文本深度,并最大限度地呈现出原文文本中的多元影响和创新。

2012年3月初稿,4月增删

本土性、民族性的世界写作

——莫言的海外传播与接受①

刘江凯

莫言是中国最富活力、创造力和影响力的作家之一,无论是国内还是海外,都享有很高的声誉。在国内数量不算很多的当代作家海外传播研究的文章中,关于莫言的研究相对较多。海外中国当代作家研究,莫言无疑是一个重镇。本文以莫言的海外传播为研究重心,围绕着莫言作品的海外翻译出版、接受与研究状况展开,希望通过对这一案例的整理与研究,揭示和探讨中国当代文学海外传播过程中存在的一些可能问题。

一、作品翻译

一般认为,莫言在国内的成名作是《透明的红萝卜》,1986年《红高粱家族》的出版则奠定了他在中国当代文坛的地位。根据对莫言作品翻译的整理,《红高粱》也是他在海外最先被翻译并获得声誉的作品。这部作品于1990年推出法语版,1993年同时推出英语、德语版。莫言的作品被翻译成多种语言出版,并先后获得过法国"Laure Bataillin 外国文学奖""法兰西文化艺术骑士勋章"、意大利"NONINO 国际文学奖"、日本"福冈亚洲文化大奖"及美国"纽曼华语文学奖"等国外奖项。作品被广泛地翻译出版并且屡获国外文学奖,客观地显示了莫言的海外传播影响及其接受程度。为了更详细准确地了解莫言作品的海外出版状况,笔者综合各类信息来源,对莫言海外出版作了列表综述。

---

① 此文为作者博士论文节选。

表 20　莫言作品翻译统计列表①

语种	中文/译名	外文	译者	出版社	年份
法语	檀香刑	Le supplice du santal	Chantal Chen-Andro	Paris：Points, impr. Paris：Seuil	2009 2006
	生死疲劳	La dure loi du karma	Chantal Chen-Andro	Paris：Éd. du Seuil, DL	2009
	四十一炮	Quarante et un coups de canon	Noe l Dutrait; Liliane Dutrait	Paris：Seuil	2008
	天堂蒜薹之歌	La mélopée de l'ail paradisiaqu	Chantal Chen-Andro	Paris：Points, impr. Paris：Éd. Messidor	2008 1990
	欢乐	La joie	Marie Laureillard	Arles：P. Picquier	2007
	会唱歌的墙	Le chantier		Paris：Seuil Scande：ditions	2007 1993
	师傅越来越幽默	Le mai tre a de plus en plus d'humour	Noe l Dutrait	Paris：Points, impr.	2006
	丰乳肥臀	Beaux seins, belles fesses：les enfants de la famille Shangguan	Noe l Dutrait; Liliane Dutrait	Paris：Éd. du Seuil, DL	2005 2004
	爆炸	Explosion	Camille Loivier	Paris：Caracteéres	2004
	藏宝图	La carte au trésor	Antoine Ferragne	Arles：P. Picquier	2004
	十三步	Les treize pas	Sylvie Gentil	Paris：Éd. du Seuil	2004 1995
	铁孩	Enfant de fer	Chantal Chen-Andro	Paris：Seuil	2004
	透明的红萝卜	Le radis de cristal	Pascale Wei-Guinot; Xiaoping Wei	Arles：P. Picquier	2000 1993
	酒国	Le pays de l'alcool	No el Dutrait; Liliane Dutrait	Paris：Seuil	2000
	红高粱家族	Le clan du sorgho	Pascale Guinot	Arles：Actes Sud	1990

① 本表主要依据世界图书馆联机检索（WorldCat）整理，同时参考了Googlebook、Amazon进行补充。表中空白部分表示来源信息中没有，个别作品名因无法确定中文原名保留空白。

续表

语种	中文/译名	外文	译者	出版社	年份
越南语	蛙	Éch	Nguyên Trân（陈中喜）	Hà Nọi：Văn học	2010
	战友重逢	Ma chiên hũu	Trung Hý Trân	Hà Nọi：Nhà xuât bán Văn học	2009
	牛	Trâu thieân	Trung Hý Trân	àNọi：Văn Hóa Thông Tin	2008
	红蝗	Châu châu đỏ	Trung Hý Trân	Hà Nọi：Văn học	2008
	筑路	Conđtròng niróc măt	Trung Hý Trân	Hà Nọi：Văn học	2008
	白棉花	Bạch miên hoa	Trung Hý Trân	Hà Nọi：Văn học	2008
	丰乳肥臀	Báu vât của đòi	Dình Hiên Tràn（陈庭宪）	TP. Hô Chí Minh：Nhâ xuât b Há Nọi	2007
				Văn àn Văn nghê	2002
	生死疲劳	Sông đọa thác đày	Trung Hý Trân	Hà Nọi：Nhà xuât bán Phu nũ	2007
	四十一炮	Tú thăp nhât pháo	Trung Hý Trân（陈中喜）	Nhà xuât bàn Văn Nghê	2007
	生蹼的祖先们	Tô tiên có mèng chân	Thanh Huê.；Viêt Dung Bùi	Nhà xuât bàn Văn học	2006
	酒国	Tùu quôc：tiêu thuyêt	Dình Hiên Trân	Hà Nọi：Nhá xuât bàn Họi nhàvăn	2004
	檀香刑	Dàn htrong hình	Dình Hiên Trân	Hà Nọi：NXB Phu nũ	2004
	四十一炮	Bôn mtri môt chuyên tâm phào	Dình HiênTraân（陈庭宪）	Hà Nọi：Nhà xuât bán Văn Học	2004
	红树林	Rùng xanh lá đò	Dình HiênTraân	Hà Nọi：Nhà xuât bán Văn Học	2003

续表

语种	中文/译名	外文	译者	出版社	年份
英语	生死疲劳	Life and death are wearing me out	HowardGoldblatt（葛浩文）	New York：Arcade Pub	2008
	变	Change	Howard Goldblatt	London；New York：Seagull	2010
	丰乳肥臀	Big breasts and wide hips	Howard Goldblatt	London：Methuen；NY：Arcade Pub	2004 2005
	师傅越来越幽默	Shifu, you'll do anything for a laugh	Howard Goldblatt; Sylvia Li-chun Lin	London：Methuen	2002
	酒国	The republic of wine	Howard Goldblatt	London：Penguin；NY：Arcade Pub	2001 2000
	天堂蒜薹之歌	The Garlic Ballads	Howard Goldblatt	NYPenguin BooksNew York：Viking	1996 1995
	红高粱	Red sorghum	Howard Goldblatt	NYPenguin Books；NY Viking	1994 1995 1993
韩语	四十一炮	사십일포:모옌장편소설		문학과지성사	2008
	天堂蒜薹之歌	티엔탕마을마늘종노래	Hong-bin Im	문학동네 랜덤하우스	2008 2007
	红高粱家族	훙까오량 가족	Yŏng-ae Pak	문학과지성사	2007
	食草家族	Pùl mŏknŭn kajok		Sŏul-si：Raendŏm Hausŭ	2007
	檀香刑	Tán syang sing	Myŏng-ae Pak	Sŏul：Chungang M & B	2003
	透明的红萝卜	꽃다발을안은여자	Kyŏng-dŏk Yi	호암출판사	1993

续表

语种	中文/译名	外文	译者	出版社	年份
日语	生死疲劳	転生夢現〈上,下〉	吉田 富夫	中央公論新社	2008
	四十一炮	四十一炮 Yonjūippō	Tomio Yoshida	中央公論新社	2006
	白狗秋千,莫言短篇自选集	白い犬とブランコー莫言自選短編集	吉田 富夫	日本放送出版協会	2003
	檀香刑	白檀の刑〈上,下〉	吉田 富夫	中央公論新社	2003
	红高粱	赤い高粱	Akira Inokuchi	岩波書店	2003
	最幸福的时刻莫言中短篇集	至福のとき—莫言中短編集	吉田 富夫	平凡社	2002
	丰乳肥臀	豊乳肥臀(上,下)	吉田富夫	平凡社	1999
	酒国	酒国:特捜検事丁鈎児（ジャック）の冒険	藤井省三	岩波書店	1996
	来自中国之村莫言短篇集	中国の村から—莫言短篇集	藤井省三、長堀祐	JICC 出版局	1991
	莫言选集	莫言(現代中国文学選集)	井口晃	徳間書店	1989 1990
	怀抱鲜花的女人	花束を抱く女	藤井省三	JICC 出版局	1992
希伯来		Baladot ha-shum	Idit Paz	Or Yehudah: Hed artsi: Sifriyat Ma'ariv	1996
	红高粱	אדומה דורה	Yoav Halevi	מעריב ספרית,	1994
意大利	养猫专业户及其他故事	L'uomo che allevava i gatti e altri racconti	et al	Cuneo: Famiglia cristiana; Torino: Einaude	2008 1997
波兰	丰乳肥臀	Obfite piersi, pełne biodra	Katarzyna Kulpa	Warszawa: Wydawnictwo W. A. B	2007
	酒国	Kraina wódki	Katarzyna Kulpa	同上	2006

续表

语种	中文/译名	外文	译者	出版社	年份
西班牙	红高粱	Sorgo rojo		Barcelona El Aleph Barcelona: Muchnik	2009 1992.
德语	酒国	Die Schnapsstadt	Peter Weber-Schäfer	Reinbek beiHamburg: Rowohl	2002
瑞典	天堂蒜薹之歌	Vitlóksballaderna		Stockholm: Tranan	2001
瑞典	红高粱	Det röda fältet	Anna Gustafsson Chen	Stockholm: Tranan	1998 1997
挪威语	红高粱	Rødt korn		Oslo: Aschehoug	1995

上述列表显然并不全面,仅以德语作品为例,除表中《酒国》外(2005年再版),莫言的德译作品还有《红高粱家族》(*Das rote Kornfeld*, Peter Weber-Schäfer 译, Rowohlt, 1993、1995, Unionsverlag, 2007)、《天堂蒜薹之歌》(*Die Knoblauchrevolte*, Andreas Donath 译, Rowohlt, 1997、1998、2009)、《生死疲劳》(*Der Überdruss*, Martina Hasse 译, Horlemann, 2009)、《檀香刑》(*Die Sandelholzstrafe*, Karin Betz 译, Insel Verlag, 2009)和中短篇小说集《枯河》(*Trockener Fluß*, Bochum, 1997)以及短篇小说合集《中国当代短篇小说集》(包括莫言、阿来、叶兆言、李冯的作品, Chinabooks, 2009)。莫言的意大利语作品除了表中收录外,经查还包括:《红高粱》(*Sorgo rosso*, Einaudi, 2005)、《丰乳肥臀》(*Grande seno, fianchi larghi*, Einaudi, 2002、2006)、《檀香刑》(*Il supplizio del legno di sandalo*, Einaudi, 2005、2007)、《生死疲劳》(*Le sei reincarnazioni di Ximen Nao*, Einaudi 2009)。莫言的越南语作品数量很多,但早期代表作品《透明的红萝卜》(cú cài đỏ trong suôt)、《红高粱家族》(*Cao luong đỏ*, 译者 Lê Huy Tiêu[黎辉肖], Nhà xuât bàn Lao Dông, 劳动出版社, 2006)已有越语翻译。除了个人作品外,莫言也有和其他中国当代作家一起翻译的作品集,这里不再列出。

可以看出,莫言作品翻译较多的语种有法语、英语、德语、越南语、日语和韩语。其作品海外传播地域的分布和余华及苏童具有相似性：即呈现出以发达资本主义国家和受中国文化影响很大的亚洲国家为中心的特点。这说明经济发展水平和文化关联程度是制约中国文学海外传播最基本的两个要素。从莫言的主要传播地域来看，以英法德为代表的西方接受和以日韩越为代表的东方接受会有哪些异同？这里其实产生了一个很复杂的问题：究竟有哪些主要的因素在制约着文化的交流方向和影响程度？我们知道文化和政治、经济并不总是平衡发展的事实，中国作为文明古国，产生了不同于西方并且可以与之抗衡的独立文化体系，形成了以自己为中心的亚洲文化圈。当它的国力发生变化时，它会对文化传播的方向、规模、速度产生哪些影响？这些都值得以后更深入地探讨。

　　中国当代文学的西译往往是由法语、德语或英语开始，并且相互之间有着很大的影响。一般来说，如果其中一个语种获得了成功，其他西方语种就会很快跟进，有些作品甚至并不是从中文译过去，而是在这些外文版之间相互翻译。就笔者查阅的中国当代作家作品而言，一般来说法语作品会最早出现。莫言的西方语种翻译也符合这个特点，如《红高粱家族》法语版最早于1990年推出，1993年又推出《透明的红萝卜》；德语和英语版《红高粱》则都于1993年推出并多次再版，反映了这部作品的受欢迎程度。相对于西方语种，东方国家如越南和韩国对中国当代文学的翻译高潮一般出现在新世纪以后，尤其是越南对中国当代文学的翻译非常出乎笔者的意料。许多当代作家翻译最多的语种往往是法语或越南语，并不是想象中的英语。如本表中显示莫言翻译作品最多的是法语，其作品在法国的影响力也很大。莫言在一次访谈中曾表示：除了《丰乳肥臀》《藏宝图》《爆炸》《铁孩》4本新译介的作品，过去的《十三步》《酒国》《透明的红萝卜》《红高粱》又都出版了简装本，书展上同时有八九本书在卖①。另外，《丰乳肥臀》在法国出版以后，确实在读者中引起一定的反响，正面的评价比较多。他在法国期

---

　　① 《莫言、李锐："法兰西骑士"归来》，《新京报》2006年11月11日，http://cul.sohu.com/20061111/n246328745.shtml

间,法国《世界报》《费加罗报》《人道报》《新观察家》《视点》等重要的报刊都做了采访或者评论,使得他在书展期间看起来比较引人注目。

从以上统计来看,日本不但是亚洲、也是世界上最早译介莫言作品的国家。如1989年就有井口晃翻译的《现代中国文学选集:莫言》,并很快再版,之后有1991年藤井省三、长堀祐翻译的《莫言短篇小说集》。日本汉学家谷川毅表示:"莫言几乎可以说是在日本代表着中国当代文学形象的最主要人物之一。无论是研究者还是普通百姓,莫言都是他们最熟悉的中国作家之一。"据谷川毅讲,是电影把莫言带进了日本,"根据莫言的小说改编的电影在日本很受欢迎,他的小说也随之开始引起注意,所以,他进入日本比较早"①。莫言的韩语译作除一部外,其余的都集中在了新世纪,而越语作品在2004年以来竟然出版多达10本以上,其出版速度和规模都是惊人的。有越南学者指出:"在一些书店,中国文学书籍甚至长期在畅销书排行榜占据重要位置。而在这些文学作品中,莫言是一个引人注目的代表性作家,其小说在中国作家中是较早被翻译成越南语的,并很受越南读者的欢迎,在越南国内引起过很大的反响,被称作越南的'莫言效应'。""根据越南文化部出版局的资料显示,越文版的《丰乳肥臀》是2001年最走红的书,仅仅是位于河内市阮太学路175号的前锋书店一天就能卖300多本,营业额达0.25亿越南盾,创造了越南近几年来图书印数的最高纪录。"②越南著名诗人、批评家陈登科评论说:"我特别喜欢莫言的作品,尤其是《丰乳肥臀》与《檀香刑》两部小说。莫言无疑是当今世界上最伟大的作家之一。"对于莫言及其他中国当代文学在越南走红的原因,笔者很赞同陶文琉的分析。首先,莫言作品具有高贵的艺术品质密。通过《丰乳肥臀》与越南当代小说的比较,他指出中越当代文学发展的过程中其实存在着某种相同的倾向,突出地体现在思想与审美趋向以及义学艺术的建构与发展方面。其次,莫言作品能够在越南风行还跟中越两国

---

① 参见《日本文学界只关注三位中国作家:莫言阎连科和残雪》,《辽宁日报》2009年10月19日。
② 〔越〕陶文琉:《以〈丰乳肥臀〉为例论莫言小说对越南文学的影响》,资料来源参见"中国文学网", http://www.literature.org.cn/Article.aspx?ID=33785。

共有的历史文化传统有关。中越不但历史上都深受儒家文化的影响,形成了相近的文化情趣与历史情结,上世纪 80 年代后两国都进入了转型时期,在政治、经济、文化、思想等各方面也有许多相似之处。最后,莫言作品在越南能够产生广泛影响,也是全球化时代文化交流的必然产物。

二、莫言的海外研究

以莫言作品的海外传播规模和影响力,很自然地会成为海外研究中国当代文学的代表之一。笔者在查阅和整理的过程中发现了一个基本规律:如果一个作家的作品翻译语种多、作品数量多、再版次数多,必然会产生研究成果多的效应,这些作家往往也是在国内经典化的作家。在英、法、德、日几个语种间,都有大量关于莫言的研究文章,限于语言能力,笔者这里只对部分有代表性的英语研究成果进行简要梳理。

和中国一样,海外学术期刊是研究莫言最重要的阵地之一,海外涉及中国当代文学的主要学术期刊几乎都有关于莫言的研究文章。如《当代世界文学》(World Literature Today)曾专门出版过莫言评论专辑,发表了 Shelley W. Chan《从父性到母性:莫言的〈红高粱〉与〈丰乳肥臀〉》(From Fatherland to Motherland: On Mo Yan's Red Sorghum and Big Breasts and Full Hips)、葛浩文(Howard Goldblatt)《禁食》(Forbidden Food: 'The Saturnicon' of Mo Yan)、托马斯·英奇(Thomas M. Inge)《西方人眼中的莫言》(Mo Yan Through Western Eyes)、王德威《莫言的文学世界》(The Literary World of Mo Yan)四篇文章[①]。另一个重要的中国现当代文学研究期刊《中国现代文学与文化》(前名为《中国现代文学》)也先后发表过周英雄(Ying-hsiung Chou)《红高粱家族的浪漫》(Romance of the Red Sorghum Family)、Ling Tun Ngai《肛门无政府:读莫言的"红蝗"》(Anal Anarchy: A Reading of Mo Yan's The Plagues of Red Locusts)、陈建国《幻像逻辑:中国当代文学想像中的幽灵》(The Logic of

---

① World Literature Today 74, 3 (Summer 2000)

the Phantasm: Haunting and Spectrality in Contemporary Chinese Literary Imagination,该文同时分析莫言、陈村、余华的作品)、G. Andrew Stuckey《回忆或幻想？红高粱的叙述者》(Memory or Fantasy? Honggaoliang's Narrator)[①]。其他期刊上研究莫言的文章还有刘毅然(音,Liu Yiran)《我所知道的作家莫言》、蔡荣(音,Cai Rong)《外来者的问题化：莫言〈丰乳肥臀〉中的父亲、母亲与私生子》、Suman Guptak《李锐、莫言、阎连科和林白：中国当代四作家访谈》、Thomas M. Inge《莫言与福克纳：影响与融合》、孔海莉(音,Kong Haili)《端木蕻良与莫言虚构世界中的"母语土壤"精神》、Kenny K. K. Ng《批判现实主义和农民思想：莫言的大蒜之歌》和《超小说,同类相残与政治寓言：莫言的酒国》、杨小滨《酒国：盛大的衰落》等[②]。

除了学术期刊,在各类研究论文集中也有不少文章涉及莫言。如著名的《哥伦比亚东亚文学史》中国文学部分有伯佑铭(Braester Yomi)《莫言与〈红高粱〉》("Mo Yan and Red Sorghum")[③];其他还有Feuerwerker和梅仪慈(Yi-tsi Mei)合作的《韩少功、莫言、王安忆的"后现代寻根"》("The Post-Modern 'Search for Roots' in Han Shaogong, Mo Yan, and Wang Anyi")[④]、杜迈克(Michael Duke)《莫言1980年代小说中的过去、现在与未来》("Past, Present, and Future in Mo Yan's Fiction

---

[①] Modern Chinese Literature 5, 1 (1989): 33-42; 10, 1/2 (1998): 7-24; Modern Chinese Literature and Culture 14, 1 (Spring 2002): 231-265; 18, 2 (Fall 2006): 131-162。

[②] "The Writer Mo Yan as I Knew Him", Chinese Literature (Winter 1989): 32-42; "Problematizing the Foreign Other: Mother, Father, and the Bastard in Mo Yan's Large Breasts and Full Hips", Modern China 29, 1 (Jan. 2003): 108-137; "Li Rui, Mo Yan, Yan Lianke, and Lin Bai: Four Contemporary Chinese Writers Interviewed." Wasafiri 23, 3 (2008): 28-36; "Mo Yan and William Faulkner: Influence and Confluence", Chinese Culture The Faulkner Journal 6, 1 (1990): 15 24; "The Spirit of 'Native-Soil' in the Fictional World of Duanmu Hongliang and Mo Yan", China Information 11, 4 (Spring 1997): 58-67; "Critical Realism and Peasant Ideology: The Garlic Ballads by Mo Yan", Chinese Culture 39, 1 (1998): 109-146, "Metafiction, Cannibalism, and Political Allegory: Wineland by Mo Yan", Journal of Modern Literature in Chinese 1, 2 (Jan. 1998): 121-148; "The Republic of Wine: An Extravaganza of Decline", Positions 6, 1 (1998): 7-31.

[③] Columbia Companion to Modern East Asian Literatures. NY: Columbia UP, 2003, 541-545.

[④] In Feuerwerker, Ideology, Power, Text: Self-Representation and the Peasant "Other" in Modern Chinese Literature. Stanford: SUP, 1998, 188-238 of the 1980s")①、Lu Tonglin《红蝗:逾越限制》("*Red Sorghum: Limits of Transgression*")②、王德威(Wang David Der-wei)《想像的怀乡:沈从文,宋泽来(音),莫言和李永平》("Imaginary Nostalgia: Shen Congwen, Song Zelai, Mo Yan, and Li Yongping")③、岳刚(音,Yue Gang)《从同类相残到食肉主义:莫言的酒国》("From Cannibalism to Carnivorism: Mo Yan's Liquorland")④、张学平(Zhong Xueping)《杂种高粱和寻找男性阳刚气概》("Zazhong gaoliang and the Male Search for Masculinity")⑤、朱玲(音,Zhu Ling)《一个勇敢的世界?红高粱家族中的"男子气概"和"女性化"的构建》("A Brave New World? On the Construction of 'Masculinity' and 'Femininity' in The Red Sorghum Family")等⑥。海外研究中国当代文学的博士论文,一般来说,很少有单独研究某一当代作家的文章,多数是选择某一主题和几位作家的作品。如加拿大英属哥伦比亚大学2004年博士毕业的方津才(音,Fang Jincai),其论文题目为《中国当代男性作家张贤亮、莫言、贾平凹小说中父系社会的衰落危机与修补》⑦。当然,除了英语,法语、德语也有许多研究成果,如执教于巴黎七大的法国诗人、翻译家、汉学家尚德兰(Chen-Andro Chantal)女士,主要负责20世纪中国文学和翻译课程,对中国当代诗歌的法译作出了重要的贡献。她也对莫言的小说颇有研究兴趣,曾撰写有《莫言

---

① In Ellen Widmer and David Wang, eds., *From May Fourth to June Fourth: Fiction and Film in Twentiety-Century China*. Cambridge: Harvard UP, 1993, pp. 295-326.
② In X. Tang and L. Kang, eds. *Politics, Ideology, and Literary Discourse in Modern China: Theoretical Interventions and Cultural Critique*. Durham: Duke UP, 1993, pp. 188-208.
③ In Ellen Widmer and David Wang, eds., *From May Fourth to June Fourth: Fiction and Film in Twentiety-Century China*. Cambridge: Harvard UP, 1993, pp. 107-132.
④ In Yue, *The Mouth that Begs: Hunger, Cannibalism, and the Politics of Eating in Modern China*. Durham: Duke University Press, 1999, pp. 262-288.
⑤ In *Masculinity Besieged? Issues of Modernity and Male Subjectivity in Chinese Literature of the Late Twentieth Century*. Durham: Duke UP, 2000, pp. 119-149.
⑥ Lu Tonglin, ed. *Gender and Sexuality in Twentieth-Century Chinese Literature and Society*. Albany: SUNY Press, 1993, pp. 121-134.
⑦ *The Crisis of Emasculation and the Restoration of Patriarchy in the Fiction of Chinese Contemporary Male Writers Zhang Xianliang, Mo Yan, and Jia Pingwa*. Ph. D. Diss. Vancouver: University of British Columbia, 2004.

"红高粱》("*Le Sorgho rouge de Mo Yan*")一文①。

莫言的英译作品目前有《红高粱》《天堂蒜薹之歌》《酒国》《丰乳肥臀》《生死疲劳》《师父越来越幽默》和《爆炸》,译者主要是被称为"现代文学的首席翻译家"的葛浩文先生。对莫言文学作品的研究发表在 *Chinese Literature*、*Modern Chinese Literature and Culture*(前身是 *Modern Chinese Literature*)、*World Literature Today*、*Modern China*、*China Information*、*Journal of Modern Literature in Chinese*、*Positions* 等著名期刊上。当然,在各类报纸媒介上也有许多关于莫言及其作品的评论。海外对莫言的研究角度各异,从题目来看,大体可以分为以下几类:作品研究,如对《红高粱》《酒国》等的分析,这类研究数量最多,往往是从作品中提炼出一个主题进行;比较研究,如 Suman Guptak 对莫言和李锐,孔海莉对莫言和端木蕻良,王德威《想像的怀乡》以及方津才的文章等。还有一类可以大致归为综合或整体研究,如王德威《莫言的文学世界》、刘毅然、杜迈克等人的文章。作品研究里,目前以对《红高粱》《丰乳肥臀》《酒国》的评论最多。

现为哈佛大学教授的王德威在《莫言的文学世界》一文中认为②:莫言的作品多数喜欢讨论三个领域里的问题,一是关于历史想象空间的可能性;二是关于叙述、时间、记忆之间错综复杂的关系;三是重新定义政治和性的主体性。文章以莫言的 5 部长篇小说及其著名的中篇为基础展开了论证,认为莫言完成了三个方向的转变:从天堂到茅房、从官方历史到野史、从主体到身体。莫言塑造的人物没有一个符合毛式话语那种光荣正确的"红色"人物,这些有着俗人欲望、俗人情感的普通人正是对于毛式教条的挑战。在谈到《红高粱》时他说:"我们听到(也似看到)叙述者驰骋在历史、回忆与幻想的'旷野'上。从密密麻麻的红高粱中,他偷窥'我爷爷''我奶奶'的艳情邂逅……过去与未来,欲望与狂想,一下子在莫言小说中化为血肉凝成的风景。"文章最后指

---

① In La Litterature Chinoise Contemporaine, tradition et modernite: *Colloque d'Aix-en-Provence*, le 8 juin 1988. Aix-en-Provence: Publications de l'Universite de Provence, 1989, pp.11-13.
② 王德威:《当代小说二十家》,三联书店 2006 年版,第 217 页。

出,之所以总是提及"历史"这一词汇,是因为他相信这是推动莫言小说世界的基本力量,客观上也证明了他一直试图通过小说和想象来替代的努力。莫言不遗余力地混杂着他的叙述风格和形式,这也正是他参与构建历史对话最有力的武器。

时任弗吉尼亚州伦道夫—梅肯学院英文系的托马斯·英奇(Thomas M. Inge)教授对莫言作品大为赞赏,他在《西方人眼中的莫言》一文开篇即讲:"莫言有望作为一个世界级的作家迈入21世纪更广阔的世界文学舞台。"文章着重分析《红高粱》《天堂蒜薹之歌》和《酒国》3部作品。如认为《红高粱》营造了一个神奇的故乡,整部小说具有史诗品质,其中创新性的叙事方式颠覆了官方的历史真实性,对日本侵略者也非进行简单的妖魔化处理,在创作中浸透着作者的观点,塑造了丰满、复杂性格的人物形象等,这些都是这部作品取得成功的重要因素。他认为莫言已经创作出了一批独特有趣、既对中国当代文学有益又保持了自身美学原则的作品,莫言正以其创作积极地投身于中国文学带入世界文学的进程。他说不止一个批评家同意加拿大英属哥伦比亚大学的杜迈克(Michael Duke)教授的意见,即莫言"正越来越显示出他作为一个真正伟大作家的潜力"。杜迈克对莫言的《天堂蒜薹之歌》很欣赏,他认为:这部作品把技巧性和主题性的因素融为一体,创作了一部风格独特、感人至深、思想深刻的成熟艺术作品。这是莫言最具有思想性的文本,它支持改革,但是没有任何特殊的政治因素。它是20世纪中国小说中,形象地再现农民生活的复杂性,最具想象力和艺术造诣的作品之一。在这部作品中,莫言或许比任何一位写农村题材的20世纪中国作家,更加系统深入地进入到中国农民的内心,引导我们感受农民的感情,理解他们的生活①。

当时任教于科罗拉多大学的葛浩文教授在《禁食》一文里,从东西方文学中的人吃人现象谈到莫言对于吃人肉这个问题的处理。文章首先分析了两种"人吃人"类型:一种是"生存吃人",他举了美国1972年Andean失事飞机依靠吃死难者尸体生存下来的例子;另一种是"文化

---

① 见《当代作家评论》2006年第6期。

吃人"（learned cannibalism），这种"吃人"通常有文化或其他方面公开的理由，如爱、恨、忠诚、孝、利益、信仰战争等。作者认为吃人尽管经常和"野蛮"文化联系在一起，却也因为它具有强烈的寓言、警醒、敏感、讽刺等效果常被作家描写。具体到《酒国》，他指出《酒国》是一部有多重意义的小说，它直面许多中国人的国民性，如贪吃、好酒、讳性等特征，探讨了各种古怪的人际关系，戳穿了一个靠好政府来治理文明国家的神话。他认为既然《酒国》中的吃人肉不是出于仇恨，不是出于饥荒导致的匮乏，而是纯粹寻求口腹之乐，那么作者这样写显然是一种寓言化表达；如中国由来已久的对农民的剥夺和人民政府的代表们对人民的压迫，以及作家对于整个社会是否还有人性存在提出的强烈质疑。科罗拉多大学的 W. Shelley Chan 博士《从父性到母性》一文则对莫言的《红高粱》和《丰乳肥臀》进行了分析。认为《红高粱》表现出对历史的不同书写，从意识形态的角度肯定了莫言对毛式革命话语的颠覆和解构。她认为《丰乳肥臀》中父亲形象的缺失可以看作对毛式话语模式的挑战，因此这部作品可以视作对共产主义父权意识形态的一种叛离。不仅如此，作品中的性描写充满了对过去意识形态的反叛意味，作者通过这些手法在质疑历史的同时也审视了中国当下的国民性和文化。

对于《丰乳肥臀》，《华盛顿邮报》专职书评家乔纳森·亚德利（Jonathan Yardley）评价此书处理历史的手法，让人联想起不少盛名之作，如拉什迪的《午夜的孩子们》和加西亚·马尔克斯的《百年孤独》，不过它远未达到这些作品的高度。"此书的雄心值得赞美，其人道情怀亦不言而喻，却唯独少有文学的优雅与辉光。"亚德利盛赞莫言在处理重大戏剧场面——如战争、暴力和大自然的剧变时的高超技巧。"尽管二战在他出生前 10 年便已结束，但这部小说却把日本人对中国百姓和抗日游击队的残暴场面描绘得无比生动。"给亚德利印象最深的，是莫言在小说中呈现的"强烈的女权主义立场"，他对此感到很难理解。亚德利说，尽管葛浩文盛名在外，但他在翻译此书时，或许在信达雅之间搞了些平衡，其结果便是莫言的小说虽然易读，但行文平庸，结构松散。书中众多人物虽然有趣，但西方读者却因为不熟悉中文姓名的拼写而很难加以区别。提到《丰乳肥臀》的缺点,亚德利写道:"那多半是出于其远大雄心,超出了素材所能负担的限度,这没什么不对。"①他还认为此书也许是莫言的成功良机,或可令他获得诺贝尔文学奖的青睐。

以上我们主要列举了海外专家对莫言作品的一些评论意见,海外普通读者对《生死疲劳》也有大量的阅读评论。其中,在英文版卓越网上我看到了八九个读者对这部作品评论意见,基本上都是正面、肯定的意见,但是理由各有不同。如一位叫 wbjonesjr1 的网友评论道:"《生死疲劳》是了解二战后中国社会内景的一种简捷方式。"他强调了这部小说的情节控制的速度、戏剧性和其中的幽默意味,尤其佩服、惊叹于莫言对小说长度的巧妙化解,每个轮回的都是一个独立的故事,这样读者就不会掉入漫长的阅读过程中了。网友 Bradley Thomas John Public 认为这部书对于西方人来说,可以帮助他们了解其他人的生活,同时意识到他们自己的道德并不一定适用到其他国家区域。也有一些读者似乎对"长度"感到很困难,至少两位网友提到虽然这本书故事精彩,内容丰富,但却仍然让他们感到有点"疲劳",一位叫 Blind Willie 的网友说"我推荐这本书,但有时《生死疲劳》也确实让我感到很疲劳"。在其他的一些评论中,有些评论者则指出了《生死疲劳》中的民俗、人物性格刻画、叙述方面的高超技巧,当然也有人指出这部作品的不足之处,如认为小说的最后三分之一写得太松散等。

三、莫言海外传播的原因分析

在讨论莫言作品海外传播原因之前,我们应该首先思考另一个更普遍的问题:中国当代文学在海外不断得到传播的原因有哪些?这显然不是一个三言两语就能讲清楚的问题。提出这个问题的关键在于笔者想指出:中国当代作家个人的海外传播除了他本人的艺术素质外,往

---

① 《莫言、李锐:"法兰西骑士"归来》,《新京报》2006 年 11 月 11 日,http://cul.sohu.com/20061111/n246328745.shtml。

往离不开这种更大的格局,并且有时候这种大格局甚至会从根本上影响作家个人的海外传播状况。比如当前世界似乎正在泛起的"中国热"的带动效应,再如当文化传播作为一种政府行为时,作家作品的选择就会受到过滤和筛选;以及大型的国家、国际文化活动也会加速或扩大作品的译介速度和范围,更不用说国家整体实力的变化、国家间经济、文化关系方面出现重大变化带来的种种影响了。就整体而言,这些基础性的影响因素还包括政治意识形态与文学的关系、东西方文明的交融与对抗、政府或民间交流的需要等。笔者曾就此问题做过一项海外学者的调查问卷,美国华盛顿大学的伯佑铭(Yomi Braester)教授的观点正好印证了我的判断。他认为:中国国际综合实力、政府文化活动、意识形态差异、影视传播、作家交流、学术推动、中国当代文学中的地域风情、民俗特色、传统和时代的内容,以及独特文学经验和达到的艺术水平等,都是推动当代文学海外传播的重要因素。在与王德威教授访谈时,他也明确承认文学永远是 politic(政治)的,认为中国的强大确实对中国作家的海外传播有着微妙的关系。当然,在这一总体格局中,作家的海外传播又会形成自己的传播特点。

关于莫言海外传播的原因,一些学者也曾做出过自己的探讨。如张清华教授在德国讲学期间,曾问过包括德国人在内的许多西方学者,他们最喜欢的中国作家是谁?回答最多的是余华和莫言。问他们为什么喜欢这两位?回答是,因为余华与他们西方人的经验"最接近";而莫言的小说则最富有"中国文化"的色彩。因此他认为:"很显然,无论在任何时代,文学的'国际化'特质与世界性意义的获得,是靠了两种不同的途径:一是作品中所包含的超越种族和地域限制的'人类性'共同价值的含量;二是其包含的民族文化与本土经验的多少。"[①]张清华教授总结出来的这两个基本途径,其实也从文学本身揭示了中国当代文学海外传播基本原因:即中国当代文学兼具世界文学的共通品质和本土文学的独特气质。共通的部分让西方读者容易感受和接受,独异

---

① 张清华:《关于文学性与中国经验的问题——从德国汉学教授顾彬的讲话说开去》,《文艺争鸣》2007年第10期。

的本土气质又散发出迷人的异域特色,吸引着他们的阅读兴趣。而莫言显然在本土经验和民族文化方面有着更为突出的表现。另一方面值得怀疑的是:这种地域性很强的本土经验能否被有效地翻译并且被海外读者感受和欣赏到?这就涉及莫言海外传播比较成功的另一个重要因素——好的翻译。

中国很多当代作家的写作中都充满了地域特色,如莫言和贾平凹就是两位地域色彩浓重的著名作家。莫言天马行空般的语言和贾平凹有着特殊民族传统文化积淀的方言,都会给翻译带来极大的困难。贾平凹对此深有感受:他认为中国文学最大的问题是"翻不出来"。"比如我写的《秦腔》,翻出来就没有味道了,因为它没有故事,净是语言";他还认为中国目前最缺乏的是一批专业、优秀的海外版权经纪人,"比如我的《高兴》,来过四五个谈海外版权的人,有的要卖给英国,有的要卖给美国,后来都见不到了。我以前所有在国外出版的十几种译本,也都是别人断续零碎找上门来和我谈的,我根本不知道怎么去找他们";最后他认为要培养一批中国自己的在职翻译家[①]。翻译人才的缺乏确实是中国文学走出去的一个障碍。国外对中国当代文学的翻译远远不是系统的译介,苦于合适的翻译人才太少,使得许多译介处于初级和零乱的阶段。在与笔者的一个访谈中,顾彬教授也提到过翻译问题,他讲到自己为什么更多地翻译了中国当代诗歌而不是小说时,说其中一个重要原因就是他自己也是诗人。他的潜话题是:诗歌的语言要求更高,他培养的学生可以很好地翻译小说,但未必能翻译诗歌。所以,优秀的翻译人才并不仅仅是语言的问题,还涉及深刻的文化理解甚至切身的创作体验等。我们可以培养大量懂外语的人,但让这些人既能对本国的语言文化有着精深的掌握,又能对他国的语言和文化达到对等的程度,并且具备文学创作经验,这的确不是一个简单任务。顾彬批评中国当代作家不懂外语,他总喜欢举现代名家如鲁迅、老舍、郁达夫等为证,国外许多著名作家往往也能同时用外语创作。不得不承认,从理论上

[①]《铁凝、贾平凹:中国文学"走出去"门槛多》,《文汇报》2009年11月9日,http://book.163.com/09/1109/10/5NM17U2U00923K7T.html。

讲兼具作家、学者、翻译家三重身份的人应该是最合适的翻译人才。莫言也许是幸运的,他的许多译者正好符合这一特点。如英语译者是号称为"中国现代文学首席翻译家"的葛浩文;日语译者包括东京大学著名教授滕井省三教授等。

  前文我们已经提到莫言在海外传播的另一个重要因素:张艺谋电影的海外影响。这一点不但在日本如此,在其他西方国家也如此。电影巨大的市场往往会起到极好的广告宣传效应,迅速推动海外对文学作品原著的翻译出版。莫言本人也承认:"中国文学走向世界,张艺谋、陈凯歌的电影起到了开路先锋的作用。"① 中国当代文学和中国电影在海外的传播与影响,充满了互生互助的味道,这一方面说明优秀的文学脚本是电影成功的重要基础;另一方面也说明,成功的电影运作会起到一种连锁效应,带动一系列相关文化产业,其中的规律与利弊很值得我们认真研究。我们知道,1988 年《红高粱》获第 38 届西柏林电影节金熊奖,随后 1989 年再获布鲁塞尔国际电影节青年评委最佳影片奖。电影的成功改编和巨大影响迅速推动了文学作品的翻译,这一现象并不仅仅止于莫言。张艺谋可以说是为中国当代文学的海外传播间接做出巨大贡献的第一人,他先后改编了莫言的《红高粱》(*The Red Sorghum*),苏童的《妻妾成群》(*Raise the Red Lanterns*,译为"大红灯笼高高挂"),余华的《活着》(*To Live*),这些电影在获得了国际电影大奖的同时也带动或扩大了海外对这些作家小说的阅读兴趣。另一方面,莫言、苏童、余华等人的海外传播也显示:电影对文学起到了聚光灯的效应,它提供了海外读者关注作家作品的机会,但能否得到持续的关注,还得看作品本身的文学价值。比如莫言就曾提到过,他的作品《丰乳肥臀》《酒国》并没有被改编成电影,却要比被改编成电影的《红高粱》反响好很多。

  当然,影响莫言海外传播的因素还有很多,除了作品本身的艺术品质、作家表现出来的艺术创新精神、作品中丰富的内容等因素外,国外

---

① 《莫言、李锐:"法兰西骑士"归来》,《新京报》2006 年 11 月 11 日,http://cul.sohu.com/20061111/n246328745.shtml。

对中国文学接受环境的变化也是重要的原因。我们曾谈到海外对中国当代文学的阅读和接受大体经历了一个由社会学材料向文学本身回归的趋势,这种变化使得作品的文学艺术性得以更多地彰显,这种基于文学性的接受与传播方式,更容易使莫言这样的作家的创作才华被人注意到。笔者有幸参加了2009年德国法兰克福书展期间中国作家的一些演讲、谈话活动。不论是在法兰克福大学歌德学院会场,还是法兰克福文学馆的"中国文学之夜",留下的直观印象有以下几点:参加的听众有不少是中国留学生或旅居海外的中国人。外国读者数量也会因为作家知名度的大小而产生明显变化,比如莫言、余华、苏童的演讲,会场往往爆满,而另一些作家、学者则没有这么火爆。提问的环节往往是文学和意识形态问题混杂在一起,比如有国外记者问铁凝的方式很有策略性。他首先问一个文学性问题,紧接着拿出一个中国异议作家的相片,问铁凝作为同行,对那位异议作家被关入狱有何评论等。在"中国文学之夜"会场上,作家莫言、刘震云、李洱等以各种形式和海外同行、读者展开对话,对中国当代文学近年来在国外传播、接受的变化提出了个人观感。如莫言和德国作家的对话中讲道①:上世纪80年代国外读者阅读中国小说,主要是通过文学作品了解中国社会、经济等方面的情况,从纯文学艺术角度欣赏的比较少。但现在这种情况已经有了很大改观,德国的一些读者和作家同行开始抛开政治经济的视角,从文学阅读与鉴赏的角度来品味作品。德国作家马丁·瓦尔泽就曾在读完《红高粱家族》之后评价说,这部作品与重视思辨的德国文学迥然不同,它更多的是在展示个人精神世界,展示一种广阔的、立体化的生活画面,以及人类本性的心理、生理感受等。莫言得到这些反馈信息时感到很欣慰。他说:这首先说明作品的翻译比较成功,其次国外的读者、同行能够抛开政治的色彩甚至偏见,用文学艺术以及人文的观点来品读、研究作品是件很让人开心的事。他希望国外读者能以文学本位的阅读来体会中国小说。

---

① 〔奥地利〕魏格林:《沟通和对话:德国作家马丁·瓦尔泽与莫言在慕尼黑的一次面谈》,《上海文学》2010年第3期。类似对话在法兰克福文学馆也举行过。

必须要指出的是,以上我们只是普遍性地分析了莫言作品海外传播的原因,但不同国家对同一作家作品的接受程度是有区别的,其中也包含了某些独特的原因。如莫言作品在法国、日本、越南,在接受程度、作品选择方面也会有差别。莫言在谈到自己作品在法国较受欢迎的原因时说:"法国是文化传统比较深厚的国家、西方的艺术之都,他们注重艺术上的创新。而创新也是我个人的艺术追求,总的来说我的每部小说都不是特别注重讲故事,而是希望能够在艺术形式上有新的探索。我被翻译过去的小说《天堂蒜薹之歌》是现实主义写法,而《十三步》是在形式探索上走得很远。这种不断变化可能符合了法国读者求新求变的艺术趣味,也使得不同的作品能够打动不同层次、不同趣味的读者,获得相对广阔的读者群。"①总的来说,在艺术形式上有探索,同时有深刻社会批判内涵的小说比较受欢迎,如《酒国》和《丰乳肥臀》。《丰乳肥臀》描写了一个非常复杂的大家庭的纷争和变化,《酒国》则是一部寓言化、象征化的小说,当然也有社会性的内容。小说艺术上的原创性和深刻的思想内涵,是打动读者的根本原因。独立的文学经验并不代表无法和世界文学很好地融合,笔者虽然并非莫言研究的专家,但也能感受到他和其他中国当代作家完全不同的风格。以莫言和贾平凹、苏童、格非、余华、王安忆为例,我在阅读他们的作品《檀香刑》《生死疲劳》《秦腔》《高兴》《人面桃花》《山河入梦》《兄弟》《启蒙时代》时,感受各有不同。莫言、贾平凹之于苏童、格非,一个倾向于民间、乡土,有着粗粝、热闹、生气勃勃的语言特性,小说散发出强烈的北方世俗味道;另一个则精致、细腻、心平气和地叙述,充满了南方文人的气息。阅读《人面桃花》《碧奴》,清静如林中饮茶;而阅读《生死疲劳》《秦腔》,则热闹若台前观戏。莫言、贾平凹作品的画面感强、色彩浓重、声音响亮、气味熏人,与余华的简洁、明快、幽默,王安忆的优雅、华贵、绵长的叙述风格都形成了鲜明的对比。即便莫言和贾平凹,虽然在文风上有相似性,但陕地和鲁地不同的风俗、语言特征也很明显地区分开了他们的作

---

① 《莫言、李锐:"法兰西骑士"归来》,《新京报》2006 年 11 月 11 日,http://cul.sohu.com/20061111/n246328745.shtml。

品。莫言显得比贾平凹更大开大合、汪洋恣肆,有一种百无禁忌、舍我其谁的叙述气概,鲁人的尚武、豪迈之情由此可见一斑。

鲁迅1934年在《致陈烟桥》的信件中谈论中国木刻时曾说:"现在的文学也一样,有地方色彩的,倒容易成为世界的,即为别国所注意。打出世界上去,即于中国之活动有利①",后来被人们演绎出"越是民族的,越是世界的"的说法。鲁迅的原话在他的文章语境中是十分严谨的。"越是民族的,越是世界的",如果我们从合理的角度来理解这句话,也可以讲得通。这里引出一个问题:写作是如何从个人出发,走出地方、民族的局限,走向世界的?就本质来说,写作其实是完全个人化的。我们听说过有两人或集体合作的作品;有通过地方民谣等口头传唱形成的作品;也有某一民族流传形成的作品;即便这些作品,最终也总是通过多次的个人化写作固定下来的;但好像从来没有听说过有世界范围内的传唱并形成的作品。莫言或者其他有世界影响力的中国当代作家,他们的写作都是从超越个人经验出发,沾染着地方色彩、民族性格,最终被世界接受的。包括王德威、伯佑铭等教授在内的许多海外学者也认可这种说法:中国当代文学中,地方和民族风情会显示出中国文学独异的魅力,是构成世界文学的重要标志。虽然作家们都在利用地方和民族的特色,但莫言无疑是其中最为成功者之一。他以个人的才华、地方的生活、民族的情怀,有效地进入了世界的视野。

---

① 鲁迅:《鲁迅全集》,第13卷,人民文学出版社2005年版,第81页。

新世纪中国当代文学研究与译介在韩国

——以 2001 年至 2009 年为中心

〔韩〕李嘉英

中韩两国友好交往源远流长,两国在文化、文学、经济、政治等方面密切联系、互相影响。然而随着 1949 年中华人民共和国的成立,以及 1950 年朝鲜战争的爆发,中韩两国交流愈来愈少。从此,韩国的中国文学译介与研究工作耽搁下来,给文学研究史留下了一段空白。随着"冷战"的结束,中韩两国于 1992 年正式建交。以 1992 年 8 月 24 日建交为起点,两国各个领域的合作开始迅速发展,尤其是文学研究领域如鱼得水,大量的中国文学作品与文学理论著作纷纷被介绍到韩国。毋庸置疑,蔚为大观的译介活动不仅在 20 世纪韩国的中国文学研究中留下了辉煌的一笔,而且也为以后研究中国当代文学打下了坚实基础,如今,韩国的中国文学译介与研究继续摸索着向前发展,不但数量上蔚为可观,而且种类上也变得愈来愈丰富多样。

一、20 世纪中国当代文学在韩国的译介情况

韩国对中国当代小说作品的译介始于 1975 年,然而直到 1984 年,被译介至韩国的作品也仅仅是 4 部短篇小说集及 2 部台湾作家黄春明的《莎哟娜啦,再见》翻译本。20 世纪中国当代小说在韩国的译介情况具体如下:

20 世纪中国当代小说的译介情况

年度	·	·	·	·	1975	1976	1977	1978	1979	1980
数量	·	·	·	·	1	·	·	·	1	·

续表

年度	1981	1982	1983	1984	1985	1986	1987	1988	1989	1990
数量	·	2	1	1	2	4	8	10	22	14
年度	1991	1992	1993	1994	1995	1996	1997	1998	1999	2000
数量	12	47	29	24	25	14	12	10	10	16

从 1975 年到 2000 年,韩国介绍的中国当代小说作品总共 265 部。相比于古典文学与现代文学,中国当代文学作品在韩国的介绍还相当有限,戏剧、诗歌和散文方面更是"屈指可数",不过小说则颇具规模。换句话说,在文学作品翻译方面,尤为鲜明的特点是小说的译介占绝对优势。

20 世纪中国当代散文的译介情况

年度	·	·	·	·	·	1986	1987	1988	1989	1990
数量	·	·	·	·	·	1	·	1	1	·
年度	1991	1992	1993	1994	1995	1996	1997	1998	1999	2000
数量	5	4	1	2	·	1	1	·	2	4

通过上述表格(尽管调查不够全面),不难看出中国当代散文在韩国的译介略况,其数量一直到 1985 年还是寥寥无几。在韩国最早被译介的中国当代散文作品是魏巍和钱小惠合著的《邓中夏传》。

尽管 20 世纪韩国译介的中国散文作品只有 23 部,但令人欣慰的是,20 世纪 90 年代中期以后,中国当代散文的译介情况逐渐好转,作品数量逐渐增加,与此同时,译介的作品也不再只集中于某一位散文家的作品,而是呈现出多样化的趋势。例如:风靡中国大陆和台湾的三毛的作品被翻译到韩国,余秋雨的《文化苦旅》也在韩国得以出版。这说明出版社不仅考虑引进能带来商业利润的译作本,同时也考虑引进一些与生活紧密联系、容易引起共鸣的作品。这些作品有助于韩国读者摆脱对中国当代文学持有的"茫然"的错觉,例如:毛主席、共产党、社会主义、"文化大革命"等中国特有的文学色彩。

20世纪中国当代诗歌的译介情况

年度	·	·	·	·	·	1986	1987	1988	1989	1990
数量	·	·	·	·	·	4	1	1	1	2
年度	1991	1992	1993	1994	1995	1996	1997	1998	1999	2000
数量	1	1	·	1	4	2	1	·	·	2

与小说和散文相比,诗歌的译介情况差强人意。到了2000年,一共翻译了21部诗集。其中以北岛、舒婷和顾城为代表的朦胧诗被译介了5部,此外,艾青的诗集被译介了6部。值得注意的是,1986年首次翻译、介绍中国当代诗歌时,艾青诗歌被译介得最多,4部作品之中的3部都是"艾青诗集"。

剧本的译介情况则更为惨淡。20世纪的中国当代剧本,尤其是新时期的剧本一部也没有被译介。这其中也有着戏剧自身的原因,与其他文学体裁相比,剧本的译介有着诸多不便。不同于文本,剧本不是以阅读为目的的,而是用来在舞台上演出的,因此很少有出版社能够出版。

20世纪中国当代文学译介情况

体裁	小说	散文	诗歌	剧本	总数
数量	265	23	15	0	303

20世纪在韩国被译介的中国当代文学作品总共303部,其中小说有265部,占了总数的87%以上。从读者的角度来看,形成这种"偏重"现象的原因有两个;第一,一般来说,小说最能调动读者的兴趣;第二,小说最容易满足读者对中国人和中国社会的好奇心。除了读者的需求以外,从出版商的角度来考虑,形成体裁"偏重"现象的原因也有两个;第一,小说原本数量绝对多于其他体裁;第二,一般来说,出版一部小说最能赚取利润。

从数字的统计来看,20世纪中国当代文学的作品译介情况还算令人欣喜,但其实并非如此。在这些译本中,像琼瑶、莫言、苏童等人创作的作品有不少重译之作,而且从中国当代文学自身具有的历史与它在韩国被译介、研究的时间开始算起,这些作品的数量是不算多的。

二、21世纪中国当代文学在韩国的译介情况

到了21世纪,中国当代文学在韩国的译介情况发生了变化,相比于20世纪,到了21世纪初,无论是在数量方面还是质量方面,都有了一定的突破,译介与研究都变得相当活跃。

21世纪中国当代文学作品译介情况

体裁	小说	散文	诗歌	戏剧	总数
数量	198	42	8	3	249

与20世纪相比,21世纪中国当代文学译介情况有所改善,特别是体裁的"偏重"现象。比如,20世纪被译介的中国当代散文有23部,仅仅占总数的7.5%。但到了21世纪,散文译本总共有42部,约占总数的16.8%。

以上述阐述的内容为基础,本文以年度为单位,整理并介绍了2001—2009年之间在韩国正式出版的中国当代文学作品(不包含武侠小说)。

21世纪中国当代小说的译介情况

年度	2001	2002	2003	2004	2005	2006	2007	2008	2009
数量	23	10	14	10	20	13	36	45	27

首先,在中国当代小说译介方面,最严重的现象就是作家作品的"地区"不均衡问题与"只译介与研究特定作家"。

第一,所谓"地区"的不均衡,指的是中国大陆的作品在数量上处于绝对优势,而且以"严肃文学"为主。相对来说,香港与台湾的作品寥寥无几。但21世纪初(2001—2009年),多数的台湾严肃文学作品、香港文学作品和海外华文文学作品纷纷被翻译并介绍到韩国,"地区"的不均衡情况得到了少许改善。例如,《台湾现代小说选1:三脚马(等)》(郑清文等,2009年)、《台湾现代小说选2:斋堂传奇(等)》(叶圣陶等,2009年)、《寻人启事(等)》(黄静等,2006年),还有在海外活

动的高行健、北岛、虹影的作品等。

第二,20世纪琼瑶有70部作品被译介到韩国,占中国当代小说总数的(总共265部)26%以上,这就显示了20世纪韩国在译介与研究上"偏重"特定作家的现象。当然这些现象都是为了"不负众望"而造成的。但是,如果考虑到中国当代文学史上大量的优秀作品,就会质疑这种过分偏重特定作家的态度。

到了21世纪,虽然对岳南、莫言、曹文轩等特定作家作品的偏重现象仍然存在,但与过去相比,已经有所缓解。比如,苏童、余华、刘震云的作品也被大量翻译出版。《台湾现代文学小说选1:三脚马》和作家郑清文等,也得到了读者们的关注。

21世纪中国当代散文的译介情况

年度	2001	2002	2003	2004	2005	2006	2007	2008	2009
数量	6	3	4	8	4	1	4	7	5

到了21世纪,中国当代散文的译介情况变得相当活跃了。以余秋雨为首,包括季羡林、贾平凹、史铁生、周国平等在中国比较有名的散文家的作品也陆续被翻译过来,但令人遗憾的是,像杨朔、秦牧等写于20世纪中期的散文作品,在韩国几乎找不到。另外,近几年来,虽然出版过《我与地坛》(史铁生等,2002)和《第一本书的故事》(张炜等,2002),但从此以后文学性散文的出版量逐渐减少,而几米与恩佐等人的卡通散文之类比较通俗的写作开始流行。特别是《成就你一生的100个哲学》等属于人生指南类的书籍大量被出版介绍。这样的现象很有可能使韩国读者对中国当代散文产生某种偏见。

21世纪中国当代诗歌的译介情况

年度	2001	2002	2003	2004	2005	2006	2007	2008	2009
数量	1	·	3	·	2	·	1	·	1

与小说和散文相比,诗歌和剧本的译介情况仍然不太乐观。但令人欣慰的是,其作品的质量和种类渐渐出现多样化的情况。比如在诗歌方面,北岛、舒婷和吉狄马加等20世纪后期诗人的作品也开始被译

介,此外,台湾作家赵天仪的诗集也被在台湾执教的韩国人金尚浩教授翻译介绍至韩国。

21 世纪中国当代戏剧的译介情况

年度	2001	2002	2003	2004	2005	2006	2007	2008	2009
数量	·	1	·	·	·	1	·	1	·

在韩国被译介的中国当代剧本只有 3 本:《车站》(高行健,2002年)、《夏衍戏剧选》(夏衍,2006年)和《法西斯细菌》(夏衍,2008年)。不仅如此,当代的剧本尤其是新时期的剧本几乎没被翻译过来,这是令人遗憾的事情。

三、被介绍至韩国的中国当代文学思潮

这些年来,在韩国翻译出版的中国文学的种类越来越丰富。之前,新写实小说在韩国的中国当代文学研究中较少涉及,现在已大量被翻译成韩文,如刘震云的《一地鸡毛》《手机》、刘恒的《贫嘴张大民的幸福生活》、方方的《行为艺术》等,不仅如此,在中国风靡一时的 80 后青春写手的作品,如韩寒的《三重门》和郭敬明的《幻城》,也被翻译出版。

笔者对 21 世纪在韩国已被译介的中国当代作品按照文学思潮进行了分类,具体如下:

首先,反思小说只被翻译了两部作品,都出自王蒙,分别是 2004 年出版的《活动变人形》与 2005 年出版的《蝴蝶》。通过这两部作品,韩国读者也开始逐渐接触中国反思小说。

其次,从 2001 年到 2009 年之间,在韩国最受欢迎的中国当代文学思潮是新写实思潮这一类的作品。新写实思潮不但在数量和质量上都有所提高,而且也在韩国读者中引起了不小的反响。例如:2001 年方方的《风景》、刘恒的《白涡》、刘震云的《单位》和池莉的《烦恼人生》,2004 年刘震云的《一地鸡毛》《管人》《温故一九四二》,2007 年刘恒的《贫嘴张大民的幸福生活》《狗日的粮食》《伏羲伏羲》,2008 年刘恒的《白果》和池莉的《烦恼人生》。

再次,以刘震云为代表的新历史思潮的作品也逐渐被翻译并介绍到韩国。刘震云的《故乡天下黄花》和《温故一九四二》是21世纪在韩国出版的新历史思潮作品当中,非常有影响力的作品。

最后,在中国当代诗歌思潮之中,"朦胧诗"这一类作品被较多地翻译、介绍到韩国。尤其是到了21世纪,被译介至韩国最多的便是北岛与舒婷的一系列作品。

总体来看不难发现,与在韩国被译介的中国当代文学作品相比,研究论文的译介相对来说还是寥寥无几的。但令人欣慰的是,除了现有的译者外,还有一大批"中文专业"出身的研究者的刻苦钻研,以及逐渐增多的从中国留学归来的年轻学者们。因此,我们可以相信,随着中国文学研究队伍变得越来越壮大,翻译出版的中国当代文学作品也会一年比一年多,与此同时,通过这些作品我们会简单地了解到中国当代文学思潮及时代精神。

结　语

中韩两国的交流日益频繁,两国之间相互影响,文学方面也不例外。尤其是到了21世纪,拿在韩国译介的中国当代文学作品来说,无论是数量还是质量,都有了一定的成就。除了研究界的关注,有些中国当代文学作品还受到一般韩国读者的青睐,如王蒙的《蝴蝶》、刘震云的《故乡天下黄花》、余华的《兄弟》等。毋庸置疑,通过阅读此类作品,不仅可以欣赏中国文学审美之内涵,而且也可以简单了解其作品中所反映的时代精神,认识到作家所运用的艺术手法,等等。目前,随着影视文学的繁荣,人们对文学作品的兴趣逐渐减少。即使这样,与其他文学领域相比,中国当代文学作品的译介与研究也还是显示出无穷的发展前景(不论是从出版商的营业利润,还是从读者的喜好来看,都是很让人乐观的,此外,中国当代文学作品仍有很多尚未被翻译、介绍)。由此我们期待中国当代文学在韩国的译介与研究,能超过其他文学领域方面的研究。

翻译先行、研究滞后

——余华作品在越南

[越南]陶秋惠　刘江凯[①]

余华是在海外获得很大成功的中国当代作家。他的作品在1992年开始在德国被译介,至今已被翻译成多种语言,在世界很多国家出版发行,很受国外读者的欢迎,同时也引起不少外国批评家的关注。相比于其在国内很少获得重量级的文学奖项,余华的作品在国外倒获得了多项文学奖,如《活着》获意大利的格林扎纳·卡佛文学奖(1998年)、《许三观卖血记》被韩国《中央日报》评为"百部必读书"之一(2000年)、小说集《往事与刑罚》获澳大利亚悬念句子文学奖(2002年)、《许三观卖血记》获美国巴恩斯—诺贝尔新发现图书奖(2004年)、《在细雨中呼喊》获法国法兰西文学和艺术骑士勋章(2004年)、《兄弟》荣获法国国际信使外国小说奖(2008年)等。

中国作家们一般更为重视自己作品在发达资本主义国家的海外传播,一个可能会令许多中国作家、学者吃惊的事实是:越南——这个和中国在政治、经济、文化方面有着复杂传统与现实纠缠的国家,对于中国当代文学的译介力度其实很大,某种角度讲甚至超过了英语或其他发达国家的语种。尤其是在新世纪以后,越南对中国当代文学的翻译速度和规模形成了一个小高潮。中国当代著名作家几乎都有越南语译本,比如莫言的作品,从2002年陈庭宪(Trần Đình Hiền)翻译《丰乳肥臀》以来(2007年再版),截至2010年,笔者查阅到的越南语译本竟然多达14部!莫言的最新作品比如《蛙》,也由陈中喜(Trần Trung Hỉ)于

---

① 陶秋惠(Dào Thu Huê),越南河内国家大学中国语言文化系老师,北京师范大学文学院博士生。刘江凯,文学博士,浙江师范大学人文学院老师。

2010年翻译。其他作家如贾平凹、李锐、铁凝等人的越南语译作也相对较多。本文我们将围绕着余华作品在越南的译介状况展开,为大家提供观察中国当代文学海外传播的另一种路径或风景。

一、"快"与"热":作品翻译与读者反应

在海外译介余华作品的国家当中,越南虽然不是最早的国家,但可能是译介速度最快且作品较多的国家。余华的几部经典作品都已有越南语译本,如《活着》(2002、2004)、《古典爱情》(2005)、《兄弟(上、下)》(2006)、《许三观卖血记》(2006)、《在细雨中呼喊》(2008)等。他的近作《十个词汇里的中国》也正在翻译并有一部分已发表在越南的杂志上,总体来说,余华的作品在越南很受读者的喜爱。《兄弟(上)》2005年8月在中国亮相,同年11月就由武公欢译成,在越南人民公安出版社出版。《兄弟(下)》也是在中国出版三个月后于2006年6月在越南译成出版,是《兄弟》最早的海外译本①。现在(2012年9月),余华的新作《十个词汇里的中国》也陆续在越南刊登,仅晚于在美国的英译版②。《兄弟》和《十个词汇里的中国》之所以能如此迅速地被翻译成越南语版,是因为余华在越南有一个专门译介其作品的代理人,武公欢(Vũ Công Hoan)先生。

武公欢先生是越南著名的文学翻译家,1964—1967年间曾在中国辽宁省鞍山钢铁公司当过翻译,1968—1991年加入越南人民军队,最高军衔为中校。1970年还在服役期间的武公欢开始文学创作,创作诗歌和嘲剧小品③,1973年曾获得越北自治区文学协会戏剧小品比赛三等奖,1991年退休以后开始文学译介工作。至今武公欢已成功译介中国文学的十几位作家近30部作品,其中重要作品有贾平凹的《浮躁》

---

① Vũ Công Hoan: Lời người dich, "Huynh đê" tâp 2, nhà xuâ"t bàn Công an Nhân dân", 2006.武公欢:《兄弟》(下)越译版前言,人民公安出版社2006年版。
② 《十个词汇里的中国》由Allan H. Barr翻译成英语,题名为 *China in Ten Words*,于2011年11月在美国出版。
③ 嘲剧(chèo)为越南传统戏曲。

(1998年译)、《废都》(1999、2003年)、《怀念狼》(2003),柯云路的《蒙昧》(2004),余华的《活着》(2002)、《古典爱情》(2005)、《兄弟》(2006)、《许三观卖血记》(2006)、《在细雨中呼喊》(2008)、《十个词汇里的中国》(2012),张抗抗的《爱情画廊》《作女》(2010),阎连科的《风雅颂》(2010)、《为人民服务》(2012)等。从翻译的作家和书目来看,我们可以看出武公欢是有相当文学品位的译者。他注重译介中国当代文学80年代后的著名作家以及在中国海内外均有影响力的作品。除此之外,有些作品的翻译也可能和他的个人经历有关系。上世纪60年代武公欢在中国辽宁工作期间,亲身经历了"文化大革命"——中国当代史上的这场惊天动地的革命的爆发,因此,2002年,武公欢决定把余华的《活着》这部优秀小说翻译介绍给越南读者。之后,余华授权武公欢作为其在越南的合法代理人,负责余华作品在越南的出版权。通过武公欢先生辛勤的翻译工作,余华的几部"重量级"作品陆续得以与越南读者见面,这为中国文学的海外传播作出了贡献,更有利于中越两国之间的文学与文化交流。

余华的作品在越南很受读者的欢迎,这从作品翻译的速度与再版次数及盗版中都可以得到印证。从2002年中篇小说《活着》越南语译本到现在,余华已有5部小说在越南翻译出版。其中《活着》的2002年版本是武公欢根据《爱》杂志上连续发表的小说译成的,由越南文学出版社出版;2004年版本是由阮元平(Nguyễn Nguyên Bình)从中文版《活着》单行本翻译而成的,由通讯文化出版社出版,内容比2002年的版本更全。小说《兄弟》在越南也已有两次印刷,从出版和发行的角度来看,这些都体现了余华小说在越南是有市场的。正因为有利可图,越南也出现了《兄弟》越译版的盗版书。关于"盗版与文学"其实也是蛮有意思的一个话题,也许我们以后可以从这个角度展开一些相关的研究。

《兄弟》越译版出版后在越南引起了不小的热潮,几乎成为文学爱好者的必读之书,因此2009年此书很快就再版了一次。每次余华的新作在越南译介出版时,都会有几篇介绍文章,其中大部分是译者武公欢写的,内容其实是由小说的前言或后记翻译过来的。如《活着》的介绍文章发表于武公欢个人博客上，标题为《活着——余华的杰作》①。《活着》在越南出版后，一些报刊和网络上零星出现了关于《活着》的评论文章，但大部分是从读者的角度去评价，刊载在《读者的反馈》栏目上。如 2003 年 3 月 23 日《西贡解放报》刊载的 Ngô Ngọc Ngũ Long 的文章，题名为《活着——为活着本身而活着》。这篇 1000 多字的文章简要概括了小说的内容，介绍余华写《活着》的前言，同时还与张艺谋导演的电影《活着》作比较，说明电影剧本的改写具有更轻松的结局。② 另一篇关于读后感的文章是 Phan Thanh Lê Hằng 评论《活着》的越译版，于 2003 年 3 月 30 日刊载在《年青周末》，题名为《为活着流泪》③。

《活着》和《兄弟》也是越南很多文学论坛上读者讨论的热门话题。越南读者对余华小说的评价几乎都是肯定的。在一些文学论坛上，读者还互相交流关于《活着》《兄弟》和余华的其他小说的读后感，大部分意见都认为余华的小说伤感、黑暗但是值得一读④。许多读者还介绍给别人一起分享余华小说的价值。笔者第一次读完《活着》后也把这本书推荐给朋友，而最初也是另外一位朋友推荐我读这本书的。

和越南本土形成呼应的是，海外的越南人也对余华的作品很有兴趣。比如《兄弟》，一些美国越南人文学研究者如 Dào Trung Dao 等曾有文章介绍《兄弟》，发表在海外越南人文学网上。这位美籍越南人、海外文学批评家也于 2011 年 11 月在海外文学网 Gió ô(黑风)给海外越南读者介绍了余华的英译版新作《十个词汇里的中国》⑤。

余华的小说在表现题材上倾向于反映社会现实和历史真实的大叙事，《活着》和《兄弟》就是典型的例子。余华曾说自己是"为内心写作"，因为内心让他"真实地了解自己，一旦了解了自己也就了解了世界"⑥。余华小说里的现实就是"内在现实"，他所表现的社会真实也带

---

① http://www.dichthuat.com/vuconghoan/
② http://www.dichthuat.com/blog/2010/06/11/song-vi-ban-than-su-song-ma-song/
③ http://www.dichthuat.com/blog/2010/06/11/le-roi-tren-song/
④ http://www.tathy.com/thanglong/ 及 http://evan.vnexpress.net/
⑤ http://phongdiep.net 及 http://www.gio-o.com/DaoTrungDaoDuHoa
⑥ 见《活着》前言。

有浓厚的"个人精神上的真实"。正因如此,余华"在很长一段时间是一个愤怒和冷漠的作家"①。50年来的中国社会,不论我们持什么样的态度和眼光,有一点大家都得承认:这半个多世纪的中国是极为动荡和变化的。每个人会对这段时间的历史社会有不同的感受和评价,而余华则带着刻骨铭心的疼痛去感受别人的疼痛,以此"真正领悟到什么是人生"②。余华是站在多数受苦受难老百姓的立场上看待中国的问题,因为"中国的疼痛也是我个人的疼痛"③,我们认为这就是余华最好地继承和发扬了鲁迅精神的表现。正是这种"替老百姓说话"的精神使得余华的小说在中国和海外都受到了读者的广泛欢迎。因各种历史原因,百年以来越南的社会历史与中国有许多相同之处,两个民族由不同原因导致不同的苦难,在文学的领域里得到一种理解或和解。民族和百姓所承受的苦难与疼痛,既是国家的疼痛,也是任何有良知人的疼痛。因此在中国以外的读者群当中,可以说越南读者群最容易在余华小说中找到共鸣。这就是越南读者热衷于互相传递《兄弟》和《活着》的原因之一吧。

二、"慢"与"冷":批评的"缺席"与反思

与越南读者对余华作品的普遍喜爱形成鲜明对比,同时也令人有点不解的是:越南文学批评家对余华小说的研究却几乎处于集体"缺席"的状况,而且这种现象也不仅仅止于余华一个作家。笔者至今只看到几篇介绍余华小说的文章发表在网络上,而这些文章几乎又简略到只是概括作品内容和作者简介的程度,并且这些内容也都是从原文的《序》和《后记》中抄出来的。至今在越南的文学评论专刊和报纸上尚未找到关于余华的专业研究文章。越南几所大学的中文系也还没有把余华当作研究对象,所以还没出现关于余华的学术

---

① 见《活着》前言。
② 见《十个词汇里的中国》后记。
③ 同上。

论文。笔者所接触的几位大学文学系的老师和著名的文学批评家，他们都说已经读过余华的小说，尤其是《兄弟》，大部分都赞扬余华的小说写得好，写得很大胆，但就是没有进一步研究余华的文章，这个现象的原因何在？

在中国，读者与批评界对余华的小说评价似乎有点不一致，尤其是对《兄弟》的评价，读者普遍喜欢但批评界则褒贬不一。外国批评界对余华却整体上持较高的肯定态度，从余华在中国和海外获文学奖项的数量中我们也可以看出，中外评论界对余华小说有着不同的观点。导致这种差异的根本原因，也许是我们从事跨国文学研究时要重点考察的内容。与中国的情况相似，当越南读者对余华小说"热起来"的时候，越南文学批评界则对余华的作品持"慎重"的态度——或者说干脆没有任何评论。当中国批评界要给余华"拔牙"时，在越南却没有人批评《兄弟》，因为首先余华在越南连批评意义上的"牙"都没有长出来过！也许是因为中越两国的政治社会有许多相似点，甚至互相牵连，文学批评界因此失去了独立发言的勇气？中国当然还有其他更为复杂的原因，比如批评界和作家以及出版传媒之间存在更多"合谋"的利益关系，或者碍于情面的泛人情化批评等。但越南批评界这种"缺席"的状况除了有一部分来自历史社会经验的隔膜外，还和两个国家的国际关系与地位变化有着密切关联，更有一部分原因是越南文学批评力量本身的欠缺。

据越南文学批评家范秀珠（Pham Tú Châu）的看法，余华在越南出版的作品有两部引起了广泛的注意，分别是《活着》和《兄弟》。这两部小说都反映了"文革"这段特殊的历史时期——而"文革"在越南还鲜有人了解。缺少文学作品的社会背景知识是很难对文本进行深入研究的，这大概是到目前为止余华在越南只走到了读者这一层面的原因之一。还有一个原因我们大家都知道，在过去一段时间里，即1979年到1990年，中越两国之间的关系中断了10年左右，越南的中国文学研究自然也因国家关系的紧张而中断了。虽然两国关系正常化之后文学交流也开始逐渐恢复，但至今整体的研究队伍仍明显不足。因此不仅余华没有被研究，其他在越南有译介的中国当代重要作家也很少被列入越南文学批评界的研究范围。这就是目前越南的中国当代文学尤其是新时期文学,明显呈现"译介多研究少"现象的一个重要原因。

越南的另一位著名的文学批评家范春元(Pham Xuân Nguyên)则认为,越南文学批评界缺少对余华的研究,也反映了文学批评队伍自身的不足。越南是社会主义国家,曾经有很长时间与外面世界交流较少,越南的外国文学研究因此也受到限制。虽然改革开放至今已有将近30年,但文化管理机制和政策仍比较僵硬,不利于自由地发展文学批评队伍。培养新一代文学研究接班人的工作做得比较晚,导致这方面的人才严重缺乏。目前越南的英语文学研究、法语文学研究和俄罗斯文学研究也同样存在着人才不足、研究不全的现象,所以中国当代文学研究的大量"缺席"也是可以理解的。另外,范春元也认为虽然最近越南市场上出现了很多中国当代文学译本,但有价值的作品不多,所以没引起研究界的兴趣。像莫言、余华、刘震云、贾平凹、阎连科等一些重要作家的作品译介,应该会引起研究界的关注,但从关注到真正的研究还需要有一定的条件、走一段路才能完成。某种程度上讲,越南文学批评界可能正在经历一个中国当代文学(也包括其他外国文学)研究的"准备期",毕竟得首先有作品的翻译出版,形成较好的接受影响,批评研究才有得以展开的基础。相对于中国庞大的研究群体与科研条件,越南能在新世纪后如此短的时间内形成这么迅速和大规模的"翻译"高潮已属不易。虽然现在的批评界缺少严肃的研究文章,但我们相信随着两国关系与文化交流的稳定发展,这样的局面将会慢慢改善。正如余华《活着》和《兄弟》虽然目前还少有来自越南批评界的评论,但受到越南读者的喜爱却是肯定的,这应该是一个良好的开始。

在越南,包括中国当代文学的外国文学译介,经常是由一个翻译家专门译介外国某个作家的作品。如汉学家、文学批评家陈廷宪(Trân Dình Hi)先生就专门译介莫言的作品,同时也是越南研究莫言的专家。余华在越南的代表是武公欢先生,可以说正是他成功地把余华译介给了越南。今年已72岁的武公欢虽然是余华作品在越南的代理人,但他和余华却没有直接见过面,也没有采访过余华,平时联系只通过电子邮件。越南每次发行余华新书之际,都有武公欢的介绍文章,大部分是原版书的前言和后记的内容。与陈廷宪翻译并研究莫言不同,武公欢并没有进一步"研究"余华。关于这一点,武先生解释说是因为他只是文学翻译家,不是文学批评家。虽然已有多年从事文学翻译的经验,但文学批评毕竟是另一个不同的领域,有不同的要求。武先生认为自己对余华的了解还不够,余华是中国当代文学的大作家,因此研究余华也需要有认真而且专业的态度。武先生认为越南文坛也存在很多问题,文学研究批评界对新出现的作家作品的关注和评价有时很随意和感性,批评家对作家的个人感情决定其作品是否得以研究。而研究资源和话语权某种程度的垄断,也让一些没有功利心的正直学者缺少发言的机会。这种不健康的研究环境使很多批评家减少了研究的热情,甚至顺从大趋势,安于现状。因此,在越南不仅余华这样,贾平凹、张贤亮也同样没有被注意。武先生对于这种现象感到很惋惜,他期待近年从外国留学回来的新一代学者能改变目前越南对外国文学研究的这种贫乏状况。他认为严谨的学术精神、认真的研究态度是促进越南与外国文化交流的正确方法。

  以上三位专家的意见,也从另外一个侧面解释了余华在越南没被充分研究的原因。两个国家相似却又不同的社会发展特点,既激发了越南读者了解中国的愿望,也造成了一定的接受障碍。比如余华热衷于表现"文革"政治运动以及由此带给人们的苦难和颠覆,而中国的"文革"刚好是在越南尚未提及的领域。余华的新作《十个词汇里的中国》也是如此,就目前已经发表在杂志上的读者反应来看,不仅越南本土读者非常喜欢,也引起了海外越南人的关注,相信此书完整的越南语译本将引起更热烈的反响。不论是越南国内还是海外越南学者,也都将会把余华列入研究视野,因为他的作品表现了我们人类共有的价值和反思。越南和中国有着悠久的历史文化关系,都深受儒家文化的影响,形成了相近的文化情趣。在现实社会层面又都于上世纪80年代后进入了转型时期,在政治、经济、文化、思想等社会多方面也有许多相似之处。随着越南和中国文化交流的继续深化,以及越南新一代学者的成长,我们有理由相信未来的中国与越南,将会通过文学更好地打开两国人民互相理解和沟通的桥梁。"文学无国界",我们会在阅读同样优秀的文学作品时感受人性的善良、正义、公理与希望,当那些文字化成眼泪和欢笑时,我们感受到的不再是巨大的差异,而是整个世界开始走向理解、宽容和友善的力量。

当代中国电影与文学的海外接受关系
——以《红高粱》《活着》为例①

刘江凯

影响中国当代文学海外传播的原因很多,电影改编是包括作家在内也承认的重要原因之一。中国当代文学经过电影改编并在海外获奖,是否影响了它的文学经典化进度?海外观众通过电影能否感受到文学作品本身的力量?本文将以《红高粱》《活着》为例进行相关的讨论。

莫言、余华、苏童的海外接受有一个共同特点:他们都有被著名导演张艺谋改编并获国际电影大奖的作品。说句玩笑话,文学界应该给张艺谋颁发"中国当代文学海外传播最佳贡献导演奖"。日本学者谷川毅在一次采访中讲,是电影把莫言带进了日本,根据莫言小说改编的电影在日本很受欢迎,他的小说也随之开始引起注意,所以,他进入日本比较早。莫言本人也承认:中国文学走向世界,张艺谋、陈凯歌的电影起到了开路先锋的作用。同时,莫言也在一次采访中半开玩笑地表示:《红高粱》在拍电影之前其实在中国就已经很有影响了,引起了张艺谋的注意,可以说是他先沾我的光,

---

① 本文系2012年教育部人文社会科学青年项目"本土写作与世界影响——中国当代作家海外传播研究"(批准号:12YJC751054)阶段性成果。刘江凯,文学博士,浙江师范大学人文学院讲师,主要研究中国当代文学及其海外传播。

我们是相互沾光。

另一方面,莫言、余华、苏童等人的海外接受显示:电影只会对文学起到临时"聚光"的效应,能否得到持续的关注,最终还得看作品本身的文学价值。比如莫言表示,他的作品《丰乳肥臀》《酒国》并没有被改编成电影,却要比被改编成电影的《红高粱》反响好很多。

相互"沾光"——这应该是中国当代电影和文学比较理想的关系。以笔者多年的电影观感,一个突出的印象是:电影界缺少优秀的编剧和剧本。那些质量说得过去的影视作品,许多正是作家在操刀;而更多粗制滥造的作品,有时候简直就是对观众智商和审美能力的双重公开侮辱。然而,正如谷川毅及莫言所述:成功的电影改编确实对文学的海外传播有明显的"聚光"效应。那么电影和文学究竟是"沾光"还是"聚光"的关系?让我们通过《红高粱》和《活着》的电影改编及其海内外影响来一起体会。

一、走向世界的轰动与争议——《红高粱》

1986年《人民文学》第三期发表中篇小说《红高粱》,立刻在国内引起轰动。这年夏天,莫言与张艺谋等人合作,将《红高粱》改编成电影文学剧本。1987年春,长篇小说《红高粱家族》由解放军文艺出版社出版;1988年春,电影《红高粱》获西柏林电影节金熊奖,引起世界对中国电影的关注,《国际电影指南》把《红高粱》列为1987—1988年度世界十大佳片的第二位,这也是中国电影首次进入世界十大佳片之林。莫言的创作一直保持了旺盛的生命力,这应该归诸莫言的感觉方式有着深厚的地域和民间渊源。他以自由不羁的想象、汪洋恣肆的语言、奇异新颖的感觉,创

造出了一个辉煌瑰丽的小说世界。莫言的作品神奇浓烈、野性暴力、桀骜不驯、英雄主义，语言狂欢、修辞多样，思想大胆，情节奇幻，人物鬼魅，结构新颖，散发着民间酒神精神的自由浪漫和爱恨情仇等，都会超出普通读者的阅读经验，刺激小说的生命力持久地发挥效应。莫言写作上的这些特点使他成为当代中国文学的重要象征之一，他对叙事艺术持久热情的探索，使他的小说从故乡的民间经验出发，穿越了中国人精神世界的隐秘腹地后，抵达世界读者内心的欢乐和痛苦。他对本土文学的狂欢精神裹挟着一颗热情奔放、勇于创造的心，像个老男孩一样在癫狂与文明的汉语想象中，开始了文学的世界之旅，把中国人的激情澎湃和柔情似水一股脑儿地抛撒在世界面前。

《红高粱》的剧本是由莫言、福建电影制片厂的厂长陈建宇、《人民文学》小说组的组长朱伟三个人合作改编的，由陈建宇执笔，当时写出来是很长的上下集。1987年张艺谋带着他的剧组到了山东高密县，导演工作本和他们写的剧本完全不是一回事了。导演工作本大概只有万把字的样子，100多个镜头。莫言当时觉得这么简单的一点点东西不可能拍出一部电影来。后来抛开原作者的身份，作为一个纯粹的电影观众来看，莫言觉得这部电影是新中国电影史上一座纪念碑式的作品，它是划时代的，第一次完整地表现了张艺谋这一代导演新的电影观念。无论对于镜头的运用、色彩的运用、造型的运用，都跟过去的电影有了很大的区别，让人耳目一新，莫言意识到一场电影革命已经发生了，所以对它的评价是很高的。可以说，张艺谋和《红高粱》的相遇也是他艺术命运的必然结果，他说："这几年，翻阅了不少小说、剧本，都不大能唤起我的创作激情。1986年春天，朋友把莫言的小说《红高粱》推荐给我，一口气读完，深深地为它的生命冲动所震撼，就觉得把它搬上银幕这活儿我能玩！那无边无际的红高粱的勃然生机，那高粱地里如火如荼的爱情，都强烈地吸引着我。……我觉得小说里的这片高粱地，这些神事儿，这些男人女人，豪爽开朗，旷达豁然，生生死死都狂放出浑身的热气和活力，随心所欲地透出做人的自在和欢乐。我这个人一向喜欢具有粗犷浓郁的风格和灌注着强烈生命意识的作品。《红高粱》小说的气质正与我的喜好相投。""《红高粱》实际上是我创造的一个理想的精神世界。我之所以把它拍得轰轰烈烈、张张扬扬,就是想展示一种痛快淋漓的人生态度。"①不难看出,两位艺术家相似的精神气质和艺术感觉,最终促生了这部中国当代文学和电影的经典合作。《红高粱》开创了中国新时期电影的新篇章,也可以说是中国当代电影走向世界的新开始。

面对《红高粱》的走红,当时国内存在着巨大的争议。1988年9月14日《人民日报》(海外版)发表评论员文章,称赞由对《红高粱》毁誉不一的评论而引起的"《红高粱》现象"。文章称《红高粱》西行,从西柏林的国际电影节上捧回了"金熊奖"。然而国人对此次电影获奖毁誉不一,从参政议政的最高讲坛,到市井小民的街谈巷议,评价迥然不同。欢呼喝彩者有之,严词斥责者也有之,褒贬之词均见诸报端。获大奖之后,敢于继续开展批评,在批评的声浪中敢于大胆赞扬,在艺术的通道上,舆论界红灯绿灯一齐开,还是件新鲜事。当时的批评意见认为:影片对我们民族精神和民族生存方式的某些概括和表现,并不是无懈可击。影片着意表现的是中国的贫穷、愚昧和落后。对于外国人的叫好,我们要冷静,要分析,不应跟着起哄。比如对《红高粱》让一个中国人去剥另一个中国人的皮的情节,"我爷爷"与"我奶奶"野合这种对中国妇女的污辱性描写,等等。肯定意见则从电影改编的观念、电影语言的应用、主题等不同方面进行了阐释。如认为《红高粱》着力抒发对民族、土地和人的深情,不掩饰当时当地的环境、文化赋予他们的原始野性,充满了生命的强悍与壮烈等。仅1988年,《当代电影》《电影评介》《电影新作》《理论学刊》《文艺理论研究》等期刊就发表评论多达上百篇。在以后的中国当代电影、文学叙事中,《红高粱》作为重要的标本,也被不断地反复提及。

陈晓明在《神奇的他者:意指代码在中国电影叙事中的美学功能》(《当代电影》1998年1月)一文中认为意指代码(政治代码)在中国当代电影叙事中起着决定性的作用。那些脱离了中国本土意识形态实践

---

① 罗雪莹:《赞颂生命,崇尚创造——张艺谋谈〈红高粱〉创作体会》,《论张艺谋》,中国电影出版社1994年版,第169—170页。

的电影叙事,以各种潜在的、文化的、类型化、符号化的方式不断地运用政治代码,来完成典型的中国电影叙事。他认为《红高粱》中,"'革命历史神话'没有构成叙事的主体,而是作为一种伪装的代码加以利用。《红高粱》不是意识形态轴心实践的直接产物,它崇尚生命强力而抓住了时代的无意识,为这个时代提示了想象性超越社会、超越文化、超越权力的欲望满足"。"《红高粱》也不可能有多少实际的意识形态功能,它以生命狂欢节的形式获取了瞬间效应,提供了一次奇观性的满足。这就是典型的80年代后期的意识形态自我建构和解构的存在方式。"从《黄土地》开始,到《红高粱》再到以后的许多在国际上有影响的中国电影,一个显著的特点是,从前过于写实、政治化的电影的确退场。但他们并没有消失,只是换了种装束,以更隐蔽的方式悄然回场。只要排查一下那些在国际上有影响力的中国当代电影,就不难感觉到政治的主体虽然不在现场,但它们长长的影子如鬼魅一般错落有致地投射在那里,以一种象征行为确认着自己的中国身份。

与当年国内的巨大争议不同,海外对《红高粱》的评论,从开始就持肯定意见。以1989年美国学者张家轩(音)在《电影季刊》(*Film Quarterly*, Vol. 42, No. 3)的影评为例,这篇文章开篇就讲"文革"后中国电影的新生,列举了当时在海外获得声誉的许多电影如《黄土地》《大阅兵》《老井》《盗马贼》,然后指出《红高粱》是中国电影第一次获得A类国际电影节的最高荣誉。作者盛赞张艺谋是新一代导演中兼具拍、演、导能力的天才。在简要回顾了电影情节后,作者认为《红高粱》表现了中国乡村一对夫妻珍惜自由、反抗压抑的生命激情,正是这种对自由的渴望让他们反抗传统和外来的冲突,超越这种冲突的,还有混合着自由的激情和原始的野性与生命力。作者分析了电影中的歌谣,指出他们在未受启蒙的文明中传承自己的原始文化传统。作者认为传统的中国文化鼓吹一种空洞的道德观念——诸如"忠诚、孝、善行、正义"等,而当代文化却乐于宣传关于社会主义或共产主义未来乐观但毫无意义的标语。在电影结局,这些人死于日本的枪械下,可以视为中国传统文化观念的一种现代复活。对于电影意象的应用,比如电影中红高粱场景的反复出现,作者也分析了其象征意义,以及对于人物性格形象的塑造。文章最后介绍了这部电影在中国引起的巨大反响和争议,并用吴天明的简短评语结尾:一个人如果不能接受他的缺点,就很难再有进步;一个国家如果没有勇气承认它的缺点,则注定要落后。

海外对《红高粱》的评论迅速而热烈,如1988年10月21的《华盛顿邮报》就有相关评论,并且这种评论的热情也持续出现在以后很多年的评论当中。笔者在国外一些著名的电影评论网站上看到许多评论意见,这些评论基本都是新世纪以来的,充分说明这部电影的生命力像红高粱一样旺盛。有网友认为《红高粱》可能是他看过的最好的一部中国电影!从审美的角度讲,这部电影是对美国那些使用CGI(电脑影像显示)或者数字技术来强化影视效果的电影的打击,张艺谋使用了颜色、声音和场景渲染了所有的氛围……这是真正的电影。有网友认为电影叙述了20世纪20—30年代(他搞错了历史年代,应该是30—40年代,笔者注)的政治问题,也包含一些从前没怎么表现过的性场面,总的来说,这部电影是悲剧和喜剧都有,导演很好地平衡了它们。有的认为这的确是一部沉重却值得欣赏的电影,重要的是,这是中国电影,他被丰富、精彩的电影艺术打动而神伤落泪了。还有人评论这是张艺谋的第一部电影,也是巩俐的第一个角色,这是他们两人多么精彩的亮相啊!这部电影开始的时候有点像《大红灯笼高高挂》或者《菊豆》,但却走向完全不同的方向……其中许多场景有着令人震惊的美,几个场景甚至美得令人窒息,充满了丰富的活力、性欲和激情。

从中外评论界对《红高粱》的评论对比中,我们不难察觉,尽管最后两方面都走向了大致相同的评论意见,起初阶段却体现了中国对这部电影接受的某种困难。而造成这种困难的重要原因,在笔者看来,既有身在其中的文化关怀,也有尚未退场的意识形态解读习惯。海外对这部电影的接受也有几方面的因素:政治意识形态在这些海外评论中已经退居次位,但前期积累下的那种惯性却很好地彰显了这部电影的艺术性;电影本身的艺术能力,如对红色、场景、音乐的应用极好地调动了观众的艺术感觉;人物形象的塑造和小说故事的渲染,等等,在许多方面都刷新了海外观众对中国电影与文学的想象和期待,尤其是和他们熟悉的西方电影制作手段相比,可能更多地感受到了一种原生态的电影之美。当然,除了电影本身的因素外,小说本身的艺术含量应该是这部电影获得成功的最大基础。

二、被压抑的中国"表情"与"分量"——《活着》

一般说来,小说通过文学语言所表达的内涵,要比相应的改编电影更加丰厚、复杂。电影直接作用于视听感官,而小说却是在反复玩味文学形象的过程中,自由、灵活地调动想象去补充、完善整个欣赏过程。小说是一种语言、时间的艺术,电影则是一种视听、空间的艺术;二者虽然有联系,但不应该照搬小说的理论来理解相应的改编影视作品。余华小说《活着》除了被张艺谋改编为同名影片外,还有电视剧《福贵》,可以说各有特点。电影《活着》在部分重要情节上对原作有所改动,比如福贵的儿子有庆在电影中,是被车撞倒的墙压死的,而小说中是因抽血过多而死;电影以家珍、富贵、二喜和小孙子在一起生活做了一个光明的结尾,而小说最后结局是家珍患上软骨病之类的病去世,二喜在工作时被砸死,小孙子吃东西被噎死。总体来说,电影削弱了小说的悲剧色彩,淡化了"文革"的悲惨,尽管张艺谋可能是出于审查的考虑做了许多调整,但这部电影因为诋毁社会主义执政党的原因至今未能解禁公映。我们知道 1992 年《活着》的发表标志着余华在 90 年代的写作转型中迅速走向经典,并开始了作品的海外传播之旅。小说《活着》1992 年出德语版,1993 年出英语版,1994 年出法语版。而电影《活着》则是在 1994 年才荣获多项国际电影奖,如法国戛纳第四十七届国际电影节评委会大奖、最佳男主角奖(葛优)、人道精神奖;香港电影金像奖、十大华语片之一;全美国影评人协会最佳外语片;美国电影金球奖;

英国全国奥斯卡奖等。从时间上来看,电影《活着》对小说《活着》不一定起到了像《红高粱》那样明显的作用,但一个客观事实是,1994年起,余华的小说开始有了更多的外译。

相对于《红高粱》,小说《活着》在国内的反响更多的是赞扬和肯定,电影《活着》因为没有公映,相关正式评论并不是很多。笔者检索到的评论文章基本都是在2000年以后发表,除了《电影文学》《电影评介》《小说评论》《当代文坛》这样一些期刊外,评论等级和数量规模都没法和《红高粱》相比,并且这些评论基本都是比较模式,或者从小说到电影,或者比较不同的几部电影。那么,海外对这部电影的评论意见在电影公映后大概是什么情况呢?

1994年9月30日的《纽约时报》评论文章有典型的报纸风格[①]。它首先从电影故事讲起,三言两语就调起读者的兴趣。文章以叙述电影故事情节为主,不时加入一些评论,如认为《活着》是张艺谋已经制作的电影中最感伤的电影,相对于其他电影,也很少有奢华的场景。这部电影所强调的个人性,少有张艺谋早期作品的共性——即富有戏剧性,如《红高粱》《菊豆》,更不用说最近著名的肥皂剧(glorious soap op-

---

① CARYN JAMES, To Live (1994), FILM FESTIVAL; Zhang Yimou's Comic Ironies on Screen Resonate in Life, September 30, 1994.

era)《大红灯笼高高挂》以及一个女人滑稽地不断反抗的传奇故事《秋菊打官司》。但是张艺谋娴熟而富有创造性的应用音乐,将会产生深远的影响。《活着》中一家人的悲剧揭示了社会如何给个人生活留下了巨大的创伤。电影表演里,巩俐承担了故事的表情,而葛优体现了历史的分量。巩俐总是一个有力的女英雄;而葛优则是一个启示者,作为一个男人唤起人们的同情和怜悯,他的软弱让他像风中的芦苇,在中国不断变化的政治风向中弯腰屈服并承担相应的后果。这篇评论同时也可视为一个正式的广告,因为下边登出了《活着》在美国的上映信息。该文的一些观点还是很有新意的,比如对巩俐和葛优表演的评论;同时,他的一些用词(如"肥皂剧""滑稽")也显示了和国内观众全然不同的观影感受。比如秋菊的执著或者说执拗的个性,让这位评论者觉得有点滑稽了,也许这正是一种意识形态折射后的文化误读。

1995 年,美国加州大学圣马斯科的学者肖志伟(音)在一篇影评中认为[①]:电影《活着》的中文名传达出一种生活的无望感,而这种感觉在英语译名(*Lifetimes Living*, 或 *To Live*)中似乎丢失了。在电影中,"英雄"(作者和《霸王别姬》中人物比较,称他们为"英雄",笔者认为其中有一种意识形态的考量)人物福贵和家珍渴望的仅仅是平静地生活和远离政府统治,但这种渴望变成了不可实现的梦想。这篇影评涉及多部电影,其他如《蓝风筝》《五魁》。今天的中国当代文学,当然应该有开放、兼容的态度,可以从政治、文化、历史、哲学等不同的角度展开评论与研究,只是千万别忘了文学本身。当我们手持各种理论之刀,快意纵横于文学世界时,在完成刀光剑影的深刻穿插之余,不要忘却那里有纷纷扬扬的桃花随溪水而去,有花花绿绿的蝴蝶伴古琴而舞,有缠绵悱恻的爱情千古流传。

海外观众对《活着》的评论同样也充斥于网络,和《红高粱》一样,观众对《活着》的评论热情持续不断,笔者这里摘选 2002 年以后的一些评论意见,以便我们了解海外一般观众对这部电影的印象。有网友

---

① Zhiwei Xiao, "Review", *The American Historical Review*, Vol. 100, No. 4 (Oct., 1995), pp. 1212-1215.

说:"可以确定这部电影并不是在肯定和赞扬,中国在20世纪40—60年代的经历,集中于一个最不幸、也可以说最幸运的家庭——如果说活着就是好运气的话。"有网友说:"喔,这部电影充满了'生活和人性还有希望'的表达。名字概括了电影的基本信息,但电影却远远地多过这些。从表面来看,似乎有点像《霸王别姬》,然而,《活着》表达的信息和人物性格是完全不一样的。电影人物性格是如此的真实并且得到了很好的发展,电影里没有纯粹的反派人物,只有成千上万的在'文革'混乱年代的普通百姓。关于中国历史和文化的描绘也都很真实,演员葛优和巩俐也非常出色,他们在一起发生了精彩的化学反应,而不仅仅是一部电影。这是关于人性的庆祝。"有网友认为张艺谋已经导演了许多好电影,这部电影比其他任何中国电影更"中国"。观众在等待人物的升华,但是他们(指家珍和福贵)却只是一起共患难,这就够了。我的妈妈指出它应该被命名为"生活只是一件该死的事情接着另一件"(Life's just one damn thing after the other)。还有网友说:"《活着》是我看中国导演张艺谋的第四部电影。它是如此美丽、如此真实并且让人心碎,你可以感觉到演员的疼痛。艺谋通过三个十年使我们理解了中国人民,他们的悲惨、尊敬,这真是一部精彩的电影。"有人评论:"非凡出众!伟大的故事情节最终让人喜爱上它。电影集中于一个中国家庭的起伏。这是我最喜欢的张艺谋的电影之一,巩俐的表演太精彩了,绝对值得一看。"

不难看出,《红高粱》和《活着》的电影评论,除了作为电影本身的魅力外,我们仍然可以依稀感觉到来自小说的原始艺术力量——比如对于人性、命运、苦难、悲喜剧等普世价值的思考。它再次显示了优秀的文学创作不仅可以通过电影改编来"聚光",同时

也可以让电影从中"沾光"。

　　不论是专业学术期刊的影评,还是亚文化圈子中的报纸评论,亦或基于现代网络的大众评论,《红高粱》和《活着》的评论都可以为我们提供一些直观的信息。就笔者看到的一些海外专业的中国当代电影评论而言,还存在着比较严重的意识形态分析。其中的原因可能在于:一方面,正如陈晓明所分析的那样,电影中的确存在着各种各样的意指代码;另一方面,海外也有人喜欢或者习惯于从这个角度阐释。其实,从以上列举的评论中,我们发现大众评论的意见往往更加丰富多元,虽然也有历史、社会方面的认识和理解,却更多诉诸感情、故事、表演等方面的评价,浅显却清透。专业评论往往出于某种主题的需求,会对材料或者评论对象进行归纳化约处理,给人以深刻却略显片面、呆板的印象。

　　就《红高粱》和《活着》两部电影的海内外评论而言,其实也自然地构成了一种对话和质疑:同样是由中国著名作家的著名小说改编,同一个著名导演执导,同样在海外获得了巨大的成功,国内评论界和海外评论界却形成鲜明的对比,这本身就构成一种新的寓言或者反讽。《红高粱》大气磅礴,充满生命的激情和活力;《活着》温和细腻,不失尖锐的疼痛和感情,巩俐和葛优的表演更有许多值得体味的细节。如福贵从战场回到老家,在晚上看到女儿凤霞和妻子家珍送水一幕,家珍扑在福贵的怀里小声哭泣,她戴着一只破手套的手轻轻地在福贵的肩头颤抖地来回摸索;还有福贵错怪了有庆,又放不下当爹的架子,先给儿子揉了揉屁股说晚上给他唱戏听,然后对着家珍傻笑一幕,都有此时无声胜有声的奇妙效果。这些细节的确如《纽约时报》所评论的那样:是整个电影故事的"表情";而其中表露出来的内容,又确实有了某种历史的"分量"。电影改编是中国当代文学传播与接受的另一种形式,我们在欣赏电影"延异"出的各种艺术魅力的同时,也能从中感受到文学本身的力量。我们也期待着中国当代电影和文学可以实现更多的完美结合,在世界舞台上不断地相互"聚光"或"沾光",一起放大文学和电影的艺术魅力。

辑二 当代海外汉学研究之研究

想象"文化中国"的方法

——论王德威的中国现当代文学研究

苗 绿

王德威作为海外中国现当代文学研究者中继夏志清、李欧梵之后的第三代代表人物,其研究和批评成果蔚然可观。王德威身处美国,同时用中英文双语写作,其批评视野横跨海内外,研究纵贯晚清现代直至正在发展的中国当代文学,无论是"晚清现代性""众声喧哗",还是"抒情传统"等,其关于中国现当代文学的批评话语已被华语批评界所熟识。王德威所在的哈佛大学是海外中国研究重镇,也一度是费正清式的历史学、社会学实证主义研究大本营,如今中国现当代文学研究领域却变得越发活跃,相关研讨会、学科活动异常频繁,受学界关注非常高。"如此繁华"的学科景象与王德威密不可分,除了高产、有影响力的长篇学术研究和批评短论,他还身兼教学和活动的组织者、议题的策划者,处处亲力亲为、不遗余力。同在美国的中国文学研究者孙康宜教授曾说,在海外文学这里,"没有王德威和有王德威会差很多,他是牺牲小我的那种人"[①]。

笔者2011年在哈佛访问学习期间有幸参加了王德威教授亲自组织的关于重写中国文学史、中国戏剧研究等主题的多个研讨会,类似的活动几乎每月必有。有人认为王德威"不够有原则",请来很多与他意见相左、甚至意见极端的研讨嘉宾,"怎能容许某某派别在研讨会上胡说八道",但笔者以为,正是王德威宽容大度的批评胸襟和视野,使他和他所在的哈佛大学成为一个海外华语文学的重要"磁场",吸引着世界各地的作家、研究者汇聚和交互激发。王德威的学术活动与其批评视

---

① 卫毅:《学者王德威:虚构的力量》,《南方人物周刊》2012年2月28日。

野一样兼收并蓄,在"众声喧哗"中找到对话的机制和路径,跨越地域与政治的"中国",构建起一个身处海外却蔚为壮观的"文化中国"图景。

在访问期间,我对王德威教授进行了两次访谈,话题涉及他正在进行的中国现代文学史写作以及海外中国文学研究者的身份等问题,王德威教授儒雅而健谈,谦和却自信,娓娓道来间学养深厚、收放自如,让人印象深刻。我相信优质的人文研究尤其是文学研究绝非一种理论和技术的外化,实则是一种生命人格的投入。但凡见过王德威的人都会称他谦谦君子、平和儒雅,他的研究体系兼容并蓄,批评著述中少有极端否定和浮夸渲染,注重打通历史和诗学、政治地理和时间的界限,在比较的视野下批评主体和批判力量自动呈现。王德威将现当代中国文学研究视作安身立命所在,把研究和批评本身视为想象"文化中国"的重要方法。

王德威自信于自己的研究理路却从不避讳自己与夏志清、李欧梵在中国现当代文学史研究方面的传承关系。除了事实上的师生关系[1],自夏志清的《现代中国小说史》开启了海外华人学者中国现当代文学研究传统,随后的李欧梵到王德威三代学人在半个世纪中大抵形成了一条清晰的学术脉络。三人都有大陆"遗民"背景,青少年时代于台湾成长或接受教育(李、王两人均毕业于台湾大学外文系),然后赴美留学、任教于海外,学说影响整个华语文学圈,形成大陆—台湾—美国—华语文学圈的共同经历。台湾经验和海外比较文学背景,使他们一方面有较深厚的中国传统文化修养,又历经正规的欧美现代/后现代批评理论训练,接受了北美人文主义传统,将传统中国文化潜移默化地运用于中西合璧的学术理念中,以自身学术创意不断丰富和延续了这一研究脉络。纵览三者的学术思想,会发现三者间明显传递着共同的文学史思想立场,即将这一脉络的"文学史叙事他者都确定为'五四'和左翼文学史叙事"[2]。他们一方面解构大陆左翼主流文学思想,另一

---

[1] 李欧梵是夏志清之兄夏济安的学生,王德威的老师刘绍铭是夏志清的学生,所以王德威称夏志清是他的"师爷爷辈"。

[2] 郑闯琦:《从夏志清到李欧梵和王德威——一条80年代以来影响深远的文学史叙事线索》,《文学理论与批评》2004年第1期。

方面又努力建构一个在"五四"启蒙叙事与左翼革命叙事之外的全新文学叙述和文化想象。

夏志清受英美新批评和利维斯所建构的英国小说"大传统"的影响,反思了"五四"以来"感时忧国"精神对现代文学的负面影响,以一部《中国现代文学史》重定现代作家评论格局;李欧梵吸收了"现代性"理论并兼收其他文艺思潮影响,注重在日常生活的审美现代性中超越启蒙现代性,呈现了开阔的自由派研究色彩;夏、李两人之后,王德威继续发展和深化这一脉络,在后现代的文化语境之中,王德威恪守西方人文主义价值观,以全球化的开放的视野,着力于文学想象的"文化中国"之建构。

王德威的现当代文学研究首先是从解构"感时忧国"的写实主义在现代中国文学史上的正统地位开始的,随后密切关注文学与史学的交错互动,在"史学正义"和"诗学正义"①的框架里进行生发,提出"晚清现代性"来消解"五四"现代性;进而,王德威的研究超越民族国家概念,探寻知识地理,考察文学谱系,在政治地理之外重整"华文文学版图";近年来,王德威又围绕"抒情传统"展开有关中国本土现代性的探讨,试图以"抒情传统"开辟中国现当代文学研究自为的理论框架。

不论哪个研究阶段,通过现当代文学研究和批评建构他所想象的"文化中国",是王德威文学研究思想中的核心理念,也正因此,王德威不仅超越了政治、地理概念的"中国",还以文化概念统摄全球华语文学,建立了横跨时空的文学谱系,成就了想象中国的图景。

早在1988年,王德威首次在中文世界里沿用巴赫金的多声复调的社会对话及实践方式,引申翻译了"众声喧哗"一词②。王德威的美学原则和小说观念外化而出,又何尝不是在时空交错中不断考掘多元声音以及制造对话交流?

首先在空间上,王德威的文学研究全面拓展了过去以中国大陆为中心次第向海外延伸的华语文学疆界,重画中文叙事的谱系与版图。

---

① 王德威:《序》,《现代中国小说十讲》,复旦大学出版社2002年版。
② 见笔者与王德威教授的访谈《中文语境里的"世界公民"——王德威访谈录》。

在全球化的文化趋势和时代背景下,王德威以他自身的生存体验和文化身份为出发点,突破原有中文小说研究中地域分明的政治地理界限。以王德威自身为例,他虽是台湾外族第二代,成长于台湾,后身在海外任教,却自认文化身份是本土的,自信于谈论中国历史文化以及作为一个文化身份上的中国人的生存经验,他认为自己同样是以一个中国人的意识来体认现代中国小说中蕴含的国族想象和历史意味。同样,在1949年之后的半个世纪里,各地华人领域间的文学、文化和历史观念的互动频繁交杂,以致难以割裂划分。而更进一步,王德威希望把中文写作置于全球化的开放的时空范围内来认识,突破了大陆学界对港台文学、海外华人文学的划分。王德威多次质疑这种地理政治的划分中暗藏着某种自我中心论的价值判断,进一步指出这种"中心论"背后是正统与延异、中央与边缘的国族想象的寓言,而他正是要拆除这种人为设置的藩篱,对全球范围内的华文文学进行重整,形成一幅完整的"文化中国"想象图景。他强调作家"笔下的南腔北调,以及不同的文化、信仰、政治发声位置,才是丰富一个时代的文学因素","华语语系文学所呈现的是个变动的网络,充满对话也充满误解,可能彼此唱和也可能毫无交集。但无论如何,原来以国家文学为重点的文学史研究,应该因此产生重新思考的必要"。①

同时,王德威可能是当代批评家中阅读中文小说范围最广的研究者,他多年来跟踪涉猎全球范围大量的中文叙事,以致其视力因为长时间阅读而过早衰退。开放的视野和勤勉的生命人格投入使其研究视野超越了一般大陆当代文学批评范畴,跨越了政治地理的狭隘,以求探寻知识地理的广阔。无论《众声喧哗以后:点评当代中文小说》,还是《当代小说二十家》,涉及的研读对象众多,且横跨大陆、台港澳、新马、欧美、澳洲等整个华语文学圈。前者收入了近百篇作家作品评论,在介绍了一批台湾作家后,又大量品评了大陆、港澳及欧美国家的华文作家;最后纵论90年代发生的各种文学现象,在宏大视野内开始"反思中文

---

① 王德威:《当代小说二十家》,三联书店2006年版,第3页。

小说的版图与坐标"①。之后于2006年出版的《当代小说二十家》更是在全球中文叙事中选出20位不同地域的小说家进行批评,从台湾的白先勇、朱天文到大陆的莫言、苏童,再到马来西亚的黄锦树、张贵兴。王德威相当关注华文文学在上世纪80年代以来出现的繁荣局面,寻找到现代中国百年来"感时忧国"的启蒙与革命主调外性别、情色、族群、生态等议题的"众声喧哗"的状态,在国族政治的宏大叙述之外更融入幽微细琐的个人经验和先锋激进的形式实验,王德威将此命名为华语世界"世纪末的华丽"。正是在这一点上,他将通常被认为斑驳庞大的华文文学界整合、作统一的观察,认为在庞杂的文学现象中包含了中国人之为中国人的现代和后现代体验,在不同的地理社区和政治、社会价值背景之下的文学想象里渗透了中华文化的伦理向度,同时相互之间也构成了一种深层的交流。

形成这种深层交流既包括了共时性的平行交互,也包括了历时性关系上的相互映照和谱系建构。于是,不仅在放开视野横向空间上将全体华文文学纳入研究范畴,王德威在时间纵向上也十分关注华文文学内部传承演化的文学谱系和脉络。王德威首先是一个比较文学学者,显然受到福柯谱系学观念的影响,面向文学、历史投射主观意识,考掘出文学现象间的关联。他以比较文学的眼光来梳理现代中国文学内部的脉络交错的谱系,以跨时代、跨地域的眼光整合跨越时空背景的作家,纳入他的"文化中国"的想象谱系。在提出"晚清现代性"的四大表现后,王德威以纵观19、20世纪的眼光分析了20世纪末的华文文学如何继承和回应了晚清小说②:第一,苏童、余华等的虚构世界、钟玲等的鬼魅作品回应了晚清的怪诞美学;第二,格非等人将历史抒情化和私有化的写作回应了以诗入史的叙事策略;第三,王朔等的小说显示了晚清消遣并消解中国的姿态;第四,李碧华的《故事新编》、王安忆的《三恋》等都在男女欢爱色情中回应了晚清新狭邪体小说的形成。

王德威善于将具体的批评对象整合入相应的题材、主题、手法、观

---

① 王德威:《众声喧哗以后:点评当代中文小说》,台北麦田出版社2001年版,第21页。
② 参见王德威:《被压抑德现代性:晚清小说散论》,北京大学出版社2005年版。

念的文学时空,也将文学谱系本身作为其批评理据之一。他能从老舍、张天翼、钱锺书、王祯和的作品中排列出现代中国小说在写实主义之外的笑谑倾向;从沈从文、宋泽莱、莫言、李永平的作品中整合出现代中国作家对"原乡神话"的追逐者系列;王德威更将张爱玲奉为"祖师奶奶",理出一条意味深长、延绵不绝的"张腔"传承路线,考察出此后各时代不同政治地域的华文女性作家的历时性回应以及在当代男性作家中白先勇、苏童等的写作中勾连显现。60年代香港的施淑青,70年代香港的钟晓阳,80年代台湾的朱天文,90年代大陆的王安忆、须兰,都在广义的时空中传承了张派谱系;此外,王德威在"张派"中别具新意地梳理出现当代女作家肇始自张爱玲的"鬼趣",将时间向前回溯,梳理出"对'怪诞'及'鬼魅'叙事学的经营,其源头则可联想到古典中国文学、文化中的志怪述异传统——细读小说中的人物意象,我们其实可发现古典民间信仰及传奇的影响无所不在"①。王德威将批评对象跨越时空而归于他所命名的流派,理清其渊源传承或突破之处,延展某一谱系的文学风景,彰显某一文学类型的承继嬗变。这些谱系的梳理将批评对象放置于更为广阔的文学世界中进行定位,激活了批评对象的时空感和另类的文学历史价值。

其实,王德威跨越时空的谱系梳理对现当代文学甚至晚清以降的华语文学而言何尝不是另一个想象的可能?传承自夏志清的文学史观和特殊的文化身份,促使他发掘现当代文学在左翼主流价值观发展外的隐微线索,提出众生喧哗的概念,而其探寻的结论也总是呈现出与中国主流现当代文学史不同的面貌。这一方面为现当代文学研究提供了别样的批评路径和多元的声音;另一方面,无论其重视"边缘文学"还是"离散文学",抑或直接提出"后遗民文学",都彰显了其通过文学想象建构文化中国的抱负。

"当代的时间是开放的,恰如当代的空间是多元的",全球化使得知识在更广阔的空间迅速流转,空间位移、记忆重组、族群迁移,无论虚

---

① 王德威:《落地的麦子不死:张爱玲与"张派"传人》,山东画报出版社2004年版,第108页。

拟,还是实际的"行旅",都成为常态,投射在文学想象中,民族国家在"行旅"中日益消解和模糊。观照中文语境,本土与欧美华人社群往来频繁,以中国大陆为华文书写正统,台湾和海外为离散和延异边缘的状况也将越发松动。全球化背景下的"文化中国"将会为"想象的共同体"提供重要黏合剂。而王德威的文学研究不以民族国家的政治地理局限"中国"概念,而是在文化向度上通过文学研究拓展文化中国的边界,跨越时空整合文学谱系,对中国经验和中国想象进行了全新勾勒。

枳橘之间

——顾彬的中国当代文学研究[①]

刘江凯

谈到德国汉学家顾彬(Wolfgang Kubin),人们往往会把他与"炮轰"中国当代文学联系起来。2006年年底爆发的"垃圾论"事件,不仅使这位从前在中国并不十分引人注目的知名汉学家成为了媒体"大红人",由"顾彬现象"引发的一系列争论也成为近年来中国当代文坛的一件盛事。浏览国内对顾彬的相关报道与评论,我们会发现印象式批评居多,多数是话题评论,能集中、深入讨论顾彬中国当代文学研究的文章,除了少数学者对《二十世纪中国文学》的评论外,其他有分量的文章并不多。我们认为对顾彬的讨论整体上存在着"话题有余,专业不足"的缺陷。对一个学者的回应,应该建立在较为全面、客观的材料基础上,避开肤浅的媒体话题,围绕着他最有代表性的中国当代文学研究成果来展开。

一、顾彬的中国文学研究

顾彬的研究范围广泛,著述丰富。他的学生和同事曾于他60岁生日时,把他的各类作品大体归类并编了目录,作为给顾彬60大寿的贺礼。这份目录收入截至2008年10月顾彬的主要学术成就,分为专著、出版物、编辑期刊、文章、评论、翻译和文学创作(包括散文、诗歌与悼念文章)几部分。就其学术成果而言,应该说是非常全面、权威、可信的资料。因为数量庞大,我这里将在综述的基础上,重点围绕着中国当

[①] 本文系作者正在进行的博士论文中的一节,有所删减。

代文学进行。除了《论杜牧的抒情诗》《空山——中国文人的自然观》外,顾彬的其他学术成就主要还有:主编10卷本《中国文学史》,该套丛书中文版权已由华东师范大学出版社买下,于2008年开始部分出版。顾彬亲自执笔这套文学史著作的第1卷《中国诗歌史:从起始到皇朝的终结》;第6卷《中国传统戏曲》;第7卷《二十世纪中国文学史》(中文已出)①;与Marion Eggert、Rolf Trauzettel、司马涛合作完成第4卷《中国古典散文:从中世纪到近代的散文、游记、笔记和书信》(中文已出)。其他专著还有:《猎虎:现代文学的六个尝试》《关于"异"的研究》(中文版)、《影子的声音,翻译的技巧与艺术》。顾彬参与的中英文出版物还包括《甲骨文与殷商人祭》、与马汉茂合作的《苦闷的象征:寻找中国的忧郁》;与瓦格纳合作编辑的会议论文集《中国现代文学评论》等。其他合编、主编、翻译的著作和文学作品按出版时间大致如下:《新领导下的中国:四人帮后中国社会、经济、科学与文化的回顾与分析》,翻译并评介茅盾《子夜》、丁玲《莎菲女士的日记》,《百花文艺:中国现代小说(1949—1979)》《中国现代文学评论》《中国现代文学》《中国妇女与文学》《高行健〈车站〉,来自中国的抒情剧》《野百合花,中国文学翻译》《走出百草园,鲁迅研究》《基督教、儒教与现代中国革命精神》《红楼梦研究》《红墙之旅:唐代诗歌及其阐释》等。

在中国现当代文学翻译方面,顾彬还翻译过巴金的《家》和《寒夜》以及冰心、卞之琳、徐志摩、冯至、郑敏等人的作品。他也曾翻译过毛泽东、周恩来、陈毅等老一辈革命家的诗作并参与过《毛泽东文选》的德译。连他后来否定的浩然作品,也有译作《两担水》(*Zwei Eimer Wasser*)。顾彬对中国当代文学的翻译主要体现在诗歌方面。20世纪90年代起,已出版的译作主要包括:北岛《太阳城札记》、杨炼《面具和鳄鱼》《大海停止之处》、《鲁迅选集》6卷本、张枣《春秋来信》、梁秉均《政治的蔬菜》、北岛《战后》、翟永明《咖啡馆之歌》等。从编目来看,中国

---

① 德文版由慕尼黑KG Saur Verlag出版社出版,分别是:*Die chinesische Dichtkunst. Von den Anfängen bis zum Ende der Kaiserzeit*, 2002年;*Die klassische chinesische Prosa. Essay, Reisebericht, Skizze, Brief. Vom Mittelalter bis zur Neuzeit*, 2004;*Die chinesische Literatur im 20. Jahrhundert*, 2005。

当代小说方面的翻译较少,经顾彬教授确认,他确实只翻译过少量的中短篇。此外,作为作家,顾彬目前已出版三本诗集《新离骚》《愚人塔》和《影舞者》,一本散文集《黑色的故事》。

据不完全统计,顾彬在各种刊物、报纸上发表不同语种文章200多篇。根据出版编目,我从上百篇"文章"和"书评"中对其涉及中国当代文学的50多篇文章进行了归类,大致如下:一、诗歌类约20篇,顾彬对中国当代诗歌持肯定态度,因此对其诗歌研究我们暂且忽略。二、词典词条6个。在《当代外国文学批评词典》中,分不同年份撰写了王蒙、张洁、王安忆、张欣欣、北岛、中国大陆与台湾文学词条。三、戏剧类1篇,《行为抑制示例:关于二十世纪中国戏剧理论》,此文也有英语版。四、当代文学(小说)的批评文章、访谈、书评20余篇。其中书评有8篇,分别是:棉棉《啦啦啦》、卫慧《上海宝贝》、黄慧贞《可怜的女人》、余华《许三观卖血记》、Bernhard Führer《审查:在中国历史与当代中的文本与权威》、魏纶(Philip F. Williams)、吴燕妮编《作家笔下劳改营里的重塑与抵抗:纪律和公布》、南木《那一片海》、金介甫编《后毛时代:中国文学与社会(1978—1981)》,以上书评篇幅为1页者居多,也有一些是用英语发表,篇幅较长。其他涉及中国当代小说的文章和访谈有10多篇。直接讨论作家文本的有以下几篇:《〈北京之春〉文学一例:归来的陌生人》《梦的焦虑,张抗抗〈北极光〉》《寻找自我的旅行,论王蒙叙述》《圣人笑吗?评王蒙的幽默》,其中最后一篇的中文版发表于《当代作家评论》2004年第3期。

虽然这份个人学术成果编目并不完整,有所遗漏,却能基本代表顾彬的学术成就。以此为依据,我们认为顾彬对中国当代文学的贡献整体上呈现为"翻译大于研究、诗歌多于小说"的特点。就当代小说而言,又有以下特点:早期的研究政治意识形态、社会学分析的色彩较重,研究的对象基本止于80年代末,当代作家的兴趣点较少并且有着私人交往的痕迹,当代小说的翻译较少,具体作品的文本分析数量较少。第二,阅读多,评论少。其实,这应该是每个学者的特点。一方面,我们没有精力把那么多的阅读转化成写作;另一方面,许多阅读也激发不了个人的写作欲望。顾彬的"阅读多,评论少",除了前述理由外另有他意:

这里特别强调顾彬已经发生的阅读量和他应该转化(而未转化)的评论太少。他对中国当代小说颇有微词,也有学者怀疑他的阅读量如何,如果他对当代小说连起码的阅读量都没有,那么他的批评意见自然也将变成空中楼阁。顾彬曾在其他访谈中提到过他对中国当代小说的阅读情况,承认自己阅读较慢,数量比不过中国学者,90年代后读得较少。如果没有令人信服的阅读量,以这么少的研究成果就对中国当代文学发表一些印象式的批评意见,那么学术严谨性将荡然无存。就作品而言,波恩大学的图书馆及顾彬的私人藏书都很丰富,当代文学各个时期、各类代表作品基本都能见到。从书评、各类访谈以及《二十世纪中国文学史》中,都能显示出他的中国当代小说的阅读量。笔者以为顾彬的阅读量虽然不能和国内学者相比,却也足以支撑他的批评。相对于阅读量,笔者更在意的一个问题是他与当代中国及小说的隔膜究竟有多大?笔者以为他的海外视角在成就他的同时也遮蔽了他;他贡献了一种超脱的个人化批评标准,却忽略了中国当代文学许多特殊的"成长经验",也少了些中国人对这段历史特有的"切肤之感",这一点我们将在下文有所述。第三,范围广,焦点少。这是我对顾彬整体学术研究的印象。作为学者的顾彬,其学科背景比较丰富,知识体系相对完善,既有德国哲学、文学、神学方面的西学积累,也有汉学和日本学的相应准备,语言能力也不错。特别是对中国文学的积累,从唐代延伸到现代和当代,这让他在西方的横向参照系外,增加了来自中国传统的纵向参考。同时,作为翻译家和作家,他比普通学者拥有更多体味语言和文学关系的渠道。这种跨语际、国别的文学体验,虽然不一定有必然的话语优先权,至少能成为有益的话语资源。有学者指出顾彬否定1949年以后的当代文学有四个参照:一是欧洲尤其是德国经典作品;二是中国古代文学;三是以鲁迅为代表的现代文学;四是以西川等为代表的中国当代诗人[①]。笔者非常同意这一判断,从顾彬的简历与著述中也可以得到验证。从出版编目来看:无论是编著还是文章,其研究范围都相

---

① 王彬彬:《我所理解的顾彬》,《南京大学学报》(哲学·人文·社会科学版)2009年第2期。

当广泛,可以说纵横于古今中外、上下五千年。这同时也会为我们带来一个巨大的疑问:顾彬的学术着力点究竟在哪里?虽然顾彬教授一生勤奋,每天只休息5个小时,即使考虑到天赋异秉的因素,就个人的精力和研究的范围来看,如果在每个研究领域都成就非凡的话,总让人有点力不能及的顾虑。我并不怀疑顾彬教授的认真、严谨与勤奋,但就编目中当代小说成果和《二十世纪中国文学史》中大陆当代小说的研究来说,他的一些结论是令人怀疑的。

二、《二十世纪中国文学史》书评

2008年9月,顾彬《二十世纪中国文学史》中文版发行。在"垃圾论"的背景下,这部著作自然引起了普遍的关注,产生不少书评①。这些书评大多肯定了顾彬"执迷中国"的精神、书中由"批判性距离"产生的不同于中国的海外视野(或"世界文学")、作为个人学术史的独特声音性及审美能力等。肖鹰特别强调了此书贯彻了对于"一种真正的对话"的渴望,具体解释为:热情地追问、真诚地倾听和坦率地表达。对于书中存在的缺陷,如严家炎认为其"疏漏了若干较重要的作品",存在"误读",并指出其"较大的问题,是对五四新文化运动的看法"。陈福康认为"此书不少地方仍未跳出一些西方的中国文学研究者的框框,也仍未跳出中国一些'精英'论者的框框","许多中国新发现的史

---

① 截止2010年6月检索到的主要书评如下:范劲:《形象与真相的悖论——写在顾彬和〈二十世纪中国文学史〉"之间"》,《文学评论》2009年第4期;王家新:《"对中国的执迷"与"世界文学"的视野——试析顾彬对20世纪中国文学的阐释和批评》,《中国人民大学学报》2009年第5期;陈晓明:《"对中国的执迷":放逐与皈依——评顾彬的〈二十世纪中国文学史〉》,《文艺研究》2009年第5期;严家炎:《交流,方能进步——顾彬〈二十世纪中国文学史〉给我的启示》、陈福康:《读顾彬的〈二十世纪中国文学史〉》,两文均见《中国现代文学研究丛刊》2009年第2期;董之琳:《个人文学史的视角与方法——关于顾彬〈二十世纪中国文学史〉的当代叙述》,《扬子江评论》2009年第2期;罗四鸰:《顾彬的可疑与可敬——评顾彬的〈二十世纪中国文学史〉》,《书城》2009年第7期;肖鹰:《波恩的忧郁:罪与对话——汉学家顾彬,兼谈〈二十世纪中国文学史〉》,《中华读书报》2008年12月3日;叶开:《谈顾彬〈二十世纪中国文学史〉》,殷国明、范劲、刘晓丽:《一次触动历史的文学对话——关于顾彬〈20世纪中国文学史〉的讨论》,《中文自学指导》2009年第2期等十几篇。

料,新论定的史实,作者似乎都不知道。因此,此书仍然不能完整地准确地反映20世纪的中国文学史全貌。尽管作者强调'思想史深度',但却连20世纪中国文学理论和批评的争鸣也很少写到。至于文学社团的发起和活动、文学报刊和书籍的编辑出版等文学史上的鲜活内容,更几乎毫无涉及"。关于书中史料的误读和错用及其中隐藏的问题,学者们也从不同角度分别指摘了出来。

作为顾彬《二十世纪中国文学史》的主译者,范劲从"真相"和"形象"入手,通过对顾彬叙事模式的分析,以具体的例子论证了"真相永远只存在于意识和对象、作者和文本'之间'",对顾彬的叙述姿态和研究立场提出某种程度的质疑和修正。如顾彬认为郁达夫《沉沦》、老舍《茶馆》中"叙述者的陈述是形象,作者的意图才是真相",范劲认为顾彬的理解显然是非常个人化的"一种"解读方式。再如对舒婷《祖国啊,我亲爱的祖国》,从德译诗指出,那"完全是从他自己的'反误读'的角度出发,而丧失了原文中'我'和对象交融的关系",因为"顾彬没有考虑传统诗歌修辞中的互文手法","顾彬暗暗走向了独白"。就"中国和世界的交融——顾彬的另一中心母题",作者以唐湜的说法有力地反驳了顾彬"陈敬容1946年在上海开始翻译波德莱尔和里尔克,并由此变成了一个女诗人"(而这可能正是陈晓明认为"顾彬的批判基于他的同质化的欧洲文学观念"的表现之一)。尽管顾彬保持了和他研究的对象之间的"批判性距离",遵循个人性的阐释立场,"依据语言驾驭力、形式塑造力和个性精神的穿透力"维护着独立于政治意识形态的美学标准,并且特别说明书中的评价都是他个人的主观见解。但他和"20世纪中国文学"可能不但真的存在"距离",似乎还有许多"隔膜",尤其是对中国当代文学。范劲的一些观点可以从陈晓明的文章中得到某种程度的回应,如陈晓明认为"顾彬的批判基于他的同质化的欧洲文学观念,对这种'对中国的执迷'所依据的中国本土历史语境,持过度贬抑的态度,这就影响到顾彬叙述中国20世纪文学史的周全性"[①]。

---

① 陈晓明:《"对中国的执迷":放逐与皈依——评顾彬的〈二十世纪中国文学史〉》,《文艺研究》2009年第5期。

并从"对中国的执迷"在顾彬的文学史叙事中所起到的特殊作用——"既被贬抑,被放逐;又时时被召回借用"做了精彩的分析,论证了"异质性的中国让顾彬在叙述中国当代文学时找不到方向,找不到理解的参照系"。"根本缘由在于,在顾彬的现代性谱系中,中国当代文学无法找到安置的处所。他所理解的中国当代,在与中国现代断裂的同时,也与世界现代脱离,它是被区隔的异质性的文学。1949 年以后的中国,被悬置于现代性之后,封存于'专制''集权'的密室内。"笔者比较赞同陈文中的一些观点,如顾彬先验地把中国文学放逐出世界文学的场域,存在着另一种"政治执迷"的参照。他把中国现代文学史嫁接到欧洲的现代语境中,从而淡化了 20 世纪中国本土的经验(这一点也往往会成为别人肯定顾彬的依据,如被理解成"世界文学的标准")。顾彬从强调现代人的内心经验出发,注重分析作家的情感心理和文本,并且似乎专注于文学作品本身的文学性价值等(所以他基本忽略了有特定文学史意义的那些作品)。陈文特别指出顾彬的研究主要是建立在西方汉学的基础上,其中西方汉学研究的学术含量相当丰厚,但对中国大陆的当代研究资料几乎没有涉猎,虽然在参考文献中列出一些,但从引述来看,几乎没有实际运用。这使他的中国现当代文学史叙述几乎与中国大陆割裂。陈文也委婉地表示了对顾彬中国当代文学的原文阅读量的质疑,顾彬对苏童、莫言、贾平凹的评价,笔者也以为很难令人信服。王家新的分析也可以和陈晓明形成一种学术对话,他认为"这是一本有着独特的批评视角和个人文体的文学史和思想史著作,也是一部能够不断引发人们去思考的以中国文学为对象的著作。它也许不那么'客观',也不'全面',却富有新意和敏锐的洞察力"[①]。虽然也是支持顾彬的观点,但行文却比叶开的评论要显得客观、冷静、内敛和心平气和得多[②]。文章抓住顾彬评判文学的标准——"最后肯定是世界文学的标准"来展开。指出顾彬的"世界文学"并不是以欧洲为中心的观

[①] 王家新:《"对中国的执迷"与"世界文学"的视野——试析顾彬对 20 世纪中国文学的阐释和批评》,《中国人民大学学报》2009 年第 5 期。
[②] 叶开:《顾彬〈二十世纪中国文学史〉的评论》,《文景》2008 年第 10 期。

念,因为他深知屈原、李白、杜甫、曹雪芹、鲁迅达到了一个怎样的高度,他就是以这样一种眼光来看20世纪中国文学的。因而他的视野已远远超出了一般西方人的视野,体现了一种中西视野的融合,他的"世界文学"是由不同时代和国家的优秀文学作品所形成、并在当今世界为人们所普遍认同的文学。王家新认为顾彬在批评中国当代文学时一再谈到语言问题,是因为文学的价值最终只能由语言来承担和决定,也因为中国现代出过鲁迅这样一位语言大师;并认为顾彬坚持了一种"不合时宜"的"精英"立场,导致他的声音"打击面"太大了,在方式上或许也有些偏激,但其出发点是在以"世界文学"之名来卫护文学的价值和尊严,并对我们习惯于"自己给自己打分"提出了批评。我认为范劲、陈晓明、王家新的三篇文章以一种文本对话的学术精神共同呈现了理解此书的丰富维度。

以上这些书评作为一种专业回应,显然比媒体简单地沉浸于"垃圾论"的泡沫中要理性许多,尽管各方在批评的切入点上依然存在着分歧,但对问题的分析却深入、客观、冷静了许多,并且终于把讨论的主题从"话题"引向了"专业"。我想顾彬教授本人也应该乐意接受别人以他的学术著作为基础提出的各类批评意见。

三、枳橘之间的中国当代文学研究

完成了对顾彬"垃圾论"事件及当代文学研究资料的阅读和整理后,我慢慢地意识到顾彬的中国当代文学研究在中外语境中,颇有点"橘生淮南则为橘,生于淮北则为枳"的意味。这里有两个层面:第一个层面是就"垃圾论"事件而言的。正如本文开头已经说明的,在海外并不显山露水的中国当代文学研究在它的主场——中国得到了最大程度的学术关注,这是一个学者的幸福。中国当代文学研究的"海外之枳"经过移植后有明显变成"海内之橘"的倾向。第二个层面是就顾彬中国当代文学研究本身来说的。正如前文书评中已经提到的一样,顾彬的《二十世纪中国文学史》是一本有特点、有新意同时也存在不足和缺陷的个人著作,尤其是中国当代文学研究,存在的问题可能更多一些。尽管顾彬表示在"行文中给出的评价都是他个人的主观见解,并不图普遍有效,尤其不奢望经久不灭","我的偏好与拒绝都代表我个人",但这并不代表我们失去了对话和交流的机会。如果学术仅仅是个人的事业,学者当然有权利决定怎么写、写什么。从这一点上讲顾彬的中国当代文学研究存在多少问题都是无可非议的。假若学术同时也是一项公共的事业,这种"阐释的形象"就需要对"事情本身"尽量地负责,个人的学术豁免权就会被剥夺,留给个人自由伸缩的空间就会受到压制,就得承受其他公共力量的批评。从这样的角度来看,顾彬的中国当代文学研究又有了"个人之橘"和"公共之枳"的游动空间,因此,我对顾彬中国当代文学研究的整体评价是游移在"枳橘之间"。

下面我们先来看第一个层面的具体情况。当他因"垃圾论"事件在中国一夜暴红后,对他和中国当代文学研究带来了什么影响?从中我们又能反思一些什么?以中国知网(CNKI)数据库为例:截至2010年6月,检索到"作者"是顾彬的文章共18篇(已去掉同名作者),涉及当代文学的约10篇。其中2006年12月("垃圾论"爆发)以前的文章共有6篇。"垃圾论"事件以后发表的12篇文章中,有8篇涉及中国当代文学,都是和"垃圾论"有关的访谈或文章。检索到"题名"为顾彬的文章共计43篇,基本都是别人对顾彬的评论。其中2006年12月以前的文章仅有3篇,其余42篇文章发表情况分别是:2006年1篇,2007年9篇,2008年5篇,2009年20篇,2010年5篇。"垃圾论"的聚焦效应不但在媒体上,即使在学术期刊上也是显而易见的。这些文章中不乏有真知灼见的论述,但聚焦于"顾彬的当代文学批评与研究"本身的讨论,除了书评和个别文章外,几乎没有深入的专业研究。这是十分令人奇怪的现象:顾彬批评中国当代小说,作为学术回应,不论是支持或批评的意见,我们都应该从他的当代文学的研究实绩出发才合理。如果说书评因为着眼于全书,不能集中谈当代文学,其他的评论文章呢?为什么会忽略这样一个常识?我并不否定人们围绕着话题来写,我否定的是有那么多人都采用这种方法来回应一个学术争论,这不显得有点奇怪吗?以上的检索统计,一方面客观地反映了"垃圾论"对顾彬和中国当代文学造成的直接影响;另一方面也显示了当下学界可能存在的一些问题,它也很形象地说明了海外的中国当代文学移植到中国后由"枳"变"橘"的现象。

让我们聚焦于《二十世纪中国文学史》当代文学(小说)部分,看看占全书不到四分之一篇幅的当代文学研究大概的情况。在420多页中,包括台港澳文学在内的中国当代文学仅有112页,而新时期以来约占65页,并且论述对象基本止于80年代末,如果再具体到被他批评的小说部分就更少了。顾彬的著述清楚地表明了当代文学不过是他宽广研究领域的一个分支,只是因为他批评的声音过于响亮,给公众造成强烈的中国当代文学研究权威的印象。就当代文学篇幅过于短小等问题,我曾当面请教过顾彬教授,他表示那是因为对象太多,需要做出自己的选择。顾彬当然有权根据自己的观察做出选择,但正如部分学者已经指出的那样:作为一本文学史,这样的处理方式并不周全,遗漏了许多重要的对象,首先会给人造成一种论述比较片面的印象。退一步说,在已有的论述中,也存在着参考资料偏重于西方、精英立场之于当代异质文化的隔膜、对作家作品的解读缺乏说服力等问题。关于顾彬作品阅读量和具体作品分析较少、某些重要作家缺失等问题,顾彬教授的回答是他是有意为之,因为不想在文学史里重复。我想这毕竟是一部个人学术史,我们不要总是按照已经习惯的轻重、详略来阅读这本文学史。但顾彬在文学史里对一些中国作家的评论是有偏差的,如对王安忆的评价是"神经质的,根本不能停笔","笔下始终在写同一样东西",仅以有限的中文阅读经验,我们也会觉察出这些评价来得确实有些莫名其妙。顾彬后来在访谈中承认对王安忆的评价是让他感到后悔的,因为他觉得《长恨歌》是一部非常优秀的小说。

写到这里,突然想起北大的某位教授对当代文学研究的感慨,他的大意是人们误以为当代文学很容易,学术品格似乎低人一等,于是有了那些圈内流传的说法。其实,搞好当代文学研究是特别难的一件事。世上只有认真和不认真的学术,没有高级或低级的分野。当代文学特殊的学科属性让其有了更多"酱缸"性,加之缺乏必要的观察距离,分歧和争论多一些也是自然的事。面对连中国学者也纠缠不清、争论不休的中国当代文学,有汉学家敢于涉步其中,本来就是一件极不容易的事。顾彬教授的当代文学研究嵌套在他的整个学术体系中,不论他的当代文学研究表现出"枳"或"橘"的特点,还是处于"枳橘之间",我们都应该怀着尊重和感激的心情,感谢他为我们贡献了可以争议的观点和研究文本。

顾彬对中国当代诗歌的传播

冯 强

虽然顾彬不相信文如其人的说法,但为了介绍他在德国对中国当代诗歌的传播情况,我们还是有必要先勾勒一下他的思想状况。顾彬的学生时期曾经非常激进,相信越是现代越是高级,这在我们的访谈中可以看到。80 年代,当他目睹欧洲社会面临越来越多危机的时候,他的思想开始有了一个转折,开始了对现代化的怀疑思想,日益趋向保守。他开始重新阅读一些保守作家的著作,并认同他们对道德、环境等问题的思考。当然,顾彬反对的是现代化对人的欲望的放纵,对其促动个体人格的独立和对需要、对自身负责这一点,顾彬并不反对。顾彬反对那种将一切脏的、丑的放进诗歌的做法,认为优美的语言非常重要,他对保守派的重新重视也伴随着这一点。无论是翻译或者创作,他都认为好的德语是第一位的。因此,我们可以看出,在文化上顾彬偏于"保守"和"精英"的立场。

顾彬最初受庞德译李白诗歌的影响,从神学转到汉学研究,他的博士毕业论文为《论杜牧的抒情诗》,以此于 1973 年获得波恩大学汉学博士学位。1981 年顾彬在柏林自由大学获得汉学教授资格,其教授论文题目为《空山——中国文人的自然观》。可以说,顾彬最初接触的是中国古典诗歌,他的博士和教授资格论文都与此有关。这里我们可以看出,除了对语言的要求,顾彬还看重思想,这和他对神学、哲学一直以来的关注有关,在前不久的一次诗歌朗诵会上,顾彬提到神学和哲学才是他的故乡。他的这种倾向影响了他对中国当代小说的评价。他在访谈中两次提及对余华长篇小说《兄弟》的不满,虽然这种不满不影响他对余华早期小说的欣赏。他说,"我最喜欢的一个奥地利作家 Kappacher,他写 100 多页的中篇小说,对你们来说可能只是短篇小说,他写我最喜欢的奥地利诗人世纪末最后 10 天,没有什么情节,没有什么故事,但是思想很深,语言很美。"① 而"中国作家一写会写一百年、写几个人,几十个人。这也是我为什么老是说中国文学问题不在短篇小说、中篇小说,就是在于长篇小说。因为长篇小说需要时间,要慢慢写。要写几年,不要几个月之内写完"。站在顾彬的精英立场,以这样的速度推进依靠灵感的写作是有问题的。在访谈中,顾彬还提醒我对英文 show 和 tell 的区分,"我不喜欢作者直接告诉读者他们应该想什么,我喜欢通过 show,像唐朝的诗人一样,通过风景等让读者自己感觉到我想说什么。比方说 Thomas Mann,他写 Buddenbrooks 的时候,他不直接告诉读者,他写一个孩子的手,我看他写手那一部分的时候,我马上就知道这个人的命运会是什么,他的思想是什么,他的心里有什么矛盾和毛病,等等。但是中国作家如果他不写诗的话,很少能够这样做。有一些人可以做,但是很少。余华《兄弟》通过名字告诉你应该怎么想,李光头,那我马上知道我应该想什么,但我不想跟着一个作家思考主人公,我想自己思考。"他的这种区分很大程度上受到中国古代诗歌的影响,对应于德国诗歌,他也不喜欢里尔克之前的直接在文本中向读者宣传某种思想的诗歌。

  访谈中我们还提到德国纳粹时期的神学家 Bonhoeffer,他在波恩大学神学教授 Karl Barth 劝说下留在了德国并被关进监狱。顾彬感叹道:"他有事的时候心里也非常非常安静,中国文化对我来说为什么有这么大吸引力,因为不少唐朝的诗人他们生活的目的是从容,得到从容和风度。一批人肯定得到了,也包括苏东坡在内,因为他也不怕死。他批判过王安石当时的改革活动,当时要判他死刑,因为他的朋友帮他的忙,所以他可以不死。对我来说,不少中国文人包括一种我非常重视的、我希望有的、能够得到的从容、风度。"顾彬曾提及:"我的语法和意象是来自唐朝诗歌的,我的一部分思想和词汇是来自西班牙的。不过,

---

① 以下引文凡未注明出处,均据访谈《"我希望得到从容"——对顾彬教授的一次访谈》。篇幅关系,我对两万字的访谈进行了缩减,集中于顾彬对中国当代诗歌的传播情况。

我的历史感是中国和德国的。"①笔者曾专门就这句话向顾彬求证,他认为自己的历史感的确受中德两国文化的影响,就中国方面来说,是那种人去楼空、筵席散尽之后物是人非的生命沉痛感,但是顾彬不愿将其延伸为那种听天由命的宿命感,而是以其德国式的历史观来进行纠正:"我的第二种历史观是德国式的。无论发生了什么,第一你应该知道你不一定有罪,但是你有责任(阻止坏的事情重复)。另外你是可以改正的,不应该受宿命的影响。"顾彬以个人的历史责任来调剂个体生命流逝的痛感,两种历史观在他那里达成互补,他同时强调了作为一个生命个体的忧郁和一个公民的责任。在半开玩笑的意义上,他说:"我可以说是半个基督教徒、半个儒家,也可以说我是一个新的儒家基督教徒。"②想到他在日常生活中严格作息、兢兢于事业,又热爱家庭,经常下厨做饭,的确可以称之为儒家基督徒。民国时期张东荪曾说儒家的价值在一个民主社会中可以得到更大的彰显,这一点似乎在顾彬身上得到了实现。

顾彬欣赏中国古典诗歌,而且反对物质、欲望层面的进化论,但他并非古典的原教旨主义者。在学术和思想层面,他甚至可以被称为进化论者。在回应我的师兄刘江凯如何看待美国华裔汉学家王德威的作品时,顾彬回答说:"王德威的观点不太绝对,他比较小心,我觉得还不够。我为什么觉得美国汉学、王德威的作品有些问题?如果有理论的话,他们都用一批固定的作品、固定的人,比方说 Fredric Jameson(杰姆逊)、Jacques Derrida(德里达)等,但他们不可能会用完全新的理论,如果你看我的作品的话,我的注释可能都会用最新的理论。我不可能写上杰姆逊、德里达他们,因为太多人已经写过他们,他们不能分析一个受到社会主义影响的社会,所以,对我来说,他们的理论不一定太合适来分析中国当代文学。王德威刚刚发表了一部文集,中文是'历史怪物',失望,完全失望。因为我们德国在八九十年代发展了最基本的有关历史的理论,他都不知道。所以我没办法通过他这本书更了解中国,

---

① 转引自古岳龙:《顾彬:与诗平行的命途多蹇》,《青年作家》2011 年第 2 期。
② 薛晓源:《理解与阐释的张力——顾彬教授访谈录》,《文艺研究》2005 年第 9 期。

或者德国。所以,他在这方面是很有代表性的。他们的理论是固定的,是狭隘的,他们不能够用完全新的理论,他们好像怕用新的理论,因为别人还没有用过。他们老用本雅明、本雅明的,无聊死了。但是本雅明不能够给我们介绍四九年以后的世界。另外,使用这些过去的理论会让他们感到安全。"①顾彬的意思是理论必须能够对理解语境做出贡献,否则理论就是在空转。时代发生改变,理论必然随之发生变化。在回答如何看待中国当代文学整体这一问题时,顾彬直截了当地说:"当代文学除了诗歌外,基本上做得不怎么样。比方说莫言、余华他们回到中国的古典传统中。"我自己比较关注的学者陈晓明、王德威和我的导师张清华都比较关注当代小说对中国古典传统的发掘,顾彬的这一看法可以说是与之针锋相对的。他进一步问道:"但是传统是什么呢?如果是语言美,可以;如果是有些思想,可以;如果是世界观的话,根本不行。"这一回答独显世界观,可以说与他对王德威重复使用一些理论的批评一脉相承。那么,回溯传统到底是怎样一回事?从顾彬的角度看,对传统的回溯应该是没有问题的,问题是怎样回溯传统?传统是否需要更新?是否需要不断纳入他人的视野?仍以顾彬的历史观为例,顾彬所认定的德国历史观是一种肯忏悔、能负责的历史观,但是读一读斯宾格勒《西方的没落》或者海德格尔《形而上学导论》,我们会发现斯氏与海氏所能代表的历史观完全不同于顾彬的说法,甚至背道而驰。顾彬所说的历史观只是晚近两次世界大战之后、尤其是60年代以来德国文化反省的产物,这一产物被顾彬视为真正的德国历史观。问题被顾彬转换为:如何回溯传统?如果回溯传统不能纠正历史和现实的弊病,回溯传统的意义何在?

顾彬的历史观建立在对两次世界性战争中德国所扮演角色的反省上。战争是一方对另一方肉体和思想上的消灭。这一观点建立在敌我的划分、建立在零和博弈的思维基础之上。最后可能会落实为一个基本的阐释学问题:我是否有理解他者和时代的可能?不同的个体、文明

---

① 刘江凯:《关于中国文学研究与中国当代文学——与顾彬教授访谈》,载《东吴学术》2010年第3期,此处及以下两处引文均据此访谈。

和种族是否可以和平相处?关于前者,我在《作为残缺——论顾彬的抒情诗》里有比较详细的展开,这里不再赘述。顾彬作为波恩哲学学派的一员,自己写过不少这方面的书籍和文章,比较早翻译到中国的是其在北京大学的讲演《关于"异"的研究》,由曹卫东编译,出版于1997年;另外有这方面的专门访谈《理解与阐释的张力——顾彬教授访谈录》(薛晓源、顾彬,载《文艺研究》2005年第9期),其他的像《误解的重要性:重新思考中西相遇》(载《文史哲》2005年第1期)和《"只有中国人理解中国"?》(载《读书》2006年第7期)也都由山东大学的王祖哲翻译成中文发表。可以说,顾彬在寻求一种最低限度上相互理解的可能,这种相互理解以保持双方的不同为前提,但又不排除中国古典意义上"知音"的可能。"我从伽达默尔那里学来的东西,在我看来,一而再地适合于中国的友谊概念(即'知音'或'知己')。"(《"只有中国人理解中国"?》)顾彬最初因李白的《黄鹤楼送孟浩然之广陵》从神学转到汉学,冥冥之中也会有东西方沟通之可能性的允诺在。所以顾彬会说:"不应该老说文化差异,现在我们日常经验和经历差不多都一样。当然,我和中国学者有差异。但这个和政治、和意识形态有关……特别是德国学者,他们在这方面发展了一个很强的理论,这个理论是从苏联、民主德国基础上发展的。但是因为中国也有这种类似的历史,有些观点可以用。我敢面对一些中国学者经常面临的问题。"[1]具体到当代诗歌,我们可以以香港诗人梁秉钧为例,在提到梁时,顾彬想到一个英文词cosmopolitism,中文可译为"大同思想"或者"世界主义","他可以从越南来看中国,从德国来看中国,从北京看柏林,无论他在什么地方,到处都可以写。最近他发表了一组专门谈亚洲食物的诗,谈越南菜,日本菜、马来西亚菜等,所以他可以从各个地区、国家文化来看中国文化。但是除了诗人外,我恐怕其他中国当代作家没有这个视野"。

当然这对顾彬来说已经不是一个解释学的问题,这是他切实的行为:他的翻译和研究很多带有私人交往的痕迹,自己也写诗,和北岛、王

---

[1] 刘江凯:《关于中国文学研究与中国当代文学——与顾彬教授访谈》,此处及以下两处引文均据此访谈。

家新、梁秉钧等诗人之间也有唱和。"我不太同意一批无论是德国的还是中国学者的观点:最好不要和作家交往。我觉得如果能的话,应该和作家交往。因为这样作家可能开掘你的眼界和思路,通过和作家们的接触,我经常能了解到完全新的东西。比方说王家新,他的诗歌写得比较简单,通过对话,我才发现,看起来他写得很简单,实际上从内容来看他并不简单。如果我没有和他接触的话,可能我没办法写他。"汉学家里与研究、翻译对象走得这么近的,大概只有顾彬。这与他对中国当代诗歌的关注有关,也与他了解他人的渴望有关。当然,这样的交往有一个从无到有、从少到多的过程:"我开始翻译当代诗歌的时候,还没有和诗人见过面。但随着我去中国研究、翻译和教学工作的次数的增加,我开始跟很多诗人见面、交朋友,如果我觉得他有意思的话,我会开始翻译他的诗。但也有可能是这样,无论你是否认识一个诗人,他可能来德国参加一个活动,某个文学机关就需要一个译者,就来问我能否帮忙。我过去翻译过一些我并不太重视的诗人,比如说李瑛,'文革'诗人,我翻译过他,但从来没有和他见过面。梁秉钧,我认识他之后,才开始对他的翻译。北岛,我还没有认识他之前,已经出了他一部短篇小说,好像是《陌生人》。舒婷我没见到她之前也翻译过她,也写过她。目前我在为奥地利最重要的出版社编辑中国当代最重要诗人的诗选,其中的大部分诗人我都没有见过面,是别人给我介绍的。比如说王家新。"这样的私人交往,肯定会影响到顾彬对当代诗歌的传播,一方面,交往会加深双方的了解,这种了解不一定都会发展为顾彬与北岛、王家新、欧阳江河之间那样的友谊,也会有交恶,比如当年顾彬曾经自费在德国出版高行健的戏剧,但后来两人出于各自的原因没有成为好友。而且顾彬可贵的一面是他的坦率,他经常自嘲,但也会直言批评朋友,比如他会批评杨炼对自己的重复,半开玩笑说他不必再写了,他翻译了他的诗集之后完全可以代替他写了,如此等等。值得一提的是顾彬对于坚的翻译和介绍。顾彬在 1990 年已经介绍北岛、顾城、杨炼、舒婷、多多、丁当、李亚伟、翟永明和食指等人的诗歌,涉及前朦胧诗诗人、朦胧诗诗人、第三代里的"莽汉"和"他们"等诗歌群体,那么顾彬当时为什么选择这些作者呢?比如同是"他们"一派,于坚、韩东等人早期的代表作已经发表,但并未在他的选集里出现,顾彬翻译于坚是 2009 年的事情,他在波恩出版的 *Alles versteht sich auf Verrat* 是于坚、翟永明、王小妮、欧阳江河、王家新、陈东东、西川和海子的诗合集。最初我认为这可能和当时外省诗人在与北京诗人的论争中所处话语的劣势地位有关,这一劣势使汉学家顾彬更容易发现北京或者与北京关系密切的诗人。而顾彬告诉我,实际上他 1994 年在荷兰的莱顿就见过于坚,他本人也认可于坚的诗,但是,"我觉得我应该等一会儿。为什么呢?如果我歌颂他,人家会说我骗王家新,如果我批评他,人家会说我受到王家新的影响"。这一等待过于漫长,2009 年,顾彬和唐晓渡合作编译了这本诗合集,唐晓渡选择了诗歌篇目并作序,顾彬和高红完成了诗歌的翻译。

  顾彬 1979 年左右开始知道中国当代诗歌的代表人物北岛和舒婷,在南京时他的一个学生向他推荐北岛的短篇小说,在柏林,翻译过舒婷、后来担任德国驻上海领事馆领事的梅佩儒(Rupprecht Mayer)将自己的翻译拿给顾彬看。1987 年,顾彬有关于舒婷诗歌的论文《用你的身体写作:舒婷诗中的伤痕文学》("Mit dem Körper schreiben: Literatur als Wunde")发表。但如果以 1949 年一个政权的建立为标志,那么顾彬对当代诗歌的翻译和研究,从 70 年代中期他在北京语言大学留学的时候就开始了,那时他翻译了贺敬之和李瑛,甚至还翻译了毛泽东的诗词。

  根据顾彬的介绍,德语国家中,致力于翻译中国当代诗歌的人并不多,德国的汉学家对中国文学作品的译介也主要集中在古典文学作品。梅佩儒主要翻译台湾诗歌,之前翻译过西川的图宾根大学教授 Peter Hoffmann 也逐渐转向当代中国小说的译介,另外瑞士的 Raffael Keller 翻译过萧开愚的两本诗集。从翻译当代诗歌的数量上讲,顾彬应该是最多的。基于我的德语仅限于基本的文献阅读,无法对顾彬的翻译质量置喙,仅能从其翻译诗集的销售情况和他自己对翻译的一些看法侧面地有所关照。顾彬自己的诗集(抱歉我没问清具体是哪一本)在德国卖了 100 多本,"我希望我能卖 300 本。如果能卖 300 本,出版社不会说什么"。但另一方面,经他翻译的"中国当代诗人的诗集基本上卖得都很好,也卖得很快。比方说北岛、梁秉钧。北岛的一年之内卖了800本,算很好,因为出版社能卖300本的话就不会亏本。德国诗人一般来说也只能卖300本左右,所以北岛如果一年之内能卖800本,算很好。梁秉钧、王家新、翟永明、欧阳江河的诗集从我们这里来看都卖得不错,出版社可以不发愁,基本上会卖四五百本。杨炼所有的诗集都卖光了。北岛的第一本第二本还没有卖光,但是他也卖了有1000本"。

顾彬不仅大量翻译当代诗歌,还有专门的翻译理论著作《黯影之声》(*Die Stimme des Schattens. Kunst und Handwerk des Übersetzens*, München: edition global, 2001),他还在波恩大学开设专门的翻译课,他的很多学生后来走上职业翻译的道路。而他"对翻译只有一个标准,德文应该第一流的,必须是好的德文"。"无论是写作还是翻译,我最高的判断标准是语言水平。"而在这方面,顾彬显然非常自信,他提到海德堡大学的 Günther Debon 把《诗经》和唐诗翻译成有19世纪味道的德文,并解释说"一个德国的汉学家完全可以把中国的诗歌翻成真正的德文诗"。

顾彬不仅是翻译家,也是诗人,从我访谈中得到的印象,他对其诗人身份的重视不亚于他对其翻译家和研究者身份的重视。他说:"为什么我希望我是一个好的翻译家的呢?因为我写作……通过翻译我提高我的德文水平。我这样做,也许我能更好地写作。搞翻译和写作是分不开的。"顾彬的写作先于他的研究,他相信一个作家应该沉默20年才发表他的作品,他则是沉默了30年才开始发表他的作品。2000年之前,他没有整本的诗集或者散文集、小说集出版,之后,这些作品才陆陆续续得到出版。最近我看到了他的第五本诗集,《鱼鸣嘴》(*Das Dorf der singenden Fische*),鱼鸣嘴是青岛一个重要半岛,而这本诗集有很多诗歌涉及青岛,另外四川、北京、波恩、柏林等他生活工作过的地方也进入了这本诗集。今年3月份,顾彬将会和一个中国作家去奥地利参加一个重要的文学活动,组织者想请他作为译者参与进去,但顾彬告诉他们他也写作,为自己争取到一个介绍《鱼鸣嘴》的机会。而当他在酒席间半开玩笑地说自己是"失败者"的时候,原因不是别的,而是"现在为止我的诗集卖不出去"。认识到这一点,我们会更理解顾彬经常挂在嘴边的对语言的强调,在很大程度上是一个作家对语言的要求。"通过翻译我提高我的德文水平",顾彬的这一看法可以和他对中国当代文学的另一个看法联系起来,即他对中国当代作家不懂外语的批评。他在《南都周刊》的访谈中甚至宣称"如果要了解为什么北岛在西方成功,但是别的中国诗人完全在国外失败的原因,那就是中国作家们应该会外语。语言也涉及他们自己在国外的印象。"对此,《南都周刊》又专门询问了与中国有密切关系的美国汉学家林培瑞(Perry Link),林的回答可谓一针见血:"'成功'的意思不应该等同于'在西方成功'。一个中国作家精通外语应该说是好事情,但并不是必须具备的条件。沈从文不懂外语,连中国普通话说得也很差,但我们能说沈的作品'不成功'吗?上面说鲁迅、张爱玲都懂外语,不错,但我并不认为他们的作品之所以好,主要是因为懂外语的缘故。张爱玲继承了《金瓶梅》《红楼梦》的传统。鲁迅的确在小说结构上受了东欧作家的影响,但他的语言好是因为他的'想脱离也脱离不了'的中文底子。鲁迅的诗也是旧体诗,不比北岛的差,外国人看不懂不意味着'不成功'。"顾彬的立场是精英式的,甚至有点西方精英色彩,他认为一种语言的特点必须在和另一种语言的比较中得到彰显。当然认真学习外语是我们这代人才能获取的机会,对经历过"文革"浩劫的上几代作家,这个批评过于残酷。但是话说回来,如果中国作家真的能与外国同行进行面对面的直接沟通,对他们的写作的促进作用也是不言而喻的。

最后简要介绍一下当代诗歌在德国传播的其他方面。在2011年4月中国文学海外传播国际学术研讨会上,顾彬提交的学术论文是《城堡、教堂和其他公共场所:中国作家如何在德语国家中出场》,分为"朗诵的艺术""朗诵的形式""朗诵的场所"和"朗诵的实践方面"四个子标题,为中国作家在德语国家朗诵自己作品时如何与观众交流互动提出了具体的建议,他在主持不同诗人如梁秉钧、北岛或者欧阳江河的朗诵会时,也会根据诗人们的性格调配现场的气氛。这种形式的朗诵会有的是大学组织的,比如顾彬就组织过从顾城到杨炼等诗人的朗诵会,朗诵场所各有不同,欧阳江河来波恩朗诵他的《泰姬陵之泪》时被安排在波恩大学主楼一个非常著名的小教堂,而我参加的一次顾彬诗歌朗诵会是在一家书店里,8 欧元入场,有面包和红葡萄酒供朗诵结束后大家交流时享用。各地的文学中心也会组织朗诵会,据顾彬介绍至少会有 250 欧的回报。出版业中,大出版社如 Hanser 和 Suhrkamp 会出比较有影响诗人的作品,比如北岛和杨炼,其他则主要由小出版社来出版,比如顾彬翻译的欧阳江河和王家新的诗集是在一家奥地利出版社出版的,他们手工制作,装帧精良,印数少,定价高,也成为艺术收藏家的购买对象。

再中国化和再政治化

——论柯雷对多多诗歌的解读

冯 强

上篇:柯雷对多多诗歌的解读

1987年柯雷结束在北京大学的学习后,带了一些诗集回国。接下来的几年,他通过各种途径加深了对大陆诗歌的认识。他还在中国各地旅行,寻访不同地区的诗人和批评家,同时注意收集各种诗歌资料:官方和非官方杂志、诗集、手稿、音频、视频、批评著作、信件、访谈和照片,等等。1989年,柯雷翻译了一些多多的诗歌。他认为多多的诗歌从文学批评和文学史两个角度为其提供了学术研究的可能:多多的诗人生涯可以反映过去几十年当代诗歌的变迁,"文革"期间他卷入了60年代末70年代初的地下诗歌运动,80年代时逐渐成为最重要的实验诗人,1989年后他流亡海外并赢得了大量读者。1996年,柯雷完成了其研究中国当代诗歌的专著《粉碎的语言:中国当代诗歌与多多》①。全书分为8章,两大部分,每部分又分为4章。其中第一部分着重介绍50年代以来直至70年代末出现实验诗歌这段时期的大陆诗歌史,侧重于社会政治的语境分析,比如第一章是"1950、1960年代的正统诗歌",第二章是"1960、1970年代的地下诗歌",第三章是"1979年以来的实验诗歌",第四章开始过渡到多多的诗歌。第二部分则是对1972—1994年间多多诗歌的细读和诠释,首章介绍其细读的方法,次

---

① Maghiel van Crevel, *Language Shattered: Contemporary Chinese Poetry and Duoduo*, Leiden, The Netherlands: Research School CNWS, 1996.

两章分前后两期介绍多多诗歌,其中"政治性和中国性"这一节为两章共有,分析多多如何在其后来诗歌中逐渐淡化、祛除"政治性和中国性"的因素而获得其普遍性的视角。另外前章有"言说爱的诗歌"一节,后章有"人与人""人与自然""流亡"和"语言的局限"诸节,分析多多前后诗风的变化。最后一章讨论中国和海外对多多诗歌的接受情况,分为两节。柯雷敏感于诗歌本体,自然会以多多的诗歌文本作为其学术研究的出发点,但是那段诗歌史同样吸引了他。于是他针对大陆六七十年代的诗歌史写了长篇导论,专门介绍那个时期的地下诗歌。总体说来,柯雷使用了文学史研究和个案研究相结合的方法,他希望二者可以"相互平衡和丰富"。

柯雷专门指出,"中国文学专家和学生圈子以外的人很大程度上不了解当代中国诗歌史,不是因为这段历史没意思——它既糟糕又美妙——但是政治、语言以及诗歌自身的原因常常使它难以靠近。迄今对于非中国和非专家读者来说,中国当代诗歌经常被过于简单地呈现为一部艺术模子浇铸出来的中国当代政治编年史",这也是如今当代诗歌研究界广为人知的"中国性"和"政治性"两个观点。柯雷试图跳出这样一个小圈子,他给自己设定了看似矛盾的双重目标,对于这一目标他借用多多1985年《北方的声音》一诗中的一个句子(一切语言/都将被无言的声音粉碎!)进行了概括:粉碎的语言[①]。柯雷希望借此来展示"中国政治曾经对中国诗歌做了什么,而中国诗歌又是如何阻止这种政治的强暴的"[②]。

当代中国对文艺的规训是从1942年毛泽东的延安讲话开始的。有了讲话所确立的官方正统,才有了与之相对的地下文学,而多多基本上是和朦胧诗人们一同成长起来的。柯雷选取多多做诗歌细读,首先取决于多多卓越的诗艺,其次是多多作为一个强力诗人和那段文学史微妙的游离关系:

[①] 这一短语被柯雷翻译为 Language Shattered,直译有"语言粉碎了"(过去时)和"(被)粉碎的语言"(形容词修饰的名词短语)两种译法,这里取后者。

[②] Maghiel van Crevel, *Language Shattered: Contemporary Chinese Poetry and Duoduo*, preface, Leiden, The Netherlands: Research School CNWS, 1996.

如果以出版和传播来衡量一个诗人的作品是否成功,比起北岛、顾城、江河、舒婷、杨炼和芒克六个更容易和朦胧诗联系在一起的诗人,多多的影响来得要晚。他在《今天》上仅发表了一首诗,他没有参与《今天》发起的文学活动,他的作品在1980年代早期也并未进入主流的官方杂志。在针对朦胧诗的争论和反精神污染运动中他也未受到批评……相反,他文学上的成功,比如说他的作品在1980年代下半期频繁发表,是和年轻一代诗人重叠在一起的,这些诗人的经历和朦胧诗人及多多绝少共同之处。换句话说,当我们试图给作为诗人的多多做出分类时,他的背景和发表作品的历程会给出相冲突的线索。他的诗歌出现在某些诗选或未出现在另外一些诗选的情形可以说明这一点。他的诗未出现在1986年的《五人诗选》——北岛、舒婷、顾城、江河、杨炼五个著名朦胧诗人——或者1988年的《朦胧诗名篇鉴赏词典》;因此多多并非权威朦胧诗人。但他的作品也未被收入《中国当代实验诗选》(1987年)和《第三代诗人探索诗选》(1988年)、《灯芯绒幸福的舞蹈:后朦胧诗选粹》(1988年)、《朦胧诗后——中国先锋诗选》(1990年)、《东方金字塔——中国青年诗人13家》(1991年)、《当代青年诗人十家》(1993年)和《后朦胧诗全编:中国现代诗编年史》(1993年)。显然,第二份书单中排出了多多是一个"实验""探索""第三代""后朦胧""先锋"或"青年"诗人;这六个术语明显与朦胧诗区分开来,所以多多也并非权威的非朦胧诗人。①

柯雷指出多多虽然搭上了《今天》的最后一班车,但始终是个游离者,这也符合多多自己的看法。

虽然多多为《今天》做出了贡献,但多多作为《今天》成员之一直到1980年代中期在某种程度上被忽视掉,这一想法显然是错的。他从未从根本上参与这份杂志,不是经常的撰稿人,也没有参

---

① Maghiel van Crevel, *Language Shattered: Contemporary Chinese Poetry and Duoduo*, Leiden, The Netherlands: Research School CNWS, 1996, p. 106.

与《今天》团体召集的任何文学研究会议。①

那么唯一能说明问题的就是多多强大的诗歌文本。

> 实验诗歌的第一次兴起标志着自我的人性恢复(rehumanization)和对个体的回归。这一自我自 1930 年代晚期被从中国文学中裹除了。很多随后的趋势和发展都可以归入这两大趋向之下,随着 1980 年代的展开它们也日趋强势。②

可以说朦胧诗所要求的是回到常识意义上的个体和人性,要求的是一些基本人权。德国社会学家乌尔里希·贝克(Ulrich Beck)区分了两种现代性,第一现代性在制度上保障公民个体的基本权利,"欧洲人在第一现代性下已经通过政治斗争赢得了这些权利"③,完成了第一现代性的欧洲,在他们的第二现代性时代,"打开(open up)和创造语言是第一要务,语言能够摆脱第一现代性下的国家限制和必然进步论,能通过文化的对话,提出并讨论第二全球现代性诸问题。民主的进一步发展,离不开全世界各种民主语言的彼此开放"。与第一现代性注重均质、平等的公民权不同,"风格问题是第二现代性的关键问题。要创造新的行动力场,就必须打破处于支配地位的范畴的桎梏,开创词语的新意义,从而使语言在新的处境下发挥启发性作用。民主语言的改革是民主改革的前提"。对当今的欧洲人来说,"无论从哪个角度看,语言问题都是未来的首要问题"④。从这个角度看,柯雷强调多多诗歌中逐渐淡化的"中国性"和"政治性",正是看到了多多并不满足于朦胧诗里第一现代性的基本常识。如同黄灿然所说,多多"直取核心"。但多多又不同于德国诗人戈特弗里德·贝恩(Gottfried Benn)所认为的主题"风格高于真理"(Style is superior to truth),在他那里,既要有真理,也要有

---

① Maghiel van Crevel, *Language Shattered: Contemporary Chinese Poetry and Duoduo*, Leiden, The Netherlands: Research School CNWS, 1996, p. 104.
② Ibid., p. 70.
③ 参见[德]乌尔里希·贝克、伊丽莎白·贝克-格恩斯海姆:《中文版导言》,《个体化》,李荣山、张惠强译,北京大学出版社 2011 年版。
④ 同上书,第 230 页。

风格(比如柯雷分析多多诗歌中马的意象时,提出了"强力意象"的概念,即"对读者来说其呈现极其自然而无需解释的意象,使作者的意图和读者的背景知识可以完全无关"①),这一点我们放在最后来谈。

只要看看柯雷对朦胧诗的基本评价,就很容易加深对上面问题的理解:

> 朦胧诗的语言被中国特别的中文塑造:其一是作为正统语言的毛文体,另一是翻译体。即便能意识到这一点,朦胧诗人们也很难摆脱其影响。他们的"朦胧"虽被夸大,但无论是否伪装成颠覆性的政治讯息,他们的意象使用有时的确私人化,甚至可能会做得太过。至于诗歌中的自我,其首要和巨大的作用是将自身从集体中离析出来。但如果对个体的全面镇压并非理所当然,对个体的重申也仅仅是回到正常状态。从正统"大我"到此"小我"实际上是时隔30年后重新走回原点。可以预见,很多朦胧诗中的自我天真无邪到苍白的地步。除了对人性的恢复(rehumanization)和真实,他们拿不出什么。也因此,"小我"经常从"大我"那里寻求帮助:祖国、人民的命运、历史和不公。在说什么这一点,朦胧诗告别了正统,但如何说仍然是一个问题。以英雄主义倾向为例,正统和朦胧诗间的区别是后者是为了其他原因斗争,它可以以第一人称说话,它以悲剧和孤独取代了胜利和团结:它是少数人的、受害者的英雄主义。②

柯雷到底如何界定"中国性"和"政治性"呢?

> 一首带有政治色彩的诗歌大概要突出现实世界尤其是"文革"以来的中国经济政治现实。而一首带有中国色彩的诗歌则需预先假设其读者具有当代中国的知识。对政治性的这一界定涵盖了比人们所知的"政治"更多的意蕴,严格讲"社会政治性"(sociopoliticality)更能说清这个意思,但相比之下这个词更模糊(unread-

---

① Maghiel van Crevel, *Language Shattered: Contemporary Chinese Poetry and Duoduo*, Leiden, The Netherlands: Research School CNWS, 1996, p. 220.

② Ibid., pp. 78-79.

able)。"政治的"(political)在与"个人的"(personal)相反的意义上使用,用来描述特定社会中,任何可以在官方、非官方媒体或未成文共识中提到的公共日程的特定情形。换句话说,即现实世界……我用"中国性"来回避"本地的""区域的"和"土生的"的这样一些不易操控、有弦外之音的词汇,而用以说明读者成功阅读一首诗所需要的中国知识。这与诗人的种族或文化认同无关。①

简单讲,"中国性"和"政治性"可以用1949年之后中国的社会政治特征来概括。

柯雷这本著作的目的之一是纠正读者尤其是欧洲读者用"中国性"和"政治性"来理解大陆当代诗歌的一贯做法,他期望读者可以卸下那些先入之见,从诗歌本身去阅读诗歌。他介绍了国外对早期实验诗歌的接受情况:

> 外国的关注在1989年之后达到顶峰,部分理由并不好:政治同情。坦率讲,对受压的被迫害者的政治同情并无不妥,彼时的中国实验诗人和诗歌也的确处在水深火热之中。但即便诗人们时不时地也假以援手,其国外支持者将他们及其诗歌政治化的程度也很难讲就是正当的。很不幸,一个老外如果怀着先验同情,他可能用与中国正统学说的捍卫者同样的方式从根本上误读一首诗:他们都否认一首诗有是其自身而非一份宣传的权利。

他列举了国外介绍者误导读者的几个典型:第一个是一位翻译家声称海子"就自杀于1989年6月之前"。"的确——海子自杀于3月26日——但它暗示了一个根本无法证明的因果联系,这样并不得体。海子也是在1989年的4月和5月之前自杀的,如果删去'就',同样的事情也发生在西尔维娅·普拉斯和屈原身上,后者是中国诗人的原型,传说自溺于公元前3世纪。"第二个例子关于芒克:在一本1991年的译诗中,其简介以"芒克在1989年政治风波之后被捕","暗示此书付印时

---

① Maghiel van Crevel, *Language Shattered: Contemporary Chinese Poetry and Duoduo*, Leiden, The Netherlands: Research School CNWS, 1996, p.121.

芒克仍在铁窗之内。而实际上两天之后他就回家了"。第三个例子，"一部1989年出版的多多诗集的英译本违背诗人和译者的意愿，将诗集命名为《从死亡的方向看：从"文化大革命"到天安门广场》，似乎他的诗歌只是一部中国政治压迫的编年史"。第四个例子，"一部出版于1993年，涵盖前20年诗歌的诗集，其译者竟然这样写道：'你要读到的此书中的诗歌已经从天安门广场游荡到了你的卧室……'"其中第三个例子是1989年夏天多多离开北京到莱顿之后，柯雷在一次同他的私人交谈中得知的，多多告诉柯雷这个标题是出版人加上去的。"Gregory Lee 和 John Cayley 早先（1989年——引者注）为 Wellsweep 出版社准备了一本命名为'声明'的诗集①。"而"那场政治风波使多多一夜成名，在出版社 Bloomsbury 的压力下，最初的译本立刻修订、扩展并改名为《从死亡的方向看：从"文化大革命"到天安门广场》"。② Gregory Lee 在导言中这样介绍多多和他的诗："不同于很多当代作家，多多在社会和政治问题上并未直言不讳，这可能也是他迟迟才能建立起自身权威的原因之一……然而多多是彻底的中国诗人，没有独创性的、陈腐的模仿之作很少在他那里出现，而这些在很多当代中国诗人那里稀松平常，他也是彻底的现代诗人，其作品显示出精细的、世界性的影响……他既擅长表达和反映其个人的北京生活，也致力于普遍性真理的探求……在他热情、激昂但小心控制的声音底下，是几乎无法抑制的歇斯底里。"而1989年之后，同一位译者这样写道："事后看，他的很多诗具有让人惊异的预言性。通读这些诗篇，会觉得历史重演了自身，现在的中国又跌回同一个古旧的噩梦当中去了。在对这个噩梦的说明这一点上，多多不仅是诗人，更是先知。"③这样的举例让人信服，时代的风云际会造就的一部诗集所带出的问题一目了然地呈现在我们眼前。

柯雷也向我们出示了反证，比如 Peter Button 和 Lloyd Haft。后者

---

① *Statements*：*the New Chinese Poetry of Duoduo*，London：Wellsweep，1989，柯雷介绍此书从未流入市场——引者注。

② Maghiel van Crevel，*Language Shattered*：*Contemporary Chinese Poetry and Duoduo*，Leiden，The Netherlands：Research School CNWS，1996，pp. 100-101。

③ Ibid.，pp. 269-270。

在荷兰报纸 NRC Handelsblad 上评论了《从死亡的方向看》,他提醒西方读者在接受多多诗歌时潜在的扭曲机制:

> 对其西方读者来说多多同时是诗人和流亡者。这两种身份的联结使他成为对西方传媒有吸引力的主题,无数文章和访谈绕此展开,但这也可能使他的作家身份出现认同危机。这让人想起为了逃避迫害逃到西方的作家和艺术家,与他们在艺术上的突出优点相比,流亡者身份更能为他们赢得名声。多多在西方的一夜成名,连同他多少被强加的中国流亡人士代言人角色,能为他的作品增值吗?读了《从死亡的方向看》,并大量对照原文,我认定多多是一流诗人,完全配得上他日隆的声誉。即便他不是出自中华人民共和国,即便他是个富裕、肥胖而保守的资本家,他也仍然是一个重要的诗人。①

1991年,Haft 又评论了多多的报纸专栏文章及其诗歌的荷兰语译本《田野上的书桌》,认为多多的大部分诗歌几乎不能仅仅被称为是"中国"诗歌,它们也是世界诗歌的组成部分:

> 动物、人,尤其是风、土地、血液这些元素是无时间性的,它们开口为自己说话。此处,我们移入了性命攸关的根部,那里,生理和心理状况使人的经历在相隔无数代之后仍能与之相关,甚至北京和阿姆斯特丹的距离也不能将之阻隔。②

当然,柯雷毫不回避政治因素在促进多多诗歌进入更多西方人视野中的作用:

> 多多的作品在1989年之前很少被翻译成外文。随着他在西方参与各种文学活动,情况变了:访问英国时他的诗歌有了英译本,荷兰文译本在他参加国际诗歌节时也问世了。政治风波将"他的生活一分为二",就像圈内对诗人及其诗歌的政治化,多多

---

① Maghiel van Crevel, *Language Shattered: Contemporary Chinese Poetry and Duoduo*, Leiden, The Netherlands: Research School CNWS, 1996, p. 278.
② Ibid., p. 282.

在文学圈外也声誉日隆。名单很长,试举一例:一家出版社迅速修订出版了他的第一本外语诗集。尽管政治让人不快,却为一位中国诗人从西方出版商、编辑、批评家和读者那里赢得了更多的关注,这使多多得以以作家的身份居留海外。事实也证明,1990年代中期他仍然写出并发表了富有原创性的个人声音——并在政治风波很大程度上被淡忘之后得到翻译。除了1989年的英译本《从死亡的方向看:从"文化大革命"到天安门广场》,1991年他的荷兰文译本也出现了:《田野上的书桌》(*A Writing-Table in the Field*),1994年德文译本《里程》(*The Road Traveled*)也问世了;走笔至此,1995年底(指柯雷写作此书的时间——引者注),他的另一部英文诗集《过海》,已经编目完毕交付出版;1996年春,第二部荷兰文诗集《没有黎明》(*There Is No Dawn*)也将问世。他在德国和荷兰的报纸专栏分别于1990年和1991年结集出版——1996年荷兰还将出版第二卷——1995年初荷兰已经出版了他的短篇小说集。他的作品被翻译成多种语言,诸如保加利亚语、丹麦语、荷兰语、英语、法语、德语、希伯来语、伊朗语、意大利语、波斯语、西班牙语和瑞典语——发表于各种文学杂志和诗集,实在太多,无法一一例举。①

正是随着政治风波色彩的逐渐退却,多多自身诗歌技艺的力量开始显现出来,对这一现象的说明为柯雷的学术见解提供了有力的论据。

柯雷选择1982—1983年作为划分多多诗歌不同时期的节点,他举1982年的《鳄鱼市场》和1983年的《从死亡的方向看》为例,并承认前者是一首政治诗,但也认为这首诗未必是中国的,"全世界的照相机不都在撒谎吗?("还在作孩子的时候/就看到照相机/对着我们的眼睛说谎"——引者注)……没有证据能表明诗中的现实世界指的是中国"。对后者,柯雷认为:

> 尽管埋葬的意象非常明确,这首诗仍然是抽象的——不是说

---

① Maghiel van Crevel, *Language Shattered: Contemporary Chinese Poetry and Duoduo*, Leiden, The Netherlands: Research School CNWS, 1996, p. 105.

不清晰和不可触摸。它的调子和非个人化的主角"你"是一致的。这首诗将死亡呈现为一个人所意愿的解放和自由("总会随便地埋到一个地点"——引者注);死亡把生命从所要对付的敌人那里成功解脱出来。甚至对沉浸于强烈仇恨的敌人也抱有同情。"看到"和"见到"两个相反的动作表明主动性的转移:人可以决定是否看向死亡,而活着不是他可以决定的。诗的措辞允许对敌人做出不同的诠释:可以是同类,像多多诗歌所表明的人与人之间对和谐缺少信任的状态。更具体地说,他们可以象征政治压迫。这一想法似乎受作者经历的启发。的确,多多的第一本英文诗集就是以这首诗命名的,它刻意用"从'文化大革命'到天安门广场"的副标题与政治风波联系起来,政治解读《从死亡的方向看》当然可以,但硬将其与中国联系起来对理解它并无多少助益——不单纯因为它的写作时间比政治风波早出了六年。

柯雷为解读诗歌设定的目标是"透明","读诗即持诗向光。角度不同,呈现透明性的层次也不同。一首诗愈是透明,读诗时获得的满足感愈大。我们需要光,为了能看到——非如此,何劳去看?"柯雷所说的"透明",指的是"对其他读者来说,一首诗的结构或者大部分诗歌的结构在何种程度上是可见的和可信的"。柯雷主要引用荷兰批评家和理论家 J. J. Oversteegen 的著作来展开他对诗歌的讨论。

Oversteegen 的著作呈现了对严谨学术和普通情理的结合。他有意尝试通过细读建立起连贯性,我认为这种方式适合对多多诗歌的解读。相比之下,在我看来,无论是意识形态取向的阅读,比如中国的正统批评,还是解构主义批评,对多多的诗歌来说多少是徒劳的。

……

Oversteegen 观点中吸引人的一点是他对形式和内容关系的处理。众所周知,这两个概念在文学批评中到处可见,但要真正对它们做出界定和区分,又比较困难,缺少专业化的语言描述。举一个极端的例子:一首以卍字形状排印的诗歌:是形式还是内容呢?但将两者画等号——形式即内容——也有过分简化的危险……他对内容和形式的界定是相关联的,一方依赖于另一方。形式乃内容之功能,反之亦然。

只有经过形式化的材料才能成为内容,"形式是内容在其中显现的形状;内容是材料在某种形式中的显现"。二者的相互依赖使它们同时承担起"结构":"结构即内容和形式诸方面之间独一的连贯性。"柯雷谈道:"如果评论能让一首诗的结构可视化,或者比初见时更清晰,如果评论能说服其他读者,它就是有意义的。我从 Oversteegen 借用了一个简练的意象来说明这点:作为地形图,评论只是勾描出评论者本人的旅途,决不能抹消其他行人的踪迹。"①注意:柯雷是在古希腊"诗是某种制作(a poem is something made)"的说法上界定诗歌的。显然,将"poem"译为"诗",不过出于某种方便。"poem"是一个文本,一个"制作"之文,它是受其制作者的意志控制(control)的,其中暗含了对自由意志的关注。它的前提是诗人个体和外部风景之间的分离,犹如只有保持一定距离方有绘制地形图的可能。此时柯雷的分析方法局限于诗歌内部,它给我的一个感觉是下半部关于多多诗歌的讨论和上半部对文学环境的展开是断裂的,多多诗歌可以脱离那个环境单独存在,就是说上下两部分完全可以抽出来作单篇著作出版。当然柯雷对多多诗歌的处理截止到 1994 年,对于多多这样一个有着长久脚力的诗人来说,其时间跨度还太短,或者说多多一些足以改写人们对其诗歌印象的想法那时尚未明确表述出来,这些问题是可以想见的,我们稍后再谈。现在我们来看看柯雷对多多诗歌的具体解读,它启发我们一种真正具有专业精神的解读,即便是局限于某个局部,也仍然为我们提供洞见。

柯雷把多多诗歌分为两个阶段(1972—1982 和 1983—1994),前一个阶段又从两个角度来看:"其一是中国性和政治性,其二是诗中明确

---

① Maghiel van Crevel, *Language Shattered: Contemporary Chinese Poetry and Duoduo*, Leiden, The Netherlands: Research School CNWS, 1996, pp. 111-112.

阐发的爱的联系。"①而到了第二阶段,多多诗歌中虽然具有一些 80 年代实验诗歌共享的特征,但他在意象和语言的使用上更加一意孤行,他开始"远离政治、公共和集体而朝向个人、私密和独己……个体性开始占有绝对上风……这种情况下多多的技艺在其强力和任性中走向成熟。其强度让我觉得其中一些诗歌是不可修改的,最好用'刚烈'(intensity)来捕获这一特征。于我而言,多多早先的诗歌是可近的、美的,这两点也帮助我挑选多多彼时的诗歌来进行讨论,而多多后来的诗歌完全不同于此。我想到这里还因为这两项品质还曾帮助我为多多的诗歌划分时期:我认为多多后来的诗歌比早年的诗更难以进入,也更美"。②

通过对意象的分析,柯雷总结说:"亲密关系——不论是恋人之间的还是通常意义上的人类关系——是多多后来作品的重要主题。"他进一步指出多多不同阶段诗歌的不同处理:

> 一,《情感的时间》(1973—1980)和《梦》(1973)中的感伤和浪漫主义大面积消失了。这标识着一种原初性诗歌声音的出现。二,与可分享的、持续的欢乐和忠诚相关时,这些诗是悲观的。和早期以爱开头而以恨结尾的诗歌之间有明显连续性。相反事物的联姻——爱与恨、忠诚与背叛、欢乐和痛苦,或者性爱与暴力——仍然存在,甚至更加强硬。与早期作品比,它们表达得更为复杂和精妙,不明说,而是暗示。三,后来的一些诗着力于人类关系的错综、困境和背离,而且其他一些很可能包括人们之间有意义的联系管道也被封堵了。它们的主角往往让人的世界保持原状,并转向他处寻求慰藉。在关系的主题上,多多后来的诗对人与自然关系的关注与早期人与人之间关系的关注同样用力。③

与同时期的其他诗人相比,柯雷注意到"1970 年代和 1980 年代早

---

① Maghiel van Crevel, *Language Shattered: Contemporary Chinese Poetry and Duoduo*, Leiden, The Netherlands: Research School CNWS, 1996, p.120.
② Ibid., p.174.
③ Ibid., p.195.

期的实验诗歌中,自然意象主要是积极性的:自然界担当了安慰性的、田园诗般的、令人兴奋的,有时是解放性的角色。多多诗歌中的自然界则不同。给人的印象是一种原始力量:无情、让人生畏并且暴力,在它面前普通人无能为力"。他还发现多多的诗歌中"很少出现东方和西方,南方则从未出现。他的诗中经常出现冬天,有时是春天和秋天,但极少出现夏天"。① 这是文本细读的成果。简单地说,柯雷将多多诗歌中人类与自然的关系概括为"自然世界,尤其是孤绝的北方,是一种可怖而冷漠的、可以摧毁个体的强力。同时它也是人类耕植的牺牲品,像土地,又比如马这样的动物。从自然剥离出来,抑制住自然,人从而丧失了其纯粹性"。② 这样的评价让我想起海德格尔在《形而上学导论》中对索福克勒斯《安提戈涅》的解读。海德格尔也确实在多多的阅读视野之内,我们也不难找出很多可以使两人共鸣的思想。

柯雷专门分析多多以北方为主题的诗,在对《北方的土地》《北方的声音》《北方的海》等诗做了相关阅读之后,柯雷写道:

> 早先,我注意到其中的一些北方诗藏匿着一个"独语者","独"不仅是单独,也不仅代表单数代词。它也是陌生的:这一言说者把人类品性和非人类品性联合了起来。这是一个非人之人(a non-human human);不是无人性之人(inhuman human),因为冷酷和不仁并非造化的主导特征……诗歌的确可以将非生命的东西带入生命。这一点在多多的作品里得到了狂热的运用,因为独语者的人性特征和非人特征纠缠在一起,也就特别能引起人的兴趣。③

柯雷敏锐地发现了多多诗歌中强力的纠缠特征:他诗中独语者的人性和非人性的纠缠。当多多站在有死个体这一边时,他具备充分的人性,而一旦他踏到养育了个体而最终必定将个体抛却的自然一边时,他的

---

① Maghiel van Crevel, *Language Shattered: Contemporary Chinese Poetry and Duoduo*, Leiden, The Netherlands: Research School CNWS, 1996, p.196.
② Ibid., p.220.
③ Ibid., pp.204-205.

声音又是非人性的。柯雷特别注意到《北方的海》最后一节(但是从一只高高升起的大篮子中/我看到所有爱过我的人们/是这样紧紧地紧紧地紧紧地——搂在一起……):"说话人并未呆在同类之间,而是在他们之上。说话人的升高唤起了诸如灵魂升天的意象。'过'字的使用和他人彼此慰藉的搂抱,将非人化(dehumanization)指认为死亡。这里非人状态(being non-human)即不再活着(being no longer alive)。"①柯雷将多多诗歌中的死亡归于"原初时间"(primal time),它是一个比生更整体、更优先的指称,柯雷以整整一节"人:从整体脱落的部分"(206—214页)非常精辟地了分析这一问题:

> 不同于北方自然的背景,多多后来的诗强调人类代际的"垂直"关系。这种关系可以发生在父母和孩子之间,可以回溯到无限久远的祖先——自然界的血统和繁殖与诞生、成长和死亡联系在一起。或者是生者和死者之间的联系,这就越出了家族谱系的藩篱。这种情况下,死亡可能就不是楔入了更大整体的恰当词汇,不是从个体"生命"上滑脱的一小部分。人才是部分,自然是整体;"生"不过"死"的一盏狭促裂纹。如同原初物质,整体在本体论上优先于局部,它围绕起局部,包裹着局部。②

柯雷所看到的这种"垂直"让我着迷,因为这一"垂直",促使多多直接跌回中国传统、跌回直接与自然面对面这样一个境遇,回到这样一个人与自然——或者用柯雷的话——人性和非人性的临界点上;也正是这一"垂直",让多多意识到一个"我们"的存在,在我看来,这一垂直关系的"我们",正是民主的一个更高层次,这也意味着与柯雷所看到的不一样的"政治性"。而一旦到达两种不同层次的临界,势必牵涉到"语言的局限",因为对一个诗人来说,原初的临界意味着重新命名的努力。

对语言的强烈不信任使人类联系之匮乏在这些诗歌中被加强

---

① IMaghiel van Crevel, *Language Shattered*: *Contemporary Chinese Poetry and Duoduo*, Leiden, The Netherlands: Research School CNWS, 1996, p. 206.
② Ibid.

了。《静默》(1992)我们已无须进一步阐释。《冬日》(1991)中,我注意到沉默和"声音以外的""融进了与冬天的交流"这样的短句。如此的安排中自然世界替换了或出离了语言和他人,这种回归自然的感觉也在《只允许》(1992)中得到呈现。其中传递出一个对语言的严厉裁决:"每一个字,是一只撞碎头的鸟。"①

再来看他对《只允许》(1992)和《没有》(1991)的对比阅读:

> "没有语言"这一表达具备明显的诗学品质。它同时强调了诗人面对这一诗歌媒介时的力量和无力,因为它是通过语言来传达语言的否定性和拒绝性。从语言的怀疑主义态度出发,《没有》比《只允许》走得更远。《只允许》中与物对应的词暗示了——或引发了——此物的死亡,《没有》中与物对应的词则暗示了——或引发了——此物的缺席甚至根本不存在。这里语言开始铲除现实;这一"没有"反复出现了五次(没有语言、没有郁金香、没有光、没有喊声、没有黎明——引者注)。

前一句被言说的事物在下一行被迅速抹除,这样,对《没有》的阅读必然伴随着对它的摧毁。

> 如果读者能忽略此诗对语言局限性的表达,如果他们不让《没有》摧毁它自身,仍然相信诗歌是可能的,相信语言能够再现现实——那么此诗似乎可以被视为清除现实的尝试,尤其是多多后来诗歌中常常遭遇到的现实的诸多面向。如此,《没有》表达出一个存在论的觉醒,一种可以超越绝望的冰凉。②

语言对现实的清除可以说是柯雷对多多诗歌的一个基本观察,是柯雷将多多诗歌去中国化和去政治化的依据之一:

> 多多后来的作品中形式的重要性逐渐凸显。即是说较之早期作品,跨句连接、诗节划分、重复和节奏这些形式特征得到更多强

---

① Maghiel van Crevel, *Language Shattered: Contemporary Chinese Poetry and Duoduo*, Leiden, The Netherlands: Research School CNWS, 1996, p. 194.
② Ibid., pp. 251-252.

调。语言和呈现离现实(reality)越来越远。相较于前期,词取代了物:语言既是起因也是效果。适应于这些变化,后来的诗歌更加是声音的和听觉的,对思想的关注减少了,它们更多围绕着声音来展开。听觉质素比之前的诗歌更为清晰。我仍无法发现是什么机制使这些诗歌的形式如何有助于内容的生成——因为后来的诗歌中总有很多例外。①

下篇　对多多诗歌再中国化和再政治化的尝试

政治性和中国性的色彩逐渐淡去,多多诗歌从人与人之间的关系扩展到人与自然的关系。这是一个相当精妙的发现。从中国的道家传统来看,道法自然,而对道的顺从则是德。2004年的一次访谈中,多多承认从未读过《道德经》。因为他那代人所受的教育是成问题的(我们这代有类似的问题),这是他的遗憾。但他觉得现在是时候了。② 在2007年的另一次访谈中,他则说"佛道一家。它根本的东西是一样的……你毕竟是个中国人。你天生的就有这么一个根。我觉得中国人这么一说有些东西就能明白"。③ 我非常认同柯雷对多多诗歌所做的去中国化和去政治化处理,这样一种处理将多多诗歌从庸俗的政治意识形态解读中解放出来。但相比于柯雷基于社会政治这样一个空间维度出发对多多诗歌的观察,我更愿意从时间、从传统的根源上去验证多多诗歌的中国性,这丝毫不会影响柯雷所读出的多多诗歌中的世界性因素;另外我还将借助汉娜·阿伦特的一些观点重新审视"政治性",这样一种观察角度的调整,目的在于观察在大陆这样一个政治议题仍是重中之重的语境中,多多的诗歌能否为我们提供一些新的启发。表

---

① Maghiel van Crevel, *Language Shattered*: Contemporary Chinese Poetry and Duoduo, Leiden, The Netherlands: Research School CNWS, 1996, p.174.
② "Writing is a promise", Interviewing Duoduo, the Poet of the Clouds ,By Fabio Grasselli, Haikou, 2004/10/11, http://www.cinaoggi.it/english/culture/duo-duo-interview.htm。
③ 海林:《万松浦书院网站专访诗人多多》(2007), http://www.douban.com/group/topic/34635591/。

面上,我在对多多的诗歌做再中国化和再政治化的解读,但是鉴于我是在将近 20 年之后阅读柯雷这部著作,而且鉴于我对此书的认同,我更愿意将自己这种看似反方向的阅读视为对多多诗歌丰富意蕴的另一层面的展开。

正如柯雷所观察到的,多多诗歌中"独语者的人性特征和非人特征纠缠在一起",这种有死的个人同看似无限循环的自然之间的临界性一直贯穿着多多的诗歌,他的目光经常穿越覆盖在土地上的水泥或柏油,直接回到更深一层的自然:

我读到一张张被时间带走的脸
我读到我父亲的历史在地下静静腐烂
我父亲身上的蝗虫,正独自存在下去

(《我读着》)

至今那闷在云朵中的烟草味儿仍在呛我
循着有轨电车轨迹消失的方向
我看到一块麦地长出我姨夫的胡子
我姨夫早已系着红领巾
一直跑出了地球

(《我姨夫》)

那里便有时是城市,有时只是土地

(《当前线组成的锯拉着那里的每日——向前》)

事件,在缄默中汹涌
在建成之地,在新建的旷野
上面载着历史,上面没有人

(《思这词》)

柯雷倾向于认为"非人化"或者"非人之人"指的是死亡。这让我想起多多非常推崇的一本书,弗里德里希的《现代诗歌的结构》,多多认为"这本书的意义是如此重要,我们今天所有的问题都在这本书里"。① 弗里德里希在书中引用了奥尔特加-加塞特的著名判断:"风格化就意味着:让事实变异(deformieren)。风格化包含着非人性化(Enthumanisierung)。"② 即"现代诗歌如果涉及现实——物的或者人的现实——那么它也不是描述性的,对现实并不具备一种熟悉地观看和感觉的热情。他会让现实成为不熟悉的,让其陌生化,使其发生变形。诗歌不愿再用人们通常所称的现实来度量自身,即使它会在自身容纳一点现实的残余作为它迈向自由的起跳之处。"③ 这里的"非人性化"指向一个更高的位置,且与任何现实无关,如同弗里德里希引用贝恩所说的,"只存在言语性的超验"④。"如果是现实的存在,就是不纯粹的、不绝对的:只有在遭到毁灭时,它们才有可能在语言里诞生出自己纯粹的本质力量。"⑤ 那么,在多多那里,情况是不是一样呢?我们来看看他1982年的《妄想是真实的主人》和1984年的《语言的制作来自厨房》,前者直接体现在标题中:"妄想是真实的主人。"后者则是:"要是语言的制作来自厨房/内心就是卧室。他们说/内心要是卧室/妄想,就是卧室的主人。"妄想高于真实,这样的说法似乎与弗里德里希所说的一致。"抽烟的野蛮人/不说就把核桃/按进桌面",看来也与弗里德里希所谓的"专制性幻想"相近。然而不,看看《语言的制作来自厨房》的最后两句:"四周的马匹是那样安静/当它们,在观察人的眼睛……"再来看看《妄想是真实的主人》全篇:

> 而我们,是嘴唇贴着嘴唇的鸟儿
> 在时间的故事中
> 与人

---

① 2010年11月8日诗人多多中国人民大学谈话,http://book.douban.com/review/4582721/。
② 〔德〕胡戈·弗里德里希:《现代诗歌的结构:19世纪中期至20世纪中期的抒情诗》,李双志译,译林出版社2010年版,第156页。
③ 同上书,第2页。
④ Maghiel van Crevel, *Language Shattered: Contemporary Chinese Poetry and Duoduo*, Leiden, The Netherlands: Research School CNWS, 1996, p.170.
⑤ Ibid., p.90.

> 进行最后一次划分:
> 钥匙在耳朵里扭了一下
> 影子已脱离我们
> 钥匙不停地扭下去
> 鸟儿已降低为人
> 鸟儿——无相识的人。

无疑,多多的诗歌里也有一个高处,但这个高处迥异于被弗里德里希关闭在语言本体中的超验性,如同弗里德里希自己指出的,这一超验性不能不是空洞的。多多的高处,是自然,或者说"道"。这个"道"或超验被语言所指涉,理想的状态下,语言可以将其带出,但不会僭越。多多认为诗歌更靠近"妄想",他以柯雷所说的"强力意象"去寻求诗歌,是因为道说"道"的困难,所以更加需要对陈词滥调的清洗,以一种内在的语词暴力去最大限度地贴近道。诗人的词语是一种技艺,而愈到后来,他的诗歌愈加显示出庄子所说的由技返道,而且更根本的,我想还是由道进德。由技返道,由道进德,可以视为本文的第二层标题,它所强调的已经不仅仅是诗歌技艺,更是诗歌对多多本人的改变,他和他的诗歌形成一种相互塑造的关系,这已然超出了诗歌。

多多说:"灵魂是一个诗人最终的归宿、诗歌最后的目的。比写作更重要的是塑造自我……另外一点,我也以此保持自己的一种信念,去抵御虚无主义者,虚无的入侵。我想诗歌在这样的一个意义上,是一种训练、修炼,是一种参与更高的存在,是这样的一种活动。"又说:"诗人社会中有闹剧,但还有人在安安静静写作,有很多向道之人。更广义上讲,有些人可能没有用笔去书写形式上的诗歌,但它是诗。我凭什么说他是诗人?因为他有那颗心,还有他有自己的话语。实际上,向道的境界,是语言无法呈现的。诗人的作用是什么?他就是要通过语言,通过建立语言的存在,接近这个境界,难处就在这里。"诗因心而立,且向道。

可以尝试用哲学家夏可君所说的"心性自然主义"(参见夏可君:《"心性自然主义"论纲》)来描述多多的这一思想。在《"平淡":不可能的余音(回应于连的问题)》这篇献给德国汉学家何乏笔(Fabian

Heubel)的论文中,他分析了嵇康《兄秀才公穆入军赠诗》里对知音的寻觅,我们简要例举其中涉及的主题:"人生寿促,天地长久""虽有好音,谁与清歌""思我良朋,如渴如饥。愿言不获,怆矣其悲""俯仰自得,游心太玄。嘉彼钓叟,得鱼忘筌。郢人逝矣,谁可尽言",以下是夏可君的分析:

> 一旦良朋不来,就只剩下悲伤,如何消解这种孤独,这是回到自然:——这个弹奏的姿态,把知音的渴求和音乐的演奏结合起来,而且是向着自然宇宙的空间而敞开,这是回到太和之音的准备……在这里,没有交欢者,没有同趣者,没有佳人,因此,鼓琴又有谁听?因此,诗人渴望有结好和携手俱游者,可以一起弹琴咏诗,忘却忧愁,一旦没有呢?就只能自乐与独往,最后怡志养神,走向个体的养生。通过养生,回到自然,再次回到宇宙的共在,就没有什么可惜的了:"流俗难悟,逐物不还。至人远鉴,归之自然。万物为一,四海同宅。与彼共之,予何所惜。"……这是一首写给自己兄长嵇喜的诗歌,显然,嵇康把这个兄弟关系扩展为兄弟情谊的友爱关系,试图表达自己对知音共通体的渴望,已经把知音、友爱与养生结合起来,一旦没有知音,起码可以走向个体的养生,通过迂回自然,再次走向普遍的"共在"(如同海德格尔思考过但是没有充分展开的这个 mitdasein 或者是 Mitsein,参看让-吕克·南希对此进一步展开的共通体的思考),在这里,嵇康还是渴望通过朋友或者知音的共在来达到共通感的经验,只是现在还缺乏知己而已……(而)竹林的聚会,已经在当时的政治之外打开了另一个与自然相关的新的公共空间,一种新的聚会形式,一种对待自然和政治的新的态度,一种新的生活方式,与平淡相关的生存审美风格,可以对政治产生作用的生存态度。

"心性自然主义"以一种大体上现象学的方式回到中国魏晋时代对个体生命和个体生命之间关系的一些看法,在这其中自然起到了最重要的调节作用,这种调节作用明显是高出语言的。在这里,自然是最高的媒介。个体生命不仅仅与自然有着原初的一致,而且个体生命之间也可以通过自然连接起来,形成一个整体:"庄子回到整体上的方式是个体有限生命的养气,是养生,是个体聚集宇宙之气,所谓'通天下一气也!',个体生命再卑微,身体无论怎么被毁形,但他身上还是有着他自己的'道',只要他聚集宇宙之气,只要他与他自己生命之中的'道'相通,他就可以与宇宙本身相通,与他人相通,这也是齐物论的根本思想。"① 无独有偶,在《美国诗歌新理论:民主、环境与想象的未来》中,Angus Fletcher 认为"界限(limen)就是各种混乱汇集的地方——惠特曼的门槛(door slab)——如果要特地发明一种诗学来说出它们,往往会被理解为通道诗学(a poetics of passage),这一想法很大程度上来自 Arnold van Gennep 的经典著作《生命礼仪》(Rites of Passage)。在 E-mile Benveniste 的语言学著作里,他以一个印欧语系的基本例子开篇,即牺牲别人的利益(benefit)和牺牲自己的利益不同;二者在语法上从主动语态转移到中间语态。后者总是表明施事者在行动中的'关注'(interest)。此语法形式事实上定义了何为利益(interest),在中间语态里它表示某人内卷于(be interior to)正在谈论的某个过程,无论是牺牲还是栖居之所还是别的什么。这也是惠特曼的想法,他在所关注或牵涉到的事情中所发现的任何有价值的东西,都会巨细无遗地告诉我们"。② Fletcher 讨论的主要是以惠特曼为核心的美国民主诗歌传统的更新,但在他那里我们可以看到其诗学理念促进民主社会中技术化的自然向着生命化的自然跃迁的努力,说到底,人类的最大利益是在一个好的自然环境中的共在,这尤其是全球化时代的一个课题。西方人通过他们在量子力学、现象学等方面的进展已经开始调整其诗学理念,那么,中国的当代诗人是否能贡献出中国以外的诗人不容易传达的东西——姑且称其为"中国性",甚至进一步讲,一种经由自然中介的新的"政治性"——现在正当其时,而多多正是这样一位诗人。

夏可君认为"中国文化与'自然'一直有着能量的交换与转化,这

---

① 夏可君:《"平淡":不可能的余音(回应于连的问题)》,http://www.xiakejun.com/? p=151。

② *A New Theory for American Poetry: Democracy, the Environment, and the Future of Imagination*, Harvard University Press 2004, p.166.

形成了中国文化独特的生命原理,西方的现代性进入中国,基本上剥夺了这个自然性的生命能量转换方式,导致我们丧失了这个交换与转化的方式"。① 用多多的话来说就是"高科技时代的话语间离了自然与人的关系。在大自然物种高速灭绝的每一天里,人间却有大量的专有语汇、话语在高速增值"。② 伴随着铺天盖地的各种话语,是日益人工化、技术化的自然。多多的诗歌之所以会将已经技术化的人工场景还原到自然场景,源自他对重建人与自然关系的渴望。当然,柯雷让我们看到,多多的诗歌经常处在这样一个人与自然的断裂状态:他将断裂清晰化,但踟蹰于如何建立新的联系。多多曾经讲过这样两个故事:"一年夏天我在斯德哥尔摩郊区帮助一瑞典朋友驱鸟,他有一樱桃园,为防止鸟偷吃樱桃设下大网。我们的工作是把一些钻进来的和被卡在网眼中的鸟放出去。这活儿可不简单,鸟进来不易,让它们出去则更难。放开一面网,它们偏不从那儿飞,还往网里钻,忙了一下午,人累坏了,鸟没拿净,樱桃被咬得七零八落。这是沟而不通之一例。而在加拿大中部有一地区常有蝗灾,一农妇在内心默念:朋友们,请飞走吧。那些蝗虫真的就是不落她的地。在驱魔解咒的时代,我讲这事,是想说人与自然共生的方法尚未找到。"(多多:《雪不是白色的》)

> 大量的未来
> 再次奔向文盲的恐惧——
>
> 青草——源头
>
> 听我们声音中铜的痛苦
> 留下山谷一样的形式
>
> （《年龄中的又一程》）

---

① 夏可君:《重要的是艺术?——中国当前艺术的形势及其可能的方向》,http://blog.sina.com.cn/s/blog_9f2f756b0101g3zf.html。
② 夏榆、陈璇:《"诗人社会是怎样一个江湖":诗人多多专访》,《南方周末》2010年11月21日。

> 不懂——从中爬出最倔强的文化
> 不懂,所以大海广阔无比
> 不懂,所以四海一家
>
> 　　　　　(《不对语言悲悼炮声是理解的开始》)

"大量的未来"不在于对自然的征服,而是不因"文盲"或者"不懂"而心生恐惧。用理性武装起来的"主体"不断要求自然臣服为可操控的"客体",如此与自然的沟通结果是基本上毁掉了自然,也就是基本毁掉了人类共在的前提。

> 那条让他们撤退的河已把自身的立场量干了
> 许多人由此变为理由,更多的人
> 一直在变为土地,去
> 隔离他们最初的,最终的
>
> 　　　　　(《当前线组成的锯拉着那里的每日——向前》)

> 堆积我们的逗留,在斗以外
> 土地,我们行为的量具
> 偶尔认得自由
>
> 　　　　　(《从两座监狱来》)

人被抽干为"理由"更多源于人以某种理由的不尊重对待自然。人类讲求人与人之间的民主,却日益将自然逼迫为有待压榨的奴隶。现在,诗人不再工具理性式地测量自然,而是反过来,尽量以自然的角度测量人类:

> 独自向画布播撒播种者的鞋
> 犁,已脱离了与土地的联系
> 像可以傲视这城市的云那样
> 我,用你的墙面对你的辽阔
>
> 　　　　　(《北方的记忆》)

> 大量的树叶进入了冬天

落叶从四面把树围拢

树,从倾斜的城市边缘集中了四季的风

(《我始终欣喜有一道光在黑夜里》)

"文盲的恐惧"并未阻止"我始终欣喜有一道光在黑夜里"。这让我想起多多的另一个主张:"我一直立足于相通。相通则通,而沟通带有障碍在先而需克服的味道。我的诗歌立场是:诗不克服,它朝向超越。"(多多:《雪不是白色的》)不止于主体与客体的关系,主体和主体之间也不再是一种克服的关系,理想的状态自然是多多所说的"通"或者夏可君所说的"知音"关系,但即便没有这层理想状态,它也仍然"朝向超越"或者"回到太和之音",用某一生命个体与自然的关系来允诺或邀请其与另一生命个体的关系,让其与陌生的黑暗之间始终有一道光,这道光在多多诗歌里是多出的,或者用夏可君的话,是"余让":

死亡,射进了光

使孤独的教堂成为测量星光的最后一根柱子

使漏掉的,被剩下。

(《我始终欣喜有一道光在黑夜里》)

沙滩上还有一匹马,但是无人

你站到那里就被多了出来,无人

无人,无人把看守当家园——

(《白沙门》)

从人已被孤立出去的汇合处

(《思这词》)

为什么"你"站到那里就被"多"了出来?"你"和"无人"是一种怎样的关系?"无人"是"人"吗?被"孤立出去"的人为什么反而能够"汇合"?自然因为其被动性而常常被人类所"漏掉"、所忽略,而正因此,面对自然资源和思想资源日益被耗竭,"被剩下"的自然——不是被绑架到资源架构上的工具理性计算下的自然——反而有可能为我们开启新的视野。多多诗歌中的一些基本元素,比如土地、天空、河流等,贯穿了他的写作。像《我姨夫》,开始于向下的目光,然后往上,"一个飞翔的足球场经过学校上方",而姨夫的双眼"可以一直望到冻在北极上空的太阳",最终,"循着有轨电车轨迹消失的方向/我看到一块麦地长出我姨夫的胡子/我姨夫早已系着红领巾/一直跑出了地球——",这样的超现实场景在多多诗歌中并不多见,经常的情况是这样:

> 土地呵,可曾知道取走天空意味着什么
>
> (《北方的海》)

> ……张望,又一次提高了围墙。
>
> (《四合院》)

多多后来的诗歌愈加具备一种与土地相连的天命感,在《锁住的方向》和《锁不住的方向》两篇相互解构的诗歌中,唯一两个可以连续的动作是"一个厨师阴沉的脸,转向田野"和"一个厨师捂住脸,跪向田野"。他将目光不断下移、内转,他说,"诗歌的写作是问。问是谦恭。追问则是傲慢"。[①]

> 在一场只留给我们的雾里停止张望
>
> 《在一场留给我们的雾里》

"停止张望"是将目光收回,因为在"雾里"看不见什么。视觉的关闭很自然地打开听觉,这首先是对"雾"的顺从。如同海德格尔在德语中思考的,倾听已经是听从和顺从。[②] 而"当尼采面对虚无主义绝境,曾经写道:'在虚无主义之外,一无所有。'这个句子也可以倾听为:在虚无主义之外,还剩下一个无。——这是让-吕克·南希的独特倾听"。[③] 同样,雾里什么也没有,但是雾里还剩有一个"无",一个看似

[①] 夏榆、陈璇:《"诗人社会是怎样一个江湖":诗人多多专访》,《南方周末》2010 年 11 月 21 日。

[②] 转引自夏可君:《"平淡":不可能的余音(回应于连的问题)》,http://www.xiakejun.com/? p=151。

[③] 夏可君:《无与余》,http://www.xiakejun.com/? p=157。

"用净的"无:

> 恒定的关怀,从蕨类后面张望着
> 用净的,仍在守护着
>
> (《当前线组成的锯拉着那里的每日——向前》)

请注意"雾"的笼罩和环绕性质,请注意诗人是"从蕨类后面张望着"。"蕨类"和"雾"再好不过地传达出自然的两面:有的一面和无的一面。可以把多多的"无—人"和夏可君的"第四人称"放在一起思考,它们不是一个主体称谓,它们强调的是关系,是"人"和"无"的关系,你可以说它是人类曾经遭受的苦难、是容易被技术或消费所掩盖的人与自然的更和谐状态,总之,它是容易被人漏掉的,也因为容易被漏掉,所以它也是被剩下的,隐含着对人的拯救。它强调的是共在,是人对另一种状态的参与。Fletcher意义上的环境诗人其命运是对日益增长的环境的"浸入"(to be immersed),因为环境既包括自然现实,也包括技术化的社会政治现实,它强调的是现实对居住其中的人类的"环绕(environ)"和"包围(surround)",也就是自然(包括技术化的第二自然)"有"的一面。一首环境诗歌(environment-poem)不是关于环境,它自身就是环境。"一首环境诗就是一个环境,这样一首诗不仅表明或指向作为其主题意义一部分的环境,实际上它敦促读者游入活水(environment of living)般进入。"[①]可以比较一下惠特曼的门槛和海德格尔的门槛:在《我自己的歌(51)》中,惠特曼唱道:"我专注意那些离我最近的人们,我坐在门槛上期待。谁已经做完了他一天的工作?谁最快吃完了他的晚饭? 谁愿意和我散步呢?"海德格尔则沉迷于特拉克尔的诗句"痛苦已把门槛化为石头":"门槛是承荷大门整体的底梁。它守在'中间',内外两者经它相互贯通……痛苦撕裂着。痛苦乃是裂隙。不过,痛苦并不是撕破成分崩离析的碎片。痛苦虽则撕开、分离,但它同时又把一切引向自身,聚集入自身之中……痛苦是在分离着和聚集着的撕裂中的嵌合者……痛苦嵌合区—分之裂隙。痛苦就是区—

[①] Maghiel van Crevel, *Language Shattered: Contemporary Chinese Poetry and Duoduo*, Leiden, The Netherlands: Research School CNWS, 1996, p.122.

分本身。"① 在惠特曼,门槛更多是主动地外向寻求,在海德格尔,门槛更多是内在与外在的临界状态,它和多多的"无人"或者下文即将展开的"我们"无疑有更大的契合:它更多被动,用多多的话来说,是"内潜"的。"一个诗人最主要的是向内,不是向外。是不是时代跌落了,我们就跌落?""多年过去,我的信念日益深入。没有信念,我将被物质主义或者别的什么毁掉。所以我相信内在,最深的内在,这很重要。"②

无论是多多对"无"的看重还是 Fletcher 对民主社会中"有"的探求,有一点他们是一致的,那就是一种与环境周边的一体感:浸入或者环绕,无论是1984年的《北方的海》还是进入新世纪之后的《诺言》或者《前方的车灯》,无论是大地还是一张桌子,多多都可能赋予其流动的性质,于他而言,写诗始终是一次航行:

　　——初次呵,我有了喜悦
　　这些都是我不曾见过的
　　绸子般的河面,河流是一座座桥梁

　　绸子抖动河面,河流在天上疾滚
　　一切物象让我感动
　　并且奇怪喜悦,在我心中有了陌生的作用

(《北方的海》)

"陌生的作用"是诗人要通过语言所道说的:

　　当舌头们跪着,渐渐跪成同一个方向
　　它们找不到能把你说出来的那张嘴
　　它们想说,但说不出口

(《锁住的方向》)

---

① 〔德〕海德格尔:《语言》,载《在通往语言的途中》,孙周兴译,商务印书馆1999年版,第20—21页。
② "Writing is a promise", Interviewing Duoduo, the Poet of the Clouds, By Fabio Grasselli, Haikou, 2004/10/11, http://www.cinaoggi.it/english/culture/duo-duo-interview.htm.

>当舌头们跪着,渐渐跪向不同的方向
>它们找到了能把你说出来的嘴
>却不再说。说,它们把它废除了

(《锁不住的方向》)

在一次聊天中,金丝燕问多多,写诗的时候,是谁在说话?多多回答说"他在说话"。这里的"他"和引文中的"你"应是同一所指,却有更强的参与感:"这个他,既是我,也是他,既是我们,也是我们中的我。我想我们中的我,和我们中的他是很重要的。"金丝燕追问说:"为什么要加上'我们中的'?""当我们说到'我们'的时候,我们就无需对话,无需辩论,因为我们在一起……我说'我'的时候,或者省略主语的时候,才会有对话的,但我说'我们'的时候,对话就结束了……'我们'有一种不言而明的意思,个人需要对话,'我们'是联系在一起的:'通了',那就是透明了。这个'我们',不光是说你和我的'我们',不是说我们这一代人的'我们',不是说我的朋友们的我们,它也可以代表很多,比如说天启啊神秘啊,都可以和很多假设在一起,但一说到'我们',就代表我们已经连接在一起。那么就是我说'我们'的时候,它就变成一起。""我们"是名副其实的通道诗学或者桥梁诗学,它是出于共通体的共通利益而生成的。

但有一点需要注意:这一共通体不是像一个民主制度那样是对人与人之间平等地位的保障,相反,同一个民主制度下的个体未必都能与之"通透",它在那儿,但只有向道之心才能触及。如果民主制度讲求的是利益的保障,是欲望的合理获得,那么向道之心则呼唤一个更大的利益:这是对地球上的每个人来讲的最大利益,即对各种利益和欲望的自愿放弃。因为各种具体的欲望和利益都是建立在对自然的剥夺上,它们可能未触犯人间的律法,却从根本上触犯了自然。共通体不是一个团伙,一个党派,是生命个体在技术时代和消费时代、在第二自然甚至第三自然层层覆盖之下对他所从出的原初自然的回归,是婴儿对子宫和羊水的无意识的爱。欲无欲,利无利,这在更大程度上是对老庄智慧的一个回应,也是当代中国诗人真正能够贡献给世界的东西,从这个意义上讲,我们可以说它是"中国性"的。另外,像多多提到的,这一

"人与自然共生的方法"是不是对人与自然这一久远关系的重新思考呢？这是否可以视为一种新的、积极的"政治性"呢？帕斯认为："诗歌正是现代政治思想所缺少的伟大因素……倘若在专制制度失败之后诞生一种新的政治思想，则必须吸收现代文学和诗歌的全部鲜活的遗产。"①我们可以直接说，民主制度要想获得长远的生命力，必须从诗歌和文学中吸收足够的养分，使其自身成为自身的某种反对。海德格尔认为决定性的问题是技术时代的政治架构如何展开，他认为答案并非民主（"大地之上绝无尺规"）②，但我实在看不出除了一种更深的民主还有哪一种政治制度适合人类。普遍性的东西、可以容纳人类和自然共在的东西在哪里呢？恐怕只有民主制度规范的普世人权和我们从多多那里看见的不同的人群通过自然这一通道所构成的共在。多多说："在海外生活的七年历程中，我和写作的关系一如从前。不变的比变的为多。处于一个更为完善的律法系统、物质现实和文化潮流中，如果说到变化，只是更为发自内心地与自然进行交流。当我散步于山野，大自然的风景依旧到处提示着：我就是你。"海德格尔所接受的最后一次访谈以"还只有一个上帝能救助我们"为标题，这是怎样一位上帝呢？是自然或者自然中"无"的一面吗？我想总要为它加上一个可以保障每个人有机会去了解和亲近的民主制度的底座吧。

"我历来的自我定位就是，我是一个个人。你的使命、价值只有在写作中会体现，除了上帝跟你在一起，没有谁和你在一起。你最好的朋友，你的团伙都不能帮助你。"③"我年轻时总以为是在同上帝面对面，但这种感觉并不恰当：如果你面对上帝，你就没法写作；实际上你写作时，上帝就在你之内，你就是上帝。但你需要等待，需要耐心，放松，镇定，平和，你得将思想保持在高处并且融入……当你写作，你就在面对

---

① 〔墨〕帕斯：《我的思想就是一些意见》，赵振江译，《南方周末》2008年1月31日。

② Martin Heidegger, "Nur noch ein Gott kann uns retten," Der Spiegel 30 (Mai, 1976): 193-219. Trans. by W. Richardson as "Only a God Can Save Us" in Heidegger: *The Man and the Thinker* (1981), ed. T. Sheehan, pp. 45-67.

③ 夏榆、陈璇：《"诗人社会是怎样一个江湖"：诗人多多专访》，《南方周末》2010年11月21日。

着某人并和他对谈。我从未说我在为某个假设的或者特定的读者写诗;那么我写给我自己吗? 我也不这样认为。那么我写给谁呢? T. S. Eliot 认为有三种沟通渠道:与他人、与自己或者与上帝。我认同。但谁是上帝? 什么样的上帝? 基督教的上帝还是其他的神? 这不重要:它是某种更高的东西,这就是全部。"①多多的上帝应该不会是基督教的上帝,"上帝就在你之内,你就是上帝"这样的说法从基督教看来无疑是渎神的。但是从"道"或者"佛性"来看,多多的说法就容易理解了:道不远人,道就在人的身体中运行,自性即佛性。弗里德里希认定现代诗歌只能用否定性的范畴去描述,多多"上帝"或者"我们"中的那个"我"却是自信和肯定的,因为它已经超出了简单的诗学,诗从外得。明心见性,自信才是本体。这一点我们在惠特曼的《大路之歌》中同样可以看到:"我和我的同伴不会引经据典、巧言善辩,／我们以我们的存在来信服人。"(邹仲之译)这里又可以看出多多和弗里德里希所描述的现代抒情诗的一个根本差异,即对待语言的不同态度:在后者,语言占据一个本体地位,只存在一个"语言的超验性",我仍要补充,这一超验是空洞的,它只能流于空洞。虽然多多找到它们的方式类似于《圣经》中的先知受圣灵感动(上帝发出动力将其从一处带到别处),它所建立的却是具体的。"诗歌是不是就以语言为目的呢? 并不是。尽管我们说我们拒绝诗歌被工具化,这个意思,所谓诗歌本体,并不意味着我们就停留在语言上。而能够打动我们的东西,那个东西实际上很难说出来。最后又回到了开头,转了一圈,又回到了不可言说。""实际上,向道的境界,是语言无法呈现的。诗人的作用是什么? 他就是要通过语言,通过建立语言的存在,接近这个境界,难处就在这里。"向道的境界需要通过语言去指涉,但语言无法呈现它,因为它超出语言,"更高的东西它不通过语言"。

多多诗歌中频频出现的父亲(男人)和母亲(女人)意象使他的诗歌具有强烈的人类学意味,直指人心,而父亲(男人)往往和挖掘这一

---

① "Writing is a promise" Interviewing Duoduo, the Poet of the Clouds, By Fabio Grasselli, Haikou, 2004/10/11, http://www.cinaoggi.it/english/culture/duo-duo-interview.htm.

动作有关：

> 我的身后跪着我的祖先
> 与将被做成椅子的幼树一道
> 升向冷酷的太空
> 拔草。我们身右
> 跪着一个阴沉的星球
> 穿着铁鞋寻找出生的迹象
> 然后接着挖——通往父亲的路……
>
> (《通往父亲的路》)

> 一锹一锹的土铲进男子汉敞开的胸膛
> 从他们身上，土地通过梦拥有新的疆界
>
> (《我梦着》)

挖掘可以说是人类面对大自然最原始的粗暴，但这一举动又是人类在大自然中寻求庇护的本能。挖掘，它要的是一个空间，挖掘一个空间。空间是承纳。其力量正来自于弱，抱弱。这一点可以解释柯雷提到的"强力意象"，多多对强力意象的运用，不是暴戾，而是柔弱对强力的运化，他所要挖掘的，正是这样一个弱。对应父亲(男人)的挖掘，母亲(女人)经常和这样一个守弱的空间有关，多多常常将其和代表死亡的棺木(像《当我爱人走进一片红雾避雨》《影子》和《带着你的桥——松手》)捆缚在一起，《笨女儿》里甚至直接将这一空间弱化为里"炉火中的灰烬"，这样，《通往父亲的路》实际上是在"挖我母亲"，是诗人通过与父亲同样的挖掘动作去寻找通往母亲(女人)的路：

> 说母亲往火中投着木炭
> 就是投着孩子，意味着笨女儿
> 同情炉火中的灰烬
> 说这就是罪，意味着：
> "我会再犯！"
>
> (《笨女儿》)

严厉的声音,母亲
的母亲,从遗嘱中走出
披着大雪
用一个气候扣压住小屋
屋内,就是那块著名的田野

(《通往父亲的路》)

母亲的母亲,母亲,母亲的女儿,这样一个序列构成了人类的历史。而"田野"和"灰烬"正是同一个容纳空间的不同显现。多多的田野(大地)具有海洋、更多是天空的属性,这使他成为一个更能与道家尤其是老聃思想相契合的诗人:

一些声音,甚至是所有的
都被用来埋进地里
我们在它们的头顶上走路
它们在地下恢复强大的喘息
没有脚也没有脚步声的大地
也隆隆走动起来了
　一切语言
　都将被无言的声音粉碎!

(《北方的声音》)

就在棺木底下
埋着我们早年见过的天空
稀薄的空气诱惑我:
一张张脸,渐渐下沉
一张张脸,从旧脸中上升

(《十月的天空》)

反者道之动。"向下就是向上。歌唱的时候,老师讲,永远是向下,横膈膜向下,这样的话,你的空气可以压出来向上的。所以这是相对性,这是一组概念,它不可分割。是与非,黑与白,它是相对的,也是统一的。你抓住了这个方向,就把握了那个方向。"

  至少,在两个音调以上
  我们和你相同的,正是陌生的
  这是我们仅有的条件
  在一场只留给我们的雾里停止张望

  像旋律依旧存在时那样地
  继续创造前辈——

(《在一场留给我们的雾里》)

  我,是在风暴中长大的
  风暴搂着我让我呼吸
  好像一个孩子在我体内哭泣
  我想了解他的哭泣像用耙犁耙我自己

(《北方的声音》)

  被踏成灰烬的开垦者
  有着河湖眼睛的女人,从我们的腋下
  继续寻找她们的生命
  (手术桌被剖开了)
  身穿塑胶潜水服,高速公路光滑的隧道
  把未来的孩子——生出来了!

(《当我爱人走进一片红雾避雨》)

  和母亲的序列相反,"前辈""孩子"和"未来的孩子"是另一个序列,他们是在雾、体内或者隧道这样抱弱的空间里孕育出来的。Shadia B. Drury 在《亚历山大·科耶夫——后现代政治的根源》一书中分析了科耶夫的一些观点,科耶夫将权力区分为"君主权力"和"规训权力":前者是男性化的,说"不",与死亡、恐怖等联盟,通过禁忌和惩罚来运作；后者是女性化的，说"是"，与生命和生产力联盟，通过引起愉快并激起欲望运转。规训权力把世界同质化、程式化和规范化，科耶夫认为这一对生物的生命而不是死亡的贡献就是女性原则的胜利。"现代性是女性化的（后革命的秩序），看起来软弱、阴柔和富于同情心，但是它暴虐的专制比任何人类之前遭遇过的都更加狡猾。"①阿伦特曾将思想划分为形而上学思想和政治思想，前者的中心范畴是有死性，后者的中心范畴是诞生性。② 这看起来与科耶夫对权力的理解会有共鸣。而实际上，阿伦特的"诞生性"决然不同于科耶夫的生命欲望的满足，诞生性是共在中的诞生，它是相对于满足欲望的私人领域而言的，从这个角度可以完全更新我们惯常对权力的理解："权力是使公共领域（行者言者之间潜在的展现空间）得以存在的东西。这个词本身……表明了它'潜在的'特征。正如我们要指出的，权力永远是一种潜在的存在，不像暴力或力量，它们是一种固定的、可度量的、可靠的存在。虽然力量作为个体的自然属性可以被孤立地看待，但权力只有在人们一起行动时才会在人与人之间体现出来，并随着人群的离散而不复存在。正因为这一奇特性——即权力与人只能被实现而不能完全具体化的所有潜能相联——因此，不受物质因素（不管是数量还是手段）制约的程度之高，令人惊讶。"③因此权力不是暴力，不是科耶夫所说的"君主权力"，同样，权力不是"规训权力"，后者只能被视为私有领域的扩大："私有领域的这一扩大（可以说，整个人类为之着迷）并没有使私变公，并没有构成一个公共领域，恰恰相反，这一扩大仅仅意味着公共领域差不多全面衰退，以致在每一个地方，伟大已让位于魅力；因为尽管公共领域可能一时伟大，但它不可能光彩迷人，因为它无法容纳不相关的东西。"④

多多的诗歌，通过父亲向母亲的追寻，或者说一种通过强力意象抵

---

① 〔加〕Shadia B. Drury：《亚历山大·科耶夫——后现代政治的根源》，赵琦译，新星出版社 2007 年版，第 219 页。
② 〔美〕汉娜·阿伦特：《人的条件》，王寅丽译，上海人民出版社 2009 年版，第 2 页。
③ 参见上书《权力与展现的空间》一节。
④ 参见上书《公共领域：公共性》一节。

达的柔弱的容纳空间,显然是阿伦特意义上的政治诗歌。只不过阿伦特强调的更多的是人与人的共在,而多多诗歌所追求的更多的是人与自然的共在。依靠自然的中介,多多成功地将中国古人对共在的理解加以当代化,并以此使自然有了政治的意蕴。我本人也是从这个角度来重新界定"中国性"和"政治性"的。

那么多多的诗歌和我们上文所提到的环绕性的"环境诗歌"有什么差异吗?Fletcher明确说:"我一向认为诗人面临的最重要问题是:在一个一直以来被不断增加的各种观察和描写所覆盖的世界,我们如何抵制其迷宫般的品质?"①正如米沃什在一次访谈中所说:"当代美国诗歌充满着对最普通的日常事件的描写。美国诗人不敢肯定该写什么,于是生活递给他们什么,他们就照抄不误。他们把所有东西都装进诗歌里,以未经提炼的形式。他们无法明白,诗歌是一种巨大的去芜存菁的行为。这种以所谓的生活之名行使的文学自由,也是一条死路。"②这方面,多多同样可以为我们提供深刻的启示:在他那里,"很多年前我已经确立就是要这种生活,我的写作就是我生活最重要的部分"。我们可以去看看多多好友周舵那篇著名的《当年最好的朋友》,就会感慨诗歌是多么深刻地改变了多多。诗歌犹如修行。雅斯贝尔斯说,与很多"毁灭自己于深渊之中、毁灭自己于作品之中的诗人相比,歌德是成功地活到了老年并且躲过了深渊的一个例证"。③ 而今已然耳顺的多多则说:"一定要扩大内部空间,那才是诗人最重要的灵魂的东西。""内潜"在他那里就是向下、向内,词语在诗歌之内的挖掘也在事实上修行着他的生命。有环境意识的诗人,尤其是在信息以光速传播这样一个大环境下,需要的不仅仅是浸入感、环绕感,还需要自觉地内潜,否则将一切浸入的事物都写入诗歌,的确可能将诗歌推进死路。艾未未说:"事实上我们是现实的一部分,如果不能认识到这一点,我们就是不负责任的。我们是被制造出来的现实。我们就是现实,但这部分现实意

---

① Maghiel van Crevel, Language Shattered: Contemporary Chinese Poetry and Duoduo, Leiden, The Netherlands: Research School CNWS, 1996, p.72.
② 〔波〕米沃什:《米沃什论"现实"》,黄灿然译,《外滩画报》2011年10月13日。
③ 转引自张清华:《认命吧,先锋已终结》,《羊城晚报》2012年04月15日,B3版。

味着,我们必须制造出不同的现实。"①多多——他的相互印证的人格和诗歌——为我们确立了这样的现实,他不仅更新了我们对中国性和政治性的理解,也深入更新了我们对诗歌本身的理解。谢谢他。

---

① Ai Weiwei spricht: Interviews mit Hans Ulrich Obrist,导言部分。

细腻的雄心,独特的兼容

——评柯雷的中国当代诗歌研究[①]

吴锦华[②]

汉学家林培瑞(Perry Link)在《北京夜话》一书中记录了他90年代与大陆知识分子打交道的点滴。作为时而披着隐身斗篷时而现身说法的旁观者,他在文章最后写下了这么一个结论:大陆知识分子的自傲、自尊心特别强。大陆知识分子理所当然地认为自己作为中国人,会比外国人熟知中国的一切。大陆知识分子可以大胆批评、抱怨中国政治、经济、文化、文学的弊端,然而当外国人就此话题插嘴且侃侃而谈时,恐怕多少会引起他们的不悦。时过境迁十多年,这样的心理依然在作祟。德国汉学家顾彬(Wolfgang Kubin)一句被歪曲了的"垃圾说"又掀起了这一久未翻页的话题。对本国当代文学颇有微词的中国人并不在少数,但一位汉学家如此"咄咄逼人"地做出的负面评价,则激起了诸位学者内心的层层涟漪。

自傲与自尊的背后是亟待"西方"强者肯定的自卑心。至少洪子诚、谢冕、唐晓渡、张清华领衔的大陆诗歌研究者,如今已以平等的心态面对汉学家的评论与研究。

汉学家远不是学中文、看热闹的门外汉,他们已经成为中国文学研究的重要力量。顾彬也不仅仅只是抛出了"垃圾说"的汉学家。与其纠缠于顾彬"垃圾说",不如讨论顾彬的学术著作《二十世纪中国文学

[①] 本文为2012年教育部人文社会科学青年项目"本土写作与世界影响——中国当代作家海外传播研究"(批准号:12YJC751054)、浙江省哲学社会科学规划课题"海外中国当代文学'入史'问题研究"(批准号:12JCZW04YB)阶段性成果。

[②] 吴锦华(1985—),女,荷兰莱顿大学区域研究所博士生。

史》,讨论他独特的翻译中国诗歌的风格以及他对朦胧诗人的过于浪漫化的文学评论。与其将目光全部集中在顾彬身上,不如同时关注母语为非中文的诗歌研究学者,如柯雷(Maghiel van Crevel)、戴迈河(Michael Day)、殷海洁(Heather Inwood)、柯夏智(Lucas Klein)、凌静怡(Andrea Lingenfelter)、陆敬思(Christopher Lupke)、魏朴(Paul Manfredi)、西敏(Simon Patton)等,以及母语为汉语的海外诗歌研究者如黄亦兵(Yibing Huang)、王瑞(Rui Kunze)、李典(Dian Li)、杨小滨(Xiaobin Yang)、奚密(Michelle Yeh)、黄丽明(Lisa Lai-ming Wong)、张晓红(Jeanne Hong Zhang)等。

1963年出生的柯雷,1999年即受聘成为荷兰莱顿大学中国语言及文学方向教授,当数莱顿大学最年轻的教授之一。2009年开始担任莱顿大学区域研究所所长,是莱顿大学人文学院最年轻的研究所所长。

柯雷至今出版了两本英文著作:1996年的《粉碎的语言:中国当代诗歌与多多》(*Language Shattered*:*Contemporary Chinese Poetry and Duoduo*)和2008年的《精神、混乱和金钱时代的中国诗歌》(*Chinese Poetry in Times of Mind, Mayhem and Money*)。《粉碎的语言》共300多页,分上下两部,是第一本全面介绍50年代至90年代中期中国当代诗歌发展的英文著作,也是中外学界第一本以多多诗歌为研究对象的著作。《精神、混乱和金钱时代的中国诗歌》约500多页,共13章,研究时间跨度从20世纪70年代末延伸至21世纪初,选择韩东、海子、杨炼、王家新、北岛、西川、于坚、孙文波、沈浩波、尹丽川、颜峻等诗人以及"盘峰论争"等重要的诗歌论争进行个案分析。这部英文著作的全面及深度,恐怕至今尚未有同领域的其他英文著作能与之媲美。

形容柯雷,可借英国现代诗人西格里夫·萨松(Siegfried Sassoon)的诗句"心有猛虎,细嗅蔷薇"(In me the tiger sniffs the rose)。猛虎的魄力与细嗅蔷薇的细腻和谐一体。柯雷既是格物致知的学者,又是统筹学院大小事务的主管。他有着治学的雄心,又善于在有限的时间内耐心地打磨每个细节,使之臻于完美。

柯雷研究视野可以用"兼容并包,不偏不倚"来概括。他的理论大框架包括文本、语境和元文本,文本指诗歌作品本身,语境(上下文)指文本以外的经济、政治、文化等社会环境,元文本指关于诗歌的话语。他研究建国以来的大陆诗歌,用"政治""精神""混乱"及"金钱"来概括不同的时代精神。他主要关注"非官方"(先锋、实验)的诗歌现场,同时为了研究的完整性,他也涉及官方的诗歌现场。他归纳中国当代诗歌美学特色,将"崇高"和"世间"作为最显著的两种美学倾向。

柯雷治学风格以研究综述的透明、史料的精准、语言的严谨、文风的朴实为特色。在柯雷的1996年的著作里,他对在英语语境发表论文的杜博妮(Bonnie McDougall)、奚密、汉乐逸(Lloyd Haft)、许芥昱(Kai-yu Hsu)、顾彬等学者的研究,以及在中文语境发表论文的谢冕、洪子诚、唐晓渡、陈超、王光明等学者的研究做出了批评性总结。他2008年的著作,对中西学者已有研究的总结更臻于全面。除对已有的研究文献进行全面且细致的梳理外,柯雷对原始文献尤其是民刊的收集也有着突出贡献。在他的文章里既见得收集资料的坚持不懈,又见得整理资料的耐心细致。

柯雷的行文基本上体现了稳当的"西方"学术风,与凸显点评人的性情和个性的中国传统的文风迥然不同。他在稳当的框架与体系内,以最体贴读者的论文结构来呈现丰富的研究材料及基于材料的学术分析。文章前言以研究问题的缘起起笔,转而点明论文的结构与主要观点。正文虽偶有旁逸斜出之笔,仍可见一条清晰的红线贯穿始终,并适时提醒读者前文所探讨的内容。文章收尾回应前言,并就此提出新的问题,引发读者思考和继续探索。

正是柯雷的上述治学特点,使得他的学术工作成为承前启后、沟通中外的相当重要的一环。

国内知道柯雷的人应该不少,但熟悉他作品的人大概不多。在梁建东、张晓红的《论柯雷的中国当代诗歌史研究》一文之后,本文将继续评介柯雷的两本英文著作和他编撰的三份在线参考书目,着重探讨柯雷如何看待语境、元文本和文本的关系,如何从形式和内容的多角度进入诗歌文本,并探讨他如何收藏和利用民刊,开拓新的研究领域。

一、语境与文本

《粉碎的语言》一书清晰地分为上下部,若说下部主要探讨多多的"文本",那么上部则铺陈了多多的"语境"。上部的四章按时间顺序勾勒建国以来中国大陆诗歌简史,叙述中蕴含着另一个内部划分,即朦胧诗的"语境"及朦胧诗的"文本"。

《粉碎的语言》的上部尚未有中译本出现,其行文的意义一直未被挖掘与肯定。柯雷按时间顺序梳理出朦胧诗发展史上的重要历史节点:"太阳纵队""X小组"、食指、白洋淀知青群、《今天》杂志,以及朦胧诗论争等。上述重要节点的学术定位与后续涌现的大量研究基本无异。在"重返80年代"研究思潮的引领下,国内学者重返六七十年代的文学现场时普遍使用的《沉沦的圣殿》(1999年)和《持灯的使者》(牛津大学出版社2001年版及有所删节的广西师范大学出版社2009年版)等,均在《粉碎的语言》之后出版。从这个意义上说,柯雷通过田野调查和细读《今天》等原始资料,较早、严谨且全面地讨论了朦胧诗发展的各个重要节点,并且"挖掘"了食指、根子、芒克、多多、依群等这些在"文革"时期便开始写诗却在朦胧诗潮中被遮蔽了的诗人。

柯雷描述各个节点时,既讨论当时的"语境",又分析当时出现的"文本"。这些节点相互间并未获得关联的必然性,仅因为时间相连、人物重叠而排列一起。在讨论"语境"和"文本"的关系时,柯雷既花笔墨去讨论朦胧诗文本的"异质"也许与"语境"相关,同时也质疑"语境"是不是真的给"文本"带来关键性的影响。

在柯雷之前,已有部分西方学者对朦胧诗的"异质"性及其来源进行了探讨。部分学者如马悦然(Göran Malmqvist)曾一度认为朦胧诗人生活在文学真空里,因时代的缘故无法接触各类文学资源,他们的诗歌唯独因诗人的特殊经历而独放异彩。1990年《今天》的复刊以及1994年《诗探索》因"重访白洋淀"活动共同挖掘出的"口述史",为奚密、陈小眉等学者提供了研究材料,他们打破"文学真空"的迷信,进而探讨黄/灰皮书的阅读是否给朦胧诗人带来了所谓的"西方现代主义影响"。

　　柯雷慎重地将"太阳纵队""X 小组"、诗人食指视为朦胧诗的"前史",而非朦胧诗的起源。因"太阳纵队"和"X 小组"成员的大部分诗作已散佚,柯雷只从叛逆行为角度去讨论这两组先锋诗人,最为保守地估计他们对朦胧诗人的影响。他将食指的诗作概括为"对的形式,错的内容",认为食指的诗并未含有朦胧诗的"异质",对北岛等朦胧诗人有所启发但并非带来"文学影响";而食指诗与生命合一的诗人形象则给朦胧诗人带来了震颤和鼓励。

　　柯雷同样慎重地处理"白洋淀诗群"对朦胧诗产生的意义,不否定也不去拔高其意义,或随便断言"意义很大"或"极为关键"。他认为,白洋淀作为一个知青流动性很大的村落,加上书籍的匮乏,无法成为一个诗歌的孕育地。

　　同样的,对诗人们所回忆的"跑书"及沙龙活动,柯雷审慎地质疑回忆录中的浪漫化倾向:虽说知青们纷纷回城后,会不定期地形成沙龙,讨论文学、音乐等艺术作品,但因史料的缺失,几乎很难去确定何时何地举办过这些沙龙、他们讨论的内容又是什么。

　　柯雷对朦胧诗人的群体阅历和阅读史的考察包含三部分的内容。第一是翻译文体。他指出,朦胧诗人并非阅读作品的原文,而是通过九叶派诗人如陈敬容、袁可嘉等的译文去了解西方文学作品。第二是对中国现代文学作品的忽视。在诗人们回忆录里零碎的书单中,也许不约而同地忽视了作为中国现代文学史第一发展阶段的文学作品。第三是这些曾是知青的朦胧诗人在下乡时,产生了信仰危机。在此基础上,柯雷认为"在这样嘈杂且破碎的阅读中,这些读者很难去创造和西方现代主义文学所雷同的作品。但他们在阅读中开拓了新的视野,并培育了他们的怀疑精神"。也许有些学者倾向于采用"影响研究"的方法去讨论这些阅读的结果是如何体现在文本中的,但柯雷在此停笔。因为他认为"诗人的个人史很难为他人所知,即使有一份像履历般列举了所谓的个人事迹的生平表,作为他者也很难去衡量这些事件对诗人产生了怎样的影响。再说,也没有一条明确的个人与诗作的关系链"。

　　《粉碎的语言》上部讨论了朦胧诗文本的"语境"和"文本",并将此二者一并视为多多的"语境"。下部则集中讨论多多的"文本"。就如上部中的"语境"和"文本"关系不明确一般,著作的上部(语境)和下部(文本)关系同样不明确。这大概和柯雷对多多诗作的分期与解读有关——多多的后期文本逐渐脱离语境,无需考虑文本的"中国性"和"政治性"。

多多的诗作在80年代并未引起国内学者和编辑的关注,据我的分析,与有着400多次发表量的"朦胧诗五人"(北岛、舒婷、顾城、江河、杨炼)相比,多多、食指、芒克和根子的诗作各自只有不到10次的发表量。1989年6月4日,多多搭上了飞往伦敦的国际航班,计划前往英国、荷兰等国家参加国际诗歌节及其他文学活动。当他抵达英国的时候,立即成为了媒体的焦点。由利大英(Gregory Lee)和约翰·凯利(John Cayley)合译的《从死亡的方向看:从"文化大革命"到天安门广场》(*Looking out from Death: From the Cultural Revolution to Tiananmen Square*)应时出版,收录多多1972—1989年创作的作品。

一旦多多吸引了众多西方媒体的注意,他几乎所有的诗歌都被赋予了政治化的解读。柯雷逆势而动,试图剥离政治背景去解读多多的诗歌,指出即使不知道多多诗歌的写作背景,依然可以从诗歌中获得启示和美感。

柯雷认为,多多的作品可划分为前期(1972—1982)和后期(1983—1994)两个阶段。划分的主要标准为内容里所显现的"中国性"与"政治性",以及形式上的音乐美。按照柯雷的定义,"现在我称一首诗多少有点是'政治的',是依赖于那首诗表现现实世界、尤其是'文革'中的社会政治现实的突出性而言;我称一首诗多少有点是'中国的',依据的是它的读者需要以当代中国的知识作为阅读前提"。

柯雷认为,多多的前期作品在同代诗人作品里中规中矩,有"直接明了的意象,并往往在诗中已经做了一些意思的解释,给诗歌解读留下很少的空间"。多多的后期作品里政治性和中国性消失了,而更具个人性、音乐性,从而也更难捉摸。

对多多后期作品的评述,黄亦兵、杨小滨与柯雷进行了学术上的商榷。黄亦兵在其博士论文中指出,"个人性"的确成为多多后期诗歌的主题,但是"个人性"是一个由历史、乌托邦、国家、世界相糅合的复杂体,也显现于多多的前期诗歌中。历史的梦魇潜入诗人的无意识,表面看起来纯语言的表达仍受意识形态的驱使。多多驱散"文化大革命"阴影的方法是,更加地极端,更加地疯狂。就如他在《教诲》中说的那样:"面对悬在颈上的枷锁/他们唯一的疯狂行为/就是拉近它们/但他们不是同志。"在这个意义上,多多的前后期诗歌都在处理历史语境的问题。杨小滨在对柯雷著作的评论文章中认为,柯雷选择不细谈多多后期诗歌中的"政治性"和"中国性"是一种"失策"。

就我个人对多多甚至是朦胧诗人作品的阅读经验而言,我倾向于从诗人的生平经历尤其是教育背景来理解诗人在诗歌中如何"自揭伤口"并"自我疗伤"。我相当理解黄和杨两位学者接近多多诗歌的角度,但我并不否认柯雷选择接近诗歌的方式的有效性——不全是政治性的、内容性解读,进一步尝试脱离中国背景,去探讨诗歌的本土性与世界性的结合。正如张清华所言——当我们用"普遍的标准"和"经验的本土性"的眼光去检验中国当代文学,并且找到了经得起细读的文本的时候,那么关于它的疑惑和焦虑,关于它的偏见和憎恨也就会得到解释。我认为,多多的诗作正是这样一种经得起细读的、丰富的文本。

接近诗作的角度可以多样化,以多多的诗作分析开始,柯雷开创甚至引领了一种新的解读方式,这在他 2008 年的著作中有了更明显的体现。

二、语境、文本与元文本

柯雷 2008 年的著作《精神、混乱和金钱时代的中国诗歌》,无论从章节的排序还是内部结构来看,都体现了语境—文本—元文本的框架。第一章以提纲挈领的方式对以《诗经》为源头的中国文学史进行了简约叙述,主要探讨(但不仅限于)"语境"。第二至第九章为诗人个案分析,探讨"文本",第十至十二章为诗人诗学观点分析,转向"元文本"的讨论。最后一章专属新生代诗人颜峻,融合语境、文本及元文本进行探讨。

从《精神、混乱和金钱时代的中国诗歌》中,可发现柯雷不断发展成形的研究中国当代诗歌的思路。第一,对文本被经典化后走向的片面化以及以生平解读文本的惰性这两种解读趋势的反对。这集中体现在第二章(韩东专题)和第三章(海子专题)中。第二,深化了"语境"和"文本"的讨论,加入了"元文本"的分析,并且从多角度接近诗歌的"形式"和"内容"进行了有效的、有意思的探索。这种思路贯穿于整本著作中,并集中体现在对西川和于坚两位诗人的探讨上。第三,诗歌与音乐密不可分。柯雷关注纸质的诗歌文本之余,对借助于多媒体的诗歌朗诵饶有兴趣。这集中体现在第十二章(颜峻)专题中。

作为西方学界第一篇(也是目前仅有的一篇)提供精彩的韩东诗歌翻译以及全面讨论韩东诗歌的文章,柯雷在文中阐明观点:韩东诗歌写作被简单阐释为依附和否定朦胧诗,这种片面化遮蔽了韩东写作中自足的一面,遮蔽了韩东诗歌中所包含的存在主义向度的拷问,也遮蔽了朦胧诗与第三代诗的深度区别。柯著的第三章,在爬梳《海子诗全编》《不死的海子》《海子、骆一禾作品集》《扑向太阳之豹:海子评传》等一系列书籍后,柯雷认为海子的诗歌不仅仅(也不应该是)作为探究海子的死因的佐证而存在。正如崔卫平所言:"……从他的诗中得出他自杀的原因总是不充分的,同样,从他的自杀去理解他的诗更是没有多少道理的。他生命中另外有一些秘密(或许只是很简单的)永远地被他自己带走了。"柯雷认为,即使"文本会激发读者去了解作者的兴趣,读者所了解的作者(诗人),会影响到读者对文本的评价",但将海子生前的诗歌均与他的死相联,无疑是一种对海子诗歌丰富性的遮蔽。海子不同于朦胧诗人,他远离对社会政治的讨论,构建一个"真正的个人化的抒情主体"。海子也不同于第三代诗人,他对抗着第三代诗人写作中出现的口语化、粗鄙化的写作倾向。

柯雷在第五、六、十和十二章中讨论"崇高"美学写作倾向的代表诗人西川,在第六、七、十一和十二章中讨论"世间"美学写作倾向的代表诗人于坚。第五章为西川专题,以《致敬》《鹰的话语》的分析入手,探讨西川的节奏、意象及措词。第六章以《致敬》和《〇档案》为例,探讨西川与于坚的介于诗歌与散文之间的诗歌形式。第七章基于《罗家生》《尚义街六号》《事件》系列的文本,探讨于坚的长短句、口语化及日常叙事。第十章讨论西川以"非字面意义"为特色的诗观,第十一章讨论韩东与于坚既"亵渎神圣"又"自立为神"的诗观,第十二章则是对"盘峰论争"事件的梳理。

与朦胧诗人略微不同,以西川及于坚为代表的第三代诗人既产生丰富的文本,又积极建构诗学框架,同时创作了丰富的诗歌元文本。在讨论于坚的文本及元文本时,柯雷将文本与诗歌元文本区别对待,分章讨论,并对国内某些唯于坚话语是瞻的学者提出学术上的批评。柯雷也并未完全在"文本"和"元文本"之间竖起一面无法跨越的墙,他认为"诗人的写作意图和自传细节并不一定是真的,但这并不意味着我们应该完全无视作者(当他们在阅读自己的作品时)是怎样描述他们写作时的心理状态的,以及他们怎么看待自己的精神状态是如何影响写作的"。

"语境"和"文本"的关系问题在《精神、混乱和金钱时代的中国诗歌》一书的不同的章节都有所涉及。当讨论西川和于坚时,柯雷认为他们的文本既可与语境挂钩,也可与语境脱节。在第一章中,柯雷认为要理解早期的先锋诗歌,读者需要对中国的历史有基本的了解。如北岛的《回答》、顾城的《一代人》等,需要读者知道"黑夜"和"冰川"是"文化大革命"的隐喻。而相对而言,后期的先锋诗歌往往不需要了解中国的历史背景。在第九章中,柯雷认为沈浩波的大部分诗都不需要读者具备相关的背景知识。《黄四的理想》,只有一两处指涉中国的现实,只需要一点点背景即可。谈到西川和于坚的作品时,柯雷对此持辩证的态度。《致敬》是一首以"不确定性"为特点的诗歌,留给读者很多的阐释空间。《〇档案》文本和潜台词之间的张力来自对语言和现实的陌生化处理。读者如果掌握文本之外的关于当代中国生活的知识,能对诗歌进行带有特定时间和地点的阐释。《致敬》的情况则不大一样。

以《致敬》为转折点,西川的诗风较之80年代的诗歌风格有明显的变化。西川如"蒙面人说话",既拒绝学者从生平入手的解读,也斩断了诗歌与现实间的对应关系。面对完全未知的文本,面对似乎不再以"和谐""从容"为美的西川,国内的学者似乎苦于破译诗歌密码,找寻诗歌语词间的关联与逻辑而未果。柯雷从诗歌的听觉效果以及诗歌的表面意义与深层含义之间的张力入手,兼顾讨论诗歌的形式与内容,成为品评并细读《致敬》的第一人。

传统的"新批评"理论的若干方面并非已完全过时的老古董,也并非完全不适用于中国的当代诗歌分析。诗歌对柯雷来说不仅仅是对历史及现实的记录或反映。当国内的批评家和学者纷纷对80年代中期开始出现的回避现实而进行"不及物写作"、把写诗当作一种词语技艺表演的写诗趋势进行批评时,柯雷"不打算去探求诗人的意图或去核实诗中所提到的历史是否真实",也不直接将"诗中的说话者等同于现实生活中的诗人"。他提出了不少接近文本的角度,有流亡(exile)、不确定性(indeterminacy)、客观化(objectification)等,希望开放、多角度地进入文本。其中占据了柯雷文本分析中相当分量的角度的,即是对诗歌形式的探讨——诗歌与其他文类所不同的形式特征,以及这些特征给读者带来的视觉、听觉上的冲击。

现代诗歌对语言形式和诗歌形式都有新的探索,不同于中国传统律诗;后者在句数、字数、押韵、平仄、对仗各方面有严格规定。现代诗人可自由设计诗歌的节数、每节行数、每行字数,自由决定是否运用标点、空格在分行之外形成停顿,自由运用音节重音、声调、节奏、韵律等技巧,创作出不同于传统诗歌的新的艺术形式。柯雷选择了西川的《致敬》(以及于坚的《〇档案》、孙文波的《节目单》)来探讨诗歌给读者带来的听觉及视觉上的冲击。虽然,这是以新批评的方式接近文本,将文本条分缕析,在"标准工序"(重音、声调、节奏、韵律)中进行"鉴定评测",但如梁建东与张晓红所指出的,"当代中国需要耐心而细致的诗人和读者",这样的文本细读方式未尝不是一种新的有效尝试。

正是出于对新诗形式的着迷,柯雷不仅专章讨论诗歌音乐人颜峻的朗诵表演,而且亲身参与到大陆举办的诗歌朗诵会中。人称"荷兰摇滚教授"的柯雷喜爱诗歌,也喜爱音乐。据说演奏萨克斯风是他的业余爱好,在中国休假期间他本人就曾组建乐队,他本身已经成为中国新诗发展的一部分。

三、新材料：民间刊物

柯雷中文能力过硬，一口流利的京腔给国内的学者留下了深刻的印象，尽管如此，他还是将自己比喻为跑马拉松的瘸子。面对浩如烟海的中国当代诗歌的相关文献，他意识到寻找、阅读、梳理文献的工作犹如跑马拉松，路漫漫其修远兮，惟耐性与坚持是王道。他谦虚地认为自己的中文能力牵制了他对文献的处理速度。然而让人佩服的是，这位自谦为"瘸子"的学者，凭借其超众的时间管理能力和对学术工作一如既往的严谨，写出的作品里非但没有史料"硬伤"，反而一步一个脚印地建构起可供中外学者查阅的当代诗歌原始资料和研究资料数据库。对中国当代诗歌的发展进行有效的、经得起考验的描述，柯雷做到了无懈可击。

柯雷的两本著作附有详尽的参考书目。此外，他还编撰了对研究、教学、翻译都具有参考价值的三份 MCLC 在线参考书目：一份是非官方诗歌出版物的研究笔记和书目，一份是诗歌合集和个人诗选及散文列表，一份是诗歌评论及研究著作集。出于诗人同时也可能是评论家的考虑，柯雷编撰的后两份参考书目有部分重合的地方。第一份参考书目，柯雷将莱顿东亚图书馆所收藏的民刊按其创办时间一一排序（1978—2004），描述和概括每份刊物的特点。这份书目和戴迈河的博士论文《中国的第二诗界：四川先锋诗 1982—1992》，以及两人共同管理的"汉学在线档案"（之部分民刊扫描件），共同构成了宝贵的民刊数据库。两本英文著作和三份带注解的参考书目为诗人个案研究（尤其是北岛、多多、韩东、于坚、西川等）提供了最为详细的资料索引，正文中有详细的文献综述，参考文献中则列举了这些诗人的关键性的作品集和散落在期刊中的文章。

柯雷编撰的三份在线参考书目，可从 MCLC 资源中心的"publication"之 2007、2008 年处免费下载阅读。英文学术期刊 *Modern Chinese Literature* 于 1984 年创刊，自 1998 年后改名为 *Modern Chinese Literature and Culture*（MCLC），以讨论现当代中国的文学及文化为主题。MCLC

出版纸质刊物,并建立在线的资源中心,提供文学、电影、艺术、音乐、教育等方面英文资料的索引与介绍,由学者邓腾克(Kirk Denton)负责维护。忽略非常细微的、不影响阅读的笔误的话,柯雷细致入微的工作可谓"赠人玫瑰,手有余香"。

得益于民刊的收藏,柯雷比国内学者更早地揭开《今天》《他们》等重要民间刊物的神秘面纱,发现经典文本《有关大雁塔》的长短版本,并得以较早地讨论诗人的发表于民刊的重要文论。

以柯雷对《今天》的描述和讨论为例。李润霞的《"潜在写作"研究中的史料问题》一文对陈思和主编的《中国当代文学史》中的一些史料提出了质疑。其中一点是有关《今天》刊物的办刊时间、期数及内容的质疑。柯雷的著作及第一份参考书目中已很清楚地就这个问题进行了描述——《今天》刊物由"《今天》编辑部"创办,创刊号于1978年12月面世,并在1979年10月重印。《今天》的第2到第6期于1979年面世,第7到第9期于1980年面世。1980年9月,当局勒令《今天》停刊时,"《今天》编辑部"改名为"今天文学研究会",此研究会仅撑到了12月。在此期间,《文学资料》之一、《内部交流资料》之二和之三面世。

新《今天》1990年在挪威复刊,成为旬刊。柯雷认为新《今天》已经无法再被视为民刊,但他仍继续关注在那儿发表的论文,比如崔卫平的《郭路生》、奚密的《差异的忧虑:一个回想》。同时,他关注新《今天》的"今天旧话"栏目中发表的文章,如多多《1970—1978 北京的地下诗歌》、郑先的《未完成的篇章》,这些文章最后结集为《沉沦的圣殿》和《持灯的使者》。

柯雷的民刊收藏及研究无疑开拓了新的研究领域。在我看来,民刊的研究意义在于,80年代的官方刊物某种程度上可认为是民间刊物的节选版本,两者间存在互动关系。研究80年代的民间刊物,通过对这些史料的挖掘,可以追溯文学作品与诗歌评论出现的更早时间,澄清文学事件的来龙去脉,更新甚至颠覆某种流传的文学史观念。

结　语

　　本文开篇之始提到林培瑞所暗指的问题,中国的学者一定比汉学家更懂中国吗？依此可延伸出另一个问题,中国学者一定比汉学家更懂中国诗歌吗？我想未必。汉学家如柯雷,出于他细腻而持恒的研究,对中国的历史背景烂熟于心,能将自己的研究从文本、语境、元文本三个向度展开,坚持了对文本的辩证式的忠诚。他并不依循诗人本意解诗,他也不需要如此。他引领中西读者去欣赏中国诗歌,传递着他对艺术(尤其是诗歌)的无限热爱。

衔泥之燕：杜博妮的中国现当代文学研究[①]

刘江凯

从事不同民族国家间的文化交流工作，正如辗转迁徙的燕子，每到一处，必然衔泥筑巢，以点滴的积累营造出一片暖人的春意来。英国爱丁堡大学荣休教授杜博妮正是这样一只衔泥飞燕。

杜博妮生于1941年，是著名的汉学家和翻译家，主要学术方向为中国现当代文学、翻译、私密性研究。先后在悉尼大学、哈佛大学、香港中文大学、挪威奥斯陆大学等讲授中文和中国文学，并翻译了大量中国文学作品。杜博妮的研究涵盖整个中国现当代文学，曾编辑、译介、著述过许多著名中国现当代作家作品，如毛泽东、何其芳、朱光潜及北岛、阿城、陈凯歌等。她是少数曾长时间于中国大陆工作过的西方汉学家之一，因此和中国当代文学联系紧密，并与其中多人维持着密切的工作关系。近20年来和澳大利亚昆士兰大学雷金庆（Kam Louie）有过许多成功的合作。

北岛在一篇文章中指出杜博妮在悉尼出生长大，父亲是澳共领导人之一。1958年她17岁时，被送到北京大学学习中文，以期成为中澳两党之间的使者。但由于"水土不服"，她在北京待了半年就离开了，却从此跟中文结缘，后获得悉尼大学的博士学位[②]。1976至1978年于哈佛大学费正清（John Fairbank）中心任职东亚研究研究员。1980年回到中国担任外文出版社编辑，1983年工作合约期满后以自由作家的身份为该社撰稿，并于1984至1986年任教于外交学院，同时分别在雪梨

[①] 本文系2012年教育部人文社会科学青年项目"本土写作与世界影响——中国当代作家海外传播研究"（批准号：12YJC751054）成果之一。刘江凯，文学博士，浙江师范大学人文学院讲师，主要研究中国当代文学及其海外传播。

[②] 北岛：《在中国这幅画的留白处》，《财经》总164期。

衔泥之燕:杜博妮的中国现当代文学研究

大学、哈佛大学教授中文。1986 年离开中国前往挪威奥斯大学任现代中文教授,1990 年起成为英国爱丁堡大学中文首席教授。爱丁堡大学中文系 1965 年在 J. Chinnery 博士主持之下设立,1988 年易名为东亚研究系,在杜博妮主事期间,爱丁堡大学成为英国苏格兰地区最重要的汉学研究重镇,她罗织、培养了一批中国文学研究学者。如目前主持亚洲研究学院中文部的马柯蓝博士(T. M. McClellan),主要研究中国现当代通俗小说。其他还有朱利安·沃德博士(JulianWard),研究明代文学和中国当代戏剧、电影的哈森(H. A. Hansson,哈佛大学博士)等。

就现当代文学而言,杜博妮最有分量的研究专著应该是与雷金庆合著的《二十世纪中国文学史》(*The Literature of China in the Twentieth Century*),1997 年由英国伦敦的 Hurst & Company 出版,全书 504 页。此外还有香港大学 1997 年版、哥伦比亚大学 1999 年版,本文采用的是黑色硬壳包装的伦敦版。根据笔者掌握的资料,海外也有许多类似中国现代、当代文学史的著述,其中以"二十世纪中国文学史"命名的除了这本以外,还有我们大家很熟悉的顾彬(Wolfgang Kubin)著《二十世纪中国文学史》(华东师范大学出版社,2008),另一本是日本学者藤井省三编著的《20 世纪の中国文学》(東京:放送大学教育振興会,2005)。除顾彬的著作已有中文版外,藤井省三和杜博妮的著作目前尚未看到中文版。但笔者对这两本文学史都有基本了解,这里我们先重点介绍杜博妮这本著作的基本特点。"文学史"研究近年来一直是非常重要的一个研究领域,从上世纪 80 年代"重写文学史"到今天的"重返 80 年代",我们都能强烈地感受到其中的"文学史"意识。顾彬《二十世纪中国文学史》的中文版已经引起了激烈的讨论,不论成败,这本著作总归为我们提供了非常新鲜的一种观察视角。同理,我相信如果我们有机会能将顾彬、藤井省三、杜博妮的"二十世纪中国文学史"和我们的本土著作进行比较借鉴,一定也能得到更多文学史的碰撞与对话,甚至是启发。

该书除导论(Introduction)、参考书(Further Reading)、作品名对照表(Glossary of Titles)、索引(Index)外,主体分为三部分。导论即第一章开篇讲道:"中国的古典诗歌和传统小说已经在世界范围内取得了读者的广泛认可,20世纪中国文学却没有获得相似的待遇。虽然许多作品因为缺乏文学吸引力而不能被广泛地译介,但一些作品却仅仅因为缺少相应的知识和优秀的翻译也被不公平地忽略。而且,现代中国文学提供了观察这个世界上人口最多民族的一种内在视角。我们的目标就是在中国漫长的文化、文明史中,通过本书提供自本世纪起至最后十年间这一段最为艰难、激进和困惑的历史时期,中国文学史整体的广阔画面以及中国人民表达自己的方式。"导论部分还从文学与现代中国的关系、文学的类型、作家、文学发展史分期、大陆与港台几个角度分别进行了论述。该书对20世纪中国文学的历史分期和国内习惯的划分显著不同,体现了非常有意思的"他者"的视野。该书认为,依据文学经典的构成,可以把20世纪中国文学分为三个时期,而这三个时期也构成了全书的主体,每一部分都在历史背景的基础上作相应的文学状况概述,全书包括导论在内共分为14章。

第一部分是1900—1937年。描述了中国新文学的发起,强调了西方文学对于职业创作决定性的影响因素,如文学新概念、风格类型和语言以及读者基础的不断壮大。由第二、三、四、五章构成,分别是:走向新文化(Towards a New Culture)、诗歌:旧形式转型(Poetry: The Transformation of the Past)、小说:主题叙述(Fiction: The Narrative Subject)、戏剧:表演创作(Drama: Writing Performance)。第二部分是1938—1965年,作者认为这一时期整体上可以看作对前期不断欧化(Westernisation)的中断。由于日本的侵略,作家们主动承担起拯救民族的重任,中国共产党政权的稳固与扩展直至建立新中国,也对文学的生产与消费产生了越来越多的政治限制。西方风格的现代主义和苏联模式的政治控制是这一时期文学的显著特点。由第六、七、八、九章构成,分别是:重返传统(Return to Tradition)、小说:寻找典型性(Fiction:Searching for Typicality)、诗歌:大众化的挑战(Poetry:The Challenge of Popularisation)、戏剧:为了政治的表演(Drama:Performing for Politics)。最后一部分是1966—1989年,作者认为"文革"十年削弱了共产党的控制和苏联模式的影响,并导致第二阶段的结束。20世纪70年代出现的地下文学是对以传统戏剧为基础、政治宣传味浓重、集体创作话剧的明显胜利,同时也是30年代现代传统及欧化的延续。80年代开创了当代写作的一个新的时期,官方试图加强和重组的五六十年代的传统渐渐被忽略。80年代的实验运动以及对于图书和读者的开放姿态,使得这一时期的文学非常吸引西方读者。1989年后,许多作家通过海外创作来维持与中国文学及其世界的联系。这一阶段由第十、十一、十二、十三、十四章构成,分别是:重申现代性(The Reassertion of Modernity)、戏剧:革命和改变(Drama:Revolution and Reform)、小说:探索前进(Fiction:Exploring Alternatives)、诗歌:现代性的挑战(Poetry:The Challenge of Modernity)、结论(Conclusion)。

除了历史分期和观察角度的明显不同外,该书在每章节的安排上也略有不同,虽然每章都是从整体、小说、诗歌、戏剧四个方面分别论述,但在不同阶段,小说、诗歌、戏剧是有不同侧重的。也就是说,这三种体裁在不同历史时期扮演的角色在作者看来是有所区别的。全书以作家研究作为主要支撑,以客观资料为主,评论演绎的内容并不多。作家是按照出生年月进行排序,如第一章诗歌部分按照顺序先后出现的作家分别是苏曼叔、胡适、郭沫若、刘大白等,小说部分分别是刘鹗、李伯元、吴沃尧、曾朴等,戏剧部分为欧洲予倩、陈大白、汪仲贤、胡适、郭沫若等。每位作家所占篇幅并不多,以郭沫若为例,第三章诗歌部分大约有5页多点的篇幅,第四章小说部分没有论述,第五章戏剧部分约1页半,第九章戏剧部分用了页篇幅介绍了他后期的创作。而鲁迅的情况是:第三章诗歌部分和周作人、郁达夫一起有1页半的篇幅,第四章小说部分有6页半的篇幅。这种体例的安排很有意思,从内容上看也体现了作者对这些作家创作类型、历史以及成就的某种价值判断。绝不会因为这些人的综合成就而进行面面俱到的研究,也没有国内学界成规的限制,线条清晰,重点突出。当代作家的论述篇幅比较均匀,多数约为两页,在介绍作家基本信息的基础上对其代表性作品有简要论述。偶尔也有小小的错误,如苏童的毕业院校被误写为北京大学(其实是北京师范大学)。

海外有评论称这本著作是海外已经出版、用英语创作的"关于20世纪中国诗歌、小说、戏剧最全面的学术著作"。依笔者观察,此言非虚。香港中文大学的Simon Patton评论:"本书务实的品质使它成为刚入这一领域新手们不可多得的重要参考,书中丰富的细节和成功的组织,也使它也成为从事中国现当代文学教学与研究的便捷参考。"葛浩文评论道:"我们一直期待着一本可读的、综合的、客观的、结构组织好的20世纪中国文学史,现在我们有了。"①笔者认为这本书的组织体例确实值得国内学界借鉴,但对于非常熟悉中国现当代文学的大陆学者来说,该书存在的最大缺陷可能是——论述不足,这多少让人觉得有点遗憾。这并非是说书里没有著者的评论(事实上许多论述还是很精到的),而仅指相对于全书的篇幅,它的论述比重太少。

笔者基本通读了该书,留下的印象是除每一部分整体的论述外,若涉及大量具体作家作品则新意较少。尽管也能看出著者挑选了一些不为人知的非"经典"作品(往往是政治原因)进行细心阅读,也加入了她的研究意见。但在整体上,缺少令人眼睛一亮的新鲜论述,至少让我觉得多数内容非常熟悉。将这一点和顾彬教授的著作对比的话,就会更加明显。我们阅读顾彬《二十世纪中国文学史》,会感受到其中强烈的个人意见。虽然有评论者指摘了顾彬版的许多缺点,但毫无疑问这是一本个性鲜明、声音响亮、动作干脆的作品。它被译成中文后,除了提供大量德语(英语等)界中国现当代文学研究材料外,也提供了对研究对象不可替代的思想和评论。我曾在德国和顾彬教授聊起杜博妮的这本著作,顾彬教授似乎也同意我的看法,觉得这本书比较客观,没有太多新鲜的思想。同时,他也在访谈中强调了"思想"对于一个学者或者著作的重要性——正因为这个,他对美国学派包括伊维德(Wilt L. Ide-

---

① 以上三处评论均出自卓越亚马逊(Amazon)英文网该书评论处。

ma)、宇文所安(Stephen Owen)的研究也颇有微词。这也可能是杜博妮版没有翻译成中文的一个原因? 我想象了一下:如果把这本书不做修改,翻译成中文,它的主体部分(即作家作品)可能无法超越我们已有的多数现当代文学史。造成这种结果的原因可能正如本段开篇几位评论者的意见:这是一本面向英语世界译介中国现当代文学的著作,它的功能只是设定在让那些对中国现当代文学有兴趣的学生或读者,通过阅读获得对中国现当代文学基本的知识与视野。因此,可读、综合、客观、组织清晰就成了必要的选择。顾彬教授在谈到他的《二十世纪中国文学史》时,也提醒我们注意不同国别读者的区别。他写的时候并没有想自己的书能在中国出版,并引起那么大的反响。因为这套书(指其十卷本中国文学史)是面向德国读者、或者是欧洲读者写的。写作时设定的受众不同,应该对全书的写作有着很大的影响吧,尤其是语言都完全不同的读者。

英国汉学家、伦敦大学亚非学院贺麦晓(Michel Hockx)在关于杜博妮《二十世纪中国文学史》的书评中也讲道,英语阅读世界的中国文学老师们大概期待了许久,这本书是近年来这个领域用来教学或参考的第三本重要出版物:第一本是等待了许久才出版的伊维德与汉乐逸(Lloyd Haft)合著的《中国文学导论》(A Guide to Chinese Literature,荷兰文版1985年出版,英文版于1997年,笔者注);第二本是网上出版的邓腾克(Kirk Denton)的《中国现代文学与电影参考书目》(Bibliography of Modern Chinese Literature and Film)。[1] 贺麦晓认为就他所知,这是英语世界第一本覆盖了所有文学种类的中国现代和当代文学的读本。尽管与唐弢版的《中国现代文学史》译本,在许多范围上有重合,但二者的写作风格和意识形态却完全不能相比。他列举了该书的诸多特点,比如结构清晰、范围明确等。但他认为该书取得令人深刻的印象反而是其中对许多具体作家作品的评价——这一点和笔者的阅读印象正

---

[1] *Bulletin of the School of Oriental and African Studies* (1998), 61:593—594. Copyright © School of Oriental and African Studies, University of London,1998. 饶佳荣:《再现鲁迅和许广平的爱情生活》,《东方早报》2009年11月2日。

好相反。

杜博妮其他涉及中国现当代文学的著述还有加州大学伯克利1984年版《中华人民共和国大众文学与表演艺术，1949—1979》，这本书在海外影响颇大。其他还包括《虚构作者，想象观众：二十世纪中国现代文学》(Fictional Authors, Imaginary Audiences: Modern Chinese Literature in the Twentieth Century)、《中国人之娱乐：节日、游戏与闲暇》(The Chinese at Play: Festivals, Games and Leisure)，与人合作，内容有韩少功的《马桥词典》等。《中国隐私概念》(Chinese Concepts of Privacy)，与Anders Hansson合作，内容主要是对陈染、刘恒、孙甘露、邱华栋和朱文作品的分析与研究。和鲁迅有关的译著有《两地书》(Letters Between Two: Correspondence Between Lu Xun and Xu Guangping)，其中索引中有错误，在"中国现代文学与文化"2004年的出版中得到了纠正，在此基础上，牛津大学2002年出版《现代中国情书与隐私：鲁迅与许广平的亲密生活》(Love—letters and Privacy in Modern China: The Intimate Lives of Lu Xun and Xu Guangping)。除了自己编著外，有部分研究成果发表在其他人编著的作品里。杜博妮还有大量文章，如《诗、诗人和诗歌在1976年：中国现代文学类型的一场演练》《异见文学：关于中国70年代官方和非官方文学》《地下文学：香港的两份报告》《赵振开的小说：文化异化的研究》《北岛的诗歌：启示与沟通》《作为集体话语的自我叙述：王安忆小说中的女性主体性》《中国当代文学翻译的问题与可能》《文学礼仪或怪诞狂欢：中华人民共和国建国以来五十年文学》等。

杜博妮翻译了大量中国文学作品，当代文学方面北岛的许多作品都是经杜博妮翻译介绍的，译文非常地道。香港中文大学1985年版小说《波动》(Waves)，该书后来多次修订和再版，版本比较复杂：1986年修订并扩充了内容，1987年由伦敦Heinemann再版，1989年伦敦Sceptre又出平装本，1990年纽约再次修订出版北美版《波动》。当代小说、电影剧本则有阿城的作品如1989年《孩子王》(King of the Children)、1990年《三王：当代中国故事三篇》(Three Kings: Three Stories from Today's China)；陈凯歌作品如《黄土地》(The Yellow Earth: A Film by Chen Kaige)以及《假面舞》(The Masked Dance)等。

以上我们以杜博妮的《二十世纪中国文学史》为主,介绍了她的中国现当代文学翻译与研究成就。可以看出,杜博妮对20世纪中国文学的海外传播其实有着重要的贡献,值得我们进行更多更深入细致的译介。除《二十世纪中国文学史》外,她对鲁迅《两地书》的翻译,以及在此基础上的隐私研究,在鲁迅研究界应该是继王得后《〈两地书〉研究》外为数不多的重要成果。杜博妮的阅读非常仔细,她从隐私的角度细读出许多耐人寻味的发现:比如她认为"原信"要比删改后出版的《两地书》更丰富、更生动,有更多细腻的心理活动表现。杜博妮从"称谓"入手,发现《两地书》原信的称谓相当多样,并且分析出其中隐藏着的许多个人隐私视角,尤其是对许广平女性心理的揣摩,很有意思。比如许广平第一次探检"秘密窝"之后,给鲁迅写信:"归来的印象,觉得在熄灭了的红血的灯光,而默坐在那间全部的一面满镶玻璃的室中……"收入《两地书》时,"默坐"的"默"被删除(delete)了。杜博妮认为,这个删除(deletion)有特别的含义:"静坐""默念"似乎是在想象或回忆他们的亲密接触(love-making),可能还伴随着独自抚慰(solitary masturbation)(144页)。杜博妮的其他著作及研究文章当然也有值得我们继续阅读的内容,尤其是她的翻译,大概也有许多经得起文学翻译研究者推敲的精彩之笔,限于篇幅和资料,这里暂不展开了。即便如此,我们也能感受到她对中国文学海外传播所做的巨大贡献。中国有许多描写燕子的古诗句,其中唐代诗人白居易的《晚燕》大概正好可以表达出我们此时的心情:"百鸟乳雏毕,秋燕独蹉跎。去社日已近,衔泥意如何。不悟时节晚,徒施工用多。人间事亦尔,不独燕营巢"。

辑三 当代海外汉学家访谈

重写中国文学史

——王德威访谈录之一

〔美〕王德威 苗 绿

"重写文学史"一直是上个世纪80年代以来中国现当代文学研究领域的热点话题。如何重写一直在被重写的文学史？在国外汉学界语境下现当代文学史写作又有怎样不同的思考向度？对比其他文明的文学史,中国文学史的写作有何借鉴？笔者在哈佛大学访学期间,有幸参与了著名现当代文学研究学者、哈佛大学东亚语言与文明系王德威教授主办的有关"现代中国文学史"写作的研讨会,会后与王德威教授交流了相关话题。

(以下王德威简称王,苗绿简称苗)

苗: 我们知道您近来在编写一本《现代中国文学史》,这是哈佛大学出版社的一个项目,从1980年代就开始了,专门针对世界上几个文学大国书写文学史,而您被选中书写中国文学史,所采取的书写时段是从19世纪末晚清以来到当下的现代中国文学史。您将以120个关键时间点整合牵连出整个现代文学史。想听您谈谈这些年来对文学史的理解和理想中文学史的做法？

王: 以中国学界尤其是大陆学界背景来讲文学史一直是一个重要的工程。中国20年变化很快,现代文学是年轻的科目,近年来也发展迅速。按照中国大陆的观点,文学史与政治国家建设息息相关,但美国同事问问题的方向和姿态都不同,他们觉得文学史没有那么重要。哈佛大学出版公司已经做了法国和美国的文学史,但没有变成事件。虽有书评,但只在圈内议论沟通。放在中国大陆的语境里则兹事体大,教学与政治外,更有中国人的历史观里如此看重文学史,"文史不分"是我们的传统。不仅是当代的政治教学需要,以及作为泱泱大国,文学史有文化的装饰性;更是在中国的本体论(Ontology)上,文学和历史边界不清晰。直到近现代,学者还在关注这个问题。章太炎在1906年界定"文学"时,认为"任何写在书簿上的文字的记录都可以称之为文学"。章太炎的立论貌似迂腐,好像是文学本源论的观点,与王国维和鲁迅在1908年的说法不同。但是"激进的诠释学"(Radical Hermeneutics)的做法,看起来保守,却有他的诉求——真正提醒了我们文学和文字的历史传承的复杂性及其本身的物质性。他讲文字、书薄、记载恰恰和日后被架空的大叙事的文学史是相反的。这就引导我们思考"什么是文学史"的问题:文学史是一块块的存在还是叙事?显然我们担心的问题就是大叙事。这就回答了中国历史上"文""史"交错的问题。

苗:中国文学史放在当代的语境里是"文学"和"史""政治"纠缠在一起,很难理清,尤其是1949年以后,是被中国称为"当代"的文学阶段。

王:"当代"从《新民主主义论》开始与政治平行发展。做文学史要充分尊重和理解"文学"和"史"的概念。以现当代为坐标,近代就很少涉及。"文学""史"加"现代",三个区块如何看?文学史在形式上是自相矛盾的概念,文学史是一个大叙事。但是难道有了这个大叙事,就可以安身立命了么?或者说文学史应该是在图书馆里由无数的大小作品累积而成的状态,而非一本教科书;文学史是巴金、茅盾、老舍作品累积起来的一个存在,那是文学史真正探查的对象。现在的焦点变成了文学史作为一个大叙事,这是一点很有趣的现象。

文学史在中国大陆有其政治理念和诉求的必要性,这在国外是不可思议的。中国大陆人都理解"当代文学史"的典型性、起承转合、合法性、前瞻性、回顾性等问题。

苗:您认为您想做的文学史的目标读者是谁?它与教学的关系是什么?在中国大陆,我们对文学史的认识,有部分是和教学相关。

王：现在文学史成了教学的任务。隐含的问题是学生看了文学史的叙事后，有没有兴趣和必要把构成文学史的实际作品拿出来梳理，毕竟那些作品才是文学史发生和实际存有的状态。这是一个我根深蒂固的矛盾所在。"现代""文学""史"三个词都是现代的发明。"现代"不用说了，是现代的。"文学"是19世纪90年代出现的，德国美学运动发生之后，最近200年把文学当成以文字为主的审美的文化的作业。文学作为一种教程和教材，是19世纪末20世纪初，经过清朝的开明知识分子、维新知识分子相互磋商后产生的。1904年和1905年都有学案，清朝政府、京师大学堂要做各种课程安排，都是历史记录在案的。林传甲的《中国文学史》写于1904年，那时他才20岁。另有胡适写于1922年的《中国现代文学史》。现代文学史变成教程后一度是大文学史，1928年由朱自清在清华大学开课。一旦历史化后就不再让人觉得有安身立命或是千秋大业的意义，线索梳理后平心静气。陈平原说，名称就是或是有文学史诉求的著作，大陆从20世纪20年代到现在，起码有3000种。许子东说，1979年后，光当代文学史大文学史就有近80部，数量可谓惊人。而美国最近二十几年几乎没有文学史，除了1969年夏志清的《中国现代文学史》，在英文世界就再也没有了。不是说我们不关心，而是我们需要什么样的文学史？有无必要大叙事？失去教学的目标和对象，在我们这里不会有人来上课。我开一门课叫"中国现代文学史"，可是我把这门课叫做"Bussiness for Romance in Modern China"（"现代中国的罗曼史"），就来了80几个人，大家以为我会讲什么八卦。当然我也讲了鲁迅与朱安、许广平，但我真正讲的还是现代文学史，从鲁迅一直讲到当代，但变得"活色生香"，与人、私人生活、创作有关，这是千百种做法之一。所以考虑到文学教学，我们在哈佛也没有文学史，因而哈佛这个文学史怎么定位就变得令人疑惑。后来有人建议说这应该是一本高级普及读物，是给任何对中国现当代文学文化有兴趣的读者的参考——随时参考，并不是从头看到尾。比如，翻到1918年或是对鲁迅感兴趣，就看一章鲁迅。

苗：我很想知道，在别的文明语境下，文学史如何书写？哈佛大学出版公司同一个项目的德国和法国的两本文学史也是这么写的？从中得到的启发是什么？

王：所以现在的问题是用哈佛的规则，而不是我发明的。我要做的就是打破大叙事，把所有都解散。用张爱玲的话说，"什么都解散了才好"。在某个意义上，我还是有策略的，这其中当然有中国语境的考量。相对于中国国内的大叙事，解散本身产生的思考的动力和政治上的隐喻自然就在那里，其中当然有某种所谓政治的承担。法国、德国的文学史，他们处理的是1000年的文学史。尤其是德国，作为一个新的国家，它只有广义的日耳曼文学，时间上是从最开始写他们国家的文学。然而，中国3000年没办法做，这与在时间的分别上要做的现代中国文学史上是不一样的。而美国文学史只有200多年，其主编开宗明义地讲，这个国家是新的，任何东西都是新的，文学是可以被发明的。美国文学史使任何事情都成为可以讨论的一部分，广播谈话、电影、总统间的私人同信，日常化的、流行的都有，就是要展现其开国的气魄，这对中国读者是不可思议的。我很喜欢这种气势，它展现了美国独立的、创造的精神，虽然都用编年的方式，但美国与德国、法国不同。出版公司基本需要维持编年的基础，但我与自己对话时，中国文学史是3000年，不可能从头到尾，不过选择现代文学史只能做从19世纪到当代的这一部分。

另一个，我们不是开国文学史，20世纪就有两个"开国"，还借了一个晚清。博杂性上比美、法、德更胜一筹且需要断代。从编年史的形式上，必须承认这给了我们想象的空间，过去写文学史的话，难道我要写大叙事的么？用海外的观点，难道要写到与大陆、美国、台湾的抗衡？文学史对我来说，一直是有没有必要写？大陆的学者在不同语境里不断地写。我觉得假装客观的文学史，是以很可疑的形式提供讯息，不如Google、维基百科有趣。文学史不需要变成辞典。不在中国国内，我们资料有限。无论大叙事还是编年史，都有自己的标准和想象。

苗：大家觉得文学史是相对客观的创作，但必定有个人、有个体意识形态，您对个体意识形态的处理有无警醒？

王：一方面不可避免，另一方面也因为有这种限制，才能使你有一家之言，所以我不觉得有真正的冲突。但你用的词很好，"警醒"。过去是没有警醒的，过去是按照国家的意志，1951 年王瑶在做文学史的时候是全心全意地把国家、文学合二为一。我们现在多了后现代的包袱，而没有一个超然的、透明的伟大叙事，它需要众声喧哗。叙事有一个伦理的规则，写文学史一定要有意识形态，就是要有一个自我批判的自觉：我的局限在哪里？我想要的是什么？先把自己问明白了再书写。这样的文学史也许缺乏一种宏观叙事的、君临天下的声势，而且现在这个文学史以目前的方式，我们预计可能有 120 个时间点，等于是有 120 个声音。但最后难道是我说要来众声喧哗吗？那未免太可怕了。当然我无从规避主编的立场和个人思考的身影。文学和历史的变动中，什么是现代/非现代，什么是非现代/传统？这点我特别有兴趣。各种空间的交错包括内与外、华文与汉语汉文、边界与中心等各种文类之间的协商非常重要。我会用自己的方式做出来再找别人写，因为自己要有一个完整的拼图。接下来是大家最关心的翻译（translation）的问题：旅行（travel）以及跨文化（transculturation），这是 21 世纪的特色，在 21 世纪以前的文学你可以说是文艺混杂体的，但是这个翻译与文化、传媒转借和旅行的问题在 21 世纪以前是没有发生过的，没有如此纷繁复杂的现象。

苗：关于写作的问题：你现在是以时间点来划分，每个时间点用 2500 个字描述一个有意味的文学事件，来串连起这个文学史，怎么描述这些时间点？标准是什么？

王：第一条，先讲清楚来龙去脉，空间有限，你怎么能用一个事件、一个文物、一个文本、一个理念？但最后都回到时间本身，以小见大、借题发挥，然后最大限度地运用篇幅来讲出一个比较大的问题。所以对每一个参与写作者都是一个极大的考验。有人说 2500 字太容易了。就像哈佛总编说自己一个周末就可以写出来了，结果法国那本文学史编了十几年也没编出来。我仍然相信能写出一个深入浅出的文学史。例如，如果是哈金写 1918 年 5 月 2 号鲁迅的《狂人日记》的细读文本，要用一个作家的立场来思考、想象鲁迅在八九十年以前写作《狂人日记》的心情和他所面临的问题及其不能解决的问题,会非常有文学性。因此最基本的要求是把故事讲好,必须把起承转合讲清楚,然后再谈你的批评观点。如果从非常解构的观点来讲,任何一个时间点都可以进入历史,但是我们来做当然有策略性,我自己和撰写者都找最有意义的关键点,这些点都锁定了一个时空的意思。过去做"五四"文学,1919年5月4日是个关键点,但我选择了1922年8月沈从文到达北京的那一天,因为我觉得那个时间点其实透露了很多的意思,一个外省青年到了文化重镇,新的学问对他的影响、漂泊、从乡土到都市等问题接踵而来,而沈从文在以后60年里精彩万状的生命冒险就从这个点开始。所以这个点不是随便选的,它牵涉了书写者和编纂者的用心,牵涉了其宏大的历史观点。我们这部文学史只有120个点,当然在里面做了很多策略性的操作。

苗:参与写作的人有文学批评家、作家、历史学家,还会有其他人么?

王:也许有像史景迁这种国外的中国研究者,有像哈金这样的海外作家,还有国内作家,比如北岛。朦胧诗这个点有谁会比北岛讲得更好?包括讲朦胧诗的起源,讲贴大字报和他后来的出国。回到本体论,这个东西会让人觉得有点文学味儿。

苗:您怎么来规定事件的代表性、共识度、容量还有文体的多样化?

王:文体多样化可能顾不了。比如说"文革"的话,我们顶多有三到四个入口(entrance),当然肯定有一个是样板戏。一个重要到会引起争议的事件,通常会安排两到三个入口,比如1956、1957年这两个点是刻骨铭心的。

苗:做文学史有时候是不讨好的,怎么把握典型性?比如有人提议写入中国共产党建党的这个时间点,您可以选很多类似的,但难以兼顾。也许会有人质疑既然选了建党的点,那1949年开国那天你为什么不选呢？

王：我们可以说1949年10月1号，毛泽东的文稿也是一种文类，但我恐怕找不到这么犀利的人来分析蒋介石和毛泽东的文稿，但可能分析1949年夏天第一次中国文艺工作者大会那个文本。我觉得必须做取舍，剔除与文学实际无关的。编文学史一定会被骂。会有人质疑张爱玲有这么多伟大的时刻，你怎么选这个不选那个。我们这部文学史一定要落实到具体某个日期，其实是有时间理念的基础，是把历史还原到时间的分秒。这是20世纪的观念，即下性、当下性。第二点，用本雅明的理论来讲，"要让历史的每个日期都还原它的容貌"，而我现在要把这典型的文本还原它本来的面目，所以在不可分割的那个点上，我怎么把那个故事拿出来，把那个叙述的力量拿出来，让叙述再赋予时间某一种生命或辩证的能量。一定要问我的话，理论上还是有某种程度的说法。

苗：您以前说过任何的文学史学理论，一旦是一种全然的叙事，那么势必就会包含一种自我结构和自我设限的因子。刚才讲了您的构想，有没有一个心理认知，觉得你的文学史可能是被自己限定了，有些问题是做不到的，且是没办法触及的。

王：一旦采取一种策略，就意味着已经没有那个求全的野心了，还没出发就已经用自我设限的方式知道自己的局限了。但是我必须要安慰我自己，设限是一个绝对的问题。我们甚至可以用本体论的观点来讲清楚。人就是在一个时间里的动物，你没有办法，我们都在背向死亡。为什么我们需要有诗歌，用神秘的语言来打开我们永远打不开的一种黑暗，它给我们灵光一现，让我们知道至少在自身的局限之外可能有更多的、更伟大的宇宙苍穹。文学史写作的意义，海德格尔给我们启示。每一个点都希望至少打开一扇窗户，大概知道有一个更伟大的全貌在那里，那也只能想象，不见得能够企及。完全可以想象，如上面提到哈金写鲁迅，现在只有2500字，若有800页的篇幅他可以讲出什么样的东西来？他鼓动读者去想。给你一个出发点，通过这个窗户你看到什么东西，必须要自己去想。这样的历史观可能跟国内的文学大趋势不一样。

苗：我过去曾一度认为文学史有一个功能，就是展现作家的心灵史，但是我刚才听完您的话后有所改变。

王：心灵在某一方面讲其实还是蛮唯心的，不是说每一个大作家我都去挖掘他的心灵，而是说在文学史里面作为一个读者怎么样有效地参与，然后有一种想象的对话。可以想象那些心灵，但那些心灵不会直接在我的眼前出现。

苗：您的目标是通过文学史来打开很多窗户。您现在的文学史还没有"终"，倒是有了从晚清开始。

王：这书可能到2015年才会出，也许就是"终"。开始也是一个问题，以晚清作为开始我都觉得很难做。因为在德国、法国和美国文学史都没有开始，他们的做法都是将起源追溯至文明最开始。我们是现代的，是一个断代史。我想到的开头绝对不会以政治事件开始。

苗：你可以要一个开放式的开头。

王：我绝对会有一个点是龚自珍回家，龚自珍罢官回家在路上写《己亥杂诗》。另一个点是《镜花缘》。还有几个点我现在还没有想清楚，这关系到中国现代文学史的源头问题。不管怎么开始，古典跟现代其实是同时开始的，每一个现当代文学的主题都是唐宋。

中文语境里的"世界公民"

——王德威访谈录之二

〔美〕王德威 苗 绿

王德威教授作为公认的继夏志清、李欧梵等海外中国现当代文学研究者之后的第三代知名研究者,其批评实践和理论在大中华华语文学圈中影响广泛。本访谈针对王德威身处美国用中英文双语进行写作和研究、其特殊的文化身份对文学研究的影响、人文理想在研究中的投射、近年来计划的研究方向等话题进行了讨论。"世界公民"是一个相对模糊的概念,放在王德威处,我想便是站在中文语境里俯视时空横纵两向,以人文主义的关怀打通大华语文学圈,以宽广的视野关注和意图整合广义的中文现当代文学版块。

苗:在海外汉学家里您是最特殊的一类,生长在台湾,在美国接受学术训练、任教,又用汉语、英语两种语言同时写作,并正影响全世界的中国现当代文学研究。您写过一本书叫《后遗民写作》,我觉得有自况的意思。作为海外研究中国现当代文学的学者,台湾出生/成长的身份对您研究有什么影响?

王:"台湾"和"中国"的问题,对我来讲,是一个问题,也不是一个问题。因为从政治身份的角度来讲,尤其是把所有的身份问题只简化到一个护照的话,当然是很清楚。如果从文化身份来讲,我的背景因为家里的关系是所谓的台湾外族第二代,对中国的特别是1949年的这一段,有几乎是感同身受的经验,所以在那个意义上当然会很骄傲地说,我是从台湾来的。但谈广义的中国,包括中国历史、中国文化,甚至一部分的中国正史,我觉得这是安身立命的一部分。我应该去谈,也有自信去谈。当然自己并不身处在那样一个成长的环境里面,对目前以政治为坐标或者以社会现象为坐标的中国,当然是有距离的。然而,从更广义的概念讲,什么是中国呢,什么又是我所谓的台湾?这一类的问题还是应该放在历史的情境中继续思辨。

苗:作为一个人文研究者,尤其是一个从事中国现当代文学的人文学者,加之身处海外,想必都会在研究和写作中投射自己的人文的甚至中国社会的理想。之于您,又是怎样的?

王:我做的领域是19、20世纪的现当代中国文学,从这个文学里,我们已经见证过太多的政治历史和社会的起伏动乱,但是我也强调,从这样一个文学角度,我们也可以投射出无数对过去和未来中国的憧憬。在这个意义上,我始终觉得文学不论是作为自己选择的职业,还是作为我和同行、学生所共享的一种文化对象,都和我们目前所讨论的社会或更广义的历史问题是息息相关的。很多人也许目前对文学持悲观的态度,对文学刻意把自己边缘化、象牙塔化的这类的批评,我有所保留。因为专注的人文研究者,在自己的位置上其实已经在参与社会想象的不断建设、思考、批评和辨证的过程。所以今天无论站在一个学者的角度还是海外的角度,我们对一个社会有什么样的想象或批评,我都觉得,既然我有这样的多重身份,这个从来就是我参与的一个方式,从来就是在不断地问这样一个问题。我也相信做的每一件,写的文章,做过的书评,所看过的书,所交往的学者都是对社会的理想的一部分。我觉得不必刻意去夸张,能够在什么样的场域发出什么惊人的、积极的效应,参加革命啊或者批判什么,我不觉得那是唯一的责任。

苗:但是历史给了您一个特别的契机。对比过去的夏志清、李欧梵等跟您谱系相近的前辈学者,他们虽然都是从台湾到海外做汉学研究,但都没有您这样的机遇:今天的中国大陆前所未有的开放,两岸交流频繁,而且在全球化进程中,中国大陆大量学者、学生来到哈佛,很多人留下来,很多在这里接受训练又回去,这种沟通对于您研究的影响是什么?

王:我觉得真的很好,所以我基本的论调是乐观的。像我的前辈夏志清先生那一辈,最有名的一个词是"感时忧国"。当然英文跟中文的翻译是有点差距的。英文来讲是 *obsession with China*,魂牵梦萦,无论是正面还是负面的。对我来讲,诚如你所说的,在今天广义的中国情境之下,我觉得很庆幸可以暂时地排除对过去的历史包袱,我可以以全新的眼光来看待海峡两岸的问题、中国与世界的问题。的确是开放了太多,所以在做学问的层次上,自然有不同的看法。包括在教学的关系上,绝大部分的有中国背景的学生都是中国大陆来的。所以我觉得在这个意义上,自己对中国又似乎特别了解。

说到我对目前中国社会、文化的憧憬有一个什么样的自我定位。我觉得我有什么贡献,可以从我的阅读方式上看出来,我希望这个中国是一个有容乃大的中国,是一个以大陆这个板块为主的中国,但是它也可以延伸到海外,是一个华语世界的中国。在这个意义上,难道我不应该呈现我的人文关怀吗?我所阅读的量和阅读的地理空间面积,也渐渐代表我对中国的诉求。

苗:无论在批评理论还是批评实践上,您一直试图构建一个大中华圈华语文学的版图。在我看来,文学是真正能整合中国问题的学科。对于今天的大中华文化圈板块来说,政治、历史、社会,甚至广义的文化层面,充满矛盾的甚至是对立的立场。但文学恰恰是最有可能整合这几个板块的要素。

王:文学还有另外一个强烈的能量(但不能用"使命"),即政治、历史、社会,在某个意义上都自觉地和所谓现实的生命律动绑在一块,还有你提到不同的立场对立,等等。作为一个研究者,我特别尊重作家的原因是,他们的想象力让我们看起来本来像是严丝合缝的历史进程、敌我分明的地理疆界被打破了,使我们跳越出去,超越了眼前的时空限制。想象力不是胡思乱想,毕竟是根植在一定的历史情境中,但又自觉跳脱这个情境,做出合理的推断,或者做出各种不可思议的批评和赞颂。所以在这个意义上,我觉得文学的能量不是以任何形式,包括最新的网络文学、短信文本等所能替代的。甚至讲一讲中国传统文字的观念,我有很深的信念,在这一点上我是很乐观的。

苗：您一直对在地理和时间维度双向开放的当代文学充满了乐观的观察，您从海外学者的角度对它有什么展望？

王：展望的话我们可以先稍微往回说一点，然后再谈现在和未来。我觉得从20世纪80年代以后，广义的大中华的文学，其实都有很多的令人惊喜的发展，如果以质和量来衡量，其实早就超过了"五四"阶段。但是"五四文学"在那个时候是一个神圣化的、重要的文化建构，所以不能相提并论。但从过去的这30年来讲，我们以大陆为例，有所谓的新时期的各种寻根，这一段历史再过几十年几百年，文学史将要不断地反思。这是惊人的所谓知识、想象力和自我意识不断蓬勃甚至是可以说爆炸的一个阶段。在此之后，经过客观现实的不断介入，文学本身的生产方式、所运用的形式、作品的内容都产生了很大的变化。我在最近的一篇文章里提到，让我印象最深的是最近这十几年来的文学，越来越小众化、分众化。但至少以我的专业领域——小说的写作和阅读来讲，这十几年的文学反而回归到一个更为平常心和自为的场域里。对人与人利益关系的看重远远超过过去50年在复杂和细腻上的创作。我觉得最近的小说蛮好看的，尤其是长篇。

苗：您最近20年为中国现当代文学批评和研究提供了"晚清现代性""抒情传统""众声喧哗"等观点和说法，意图建构现代与当代、晚清与现当代、大陆与台湾、四地的对话与关联的谱系，此外，您最近两三年还有什么研究兴趣？作为海外第三代中国现当代文学研究者，您觉得自己要突破的有什么？

王：第一个方向是关于抒情主义和抒情传统的话题，我过去是对写实现实主义，做了很多文学和历史政治之间互动的研究，尤其是2004年出版了中文名字为《历史与怪兽》的书，讲的都是一些很惨烈的、丑陋的事情。后来我觉得这个抒情和审美的层面是另外一个有意义的话题，而之前我们谈得太架空。我现在把这个话题特别放在1949年前后，问一个大家平常不太会问的问题——在这么一个所谓的史诗时代，抒情的声音有没有可能？那么我选择了一系列的艺术家、学者、文人、小说家，来看他们在1949年所谓史诗时代的前夕如何选择——当然是关于抒情的选择,做了这个选择之后所必须要承担的风险,所必须要放弃的一些自己所可以预见的机会,包括后来几十年之后的。这本书对我来讲,有意义的一点仍然是再一次用文学切入历史的方式,来表达个人的文学历史政治的关怀。但是我问了一个更为贴近文学本身的问题,就像刚才回答各种各样的问题,这个时代是这个样子,文学有无必要?这个答案当然是是。它的形式也许千变万化,但我们作为一个人,一个中国人,抒情和审美仍然是让这个文化可长可久的一个重要因素。

第二个计划就是上面提到的文学史的编撰。编文学史是一个费力不讨好的事情,行有余力的话,我想应该用深入浅出的方式写作一本关于中国的20世纪的文化人、知识分子批评家的批评史。我们现在所运用的基本是19世纪末以来西方的学院式教育,一张嘴就是巴赫金、本雅明。但是我有一个强烈的信念,如果真的相信中国现当代文学的话,我也一定有同样的理由相信中国现当代文学批评的生命力,相信它驳杂、辩证的能量。从梁启超以来一直到最近的李泽厚、刘再复有一个传统,我们谈到典范的时候,很少真切直接地去面对这些人的复杂性,更何况有些人的表述方式是如此迂回。他们能够进入我们现当代文学批评的典范或者说文学批评论的视野吗?比如我们怎样去谈钱锺书,他真的在现代文学批评方法上有所建树吗?还有,陈寅恪是史学家,但他在文学批评上可能对我们有什么样的启发?当然我心里有一些想象,比如一些重要的文学人物、文化人物。

我认为我是个中国人,在西方待了这么久,受到的训练基本是西方式的,直到今天。我原来是学比较文学的,翻译过福柯。我对西方文学应该说有相当程度的理解。巴赫金在1981年就被我介绍到台湾,现在如火如荼,"众声喧哗"这个词是我想出来的。那是1988年的时候,今天回过头来想,这些都是我的能量。但作为一个比较文学的学者,一个在国外教中国文学的学者,我对学生和自己都有一个责任感似的问题:拿什么样的批评话语来和同事作更进一步对话?而不是站在一个平台上谈你的巴赫金怎么样,我的巴赫金怎样,这个谁都可以谈。但英语系、法语系那些比较文学的同仁也该意识到,今天谈巴赫金的时候,章太炎产生在世纪初的俱分进化论就告诉了我们一个非常繁复的历史观。在谈你们的本雅明和阿多诺的时候，我也可以用我的瞿秋白、我的胡风来告诉你们，在中国的马克思主义也有许多动人的、精辟的关于共产文学的见解。或者你们谈你们的大历史时，我可以告诉你们，陈寅恪的历史观相对于西方所谓的新历史主义完全不逊色。

这不是说你有什么我也有什么，那是阿Q精神。但我有的东西是如此不同，难道作为一个比较文学立场的学者，假如有一个世界公民的观点，难道你没有任何好奇来理解我们的历史、理解我们文学批评的来龙去脉吗？这就讲到知识论的层面了。《阿Q正传》《狂人日记》之类，每个人都讲得头头是道，好像是一个世界文本似的，但是我觉得作为一个专业的学者，应该进一步提供一个知识论上的体系。李泽厚、朱光潜，这些人其实都各有各的一家之言，这一点可能是我和夏志清先生那一代不太一样的地方。

苗：作为海外中国文学研究者，您与大陆的学者往来频繁，您觉得和中国大陆的学者研究路径、方法论等在本质上又有什么不同？

王：不能说本质上吧，大家都是使用同样一种语言的，如果说不同，那是地理上和方法学上的不同。我在西方的学院待了30多年，他们那一套学术规范我也算熟悉，也真的是深深体会到了它的特色，所以我觉得这是经验上的问题，经验没有就是没有，不能强求。但是我觉得，其实我和中国国内的学者有太多的来往，我有很多非常好的朋友，有我最尊敬的一批学者，都是在中国大陆。包括像稍微前辈的洪子诚、钱理群，你很难讲他们是什么派，这跟西方相像。就是这个人是做这个的，那个人是做那个的，分门别类的，中国人会是有一个大方向上的规划吧，你可以说洪先生17年做左翼文学，钱先生在做文学历史。但是我觉得他们对我有很大的启发，教了我一点：在不同的学术环境里，用你现有的材料，哪怕有多么大的客观局限，只要保持不断探究的好奇心，不断对目前已经出现的各种所谓的定论做辩证的思考，批评的力量就出来了。在这点上我这20几年有很大的感触。所以你说有没有什么不同，我觉得可以从两方面谈，一方面是操作的，一方面是语境的。但另一方面我倒觉得有很多相同之处。在西方的语境里，拾人牙慧的理论太多了。不是因为它在这个环境里就一定很强,它当然有它的强项,本来就是分析性的。中国的学者也会翻译介绍西方的语境,但我的美国学生会看吗?如果要做中国研究,你难道可以不把握中国语言,难道可以不到中国?做中国的研究,如果只是拿着几本洋书、几套西方的理论就能有成就吗?别的学科的同事,做历史的不去看档案吗?考古的不去下乡做田野调查吗?做社会学的,难道不去做社会问卷吗?文学的话,一方面当然我们在书斋里,可以用我们的文本来作为研究对象,但我觉得整个视野的开阔,不进到那个语境里就无从展开,总不能说拿了几本书、几个理论在这边就弄啊!所以,不论是台湾还是广义的大中华的各个不同区域,我觉得这个是必然的,你难道没有好奇心吗?现在的很多同事是比较积极,我觉得下一辈的学生更积极。

我基本上是乐观的,觉得地域分别有时就是你从哪儿来的问题。我现在教的学生,如果是从大陆来的,我会觉得他的眼界是稍微宽一些,因为我会不断告诉他,你今天做一个中国人,包容性是你的实力的真正展现,你无所畏惧。你不会好奇了解台湾地区吗?不会好奇知道新马文学吗?所以在某个意义上,我的学生都是比较文学学者。

苗:您的批评语言绚丽优雅,独具一格,所以像我们这代大陆学者会觉得您的语言非常精美并且陌生,无论语言习惯还是背后的传统文化修养,都显得特别。我猜想这是否与您成长的文化环境有关?也许源于您的背景没有经历当代中国大陆特有的历史情境,比如"文革"带来的文化断裂。

王:在某个意义上,我很珍惜自己求学成长的过程,它没有被打断过。台湾即使在那个相对封闭的时代里,即所谓的白色恐怖,也是不能跟"文革"比的。所以今天有很多新左的同事来平反"文革",我觉得自己即使站在一个外人的立场都会觉得不可理解。谈到"文革",今天我有很多同辈的同事会谈论怎么怎么样,其实人文关怀对很多人来讲是有负面意义的。很多时候人文主义和人道主义都混在一块了,所以就普遍化。他们会说你们有钱有闲的老爷太太们能够讲广义的人文主义,我们是从奋斗和革命里出来的,我们还没有机会讲广义的人文主义。这一点我其实可以说是深受教诲。我理解某个地方是我生长的优势环境，由此就应该更为谦卑地理解不同语境的不同说法。但如果你把黑的说成白的，作为一个文学学者、一个人文主义者，我为什么要觉得不好意思呢？我可以来分析人文主义在什么地方有什么样的局限。比方说西方的、在全球化的里面的局限，忘掉了第三世界的局限，这些都没有问题。但仍然不能否认，人文主义的基本关怀是你我作为一个人的存在，我们用的是文明所介绍、所传递给我们的书本、知识、文字、语言，各种各样的传媒，我们为什么要把这个东西完全抛弃呢？

苗：您强调打开地理视界，扩充华语文学的版图，您也强调在全球化时代无论空间还是时间上参差对照不同华人社群的创作谱系。这样的研究信心和雄心，不仅只有传统人文学者的诉求，您觉得自己是世界公民（global citizen）吗？和您的文学研究有什么关系？

王：我愿意是一个世界公民，但这个世界公民永远是在一个特殊的文明的语境里面，对我来讲当然是台湾跟大陆之间最密切的对话语境。目前的研究方向局限了我的世界眼光，但我仍然相信这是我们唯一的出路，就是我作为一个人文学者或者人文主义信仰者，也许今天过分乐观，就像革命是很多人的憧憬，人文主义就是我的憧憬。所以这个意义上我的回答是：我愿意是。也许我还不是那么一个，我不相信我们每个人都是完美的世界公民。我希望我的学生们的眼界都越来越开阔。每一个人离开学院后，都会各有各的、私人的各种挑战，各种不得已或者莫名其妙的生活情境的纠结。虽然在学院里面，我们还不能真正陈述我们世界公民的理想，但有什么其他的领域能实现这样的理想呢？不是说你飞到全球各地就世界化了，而是你在你的方寸之地里面可以真正静下来，你真可以放开胸怀去拥抱你所想要探寻的知识，这当然是虽不能至心向往之。我觉得这是在学院里面尤其是像美国哈佛大学这样的学院教给我们的最大理想，这应该是我们的东西。我觉得我愿意继续做下去，那么在中文的语境里，我很希望这样做。

研究些又美丽又艺术的

——洪安瑞教授访谈录

〔瑞士〕洪安瑞　赵　坤

访谈人物：洪安瑞教授（Andrea Riemenschnitter），著名汉学家，瑞士苏黎世大学东亚系汉学研究主任，URPP学术委员会主席。主要从事中国现当代文学研究，是莫言、贾平凹等的研究专家，出版专著8部。

访谈时间：2012年10月9日、10日

访谈地点：苏黎世大学音乐楼

赵　坤：您的汉学研究包括文本解读、叙事学和方法论的研究、全球化视野下的当代中国文化现象研究，以及性别研究；时间跨度从晚明起一直到当代，研究对象涵盖了诗歌、小说、散文、戏剧等多种文体类型。您还记得最初接触的中文资料是哪一种类型么？

洪安瑞：是教科书。有《古代汉语》等语言学方面的书，也有《孟子》《庄子》《韩非子》《吕氏春秋》《左传》等古代文学文本。现代文学方面印象最深的是鲁迅《野草》里的《立论》，这篇文章是我认识鲁迅的开始。

赵　坤：都是中文版本的？

洪安瑞：对，没有翻译。

赵　坤：从您最初接触中国文学，到目前海外汉学的研究现状，在这个发展过程中，欧洲尤其是瑞士这边的资料情况有怎样的变化？

洪安瑞：变化很大。从前用的古典文学资料多少存在一定的问题，最近10年古代汉语的资料情况变得非常好。当然，当代文学史的资料,还是略嫌不充分。但是现在有网络了,在书的补充之外,可以通过网络查到资料的状况,再搜集资料。

赵　坤:资料情况会影响海外汉学研究么?
洪安瑞:不会影响。

赵　坤:会受到翻译的限制么,这里的汉学系学生阅读的是中文原版书籍还是翻译版本的?
洪安瑞:他们一般会上网看一些短的小品文之类。

赵　坤:您的个人研究史上,关于当代文学部分,既有莫言、贾平凹、苏童、格非等在国内声名显赫的作家,也有国内并不熟悉的华裔瑞士籍的女作家赵淑侠,以您的学养和语言能力,不会受到翻译的限制,那么您选取研究对象的标准是什么?
洪安瑞:我们换个说法,不说标准说题目吧。我会关注中国社会内部,让我感兴趣的,或者我不了解的那部分。通过电影、戏剧或文学文本等方面去发现和了解。

赵　坤:那进入您研究视野的研究对象与符合您个人审美旨趣的作品之间,往往会重叠还是冲突?
洪安瑞:我是边做研究边学习,试图通过研究来参透一些社会文化现象,有时候会惊喜地发现二者之间的一些联系。冲突一般不会有,因为我不是按照美学标准来确定研究对象,而是从社会文化现象出发。但也有时候,会找不到文学和社会文化的直接联系。当然,我觉得这跟文化语境有很大联系。中国人常说,了解一部作品,如果不是中国人或是在国外住得太久,就不会参透其中的深意,因为离开了文化语境。我可以举个例子,不知道你有没有看过姜文导演的《让子弹飞》。上个礼拜我在从德国回苏黎世的火车上,和一个中国记者讨论过这部电影。那个中国记者问我说,你知道那列火车前面的八匹马是什么意思么?我当时的反应是,我都根本没注意到这一幕。然后他告诉我,这个就是马列。这样的问题,我觉得可能只有中国人才能体会,外国人很难。很多文学作品中的意象也是这样,只有中国人才能注意到并理解。就比如《让子弹飞》里的"马列"一说,这个是我在网上看不到的。西方关于该影片的评价一般都只是"很热闹","很好看"。真正涉及中国社会深层意蕴的那些表象或意象,作为脱离中国语境的研究者来说,会被忽略掉。

赵 坤: 对,这种影片中的,或者其他文本中的很多意象和典故,往往是沉淀在中国人的民族集体无意识里的。

洪安瑞: 所以,我觉得这种注意、捕捉和了解,以及怎么捕捉和了解,才是真正的问题。是不是只有在中国国内才能实现,我觉得也不一定。多学习古典诗歌以及其他的文学典故,了解文学的传统和渊源、流脉,是可以帮助我们理解并参透这些意象的。但时间又是另一个问题,事情太多,此外,了解一个社会太有难度了。

赵 坤: 尤其中国社会的历史情况又很复杂。

洪安瑞: 对,是这样。

赵 坤: 您似乎一直很警惕全球化的文化复制性,一直在试图寻找抵抗全球化的有效途径。在《过士行话剧〈鸟人〉:徘徊在传统与全球化之间的演绎》中,您认为像过士行那样放大传统文化的作用力未必有效。在那篇文章里,您站在本土文化的立场上,认为无论对传统文化,还是对西方文化,过分轻视或者过于恐惧都不是解决的办法,您提出要创造一个"能够协调各种冲突的新的空间,而这种间隙性的空间必须建立在理论与不同层面的、关联性的历史经验、政治与文化程序相结合的基础上"。请问这是一种怎样的美学空间,又该怎样去实现呢?

洪安瑞: 这是个非常复杂的问题。

赵 坤: 也是个很令人好奇的问题。

洪安瑞: 我想这首先是中国作家与西方作家之间的区别。西方作家会认为全球化就是西方文化,但中国人不这么认为,中国人对此有另外的看法。当然这是历史的问题,不是中国的,而是西方的问题。因为西方人并没有意识到,那些非西方国家是怎么现代化的,他们认为非西方国家的现代化模式直接复制西方的就可以了。事实上,我们现在越来越发现,并不是这个样子。不同国家和地区有他们自己不同的现代化的路线和方式。很多国家,尤其是那些所谓后殖民主义的国家,当然中国不算在内,那些国家的问题最大。其实中国文化所谓现代性的问题也还蛮大的,大家一直在不断地讨论,是与西方的现代性和谐起来,不要发生冲突,还是要坚持走自己的路?这是个难题。而且,中国人很早就开始认识到并学习西方的现代性。倒是西方反而不学习,西方一直认为,我们认识我们自己的文化就足够了,现代性就都有了。所以,现在像莫言、余华这些非常有名的中国作家,包括高行健这些不住在中国的作家,读他们书的几乎都是中国人,非中国的读者很少,这就意味着全球的文化不太容易接受和吸纳非西方的文化,所以我们必须要想出一个另外的空间。这样的一个空间无法从教育的方面获得,因为现在连中国大学也在复制西方的现代性教育模式。所以,我们现在唯一可走的路,大概就是艺术、文化方面的。如何说服西方人去读,并且读懂东方的、中国的作品。当然过士行是没有办法,他与国内的读者沟通得很理想。可是当他带着他的作品来到西方——他来过好几次,观众就很少。而且,得到的评价无外乎是他的剧"很热闹",就像对姜文导演的那部电影的评价一样。这里的观众觉得过士行就是一个中国来的戏剧家,非常有趣,很新鲜,仅此而已,却读不懂。像《厕所》这种戏剧,西方人会懂这部作品的深意么?没有在中国七八十年代生活过的经验,再加上不了解语言的幽默感,以及方言的弦外之意,是很难理解透的。

赵　坤:就是说学科之外,大部分西方人既没有主观情感上的意愿也没有客观上的需要去了解中国或东方文化。

洪安瑞:一般从事艺术工作的或者国际政治的人,基本上认为了解足够的西方文化就可以了,并不一定要去掌握印度或中国的东方文化。这个和深刻理解过士行的戏剧还不一样,比如说,即使他们看完了像

《红楼梦》或《三国演义》这些经典文学作品,也未必能理解过士行戏剧,他们还是要了解一些中国本土的历史和文化。可是要怎么了解?除了辛辛苦苦地学习好几年汉语,并深入做研究之外,我们没有任何的机构可以提供帮助。

赵　坤:您最新的文章"The Greening of Contemporary Literature"中提出了文学生态批评这一文学批评视野。

洪安瑞:生态分析,不是生态批评。

赵　坤:好,您提出生态分析,并希望以此在人与自然的关系中反思现代性。这属于您建构新的美学空间的一种尝试么?

洪安瑞:对,算是。

赵　坤:生态分析这种向自然延伸的文学批评视野的确能够更切实地观照现实,尤其是在全球化时代人们的生存环境里,因为近在咫尺,充满代入感。但是涉及的文本会不会比较有限?

洪安瑞:不会,不会。我最近看了一些资料,中国是从2000年开始的。

赵　坤:是新世纪以来?

洪安瑞:新世纪以来,中国有一个机构,environmental research group literature,大概是个生态文学的协会,他们还有一个自然写作奖,是韩少功建立的,他是拿过这个奖项的,这是很早就有的一个奖,每年办一次。我们根据这个评奖,去看获奖作品,所得到的资料是相当多的。文体类型也很丰富,有诗歌、散文、小说等。而且除了这些,很多其他作品虽然不是直接以自然写作为题,但是其中也可以读出关于环保的、生态的元素,所以,材料是很丰富的。比如我们现在的硕士课上正在读的西川的散文诗,我们发现他的很多诗歌和环保都是有关系的,虽然他自己不这样说,可能也不愿意别人这样评价,当然这同他本人是一个很有知识分子情怀的诗人也有关系。如果我评价他的写作是自然写作,大概他并不接受,而且严格来说他也不是。但是,在他的作品中,我们还是可以读出,或者说,挖掘出来一种环保的意识形态的。他这样的诗歌是很多的,比如说上个星期我们读了一个《蚊子志》,还有《思想练习》,都可以读出有关环保的元素,这样的例子还有很多。

赵　坤:这样会不会产生一个问题,就是用生态分析去评价文本,会削弱该作品的社会批判或者文化批判的力量?

洪安瑞:嗯,是这样,但是对我们来讲不是问题,因为生态分析是包括社会分析在内的。

赵　坤:生态分析是个大概念?

洪安瑞:对,因为破坏环境不可能是单独的个人力量,同样,保护环境也不可能只依靠一个人的力量,而是要集合一个群体的力量。国家不作为的话,个人起不了很大的作用。比如我刚刚看的一篇文章,里面提到一个词叫 ecological footprint(即一个人对自然能源的消耗与地球生态涵容方面的调和情况),就是说每个人都有他能源消耗的配额。现在的情形是这样,几乎所有的西方国家,每个人都在消耗着几倍于我们应该用的自然资源的量。西方正在这样做,却又要告诉中国,你们要环保,这样有意思么? 不是吗? 这些国家都在劝别的国家要环保,自己却没有做到。

赵　坤:您现在似乎已经站在中国的立场上发言了。

洪安瑞:不是,我是中间立场,我觉得中国也有很多应该做到的却没有做到。可是西方不应该强迫别的国家应该采取怎样的生活方式,如果要强调环保,自己应该首先做一个模范。

赵　坤:您这实际上是超越国别、种族或意识形态,单纯地站在环保意识形态的立场上的批评。

洪安瑞:你这样说好像我已经从文学研究者变成了一个环保主义者。实际上环保的题目可以让我们看到国家和国家内部的问题、全球化的问题、破坏意识形态等种种问题的。

赵　坤:学术身份与社会身份是不冲突的,可以兼而有之。您的"生态分析"中的"生态"是否可以理解为两部分的构成,一方面是天然的生态系统,另一方面又包含了文化传统,比如您的 *Legends from the Swiss Alps*(《瑞士阿尔卑斯山的传说》)一书中提到的有关阿尔卑斯山的鬼魅传说。您似乎主张一种文化人类学强调的相对主义存在的多元文化的共生状态。

洪安瑞:嗯,是这样。

赵　坤:相比高行健,过士行在国内的受众较少,您是怎么发现并对其感兴趣的?

洪安瑞:我做研究有时候按照题目,有时候是按照文体类型,我一直对戏剧比较感兴趣,在研究话剧的过程中发现了过士行。而且早先已有美国汉学家对他做过介绍,曾经将他的《闲人三部曲》翻译成英文。

赵　坤:他的重要作品还有《坏话一条街》。

洪安瑞:对,好像都已经被翻译过去了。

赵　坤:您对戏剧很感兴趣的话,是否关注过北京国际青年戏剧节,到今年为止已经举办5年了。

洪安瑞:很想去,但是一直没时间,这些戏剧节之类的举办时间常常和我们的授课时间冲突。

赵　坤:今年还有一个瑞士的剧目参加,叫《常识游戏》。

洪安瑞:是么?那很好。

赵　坤:一个有意思的情况是,今年既是北青戏剧节,也是人艺60周年庆,虽然时间上有先后,但还是看得出不同。北青戏剧节主要以原创的先锋剧为主,受众主要是学生,票价低,在小剧场演出。人艺上演的是经典剧,比如老舍的《茶馆》、曹禺的《原野》等,票价较高,而且在人艺的大剧场演出。售票情况看,北青节的剧场不如人艺剧场上座率高,我想问问您怎么看先锋剧的发展?

洪安瑞:实验话剧一般是对社会文化现象作出迅速的反应,这种情况在任何社会都会存在,具有时效性,不太可能成为主流。主流是 public culture。尤其随着现代媒介的发展,电视分流了电影观众,电影又和电视一同分流了戏剧的观众。这样的情况下,只有热爱戏剧的观众才会积极走进剧院,换句话说,就是由学生、知识分子、文化工作者构成了受众群的主体。像现代史上老舍、曹禺的那个时代里很多人参与到严肃文学并完成其经典化过程的可能性已经很小,尤其在当今的经济和制度之下。同时,媒体也不太会给予他们过多关注。实验话剧是在一个小的角落里生长着。当然老舍和曹禺,也是在与同时代其他剧作家的竞争和流传过程中成为经典的。

赵　坤:就是说任何作品都需要一个经典化的过程?
洪安瑞:对。

赵　坤:您在《20世纪的一个文化寓言》里,认为苏童、格非等4位作家的4部描写武则天的作品,通过新历史主义的叙事,在阐释历史以及重塑神话的过程中,表现出90年代中国人文化精神的一种"变动的危机",那么新世纪以来,您觉得这种文化危机的在作家作品中是否还存在,表现情况如何?

洪安瑞:我现在可能不会完全同意那时候的评价,因为不断学习并研究的过程中会发生思想新变,产生新的想法。当然依然会发现一些比较有代表性的,能够表现当代中国社会问题和精神危机的好作品。比方说,莫言的《蛙》就是非常好的一部典型作品,是非常具有社会性的力作。他写得又勇敢又尖锐,深入挖掘到中国人灵魂的最深层。我觉得就我个人而言,《蛙》是新世纪文学非常有代表性的作品。再比如毕飞宇的《推拿》,同样的情况,我觉得也非常重要。

赵　坤：您上次就提到说感动于毕飞宇《推拿》里的心理描写,尤其是都红的盲人钢琴乐演奏带给她的心理伤害部分。毕飞宇的确是善于捕捉人物微妙的心理震颤,并以合理的逻辑将这种心理震颤变成改变人物命运轨道的关节。

洪安瑞：对,还有他的《是谁在深夜说话》,关于这部小说,我写了论文。我觉得这篇小说在艺术方面处理得很好,深刻表现了中国人灵魂深处的现象,尤其在心理学方面。当然,我现在会很小心地用"心理学"这个词,因为过士行批评过心理学。我觉得在中国人的态度里边,弗洛伊德的心理学也不一定适用。我们可以从另一个角度来探讨,比如用意象,来分析中国人的深层感情。看《是谁在深夜说话》的题目,从文体来解释,可以说是"新时期的志怪小说"。

赵　坤："新时期的志怪小说",第一次听到这种说法。我个人也喜欢这篇作品,是因为它不客气地嘲笑了历史叙事。

洪安瑞：我觉得这部小说写得很含蓄。首先,它嘲笑了现代社会里人的欲望;另一方面,它提出了宗教在这个社会里的位置。同时,如果你试图在这篇小说里找到所有的引用,inter-textual(互文本),是找不完的,小说中的引用太多了。比如标题《是谁在深夜说话》,这个"谁"是谁?还有里边提到了《圣经》,宗教——东方的和西方的,等等。可以说几乎所有的中国人的现代性的问题,都在这部小小的作品里了。这就是中国作家的巧妙之处。我觉得中国作家简直是小品文的大师。还有他的《蛐蛐蛐蛐》,我也很喜欢。

赵　坤：毕飞宇多次在公开场合表示他最欣赏的中国当代作家是莫言。

洪安瑞：那难怪,他们两个都是写作态度很认真的作家,这和其他一些有市场欲望的作家不同。莫言已经很成功了,但他的注意力依然在中国社会的问题和中国人的精神状态上,跟他讨论的时候,你会发现他内心是很痛苦的。他所观察到的以及他所批判的社会现象,对他来说都是难题,这就使他非常痛苦。中国社会走到今天,他是充满同情的。这从他的作品里看得出来,他从不做什么文化游戏或者文字游戏。

赵　坤:对,他关注的始终是中国社会里普通人的生存状态,并以艺术的方式表现出来。比如他的修辞,"太阳像个咸蛋黄",通过饥饿的修辞表达出一直困扰中国人的问题,最基本的食的欲望。我们似乎已经讨论了太多的男作家。我知道您一直从事性别研究,能不能说说当代文学中,比较符合您审美旨趣的女作家?

洪安瑞:王安忆,第一位。还有比较年轻的一代中的盛可以。还有一位诗人,之前在深圳打工的郑小琼。我很佩服像郑小琼这样的诗人,作为一个流水线上的工人,几乎没有任何的教育背景,只是从切身体验出发,不断地写。她们很勇敢,敢说别人不敢说的话,写别人写不出来的文章。她和晚生代的写法也不同。像陈晓明说美女作家的写作超越了晚生代,我不太确定要不要同意这种观点,我大概是不同意。我刚刚说的那些作家当然超越了晚生代,他们带来新的审美体验。

还有香港的女作家李碧华,她的一些作品像《霸王别姬》《青蛇》等都很好,虽然我暂时还没有时间形成论文,但在硕士的课上我曾与学生一同讨论过她的作品。事实上,香港文学研究也是我研究中的一个很重要的部分,我曾经作过 Disaporic Historie 的研究(洪安瑞教授曾出版过 *Disporic Histories: Cultural Archives of Chinese Transnationalism* 一书,香港大学出版社 2009 年版),就是漂流文化史研究。主要以台湾和香港为研究对象,分析它们与中心文化的关系。我认为香港或台湾在某种程度上部分地保存了中国文化传统。当然,具体情况要复杂得多。比如说台湾在 20 世纪中国革命时期,认为其自身是代表并保护中国文化的合法继承人身份。然而中国革命结束之后,台湾文化的身份就变得面目模糊,遂走向另一个方向,以台湾少数民族为主的文化方向。

赵　坤:台湾的少数民族是指原住民么?

洪安瑞:是。原住民的文化因此而变得非常重要。台湾现在算是文化多元化,这和香港的多元化又不一样,当然两地的殖民历史不同。在我主编的那本书 *Disporic Histories: Cultural Archives of Chinese Transna-*

tionalism 里,有一个历史学家,他研究了中国人 19 世纪末在南亚的一些民族化和现代化的运动,发现了孙中山当年在南亚一代的活动,孙从南亚的华人群体获得资金支持,来帮助国内的革命。这些历史资料都非常有趣。

赵　坤:能不能说说您现在研究的兴奋点?

洪安瑞:生态分析是一个。再有我一直很感兴趣的,也写过相关论文的,就是古老的戏曲。我对京剧、昆曲等传统戏对当代文化的影响很感兴趣。想看看古老的京剧文化和现代的艺术世界,这两种不同文化形式之间的交流及碰撞。像实验艺术、纪录片等很多当代艺术形式里都有京剧、昆曲等传统艺术形式的影子。现代艺术引用古典曲艺的元素和意象,很活跃,内涵也丰富,是又美丽又艺术的。

还有一个是关于鬼的意象。我的一个博士生正在做这个,她在研究《白夜》里的目连戏。之所以做这个,是因为我觉得当代文学和艺术里的"鬼"好像越来越多了,类型或意象,这些鬼究竟在新时期的文化里起了怎样的作用,是个值得探讨的问题。

赵　坤:谢谢您接受我的访问。

附录

过士行话剧《鸟人》：
徘徊在传统与全球化之间的演绎[①]

——在先锋派理论的光芒下的当代戏剧演绎

〔瑞士〕洪安瑞

西方的主义有自己的土壤,源远流长,鲁迅主张拿来固然不错,但拿来主义则过于极端。况且能都拿得来吗？我以为不必照现代西方文学的路重走一遍。拿来多少是多少……作为一个作家,我力图把自己的位置放在东西方之间,作为一个个人,我企图生活在社会的边缘。在这个肉体嘲弄精神的时代,借用刘小枫的话,对我来说是一种较好的选择。至于能否继续做到,我也不知道。[②]

从未有剧作家像高行健(1940—)那样对当代戏剧持续热心地进行理论探讨,即使他在原则上不想被任何的理论以及主义所约束。台湾的同行学者如马森(1932—)与赖声川(1954—),也曾经就当代戏剧美学发表过新颖的看法。其间还有香港剧作家荣念曾(Danny Yung, 1943—)在与主要话剧家的合作中,依据当地的音乐戏剧形式设计出世界级水准的实验戏剧。然而,高行健或许是目前唯一不需要在创作中做任何理论主义宣言、却又同时把作品本身当作理论的人。关于他的戏剧《独白》,高行健特别强调说,这是"我对于戏剧这种看法的小小的宣言"(3)。这一场独幕剧在多国的舞台艺术家中引起了强

---

① 本文曾以德文发表:Andrea Itietnenschnitter, (2010). Em Fall fur die Biihne: Guo hixings Drama "DieUogelliebhaber" zwischen Traditionsanschluss and Globalisien﹔ng. Asiatisch﹔Studien 11c'tudes Asiatiques, 64(4), pp.791-815.

② 高行健:《没有主义》,台北联经出版社 2001 年版,第 3—14 页。

烈反响,但它却从未真正上演过。在国际性演出中,高行健的其他作品总会或多或少地适应当地的文化环境。他通常在不改变对话台词的前提下在布局策划上作出修改。譬如在维也纳演出的《车站》中,一个失业男青年会变成一个朋克女孩,同时一个中国供销社的领导忽而变为德国的女公务人员。在《夜游神》(1993)中,高行健自己在舞台指导中提出相应倡议:改编不同文化背景的角色,并给他们穿上合适的服装。在对应双方戏剧传统的要求之下,替换服装以及面具的规则在表面上好似生成了角色套路。实际上,他这种改编方法的目标就是个体化或者个体化的典型。其实,高行健更关注的是当代人的生存危机。除此以外,高行健还坚持表明,他的先锋戏剧首先追求的是古代东方的戏曲精神,其次才是追求其跨国界的可翻译性。我们可以从他的戏剧《野人》(1985)中看出,它不再被认为是引进的国外的话剧,而是被归入亚洲的以唱念做打四功为主的戏曲,是实验性地运用中国传统元素的持续性转换实例。他于2002年在台湾重金打造的实验禅曲《八月雪》,正是他目前日渐汲取佛教灵感的最高体现。同样我们可以从高行健的后戏剧性的创作中读出他所作出的尝试,将舞台艺术嵌入对于当代艺术及其市场的、普遍的和跨文化的讨论中。我在开篇时引用了《没有主义》中高行健的特别告诫,即不要依赖任何的教义与智慧。他将此视为中国现代文学于20世纪早期向西学渐进初期的最大问题。前面所说的西方主义有自己的土壤,其将一个跨文化对话的根本性问题作为研究题目,那么当省略掉历史环境与经验之时,艺术将迅速沦落为空洞虚无的装饰品。为了避免此情形,高行健有意识地将自己定位于两种社会的边缘,与布莱希特(BertoltBrecht,1898—195)的陌生化效果相对,他建立了一个非相关的观察者和双重外来者的位置。他的角色常将自己陷入毫无希望的困境,只为一幕绝望的、甚至于超越死亡的自决之举,于死亡之后在舞台上用鬼魅之形象持续演出。这也可以被视为是影响解释权的实验。高行健再度和布莱希特的纲领对立:它不对演员、角色、舞台以及观众作出区分,而是追求一种先锋化的情景交融的美学原则。

他在不断地寻找后现代人类生存的矛盾、荒谬、非理性、伴随着挑衅与诱惑的路途,用不附从、颠覆的艺术眼光挖掘出自给自足的自恋主义、我们的惯性思维、社会实践和语汇构成的问题。综上所述,在高行健看来,最有效的破解力量是人的本能直觉而不是启蒙哲学的理性中心主义,他在他的戏剧理论中也是如此身体力行的。同许多全球知名的艺术同行一样,比起语言方面,他更重视身体形态的践行。国际舞台上的中国戏剧常常因为观众缺乏文化基础和上下文,无法传达其蕴含至深的神秘晦涩。因此,遍及世界文化圈的观众已经开始改变他们的解读方式:从专注台词转向专注形态和氛围。这一切导致:由偏向用语言的审美性去理解变为以直觉接受的过程。这既带来好的影响,也带来不理想的影响,并且暗示着一种危险,即重返殖民主义世界对于东方精神文化的欲望,通过挪用东方美学现象而试图归于一种不自觉的普遍主义。[①] 这既是一个现代性一直无法解决的问题,又是一种误解。那些殖民主义时期的、东方异国风味的产物,现在越来越被多元文化性的消费资本主义所取代,而两种现象都不是启蒙性的。要了解历史资料的特殊地域性影响和它所面对的阻力,人人都必须更新他们的美学认识,必须有所感悟。在先锋式戏剧全球化的状况之下,我们需要更积极地对此作出贡献。

像高行健那样对佛教思想颇感兴趣的创作人士越来越多。他们带给我们的启发企图超越历史性的知识,趋于玄学。然而,并不是只有形而上学和诸如身份认同、爱情、价值危机与死亡或者自我异化的生存等大问题被搬上舞台;舞台上更多的是看上去平庸的日常话题,如对于历史、政治、社会和谐和犯罪率的质疑等。为了增强理解和批判,不一致的重复结构是新视角的基础,譬如在亚洲电影以及实验戏剧中常会吸收莎士比亚戏剧的元素。在电影《夜宴》中,麦克白和哈姆雷特都被编入情节之中,并与五代十国的时代特征和跨时代的服装以及当代问题融为一体。这种模式是重新修改熟悉的危机情形,并将它以异国方式演绎出来,从某种意义上来讲,正与高行健想要用戏剧表达的内容相反。这种文化上的穿越在冯小刚(1958—)的电影里,在更高层面上以各种类型,更确切地说以各种媒体(戏剧,电影)、角色(性别)和素材

[①] 高行健:《没有主义》,台北联经出版社2001年版,第269页。

的方式被搬上了银幕。《夜宴》这类电影的主题表面上是政治斗争,而实际上是剧中人在忠诚和承诺之间的摇摆不定。

近年来,在北京享有盛名的剧作家过士行(1952—)在西方崭露头角,而他引起人们注意的主要作品是 2004 年于北京首演的《厕所》一剧。在此话剧中,一所公厕成为了几代城市居民与国家历史、日常生活与经济政策、大小便排泄与过量全球化等问题的聚点。在 1998 年,过士行最初将其构思为一部批判现代性和由于过量消费所产生的垃圾堆的作品。这部作品反映了在现代文明中日常生活逐渐奢华、同时也逐渐非人性化的过程,而这一视角又源于道家的文化概念。过士行在这部剧中特别强调全球化的超越国界的现象:"现代社会是一个消费社会,许多不必要的消费是整个社会做出来的,资本要流动,生产要扩大,游戏才能进行下去。……现代文明使世界充斥着人和人的排泄物,生理的、精神的、物理的、化学的、基因的、信息的,人最大的困境就是人自身。"①当代中国文化创造者的戏剧美学定位多姿多彩:从高行健戏剧中隐晦的、多元缠结的文化转换,到近年来冯小刚及其他历史电影导演们的多文化主义,甚至到过士行抽丝剥茧的地方文化描述及对超越亚里士多德二值原理的分离主义的充分演绎。过士行还有一部作品在 90 年代获得了巨大成功,这部作品对国际化政治实力在舞台上演出的潜力进行了彻底挖掘。这就是北京人民艺术剧院于 1993 年首演、林兆华导演的话剧《鸟人》。该剧分析了以本土为保护色、脱离了消费资本主义的殖民地化。过士行在该剧中进一步拓展了基于国际性反思样本的美学性乌托邦空间。在下文中,我们会提到《鸟人》与判决案例、医学病例(西方也说医学档案)、学识与禅学公案等。本文主要强调的是一种反思档案的思考方式。这是现代派艺术家对思想传统之权威性和它如何赋予本土文化自强等类似问题的反思。

"它们(指 cases)协调了法律经典作品与情节、密码与罪行、医学

---

① Lehnert, Martin, "Lnspirationen aus denx Osten? Aneignungen zwischen Identifikation and Univer⌠aii-tatsanspruch"(来自东方的灵感? 在辨认和普遍性要求之间的获取), in Hiekei, Jorn Peter, ed., Sinnbildungen. Spirituelle Dimensionen in der Musik heute(象征:当今音乐的精神层面), Mainz: Schott 2008, pp. 191-214.

经典与心理学治疗策略之间的间隙。记录下一个特别的情形,或许会给将来出现的同样特殊的情形提供有用的佐证。档案之间的知识性链接,导致我们在特殊危机情形下处理它们时必须采取主动策略。另外,法律性或科学性的案例有目的性地导向本土,呼吁着权威经典,而实际上却是有所不足,而且观点对立的情节一直存在。"①致力于"反思案例/档案"的美国汉学家最显著的优势是专家知识与行动的特殊组合。因此参与者在作档案性的叙述的时候不仅仅是鉴定,还要实事求是地插手介入;不仅仅是分析证据,还要用他们的创造事件的力量来复制事实。所以,案例性的叙述所依靠的通常不只是证据,还有技术鉴定之外的个人意见和看法。这样一来,源于特殊经历和无法预测的事件,对西方的普遍主义提出了质疑。

京剧的复兴:西方为什么无法治愈东方

司法审判在皇朝时期的文学作品中是常常出现的主题,它同时拥有教育性和较强的娱乐性,今天的读者与电视观众也很熟悉这些内容。传统的故事中也不乏犯罪小说。关注社会秩序问题的法官两袖清风,作为文学形象隆重出场。与当代相同的是,这些社会秩序问题常源于性感美女。她们或是被侵犯,或是因为美色导致红颜祸水。而作品的核心主题往往是对法官正直廉洁的推崇。判案故事在明末达到全盛时期并不是毫无缘由,当时太监擅权导致国家腐败,这已经人尽皆知。在90年代的文化领域中,以正直道德观来重建被资本主义全球化损害的社会秩序,或者是以国家的廉洁与个人的正直作为融入社会的前提,不仅在中国是讨论的焦点,也是全世界文学作品热衷的一个主题。从那时开始,文化创造者开始重点关注这个问题,尤其是在戏剧表演方面。在90年代的中国美学文本中,出现了一些新的、关于如何跨越西方的解释权的建议。如果说80年代的知识分子还会认为现代性、民主与人权基本上是归于西方的;90年代的文人则在本地与国际的观念之间发

---

① 过士行:《我的戏剧观》,《文艺研究》2001年第3期。

现了许多矛盾、冲突,他们日渐抵制所有的普遍性概念,无论其源于国内或国外。于是他们的创造内容重新找到了代表物,真理与主题之间的关系,尤其是有权和无权之间的关系。如果说许多80年代的戏剧都对政治势力有所抵制,90年代的作品则伴随着跨国界的文化、资本以及移民长河的波涛汹涌。因此,美学的构思逐步转向让观众漫游于对文化内部的、跨文化的、文化转换的演绎的反思。综上表明,全球性的多元文化交换现象交叉穿越着,同时也连接着不同时间地点的各种文化,却并不见得有支撑不同价值观念下的协调进程。在此,审美的再现不再是抵制,或者是对于弥补的呼吁,而是积极耐心地接受、详尽无疑地磋商矛盾。换句话说,是对于某些关键性场景的多次演绎与反思:它们是在不同文化间谈判协商的主管机关。除了在目前文学作品中常常出现的、类似于武侠小说的江湖(那种域外生活秩序空间)与仗剑履行公道的大侠形象以外,还有哪个主管机关比传统的法庭审讯更适用于审查那些把权力和法律当成通用的统治工具的当代政治势力,或者审查那些定位于个人价值的对于公正性的局部想象?

包拯,又称包公或包青天,历史原型源于由11世纪的一位机智无私的审判官,其判案故事被改编成无数经典故事和地方戏曲。这样的审讯出现在过士行的话剧《鸟人》中,不过却是双重的模拟:在现代的话剧中模拟19世纪的京剧;而在京剧中又模拟11世纪的经典判案故事。过士行的这部作品是"闲人三部曲"的第二部。三部都附带讲述了日渐壮大的、不再融入辛苦工作生活的闲人的问题;而位于过士行审美干预中心的,是关于两代人之间的、人与自然之间的、生存与死亡之间的关系问题,因而照亮了中国社会现代化的历史性问题。过士行笔下的退休的鱼人、鸟人和棋人,不仅仅被他们所处的社会环境所疏远,更重要的是,外来的势力进入中国社会系统,带来了冲突,使他们越来越多地倾向传统价值观和文化密码,从而反射出多样化的分歧与冲突。

过士行1952年出生于北京,1978年脱产参加记者培训班,次年成为《北京晚报》见习记者,后以笔名"山海客"在《晚报》主持文艺评论"聊斋"专栏。他在长期撰写戏剧评论的过程中自学成家,1989年完成处女作《鱼人》,1992 年完成其代表作"闲人三部曲"的第二部《鸟人》。如果要解读《鸟人》这部以悖论的眼光看待人类生存的困境、荒诞和尴尬的作品,那么除了非同寻常的、唯美以及犀利的语言表现力之外,其主题的现实意义、引人瞩目的文化理论运用也是我们所要感悟的重要部分。

《鸟人》的关键人物之一是在美国学过心理学的华裔心理分析师丁保罗。他试图在自己新开的心理治疗所里,对一群北京的养鸟闲人以及京剧爱好者进行心理治疗。对于这位西方心理学者来说,这群闲人固执地抓住了传统文化的智慧方式来舒缓他们日常生活的困境,而没有采用治疗性或者说政治性的方式去解决其根本问题。同时,在丁保罗看来,这正映射了中国社会的病症。对他来讲,表面上,治愈这群养鸟爱好者的目标是国家的利益,其实他还有个隐藏的目标,那就是提高他的事业成就。为了实现这个目标,丁保罗把他的心理治疗中心以看似无心的殖民主义的方式(当然是凭借付出了一定数额的政府补助),恰好建在了城市公园里养鸟爱好者每天相聚遛鸟的地点。由于遛鸟的空间被新建的心理疗养中心殖民性地掠夺,养鸟爱好者们失去了每日的集聚点。于是,他们虽然有些犹豫,但还是接受了心理学家的邀请,答应参与丁保罗的分析课程,条件是带着他们的鸟儿。

三爷是养鸟爱好者中的大师,曾经是京剧演员。现今他还在北京一所破落潦倒的剧院里做一份小兼职,尽管对他来说这剧院的演出情况是入不敷出。公园最近新加入一名鸟人成员——来自天津的中年鸟友小胖,他虽然资历非佳,但却是狂热的京剧爱好者。小胖十分钦佩三爷在京剧上的专业修养,非常愿意向他求学。三爷、小胖和其他几位鸟友搬进了心理治疗中心,与此同时丁保罗也努力说服鸟类学家陈博士加入他们的队伍,或者说让陈博士也成为他的分析研究工作的新对象。丁保罗表示,在陈博士身上也发现了所谓的心理缺陷,这缺陷表现在他的窥阴癖(也带有鲁迅笔下的"看客心理"的含义)上。由于美食和豪华的房间都不能完全吸引陈博士,丁保罗用诱惑的方式让他在治疗所里翻阅非洁本的明清时代禁书。"你对知识分子的照顾超过了国家"①,陈博士高兴地接受了安排。

被丁保罗严密观察的陈博士也在观察鸟友们,因为他有任务在身——要找到世界上最后一只的褐马鸡。据说它被倒卖到北京,最终会出现在北京的鸟市。在这样一群象征意义上的和真正的鸟友中,除了我们已提到的人物外,还要再添加一位因错手购买了进口金丝鸟而成为众矢之的的孙经理。另外,还有一位名叫查理的美国人,他是国际鸟类保护组织观察员。查理追踪陈博士,陈博士追踪褐马鸡的踪影。这样一来,形成了一种多层面的形势:丁保罗观察鸟友们,陈博士也在观察他们,殊不知他同时也被查理观察。剧末,我们会发现,其实三爷也一直在观察丁保罗。每个人都是某种意义上的间谍——这熟悉的操控形象不正是过于政治化的特征?

"黄毛(让人联想到金丝雀),三爷新收的非自愿的京剧学徒,选唱的一段京剧曲调是属于一种模仿鸟儿唧唧叫声的歌唱风格,而囚禁鸟笼的鸟儿又是在模仿受束缚的京剧舞台。小胖模仿三爷,黄毛模仿小胖,三爷模仿丁保罗。环环相套而又没有止境的重复模仿关系,这也就可以说是莫比乌斯环。这整部剧都是对于社会生活与社会力量的一次模仿。三爷的加冕,或者说是地方文化的加冕,由此可被称为一种歧义性的、不稳定性的仪式。"②

剧中的里层表演是模仿庭审的京剧段子。《鸟人》的最后段落遗留下来的也是模仿:一种稀有鸟种褐马鸡的标本。身为丁保罗助手的外来打工妹小霞的未婚夫,带着鸟类学家陈博士寻找的目标褐马鸡出现了。他想将它卖个好价钱,筹钱最终将未婚妻带回家。鸟类学家陈博士想要在拿到鸟之后马上拘捕小霞的未婚夫,而京剧大师三爷却又欣赏他的嗓音,因而坚持要他留在心理治疗所,以便于将他培养成京剧演员。"真想学的你不上心,不想学的你非教他不可。"③小胖委屈地抗

---

① Furth, Charlotte, Zeitlin, Judith, and Hsiung, Ping-chen, eds., *Thinking with Cases. Specialist Knowledge in Chinese Cultural History*. Honolulu: University of Hawaii Press, 2007, p.19.

② 《坏话一条街——过士行剧作集》,中国国际广播出版社1999年版,第107页。

③ Noble, J.S., *Cultural Performance in China: Beyond Resistance in the 1990s*. Ph. D. diss, The Ohio State University 2003, p.75f.

议,因为三爷曾经以他没有天分为由拒绝收他为徒。而这年轻的鸟贩子被强迫留在那里,和难友鸟儿们一起被人训练歌唱和杂技的技巧。同时他的未婚妻帮他扇凉风、喂他喝茶水,与她对所有"病人"鸟友的鸟儿们所做的一模一样。

丁保罗"成功"分析出天津京剧爱好者小胖心理上患有俄狄浦斯情结。陈博士满心欢喜地以科学家的热情与好奇心来等待小胖实施他所谓的谋杀计划。按照丁保罗的理论,这次谋杀的牺牲者应该是京剧大师三爷,因为他既是专家也是俄狄浦斯情结中父亲这个角色的扮演者。三爷感到这论点似乎有些道理,不安地找寻从这个困境中逃脱的出路。

不管是三爷也好,还是年轻鸟贩子黄毛也好,他们既不能逃出心理治疗所,也不能以法律方式解决他们的问题。因此,三爷觉得,必须从根本上去解决它。他果断地用热闹又豪气冲天的中国京剧表演,来挑战丁保罗的美国心理治疗表演秀。心理学家丁保罗抗辩说这有着70多年历史的、有危险性的对话疗法只能让真正的科学家来实施。"我还不用你那套洋聊天儿,我就用咱们京剧,就能问你一个底儿掉"[①],被丁保罗指证为性无能和过分渴望心理平衡的三爷在个人被双重侮辱后呐喊道,"我不分析,当场断案"[②]。这段以中国古代的京剧形象来对抗现代的招魂方式的情节体现了多重意义:这既是一次对于西方文化方法的权威资格的挑战,也是对其专家和施行方法的一次挑战,表明它其实并不具有其自己认为的客观性。又表明这些舶来物与古代依赖的宗教心理治疗的对应物一样,根本上都取决于信仰的有效性。三爷试图利用基于传统道教、礼仪和医学角度的治疗方式的戏剧化实施来恢复社会秩序,而实施的剧本正是传统戏剧艺术里面的庭审。

三爷正是选择了包拯的脸谱角色,开展了一场引进外来文化与家族相传的本土文化,关于揭露事情真相和他们真实地位的决战。被告丁保罗半是好笑半是施舍性地参与了这场游戏,扮作衙役的小胖需得

---

① 《坏话一条街——过士行剧作集》,中国国际广播出版社1999年版,第125页。
② 同上书,第130页。

先教他一些合乎时宜的上庭举措。在判官面前,他首当跪下。让他抬头,他需得先回答"犯夫不敢"。这之后他才可以真正回答判官的提问。庭审严格按照证据、证人与威胁用刑的程序进行。这样的方式意外地让丁保罗暴露出一些他隐藏多年的秘密。从文化性和仪式的角度上讲,这场庭审和心理分析相比至少具有同等效力,因此让科学家丁保罗陷入了与非高学历的京剧大师三爷相竞争的尴尬境地。

三爷(抬惊堂木):大胆窥阴癖!为何以小人之心度君子之腹?你适才言道鸟人胖子有杀人之心?

胖子:你?

丁保罗:确有此事。

三爷:可有证据?

丁保罗:全是分析。

三爷:他要杀哪一个?

丁保罗:京剧权威。

三爷:何为权威?

丁保罗:大专家。

三爷:何为大专家?

丁保罗:就是对越来越少的事物知道得越来越多,直到对无法证实的事情知道得一清二楚。

三爷:既然如此,鸟类学家可算专家吗?

丁保罗:算的。

三爷:精神分析学家可算专家吗?

丁保罗:当然。

三爷:这两种专家比京剧专家地位如何?

丁保罗:高于京剧。

三爷:既是高于京剧,当在先杀之列。为何他单杀我老包一人?

丁保罗:这……这……[1]

---

[1] 《坏话一条街——过士行剧作集》,中国国际广播出版社1999年版,第130页。

这一幕对于观众来说很有娱乐效果,面临传承危机的京剧这种戏剧形式被这一幕灌注了新的生命。在此须提到的重要细节是将京剧和褐马鸡进行类比。当传统京剧在现代话剧中获得全新的生命力时,鸟类学家陈博士将最后一只褐马鸡杀死并做成标本,为的是不让它通过非法贩卖而流失到国外。

历史悠久的、模拟传统庭审法的京剧在这里赢得了双重的胜利:第一是以它的这个形式将京剧推向了复兴,第二是以打破砂锅问到底的方式对付着骇人听闻的——既不合礼仪也无历史性的事件——所谓弗洛伊德的对白艺术。三爷以他的问讯技能将被告丁保罗自身的(也是他在所有其他鸟人身上诊断的)各种病症定罪。这所谓专属于中国人的病症只是臆想出来的,是西方对于东西方文化之间的势力分配的推理调节的错觉。三爷模拟古代庭审法,以案例的演绎艺术打败了丁保罗这种源于西方国家传教活动并由此让人质疑的心理学。同时,丁保罗对鸟人的行为及三爷的反映让所谓的科学普遍性成为了局外的、边缘的以及与本土秩序相矛盾的干扰。作为京剧舞台上的法官包拯和他的当代话剧化身三爷在道德上的胜利,挖掘出了外来的正统观念的动摇性:最初被歧视的鸟人的不安在遭遇到这位招摇撞骗的灵魂偷窥者后,变成了恼怒。而他们的恼怒,和三爷对假借科学需求谋杀最后的褐马鸡的鸟类学家的恼怒汇集在一起。丁保罗所断定的鸟人的性变态心理终于在他自己身上得到验证。下台时,他万万想不到被定罪的竟然是他自己。鸟类学家陈博士也被定罪,因为他以"保护"的名义杀死了最后一只褐马鸡并将其制成标本。更荒诞的是国际鸟类保护组织观察员查理为此伟大之举颁发给陈博士的国际鸟人勋章。于此,三爷以文言口吻斥责他为番邦,让他回到番邦狼主身边,并威胁若他再来干涉中原之事发什么鸟人勋章,便将他也制成稀有标本之一。查理的中国翻译罗漫嫁他为妻,但面对其他鸟友忧虑的提醒时,她担保她并不会一辈子跟着他。她的另类拿来主义使我们把情况看透了:最终在意识形态层面上中外两方都没有得到胜利,而更多的是迷惘:当不同文化发生碰撞而产生矛盾的时候,其中哪个才有适当的道德规范,哪一种规律系统才能保障本地社会制度的公平稳定?

陈博士、罗翻译所扮演的角色证明了本土文化文本已带有杂交的特色。外来的、源于西方科学的现代文化正统观念在中国各地的日常生活中早已经生根发芽。在几个系统的竞争中,当中国反对西方对于普遍有效性的非分要求从而保留自理权利时,中国传统文化相对于西方现代科学文明也因此获得了臆想中的阶段性的胜利。可落叶归根的政策到底能不能真正贯彻这一权利呢?这又是另一个问题了。于是,庭审相对于被剥夺权利的公园使用者,以及新出现的国际势力,只不过是将背后隐藏的双重道德标准,特别是将权势阶层的利益用理论/治疗的方式揭露出来。它巩固了以上的,包括历史、医学、艺术和生态学问题的案例的不公平性。在此被披露的是,全球性的利益将自己包裹上盲目的、自以为是的、合理的外衣,强迫性地把自己的文化密码——就是自己的、带来福音的治疗方式——转嫁到被宣告为下等的、实际上却并不理解也不想理解的本土文化身上。我们在这个案例中已经看到,京剧文化的必要条件包含了师傅长年累月将这复杂的艺术形式传授给徒弟的过程。这被烙印为过时的、背离社会常规的艺术暂时赢过了科学的原因之一是它其实没有任何优越感。原因之二是源于西方的文化在不断全球化的过程中,狂妄自大地认为自己能够创造更好的社会秩序,却很少向发展中国家证明其合理性。

然而,本土的文化在现代化的情况之下也同样不是全能的。林兆华导演的电影版本的《鸟人》在成功庭审之后又加上了一个跨文化的"建筑工地"的景象。表演者从舞台上消失了,而遗留在台上的是被囚禁在笼中的鸟儿。然后事业有成的、曾经在剧中第一幕试图用进口金丝雀来贿赂公园的鸟友以得到一席之地的孙经理登台了。他把所有鸟笼子打开,可那些小囚徒并没有飞走。而褐马鸡的标本还站立在台中央,活脱脱正是因现代科学文化而日趋荒芜的世界的忧伤墓碑。可是我们已经提到过,这个舞台造型能够最清晰地显现出剧作家的计谋:艺术——尤其是在此混种的说唱戏剧中明显地提炼出它的跨文化性,或者也可说它是包含普遍性的——作为征服世界的成分来讲远比科学要更好。面临危机的中式戏曲被过士行的创造性的干涉所挽救。因为他把京剧进行转换,给传统的京剧添加了现代色彩。这成功是象征性的还是持续的尚待考证,目前后者是趋势所向。而相反的是褐马鸡,它积淀于历史物质的精神被科学的条例提前变成了冷冰冰的博物馆展览物。在现代化既破坏了生态环境又破坏了本土文化的情况下,没有一个选择是最优的。

跨文化间隙中的尴尬与矛盾

综上所述,我们可以确定的是,过士行的创造,可被解读为本土势力和国际势力之间的跨文化交易的社会志学,也提出了关于合乎其势力的权利要求和贯彻当中的法律秩序的问题。这些问题,在90年代的中国逐渐又产生了感染力。过士行附带追溯到一个对于所有参与者来说都可谓尴尬的事件。三爷呼吁大家要遵守中国衙门庭审的规则,观众们成为了修改历史的证人。也许我们能从三爷的要求中看出这是在影射1793年乔治·马戛尔尼在清朝皇帝面前拒绝磕头一事。在京剧中模拟庭审,过士行让我们联想到西方在面对中国政府时曾持的优越态度。90年代需要治疗的不再是中国的文明,而是大自然的灵魂和人民的意识形态。鸟友们用黑色幽默和高超的手段对(后)殖民地主义进行了反抗。就像我们提到过的明朝判案的故事一样,法官具有教育性与娱乐性的审判延伸到本地的法律实践。

鲁迅20世纪初就曾在《野草》和许多其他散文作品中表达过现代人面对本土文化传统和外来西方文化的双重傲慢狂妄。这也是一种全球性的精神状态,在20世纪晚期、21世纪早期的非西方的文化中,表现得尤其显著。这正是活在现代的、存在于危机中的我们人类沦陷于不同文化的解释,有效性与行动要求的间隙存在的原因之一,又是过士行话剧中在鸟类以及京剧爱好者和科学家之间的争端之源。过士行为我们展示了揭示这一现象的方法:他的点子相当狡猾,他在跨文化和跨历史的判决之中为古典的面具赋予了更强大的能力。文学中虚构的判官形象用他来自过去的睿智目光毫不费力地展望9个世纪以来深刻的政治性和精神历史性的变革。过士行也不会否认,面对价值危机的全球化主题,必须努力地寻找新的、有能力解决目前层出不穷的社会问题的方式。也许我们必须利用跨文化美学性的演绎(不管是文学的、戏剧的,还是艺术方面的),创造出一个能够协调这些冲突的空间。这种间隙性的空间必须建立在理论与不同层面的、关联性的历史经验、政治和文化程序相结合的基础上。这是一项要求很高的任务。如果要让艺术完全地绽放出它的领悟潜能,而不是仅仅停留于跨文化的循环,它就不能专属于少数的专家,而应让大众参与有效地诠释现代性的危机和可能性。在这些条件之下,国内外的现代文化创造者最后也会更注意到过士行在他的作品《厕所》里已经提出来的建议:"请掩埋好你们的排泄物!"[①]

(何晓婷译)

---

① 《坏话一条街——过士行剧作集》,中国国际广播出版社1999年版,第136—137页。

更重要的是要容有"百家"
——戴迈河访谈①

[加拿大]戴迈河 冯 强

访谈时间:2012年3月14日—21日
访谈方式:电子邮件
访谈人:戴迈河(Michael M. Day)、冯强(以下简称 D,F)

F:您最早了解中国当代诗歌是什么时候呢?是通过了解文学史还是通过和朋友的交往?

D:难说……或许是通过大学三年级英文的中国文学的课程,1981年左右,可这课没有讲到当代……好像我自己在中国留学的时候碰到了。在山东大学(1982—1983)我上了一个中国文学讲座课。可当代诗歌是我在南京大学的时候(1983—1984)开始读的,通过当时的同学朱燕玲(现任花城出版社的编辑)的介绍。反正,我早已对诗歌感兴趣吧……

F:您最早什么时候开始翻译中国当代诗歌呢?翻译的第一首当代诗歌是什么?为什么要翻译它呢?

D:应该是1984年,从中国留学回到温哥华以后,有一位华裔同学,以前在北京留学过的,她在北京认识了《今天》诗人严力……那时严力刚刚移民到纽约,要我同学翻译他的诗集"飞跃字典"。那位同学

---

① 本文为教育部人文社会科学青年基金项目"本土写作与世界影响——中国当代作家海外传播研究"系列论文,项目批准号:12YJC751054。访谈经戴迈河本人校对,纠正个别翻译并补充部分资料,特此鸣谢。

觉得我的汉语水平比她高,而我也对文学感兴趣,所以请了我来给严力翻译。我现在只记得这份工作非常艰难,老翻字典。我感觉自己当时的翻译水平肯定是很低的。可惜(或可庆)翻译的底稿早已丢失了。以后在 1987 年,在北京的外文局我当了翻译、编辑,就顺利得多。可是在我的记忆中,好像我是在 1989 年才开始认真翻译当代诗歌……第一首是廖亦武的《屠杀》。

F:当代诗歌中您喜欢哪些诗人的诗歌,能列举几位诗人吗?具体喜欢他们的哪些诗歌呢?

D:简单地说……就那网络上的 20 位:(http://leiden.dachs-archive.org/poetry/translations.html)柏桦、陈东东、韩东、黑大春、李亚伟、廖亦武、吕德安、陆忆敏、孟浪、欧阳江河、唐晓渡、唐亚平、万夏、王小妮、王寅、西川、于坚、翟永明、郑敏、周伦佑,可还有别的,包括北岛、芒克、王家新、小海、默默、张枣、沈浩波、巫昂、尹丽川、桑克、西渡、余怒、曾德旷、朵渔、胡续冬、莱耳、蓝蝴蝶紫丁香、蓝蓝、魔头贝贝……

F:能简单介绍一下您是如何展开翻译工作的吗?被翻译的诗歌是由自己选择的,还是和诗人共同协商的结果?

D:1991 年被驱逐以后,我一心攻读硕士,同时大量翻译廖亦武、周伦佑和李亚伟的诗歌;1994—1997 年之间作了十几位诗人的翻译,这些诗都是自选的,没有共同协商(一直都没有所谓的协商)。

F:哪些诗人容易翻译一些?哪些诗人难一些呢?提到《夏天还很远》时您曾提到"这首诗显著的一面翻译只能部分呈现——就像柏桦诗歌的绝大部分翻译一样——即中文原作里的音乐品质"。

D:柏桦早期诗的韵律多,北岛也类似。别的大部分的诗人不那么注重这方面,所以都是"容易"一些吧,可以说这是一个相当普遍的弱点,好像很多人觉得韵律、声调什么的不那么重要,还是什么小儿科,不清楚他们为什么这样想。有些人或许以为这是因为诗人看了太多年的西方来的翻译诗。我不知道。其实,起码在英语诗歌中,韵和声等还是很重要的,只是很多时候无法翻译出来吧。

F:您在翻译的过程中为自己制定了怎样的翻译标准?

D:难说。如果是我自己选的,我就凭我自己的标准/感觉。我第一个标准是:这首诗是不是一个好的、我自己喜欢的汉语诗。或许我今天的标准要比当年的高一些,或者高了许多,我没有时间也没有兴趣回去研究我的这方面的过去;对我个人来说,这没有多大意义(这时间都要给我的快要五岁的儿子和两岁多一些的女儿)。

F:您有一篇论文取名"翻译或者凡意:诗歌翻译中的语感与风格",什么是"凡意"呢?

D:平凡的意义或意思吧,就是那些"容易"翻译出来或者读懂的东西。这个"平凡"在不同的文化中有不同的意思。语感与风格都要依靠翻译家对外语、外语文化和语言历史的理解来解读或者"翻译",关键在于这个"翻"字。

F:我认为翻译能传递的东西有两样,一个是价值观,如何看待事物,一个是技艺,如何表达事物,您是否同意?

D:我同意,可我觉得首先需要一个良好的语言和文化/历史的基础(母语和外语的),像我上面所说的。价值观这东西很复杂、很广,比如说,是否我认识一个诗人而不喜欢他的为人或思想等,这关系到翻译的选择。而我觉得,最好尽量排除这些因素,所以最好还是避免"协商"式的翻译,甚至不需要跟诗人见面(20位诗人中,还有5个跟我没见过面的,有3个我是翻译了之后才见了面的)。我不要说出名字,可在我翻译的诗人中有些"人"我并不喜欢……

F:您是加拿大人,您的一位同胞麦克卢汉(Marshall McLuhan)曾经深刻影响了中国当代诗人比如钟鸣和欧阳江河,您怎么看?

D:同胞?我母亲是德国人,父亲是英国人;我是出生在温哥华的(我父母是在那儿一个沙滩上才认识的),可从2000年起我是用英国籍(或者说欧盟籍)。或许今年也要入美国籍。就是说,我从不太注意国籍的……麦克卢汉没有影响我,他的那些理论更适合于媒体等,或许对网络上的诗歌有更多的意义,可主要是媒体学的理论,不是吗?还是使用 Bourdieu 为好。诗歌首先是人的,媒体是次要的,可还是重要的。

F:民国时期张东荪曾说儒家的价值在一个民主社会中可以得到更大的彰显,您是否同意这样的说法呢?

D:政治!哇,当然,某些方面会得到更大的彰显,可我还是希望有百家争鸣吧。最好还不是一帮所谓的知识分子或精英说了算。还是乌坎村的方法为好?"儒家"是哪一门的儒家?为什么不说佛家?道家?中国的历史不是告诉我们,儒家那帮就是最想治人的,根于君主制。好像老百姓的有些更古老更实在的东西还是值得考虑。如果仔细研究知识分子这 100 年的"贡献",我们到底能看到什么?不过是些窝里斗。老百姓受各种各样的罪,可只有知识分子的值得记住?唤……彰显不彰显不是问题。还是一个民主的社会重要,而儒家跟民主没有什么直接的关系,甚至是有矛盾或者说反民主的?如果老百姓有民主,他们为什么要把它送给一帮自以为是的知识分子?或者新一代的儒家会说他们跟以前的儒家不同,他们更好、更民主?我无法想象。如果中国人跟这儿的人一样不注重历史,那或许儒家就是"万岁"呗,但愿不会这样。民主只不过是个工具,里面可以塞很多东西,包括知识分子的不同的"理想",更重要的是要容有"百家"(但愿不是百家的儒家)。对不起,我胡说八道。

F:您把您翻译的当代诗歌直接放到莱顿大学和海德堡大学的网页上,那您是否出版过纸质的当代诗歌呢?

D:有,兹列如下:

廖亦武《嗥叫》(《屠杀》匿名版),载《新鬼旧梦:中国叛声》(*New Ghosts, Old Dreams:Chinese Rebel Voices*),Geremie Barmé、Linda Javin 编,New York:Random House Inc. 1991:100—105

廖亦武《屠杀》,载《国际笔会:书选简报》(*PEN International:Bul-*

letin of Selected Books）London，UK：Vol. XLII，No. 2，1992：92—94.

《廖亦武和〈屠杀〉》，载《索诺玛循环文学评论》（Sonoma Mandala Literary Review），Sonoma State University，California，USA：Fall 1992：48—55.

翟永明《我有了一把扫帚》《黑房间》《噩梦》，载《棱镜国际文学杂志》（PRISM International），34.1，Fall 1995，Vancouver，Canada：65—67.

王小妮《白马》，载《Yefief 文学杂志》，No. 3，January 1996，Santa Fe，New Mexico，USA：37.

《人字形雁行：北京诗人黑大春诗歌及导读》，载《壮观的疾病》（Spectacular Diseases），Peterborough，UK，1996.（30 pages）

王寅《罗伯特·卡巴》《重要的事情》《华尔特·惠特曼》《与诗人伯濑一夕谈》，载《棱镜国际文学杂志》（PRISM International），36.3，Spring 1998，Vancouver，Canada：50—53.

陈东东《在燕子矶》《新诗话》，载《神殿》（The Temple），Vol. 2，No. 3，Summer 1998：Walla Walla，Washington，USA：40—41，44—45.

李亚伟《中文系》（pp. 12—15）、于坚《对一支乌鸦的命名》《啤酒瓶盖》（pp. 40-47），载《神殿》（The Temple），Vol. 2，No. 4，Fall 1998：Walla Walla，Washington，USA.

廖亦武《死城》翻译和导读，及3首短诗，载《壮观的疾病》（Spectacular Diseases），Peterborough，UK，2000.（34 pages）

林泠诗5首（pp. 239-244）、张错诗5首（pp. 279-284），载《台湾前沿：现代中国诗歌选》（Frontier Taiwan：An Anthology of Modern Chinese Poetry），Michelle Yeh、M. G. D. Malmqvist 编，NY：Columbia University Press，2001.

肖开愚诗9首（小册子，30页），第33届鹿特丹国际诗歌节，荷兰，2002年6月.

肖开愚《乌鸦》《在公园里》《北站》载《利维坦季刊》（Leviathan Quarterly），No. 4，June 2002：Lichfield，UK：26—28.

林亨泰、郑炯明、詹澈诗选，载《航向福尔摩莎：诗想台湾》（Sailing

to Formosa: *A Poetic Companion to Taiwan*),Michelle Yeh(奚密)、许悔之(Xu Huizhi)、M. G. D. Malmqvist 编;UNITAS:Taipei, Taiwan and University of Washington Press:Seattle & London,2005.

柏桦《现实》(p.57),载《自由派》(*The Liberal*);London, UK;Issue Ⅶ,February/March 2006.

韩东诗12首(17—23),与莱顿大学柯雷教授(Prof. Maghiel van Crevel)合译,(小册子,30页),第37届鹿特丹国际诗歌节,荷兰,2006年6月。

翻译骆英(黄怒波)诗集《空杯与空桌》(*Empty Glasses and an Empty Table*)并撰写译者前言,唐晓渡批评文章;Dorrance Publishing,Pittsburgh, April 2007.

伊沙诗7首(小册子,第16—22页,5首,另有2首用于朗诵表演),第38届鹿特丹国际诗歌节,荷兰,2007年6月。

韩东《献给冰块》,载《关于冰的发现》(*Findings On Ice*);Hester Aardse、Astrid van Baalen 编;Pars Foundation & Lars Muller Publishers, Amsterdam, Oct. 2007:154—155

西川、韩东、陈东东、柏桦、欧阳江河、廖亦武、肖开愚、周伦佑、万夏、唐亚平诗14首,载《中国当代诗歌前浪》海岸、Germain Droogenbroodt 编,POINT Editions International,Belgium/Spain,2009.

黄怒波诗集《小兔子》,Dorrance Publishing Co., Inc., Pittsburgh, 2010.

韩东《你的手》《我听见杯子》,载《来自大连的电话:韩东诗选》(*A Phone Call from Dalian: Selected Poems of Han Dong*),Nicky Harman 编,Zephyr Press,Brookline, MA:December 13,2011.

F:您提到您的很多当代诗歌资料是从互联网上获得的,您喜欢浏览的诗歌网页有哪些?

D:"诗生活""赶路论坛""扬子鳄诗歌论坛""今天",还有很多人的博客和微博。

F：您掌握的资料非常丰富，而且您乐于在互联网上分享这些资料，您对未来学术有种怎样的期待呢？

D：还是那个理想：在互联网上分享资料和知识。我还是耐心地等待着。

F：您希望中国诗人也可以参与到您的研究当中来，除了廖亦武、唐晓渡等人，您和哪些中国诗人或批评家有过深入的交流呢？现在主要通过哪种方式来交流呢？

D：深入的交流？说长期的，就这些吧。当时，住在中国的时候，有过一些相当短暂的（欧阳江河、周伦佑、芒克、杨炼、吕德安、陈东东、韩东、李亚伟、何小竹、胡冬、西川、王家新、沈奇、王寅、陆忆敏、翟永明等）。只是被驱逐之后，不能有什么传统的"正常"交流。现在主要是通过电信交流。这些都是偶尔的，跟个别诗人和批评家，不算"深入"。自然，我还是看他们的文章和书。

F：我的论文题目是"当代先锋诗歌在欧洲"，关于这一题目，您是否能给我提供一些建议呢？

D：这个题目相当广泛。是不是想利用布迪厄的理论来针对这一切？除了英语之外，您会不会别的欧洲语言？"欧洲"是哪些国家？欧盟的？还是更大的范围？（包括俄国等）凭我自己的经验，还是针对您最有把握的那些国家或地区，这样更好、更有价值。

F：您是否同意我在文章中以布迪厄理论来阐释您对80年代四川先锋诗歌场的理解？

D：行。公共场合的表演是避免不了（有意和无意的）的一种诗人和诗歌行为，而我觉得布迪厄的理论最适合使用。

F：韩东曾认为80年代诗歌唯一可借鉴的资源不是中国传统，而是来自西方，您也曾经提到和80年代四川先锋诗歌"唯一相关的传统是自19世纪法国开始的西方先锋诗歌传统和自沃尔特·惠特曼开始的盎格鲁—美洲传统。然而,考虑到宣称如此一个传统的内在政治风险,中国先锋艺术家倾向于以间接的方式接近这个问题"。但是您在对张枣《镜中》和廖亦武《情侣》的分析中明明指出了中国传统对当代诗人的影响,如何理解这种矛盾呢?

D:张枣很受庞德的影响,有点像出口产品转内销吧,可还是利用中国诗歌的传统,柏桦也类似。关于廖,当然可以说他那是屈原的精神和巴国文化影响的混合。可他这么做,是不是传统中国诗歌的一个做法? 不可否认,他利用的是中国的诗歌和文化,表面上的或部分的是传统的,而问题就出在"传统"的意思上。我在我书上确实没有好好地针对这件事,对此我也表示遗憾。

F:当代中国诗人需要"发明"出自己的"传统"吗?

D:或许问题出在"传统"的"统"字上吧。作为诗人,我的责任是为我自己发现"传统"。最好还是把这个看成"遗产",这是"传"的那部分,可在我们今天的世界"统"是统不了的。我们或许应该尽量了解前人的文化和历史背景,可我们自己再无法回去亲身经验。他们或许有一个特定的相当狭窄而稳固的"传统",可这 200 年来,我们的世界和它的文化慢慢地变得更复杂了一些,或者说复杂了许多。

F:韩东和于坚认为,一国诗歌在世界中的地位与一国经济、政治在世界中的地位密切相关,您怎么看?

D:有意思。我想/希望他们这个观点是从一般的国际文学读者或者出版商的立场而说的。而这个读者/商人根本不读诗。对诗人和爱诗的人来说,作品来自哪个国家是次要的事。可能有些人确实不喜欢翻译诗吧。

F:90 年代中期有所谓的"知识分子"和"民间"两派诗人之争,可惜这个时间段已经在您著作的处理之外,您怎么看这场纷争?据您的观察,国外的汉学家比较关注的是哪一派?

D:我的书其实是涉及了这件事的,在 374 页。还是从 Bourdieu 的立场来理解吧,这是必然要发生的事,特别在中国的社会背景之下。我个人更倾向于民间的那方。可在国外,没有多少汉学家真正关注了这次论争,除了 Maghiel van Crevel。我还是更关注稍后在网络上的表现,或者说延续。

F:您认为中国的先锋诗人们是否能形成布迪厄提出的"一种普遍的法团主义"呢?

D:一种理想。可我认为诗人和诗歌这东西永远不能和和平平地过日子,日子太好过,哪儿来诗呢?关键在于"先锋"这两个字。假如不要"先锋"或许会好一些,就统统回到各自受尊敬的"传统"里去吧。哈!诗人能做到这点吗?愿意吗?

F:您提到您所欣赏的陆忆敏、王小妮、翟永明、郑敏、莱耳和蓝蓝,您是从什么角度去解读这些女诗人的?单单从女性主义角度去看吗?

D:从一个诗歌读者的角度,不是。就是说,每个诗人和她/他的诗歌是值得尊敬的,她/他所表达的个人生活经验或从中的收获也同样值得尊敬。对我来说,是男是女都没有关系;最重要的是她/他所表达的或表达的方式是不是新鲜的,在我心里有没有产生某种快感或同类的美学方面的反应。女性主义或别的什么主义应该是次要的。首要的是这些"女"诗人是一些写好诗的诗人。

F:您也关注一些70年代之后出生的诗人比如沈浩波、巫昂、尹丽川、朵渔、胡续冬、魔头贝贝、蓝蝴蝶紫丁香,您觉得和上一代人相比,他们的诗歌有没有明显的变化?

D:这跟我上面的回答有密切的关系吧。其实,这种分代的方法是我不同意的,我觉得这种分法根本不尊敬诗人和他们的作品,该尽快被淘汰。"有没有明显的变化"这个问题应该是关于他们个人的创作的;对我来说,或者说对一个翻译家来说,他们不代表也不能代表哪一代人或者诗人。

F：新的诗歌传播方式，比如廖亦武和曾德旷，还有更年轻一些的周云蓬和颜峻，他们的诗歌朗诵或者表演给人留下的印象完全不同于其他一些诗人，尤其是廖的一些音频，震撼人心，您认为媒介会使诗歌发生激烈的变形吗？

D：我不这么认为；表演或者朗诵从一开始就跟诗歌有密切的关系。利用新的媒体或者媒介是理所当然的。变形这个词是相对的，而在这方面相对的是什么？所谓的很狭窄的"传统"？这跟理解什么叫"诗歌"和诗歌的历史有关系。书/纸上写的诗歌只不过是最近流行的表达方式。以前，印刷机等不存在的时候，是一个没有诗歌的时代吗？所以，我想，这不是一个"变形"的问题，而只是个"适应"的问题吧。

F：骆英的诗集《空杯与空桌》和唐晓渡的批评是同时出版的吗？它们都是单独成书吗？

D：是的，唐晓渡写的是一篇序言，但也有很重的评论成分。它们单独成书。

F：另外您翻译了骆英的诗集《小兔子》，您如何看待他的诗呢？

D：又是那个个人的问题，作为一个诗人骆英是很独特的。他的背景和生活经验给他诗歌提供一种别的诗人创造不出的张力或者说资料吧。还有一种独特的角度。

F：余英时在《待从头收拾旧山河》一文中认为"21世纪中国所面临的最大课题是怎样在20世纪的废墟上重建民间社会"，您同意吗？

D：民间社会的废墟？可大部分人都活过来了，不是吗？是某种文化废墟，是吗？一种高层次的废墟，而那一大部分不是民间的。可我想，跟我母亲和她家人在二战后德国所经验的类似，公民都能在这废墟中找到或创造一种新的文化，一个更适合新的公民社会的文化。好不好是生活在它之中的人所要天天面对的问题，而这是所有公民的事业。在中国，好像认清什么叫"废墟"还是个问题，然后是公民社会所需的创造。在这方面,德国人的选择和判断更简单一些(我指的是西德人,东德人的问题要复杂得多)。

F:中国的文化和自然环境这些年来都遭到极大破坏,结果就是您所说的"老百姓受各种各样的罪",而在这个过程中,中国的大部分知识分子都是有罪的,当然这和老百姓所遭受的罪完全不同。您认为当下的中国知识分子还能有什么作为呢?

D:作为公民,有很大的可能性。可为什么要做自以为是的"精英"或"君子"来领导别人?这是一种不尊敬别人的作为。知识是很重要的,可"知识"和"智慧"是两码事吧。

F:我说"儒家",指的是尚未制度化的"儒",我觉得它最大的弱点就是它的制度化,制度化会使其沦落为保皇工具,也就是您所说的"反民主"。尚未制度化的"儒"讲究修身、慎独,而这些品质应当是到处充满诱惑的民主社会的一剂良药,我是在这个意义上引用张东荪那句话的,希望您能进一步作出回应。

D:这跟我上面的话有关系。就是公民和公民社会的事,知识和智慧的区别与作用,和一小撮尚未制度化的"儒"的作为。孔夫子、孟子、荀子有没有讲过"儒"?在我记忆中,这字还不存在吧?"君子"和他的作为确实讲了很多。在一个新的男女平等的"公民"社会,"儒"还能讲什么跟中国的过去和"传统"没有直接联系的话?那些价值都是什么价值?不过,如果不要一种公民社会,那都好说吧。最后,他们的话会不会有更多所谓的价值?

F:读了您的著作之后,我开始阅读布迪厄,发现他的理论的确好使。另外,您针对我的论文选题作出的建议十分中肯,"当代先锋诗歌在欧洲"这样的题目很容易使我失去焦点。我的一个想法是不仅针对一些现象,而且要从这些现象里得出一些理论,比如我会区分两个欧洲,一个欧洲是资本主义欧洲,"另一个欧洲"(Czesiaw Miiosz)则是经历过摧残的欧洲。这两个欧洲都深刻影响了中国当代诗歌,我非常希望可以观察两个欧洲之间是如何慢慢融合、相互参与的,这也许会提供一些新鲜的看法。当然我面临的最大问题是提高我的外语水平,这算是我对您的一个回应,您是否能就这个问题继续谈一点看法呢?

D:我还要复杂一些。就是说,西欧的"资本主义"跟美国的有一些很大的区别,而这些是跟文化和历史有密切联系的。其实,最好还是不要把英国和英文放在西欧。一般中国人说"资本主义"的时候是说英语界的那种。举个例子,捷克,1989年后他们的领导选择了美国的那种资本主义,而一般的老百姓/公民不怎么欣赏这套新的做法。也可以说,包括英国在内,还有一些别的西欧国家也正在实行或计划一些美国化的经济政策。也很有文化方面的矛盾。一个关键的问题是那个不停发展的资本主义想法/梦想/谎话。这是不尊敬,甚至害了一般的公民/老百姓的想法/梦想/谎话。谁要先说"足够了",在"为了生活而生活得好"这一点上我们已经知道足够了,这也是一个文化的问题。这种社会似乎还不存在,还是一种乌托邦。太注重经济发展/个人的收入,就永远发展不到这种乌托邦吧。从某个方面来看东欧和共产主义的摧残,这个共产的梦想在欧洲文化中是根深蒂固的,一种试图达到梦想的可理解的文化成果,它还是存在的。被摧残的是马克思主义的某种政治方面的方法和做法,还有一些别的文化方面的东西,在西欧也有文化的摧残,只有在政治方面比东欧还文明一些。

F:于坚的《0档案》被翻译为多种外语,在我看来这部作品和一些当时比较流行的理论走得比较紧,比如福柯的理论,但是于坚后来越来越强调中国的传统,比如有的时候他会直接把古诗放进他自己的作品。这是否也可以视为一种占位呢?

D:是,可他占的是什么位?似乎他已经离开了中国的诗坛,变成了一个国际诗人,而在那更大的所谓的诗坛占位了。问题是在中国的汉语诗歌界里有多大的反应,新诗容得下这种做法或者说反叛么?或者干脆就是某种新古诗,或者一个诗人在试图重新创造"新诗",或就是一种一次性的表现或者破坏?我说不清,反正他先锋了,可不知他"锋"到哪里去了。

F：一些民族本位的中国人认为"只有中国人才能了解中国",顾彬(Wolfgang Kubin)写过很多文章来反驳这个问题。"东方主义(Orientalism)"和"西方主义(Occidentalism)"两种几乎是两个方向上展开的理论,您怎么看待这个问题?普世价值是可能的吗?

D：谁能真正正确地"了解"任何一个国家/文化/他者?这种话题有点无聊。自然我们都可以讨论我们自己的观点和有限的知识;不过很多讨论这个问题的人,对我来说,总是有我在上面提到的"智慧"问题。范围越大,话题越抽象,越没有真正的价值。这不是说这些话题不值得提,可应该有足够的自我意识/认识,要充分认识避免不了的限制和不足。讲"普世"也一样,有的事情越普越不是。除了生活的和不生活的"价值"还有什么值得谈?我说的生活,就是各种各样的生活。在我们的这个大循环中,这最基本的东西我们都不能同意,就甭想别的吧。

F：为什么说"这 200 年来我们的世界和它的文化慢慢地变得更复杂一些或许多"?是否是说目前东西方的经济和文化界限根本就是模糊的?这是全球化的结果吗?

D：是这个意思,可也不是。其实,区别一直都不那么大,只是我们太注重一些不那么重要的东西。这大概是人类的一种普遍毛病吧?唉……

F：不仅界定"传统"非常难,界定"先锋"也非常难。比如小说家艾伟认为现在文坛的价值评判中存在一种"先锋霸权",他理解的"先锋"大体指"要在形式上创新",是一种关于"新"或者"进步"的意识形态,他认为"文学的正典应该是那种脚踏人类大地的小说,具有小说最基本的价值,即人物、情感、命运等"。而艺术家艾未未则认为:"关于先锋的问题,我觉得所有的先锋性或者是当代性,它都是能够对当下的文化和政治进行重新定义的,如果没有重新定义,没有和当代重要的议题发生关系,那就谈不上先锋性,也谈不上当代不当代。这就是说,艺术家、知识分子在社会上生效的前提,就是首先要对当下中国进行判断:

什么才是今天我们所面临的首要问题？这个问题不能含糊,如果这个问题你判断不清楚,你也别做艺术家、知识分子,该干吗干吗去。今天中国的议题就是中国正在走向民主化和自由,这是一个不可回避的命题,如果在这些问题上,态度不清楚的话,是不具备当代性的,不是一个当代的文化或者是艺术的工作者,即使他是活在当代的一个人,我是这样看待这个问题的。"而您借用布迪厄的理论,认为"先锋诗歌"是"诗人之间所形成的文学活动矩阵(a matrix of literary activities)",就是说"先锋"不仅局限在文本上的形式创新,而且它就贯穿在诗人的活动中,我觉得您的看法与艾未未是相近的。我认为先锋的活力恰恰在于一个不民主的社会,在一个民主比较充分的社会里,先锋派恰恰要丧失它的活力,陷入枯竭,您怎么看待这个问题？

D:我同意艾未未的说法,在中国可以这么说,可在所谓已经自由民主的社会之中有不同的说法。这也跟我上面所说的话有关。经济也可以说,还有"自由"和"民主"的一系列问题。什么是"足够"？这个足够是个人的还是世界的？我们对个人负责,还是对人类？还是对世界/地球？而这些都不是什么新鲜的事/观点,那谈什么先锋不先锋？

F:您提到,对于"民间"一派,"在国外,没有多少汉学家真正关注了,除了 Maghiel van Crevel 之外",那么除了您和柯雷教授,其他的汉学家尤其是研究当代中国诗歌的欧洲汉学家,他们都关注哪些诗人呢？

D:欧洲汉学家关注哪些诗人,我说不清。van Crevel 和 Hockx 该比我清楚多了。德国那儿的出版界还出了不少中国文学书,那儿的汉学界很活跃。或许你也该跟 Kubin 联系吧。

F:您说您"还是更关注稍后在网络上的表现,或者说延续",这些后来的观察使您得出什么结论呢？能否简单介绍一下？您以后是否计划写一本这方面的著作呢？

D:简单地说,2000 年至 2007 年左右,"民间"诗歌观点可以说是网络诗歌的观点。那时的论坛多而且也很自由,之后有博客的发展,网络上更个人化,而最近又有一些新设的自由表现的限制。结果是这几年的"非官方"诗歌刊物的猛烈发展,或者说继续发展(在2000—2007年,有不少诗歌网刊的出现)。就谈这些吧。中国诗人们万岁!

动荡中的前行

——关于中国当代先锋诗歌访谈柯雷

〔荷〕柯 雷 张清华

时间:2007年3月30日　　地点:北京老故事酒吧
柯雷(Maghiel Van Crevel):荷兰莱顿大学汉学系主任、教授

张:柯雷教授好,很高兴又见面了,今天想请你来谈谈关于"先锋诗歌"的看法,这几乎是你的研究专业了。

柯:是呵,非常高兴。这个问题当然还是要从历史谈起。在"十七年",也包括"文革"时候的地下诗坛,这个时候大概谈不上什么"先锋"。到了1978年,出现了民刊《今天》《启蒙》,关于黄翔、哑默,他们是思想解放者,是很严肃的诗人,也是和政治有密切关系的反抗者,意识形态化特别强。到1983年,南京的韩东开始策划《他们》,但是到1985年才出来,80年代不断有民刊在编。还有更早的兰州的《同代》,可以看得出一些新的倾向,比如说再也不要崇高。但到底反对什么支持什么也并不清楚。简单地理一个路径就是:先有了朦胧诗那么一个思想解放者、一个严肃的英雄形象——写给遇罗克的诗;再以后又有了"第三代",先是提倡口语化的、日常生活的一批,后来又干脆是破坏者,打破诗歌崇拜;再以后又是"90年代"的"圣者",诗圣。从诗人的身份来看,即使是尊重日常生活的口语化诗歌,也不得不承认,诗人也有属于日常生活之外的一个身份。西川、海子、陈东东、欧阳江河、王家新、老木等人,基本上都变成了圣者,或说传教者,甚至是宗教性的,于是出现了某种类似诗歌崇拜的现象。

张:这个在90年代初期比较明显,是因为特殊的政治与文化环境。

柯：和特定的政治事件及海子之死有关系。海子之死有这么大的影响，和政治环境也有很大关系。

张：两者是不期而遇的，海子死于3月26日，和之后的政治事件并没有什么关系。

柯：在我的论文和书里写到海子，只有在你知道他死前死后的政治文化环境时，你才明白那些评论家为什么这样去说海子。其实这是一个 transplant，是移植。到了90年代，主要是个人写作，凡是什么主义都解体了，再也不标语、再也不主义了。80年代的那种集体性消失了。诗人的身份也有了一些效果。商业化发生了，其他的消遣出现了，诗歌再也不像80年代那样是一个特有的、显著的现象，这让很多诗人有很大的挫折感，他们又得去处理，所以后来的论争并不是突然出现的。对诗人来说，这肯定会有挫折感，以前我是站在台上，所有的灯都打在我身上，但现在不是这样了。80年代的摇滚乐是一个特例，是不正常的。正常的是按照什么标准呢？只有一个要求，自己能演一个广大社会中的教育角色，这才是正常的。凡是比较边缘、先锋的，凡是不属于最规范的，凡是和政治意识形态拉开距离的诗歌，都不会有这样的要求。看电视的人为什么比看诗的人多，现在已经不会有人觉得奇怪。

张：身份的变化是考察当代诗歌变化的一个很重要、或者说是很根本性的标准。80年代末朱大可写过一篇很好的文章，其中有一个很好的段落和说法，叫做《从"绞架"到"秋千"》。

柯：绞架？

张：也就是西方人杀人时用的那个绞架。至少在人们的想象里，从"文革"期间的地下诗人到北岛他们都是准备上绞架的英雄，事实上朦胧诗之所以有那么大的影响，也得益于他们的这样一种"身份"，我记得80年代初期人们读朦胧诗时，满怀着一种隐秘的背叛感带来的激动，心中充满了对诗人的英雄想象。但1985年之后，这个绞架突然没了，变成了"秋千"，变成很多人在一起玩的游戏，因为中国的政治环境突然变了。很奇怪,环境的改良不是为诗人提供了更好的写作条件,而是使他们失去了头上的光环。绞架和秋千,这两个东西很相像,都有绳子,上面有架子,但是性质完全不同。朱大可以此考察80年代的诗歌,认为先锋诗歌从此迷失了,是因为环境导致了诗人身份的改变,这是很好的角度。

柯:是啊,玩命的诗歌、玩命诗学也是有的。很多人还是希望有绞架的。

张:回头看,这个风险成就了一批当代的诗人,但也造就了他们的先天局限,在我看,朦胧诗的成就和局限都与这个环境有关。90年代初也经历了类似的情况,因为类似的悲情,"知识分子"再次变成了失败的英雄。海子之死增加了这些人失败和死亡的气息——尽管他们并不都与海子有什么关系。北京的一帮诗人也被神化了。这为后来诗坛的分裂论争埋下了伏笔。

柯:但90年代他们写的诗确实与80年代不一样了。

张:请谈谈你认为比较重要的诗人。

柯:西川在1990、1991年好像没有写什么东西,因为他可能意识到,如果继续写80年代的那种东西很无聊。他是一位比较明显地意识到转变的诗人,从《致敬》开始,他的创作完全不一样了。包括《致敬》《噩梦》《鹰的话语》,这三部我觉得是了不起的作品。

张:你觉得欧阳江河重要吗?

柯:重要,当然重要。他写诗,也写评论,他在90年代有一些比较有分量的作品。我觉得他的胆子比较大。他会突然间有一个动作,这个动作会启发其他人。我不敢说他的全部诗作都是第一流的,但至少会让某一个读者有感受,他动作的突然性和绝对性对其他人会有启发作用。他肯定是一个很敏锐的"诗脑"。我觉得重要。

张:你曾经很重视多多。

柯：我觉得多多非常重要。不过你现在问的这个问题，我的回答还不能包括早期的北岛。我认为晚期的北岛，特别是1986、1987年后，《白日梦》之后的北岛，写得非常好。我个人不太喜欢顾城，也不太喜欢舒婷。

张：杨炼呢？

柯：杨炼诗歌的"观念化"比较重，作为个人来说，我觉得他的短诗比长诗要好。我现在写的一本书中提到"流亡"，写到北岛、杨炼、王家新三个人，当然这个问题应该是：谁在什么时候、在什么情况之下算是流亡者。并不是说我列举了这三个就说他们是流亡者。他们三个人谁是流亡者，谁不是流亡者，这是相对不同的回答，包括他们诗歌中的流亡因素。我喜欢杨炼的短诗，我在书中提到的也主要是他的短诗，特别是他的一首《流亡的死者》。

张：我特别想了解你对于食指的看法。

柯：对于食指，从西语的视角，我想要提到 inspiration，这个词有两种可能性译法，一是灵感，一是启发。我觉得他谈不上灵感但肯定有启发，后来者和食指有很大的关系。在1974年以前他是老郭，郭路生，后来叫食指。我跟他见过多次面，我叫他郭路生，因为我研究的是他以前的诗歌。他的诗歌在老《今天》第一期是一个异体。北岛早期的诗受他的影响很深，其中最有名的是《回答》。

张：很像食指的。

柯：对，完全看得出来。所以我觉得郭路生起的作用特别有意思，他的诗歌文本给后来者的不可能是灵感，但确实给了他们启发，促使他们写作，他和黄翔把发言权还给诗人，涉及最起码的个人主义的自我。其实我们现在去读朦胧诗，会觉得很可笑，你看："卑鄙是卑鄙者的通行证……""我不相信……"

张：中学生的箴言？

柯：我们现在很容易去说这些话。

张：但在当时非常不容易。

柯：对。我们为什么佩服朦胧诗呢？因为它当时就是想摆脱意识形态化，但五年后人们对它的指责是什么呢？太意识形态化，你和他们其实是同谋。你只是反抗，谁给你吃菜，你唯一可以做到的是你不太喜欢吃这个菜，但还希望给你另一个菜，而实际上你根本就应该离开这个屋子。这很有意思，这说明我们搞文学史应该要非常注意读者，因为这是在读者那儿发生的变化。文本一直没变，是读者变了。《回答》早就写出来了，很多人都认为《回答》是1976年"天安门事件"后的作品，但实际上在1972年就写出来了。

张：能够印证吗？

柯：能够印证，我的书中写到了。"四五运动"发生后，1978年邓小平上台，说"四五运动"是好事情，不是反革命不是动乱，那么，这个作品说成是四月五号写的就很好说了。

张：你认为第三代诗人中比较好的有哪些呢？

柯：评论这个问题嘛，第一很难，第二很敏感。

张：你受中国式思维的影响很大呀。避而不答？没有顾彬教授那么坦率，呵呵。

柯：呵，也没有那么武断。上次在人大开会，顾彬批评中国当代文学……

张：是有点武断。

柯：那天晚上我也有同样的犹豫，我想自己还是不要说话的好，后来很多媒体找我，我也可以沉默，但我不是那种人。顾彬还把我拉进去，说柯雷怎么怎么样。这很不好，好像柯雷也同意他的观点。说到第三代诗人嘛，特别之多，还是依照一定的时间顺序吧，而且肯定会漏掉很多名字。刚才已经提到,朦胧诗之后,是四川"莽汉"、"他们"的口语诗。之后马上开始有很重要的评论话语,就是女性诗歌。我觉得很有意思,有的时候,只要女性理论和女性主义与社会性别理论稍微强一些,评论家就不会把舒婷写进去。我们在这里指的不是生物学方面的性别。作为翻译家,我认为翟永明特别重要,她受普拉斯的影响很深,但她没有失去自己,翟永明在这个过程中没有消失。很多人受谁的影响,在作品中都看得出来。受普拉斯的影响可不简单,那是有相当震撼力的影响,很有可能产生第二、第三个普拉斯。

张:她既是普拉斯也是翟永明。

柯:她的作品好在哪儿呢,一直很多元化,她的《静安庄》《咖啡馆之歌》《母亲》完全是三码事,她是一个特别重要的女性诗歌写作者。王小妮也很好。前几年,深圳大学的张晓红在莱顿大学读博士,她的论文是关于女性诗歌的评论话语,我真正了解这些东西也是通过她,这方面的知识受她的影响,也向她学了很多东西。80年代确实有很多很好的诗人。我也不敢说很了解。我喜欢万夏,还有李亚伟。当时最强的是万夏,给我留下了很深的印象,他的诗歌很有力量。于坚……我非常喜欢他的诗歌作品,不管我对他的原文有什么看法。现在在国外最有名气的就是西川和于坚,我觉得这是应该的,在这方面,我不觉得这个"经典化"有什么错误。

张:你觉得《0档案》重要吗?

柯:非常重要。这并不是说他把这个东西作为一个概念做得完整无缺。他再写部《0档案》也可能更好,但那是在当时有所需要。我记得很清楚。1994年,北大举行海子去世五周年活动,我去参加了,校园内有人在卖《大家》创刊号。上面发表了海子和于坚的作品,我后来有时会把他们混在一块儿谈。我的书中也提到过,这个书准备出版,但可能是一个神话。

张:你这本书是用英文写的吗?

柯：对,英文。

张：找到中文翻译了吗？

柯：还没有。我会对翻译家的要求非常高,出书不容易。书中有几章可以看到我比较重视的诗人包括谁。有韩东、还有海子,非常复杂,我主要写到他被神话化的作品。海子经常被引用的代表作不一定是最好的诗歌,比如《以梦为马》,我承认那句"和所有以梦为马的诗人一样"很好、很棒,但那首诗其他部分什么都不是,当然这是一个很个人化的看法。还有西川、于坚、孙文波、张曙光……汉语诗歌重视叙事性,叙事性和语音、直接的感知性有很密切的关系,有很强的讲故事的感觉,叙事性很强。"下半身"的沈浩波、尹丽川,因为完全不同的原因,我也可以说喜欢他们的作品。这个问题我回答不完,我还能想到其他的名字。

张：顾彬讲中国当代的诗歌已经完全是"外国文学",他的意思我明白,是说"国际化"的。你认为他这个说法是对的吗？这是一个好的评价吗？

柯：我们大家都知道全球化问题是一个多么复杂的问题。但再国际化、再全球化,我们看一部诗歌,或民族的诗歌传统,国际化、全球化又能说明什么问题呢？我们现在讲国际化的问题是在什么语境中呢？我们大家都知道有这么一个评论的问题。90年代,斯蒂芬·欧文的那一套书评出来以后,有人说北岛的诗歌是为国外读者而写。我对那些论争很清楚,那些资料我都看了,也做了相关的研究。首先,顾彬把话说错了,不是外国文学而是国际化或者全球化。好,那我们接受这一点,不管语言的问题,但这又能说明什么呢？国际化什么都不是,除非你是想模仿、包装什么东西,所以我觉得这样说没有什么意义。

张：这不是一种充分的赞美和肯定的理由。

柯：如果北岛有一个很好的英文翻译的话,那我们只能说被翻译后的北岛诗歌是英语诗歌、英语写作。那天晚上我不明白顾彬很多话的意义在哪儿,包括他说什么1949年前的诗歌需要词典,之后连词典都不需要了。这什么话呀?

张:文学性首先是基于民族性而不是国际性。在全球化问题之前,好的民族文学并没有明显的外来背景,但同样也可以有国际性,歌德不是因为看了中国的才子佳人小说才说"世界文学的时代已经来临"的吗?

柯:所以,这当然是废话,那天晚上还有一个美国诗人在场,他说,20世纪好的美国诗人你给我一个当过翻译家的例子,当然,一两个例子是有的。

张:但不是通例。

柯:那天晚上顾彬应该感谢大家有很多话可以说而没有说。他一直在说"所有的德国作家……"太过分了。

张:傲慢与偏见。

柯:什么"所有的德国作家都是懂几种外语的……",你看过荷兰语作品吗?这让我很不舒服。你可以批判中国文学,我也尊重,但不要凭空。

张:如果是认真讨论问题的话,外国人批评中国文学其实是很好的。

柯:但他唯一的标准就是"德国的所有作家""德国的这样""德国的那样",他看得太狭窄了。

张:最后谈一下文学环境的问题吧,现在环境发生了很大的变化,一个是消费主义,再一个是网络。现在网络把任何文化现象包括诗歌现象都变成了娱乐,变成了语言暴力。你看一下,只要在网上出现什么消息,成千上万的人就会用很粗暴的、甚至很流氓化的语言来攻击谩骂,去年在网络上发生了很多事件。现在的网络环境出现了暴力化。

我想问的是:在西方有这样的情况吗?

柯:有。

张:有这么厉害吗?

柯:在文学方面没有,在其他方面有。

张:会是一种谩骂吗?

柯:在文学框架中,骂人一直存在,但我想不会有你的厉害。我们也不一定限制在当代。"文人相轻"是中国的大传统,有人专门写过"骂人的文化"。西方的网络暴力肯定有,但如果你问在先锋诗坛中有没有,那倒不一定。

张:谩骂在各个时代都有,唐代的杜甫也痛斥过。

柯:我认为这是一个技术化时代的问题。网上的群体暴力是一种新的现象,有媒体的问题。

张:这是"群众的暴力""民众的专制"。

柯:包括恶搞。

张:我想问的是,西方和中国的网络环境有什么区别?

柯:有两个很大的区别。中国的网络很受限制。

张:官方的限制?

柯:对。中国有世界最好的、最现代的网络过滤技巧,在很多学校不能上国际网,这个问题我搞不清楚、不理解。即使回了家能上国际网,但还有很多其他限制。我知道这有很多问题。

张:日常生活和经济生活的自由化,和文化、意识形态方面还有区别。

柯:这和"发展中国家"这个身份有密切的关系。比如说,没有多少中国学校买得起很多国外书,这很简单,因为太贵,我的书出版后,可能要1500元人民币一本,150元欧元,很贵。有了网络之后,人们使用网络阅读就不必花这些钱。网络明显地改变了人们的生活,这可能稍微可以说明为什么会有群众暴力,这是多种因素结合在一起的结果。

(本文是访谈原稿的一个删节,删节时未经柯雷先生同意)

"太简单、但刚好是最重要的几点"

——莱顿大学柯雷教授访谈录①

〔荷〕柯 雷② 吴锦华③

吴锦华(下简称"吴"):柯老师您好,谢谢您接受这次中文采访。您对中国当代诗歌进行翻译和研究,在中国国内很有名气。您目前担任莱顿大学区域研究所的学术主任,兼管行政事务。今天我想就您的学术、翻译、教学、行政工作提些问题。

柯雷(下简称"柯"):好的,我收到你的提问提纲后也做了些准备。请发问吧。

吴:先从您的求学时代开始吧。哪些学者对您影响比较深?在哪些方面产生了影响呢?

柯:有不少学者对我产生了比较深的影响,他们来自不同地方。

我中学毕业后到美国明尼阿波利斯(Minneapolis)留学了一年,那时接触了语言学家唐纳德·斯坦梅茨(Donald Steinmetz)。是他让我第一次知道了什么是学术,什么是批判性思维。他激发了我的学术兴趣。

我在莱顿大学念博士时有两位导师,一位是伊维德(Wilt Idema),一位是汉乐逸(Lloyd Haft)。伊维德老师非常勤奋,著作等身,主要研究方向是中国古代和近代的文学。他知识很渊博,虽然他不是现当代

---

① 访谈经柯雷本人审阅,纠正个别翻译并补充部分资料,特此鸣谢。本文系2012年教育部人文社会科学青年项目(批准号12YJC751054)、2012年浙江省哲学社会科学规划课题(批准号12JCZW04YB)阶段性成果。
② 柯雷(1963—),荷兰莱顿大学中国语言与文学教授,莱顿大学区域研究所所长。
③ 吴锦华(1985—),荷兰莱顿大学区域研究所博士生。

文学研究方向的,但他对中国文学有很宏观的把握,可以说是中国通,跟他聊什么话题他都能侃侃而谈,说出一番见解。我不像他那般博学。汉乐逸老师既是一位诗人,也是一位学者。他对自己做学问的方法有一种坚持,虽然他和某种研究趋势背道而驰。当然这话不能绝对化,但可以判断出有一种研究的大趋势是,研究文学的学者特别注重社会历史背景,好像文学就是历史的反映那样。汉乐逸对历史背景不大感兴趣。读他1983年出版的研究卞之琳诗歌的著作,可以看出他很清楚时代对卞之琳诗歌的影响,但他主要关注诗歌本身,不让历史背景主导他对文本的解读。

中国大陆也有不少对我影响比较深的学者,我能列举出不少的名字,我想大概可以分为这样两类:一类是我读过他们的不少书,他们视野广阔,给我大框架上的启发;另一类是我刚好读过他们的一两篇论文,很有眼前一亮的感觉。第一类的学者,我举个例子,比如说洪子诚教授,他对当代诗歌研究很有自己的心得。另外,我蛮喜欢洪老师的文风。我也喜欢听他说话,直截了当地说话,并不是不尊敬别人。他不怕说一些别人可能会觉得太简单、但刚好是最重要的几点。谢冕教授和孙玉石教授,他们关注的是现当代诗歌。他们都影响了我。第二类学者,我也可以举个例子,比如说崔卫平。她现在主要研究领域电影,但她以前写过一些诗歌研究方面的文章。她在《今天》上发表的那篇《郭路生》,对我有很大的启发,我觉得她看问题很清醒。

在海外汉学方面,我很欣赏白杰明(Geremie Barmé),他不是一位专门研究诗歌的学者,他对当代中国文化都很感兴趣。他的学术做得很好玩。学术不一定非得是很枯燥的。太学术性的文字会让人睡着。白杰明的语言水平很高,对中文有很高的造诣,对汉学的发展也很有他的看法。他近几年提出"新汉学"的想法,给我带来很大的灵感。另外一位我很欣赏的汉学家是奚密(Michelle Yeh),她是专门研究现当代诗歌的学者。她的知识视野很广阔,对大陆和台湾的诗歌都相当熟悉,古代诗歌和现代诗歌都懂。她对文本的细读非常细腻,理论背景很强,感性和理性结合得非常好。我2011年在 Chinese Literature Today 杂志上发表过一篇专门谈她研究的文章。

这真是一个能继续说的话题。说起影响我的人,自然而然会说起一些老人,老一代或是与我同一代的。但其实影响或启发有时也会来自比我年轻的人。我有时读研究生的论文也会受到启发。张晓红是我的第一个博士生,跟她一起工作我觉得很愉快,也学到不少东西。在莱顿大学读博士的 4 年间,她写出了一本突破性的书。这本书给了近期在莱顿访学的杨爽(Justyna Jaguscik)一个写论文的基点,在张晓红的基础上,杨爽能走下一步。学术,都得是站在前人的肩膀上,看得更高更远,把学术一步步推进。还有殷海洁(Heather Inwood),她 2008 年在伦敦大学亚非学院拿的博士学位,导师是贺麦晓(Michel Hockx)。我是她的校外审评。殷海洁毕业后不久便当上了 Ohio State University 的助理教授。她的博士论文关注的是 20 世纪 90 年代和 21 世纪初的中国诗歌现场,很快就要成书出版了。[①] 她毕业后写了一些论文,我读过后觉得写得不错。从这个意义上说,她也在影响着我。

吴: 为何在博士论文中选了多多做最为详细的个案研究?

柯: 我与多多诗歌的相遇有一定的偶然性。当时我是个"文人",是个翻译家。鹿特丹国际诗歌节组委会他们几乎每年都来找我做翻译。我当时对多多的了解并不多,只听过他的名字。我 80 年代在北京留学时并没有和他碰过面,那时见到的是其他几位诗人。多多在大陆成名比较晚吧,1988 年《今天》杂志给他颁了个奖,他的名气才渐渐大起来。鹿特丹国际诗歌节组委会把多多的诗集给我,我当时一读,觉得他的诗很独特。"独特"本身就是个很独特的文学标准。朦胧诗又被称为"古怪诗",我觉得多多是最明显地体现"古怪"的例子。正是他的古怪和独特吸引了我。作为翻译家,也作为一位学者,我对他的诗歌产生了浓厚的兴趣。正是这种兴趣和喜欢,成为我选择他作为我的研究对象的首要原因。

对诗歌的喜欢,或者对音乐、绘画的喜欢,或者广义地说,对审美的

[①] 本文发表时,此书已出版。详见 Heather Inwood, *Verse Going Viral: China's New Media Scenes*, Seattle: University of Washington Press, 2014。

喜欢，这是人的天性。以此为理由去申请资助，去做研究，我认为这是可以说得通的。当然也会有人质疑。荷兰的 AIO 类型的博士，相当于一份工作，既有教学任务，同时还要进行博士论文的写作。这类博士的工资由政府支付，主要是靠政府的财政税收。我 90 年代在莱顿大学念博士的时候，就是这种 AIO 类型的。我有时参加一些社交的酒会，有人会问我的工作是什么。我说我在写一本关于中国当代诗歌的书。那人问是谁给钱，我说政府给钱，可以说部分来自你上税的钱。可以想象当时那人脸上惊诧的表情。但我确实觉得这个话题不要躲避，就是要去谈。要敢于辩护文化和学术的价值。

现在无论是在荷兰还是在中国，好像人们都有一种偏见，说人文学科对国家的经济发展没有什么贡献。有些遗憾的是，一些人文学者也受这种偏见感染，有些自卑情绪，我觉得这是完全没有必要的。医生发明了一种治疗癌症的方法，意义不言自明。人文学者的贡献不像医生的那么显而易见，但并不是没有。莱顿大学以前请过某些专门机构将人文学科的贡献数据化。这些机构有一整套分析计算方法，这里不详细说了。他们算出来的结果是，人文学科确实对经济发展有不可忽视的贡献。当然很重要的是，数量化的、经济方面的标准并不能够确定一切。

当然也可以说些"研究他的诗歌意义非常大"之类的话，但研究文学，我始终认为，得先从感受开始。

吴：您 1996 年出版的博士论文正标题是"粉碎的语言"，该怎样去理解您所说的"粉碎"？书的封面，远方的沙丘较为平滑，而近处的沙丘则显得坑坑洼洼，是不是寓意"粉碎的语言"？

柯：标题取自多多的《北方的海》这首诗——"一切语言都将被无言的声音粉碎"。写论文之初，就姑且先用一个比较沉闷的、平白的题目。写完论文时，可以挑一个贴切的意象或者诗中的一句话做标题。我当时写完论文，再看多多的这行诗句，觉得切合我对多多诗歌语言的概括。他对语言执行了一种暴力，把不可能的一些字词"强行"放在一起，进行着语言的"手术"。从话语常规的方向看，他的诗歌语言并不

"通顺",相当"古怪"。

(吴:那他是在对抗一种"官方话语"吗?)不,不仅仅是对抗毛文体或者说政治性的语言。北岛最早期的某些诗,说到底还是政治抒情诗。一些诗中的抒情语调,"告诉你吧,世界/我——不——相——信!"这些诗句跟《雷锋之歌》有什么区别? 当然有区别,但还是同一类的。其实,这也是可以理解的事情。人在一定的语境中长大,毛文体也可以说是母语中的母语,至少在生活的若干方面是如此,特别是公共场所或公共空间的语言,也包括文学。"文革"时便开始写作的许多诗人的早期诗作都有同样的现象,这并不只限制于北岛。只是《回答》是"文革"后涌现的年轻一代诗人有名的早期作品之一。

多多的诗里,有一种超越官方话语的东西存在。就算以中文为母语的人读多多的诗也会觉得他的语言很诡异。"一张挂满珍珠的犁/犁开了存留于脑子中的墓地",犁上挂满了珍珠? 这样的意象建构得很疯狂,对中文语言系统有股强大的破坏力。又如《笨孩子》这种诗里,也可以找到对语言的这种暴力。他粉碎语言,还粉碎了很多其他东西。

说到书的封面,很有意思。这是我在北京时一位朋友拍的照片,可惜我现在已经跟他失去联系了。那是1987年6月,我们一起去了新疆的戈壁,他拍了很多彩色的照片,非常漂亮。我的博士论文将成书出版时,我不想选一个陈词滥调的照片做封面,不想选大街上人头涌动的照片或是诗人多多的肖像。我希望封面能让人思考。我最后选了这位朋友拍的照片,黑白化处理后,就成了现在我1996年这本书的封面。远处的大沙丘,就像一个语言禁区,多多的那个充满语言暴力的诗歌世界。近处的看似坑坑洼洼的小洞,实际上是一个个脚印,也可能表达人走进禁区或迷失的感觉,无论这个人是诗人、翻译家、学者,还是其他读者。读多多的诗,不时会有走进禁区或迷失的感觉。

吴:下面我想谈谈您2008年书中提出的一些关键概念。您博士论文里对白洋淀诗群是否形成了一个诗歌群体持怀疑的态度。您2008年的书中提出一组新的概念"审美关联"(aesthetic-linked)和"机构关联"（institutional-linked）后，对您1996年的论断是否有所修正？

柯：说到一个"机构"，通常会联想到一个学校、一个刊物，如果想得再宽泛一些，可以理解为同一个地方。以民刊为例，民刊上发表的作品可能有一个美学上的共同倾向，这就是我说的"审美关联"。然而，也可能诗人在美学上不同，但他们是老乡，或是校友，是相互认识的，这就是我所说的"机构关联"。那么，白洋淀诗人是"机构关联"的。三剑客根子、多多、芒克他们是中学同班同学，一起从北京下乡到白洋淀。除三剑客外，白洋淀知青群里也有不少诗人写诗。北岛、江河他们也都到访白洋淀，可以算是白洋淀的"外围人员"。"机构关联"意味着一群人聚集在一个地方，一起讨论诗歌的问题。

但白洋淀在很大程度上被神话化了。后来关于白洋淀的故事，哎呀，我也怕说真理，看来故事比现实要大得多。关于白洋淀的故事太好听了。这些诗人经历了"文革"，"文革"一方面是人与人之间的暴力，另一方面是回归自然；一方面是政治的压制，另一方面是因父母下放到五七干校后带来的自由。这些中学还没毕业的青年们，到了一个全是水的白洋淀，这么波光粼粼的诗意的地方，他们在写诗。不能再好听！我最早去白洋淀是在1994年，那时《诗探索》组织寻访白洋淀活动，芒克、唐晓渡、林莽都一起去了。去了之后我开始能理解为什么这个故事那么动听，因为那里确实非常美。

那么这个关于白洋淀的神话是什么呢？1985年，两位学者Pan Yuan和Pan Jie发表了一篇关于《今天》与白洋淀诗人的英文文章，这在西语语境中是第一次。他们有些浪漫化地把白洋淀当成一个有凝聚力、有组织的、可以为诗人提供写作土壤的地方。1994年《诗探索》上面发了一个"白洋淀诗歌群落"的专栏，里面的文章也多少把这个地方浪漫化了——这些城市来的下乡青年形成了一个紧密的群体，他们白天必须在田里辛苦干活，然后农闲时写诗、交流诗歌。我对这种浪漫化倾向多少有些警惕。我在中国做田野调查时发现，芒克说他们知道自己是有特权的孩子，至少跟本地渔民和农民比起来是如此。芒克15岁的时候就在村里当起了老师，因为他上过几年学。根子和多多虽然是下乡到白洋淀的知青，但其实他们大部分时候都待在北京。芒克在白洋淀待的时间相对长些。三剑客的大部分诗作,其实是在北京而不是在白洋淀完成的。在这样的人员流动大且相对封闭的环境下,很难相信诗人们在白洋淀形成了一个固定的、有组织、有交流、有影响的诗群。

吴:您2008年出版的新书标题中有三个M开头的英文词:Mind、Mayhem、Money,这三个词是否形成互文的关系?第一个"Mind"怎么翻译成中文呢?怎样去理解这个词的内涵?90年代金钱成为王道时,诗人走向社会边缘,是否依然坚守着80年代的Mind?

柯:我认为将Mind翻译成"精神"比较准确。我试图用"精神"去概括改革开放到1989年春天这段时期大陆的欣欣向荣的气氛,这个时期有文化热,也有对文学对诗歌的狂热。90年代以后,这种精气神儿没有完全消失,但就如奚密教授说的,诗歌边缘化了。当然,边缘化本身又是一个很复杂的概念——谁的边缘呢?中心又在哪里?在金钱的时代,在90年代以后,诗人的确不再是人们关注的焦点,不再是被众星捧月。诗人的诗都被商品化了,你看像海子的诗,"面朝大海,春暖花开"赫然成为房地产商的广告语。从诗歌的出版、接受角度来看,诗歌的确是边缘化了。但这也不能绝对地说,假如我今晚看足球不看诗歌,那么诗歌就边缘化了吗?也不见得如此。

吴:您设计了语境—文本—元文本(Context-Text-Metatext)这样的分析框架,不希望"语境"介入您的文本分析中,是这样的思路吗?

柯:就像我在前面说过的,我之所以佩服汉乐逸的学术工作,是因为他逆势而动,并不依靠历史语境。我并不希望人为地将"语境—文本—元文本"这三部分分开,我并不反对历史语境,历史语境很重要,但是要做出选择。你要觉得自己是个研究诗歌的人,就有权力宣称你的分析从作品开始。除了很少数的几位研究者以外,大部分的当代中国诗歌研究者都没有从作品开始,尤其在外语语境当中更是如此。普遍的论调都是说文学基本上就是历史的反映,语境总是高于文本。

一些人对多多的诗歌解读总是从政治角度,总是从中国历史语境出发去解读,我不同意这样的解读,或是至少不同意以这种政治性角度解读遮蔽其他角度解读的做法。又比如说,自杀是个非常值得说的话题。海子也好,朱湘也好,自杀逐渐成为确定一切的角度,被作为主要话语,遮蔽一切。都是通过自杀去看诗人。所以在这个意义上,我认为奚密1993年解读海子的《亚洲铜》这首诗的文章非常重要。她当然知道自杀的事实,但她还是坚持立足于文本,有意地根本不提自杀一事。

前段时间我在BBC网站上读到一篇Jillian Becker写作的关于普拉斯(Sylvia Plath)的文章(*Sylvia Plath: Jillian Becker on the Poet's Last Days*)。普拉斯是位自杀的女诗人,吉利安是陪伴普拉斯度过人生最后时光的女作家。这篇文章没有什么问题,但我觉得BBC网站为这篇文章所配的介绍文字很不妥。网站上说,1963年,普拉斯的小说《钟形罩》"在她自杀前一个月"出版了。这些字眼,细细去想,很荒谬。普拉斯的小说出版在1月份,她自杀是在2月份。你如果这样表达,她在1月出版她的小说,1个月之后,她自杀了。这我还能理解。但是你说小说"在自杀前一个月"出版了。这是什么话? 这不对劲。对我来说,这是个逻辑的问题。当然我这里批评的是媒体,而不是学术圈。并不是我看不起媒体,我不能用学术圈的标准去要求媒体。但这做得太过火了,什么都和自杀相关,实在是一种非常近视的解读。

吴:您2010年1月时在南开大学做了一场名为"拒绝性的诗歌? 伊沙诗作中的'音'与'意'"的讲座。伊沙在新浪博客中夸奖了您流利的中文和生动的演讲。同时他对您诗歌阐释的切入点有不同的看法。他写道:"他很机智,谈诗歌就是谈诗歌技术层面的东西,绝不涉及诗歌中的深层含义,这样避免了很多不必要的敏感和不可预知的躁动。""他只讲它们的音,以及表面的'意',不做深层研究,不做和政治、社会、人文等发生直接关系的联想。这三首在我们看来都有相当多的中国问题含在其中,只要你是中国人,就不能不知道。这是伊沙诗歌面向现实的最典型的最不妥协的个性特色。"对此您怎么看呢?

柯:诗歌之所以成为诗歌,是因为它有一个区别于小说或其他文类的形式。诗歌的分行、节奏、音乐性等,都是诗歌这种文类的形式特点。我在对孙文波、西川等诗人的讨论中会去分析他们诗歌中的形式问题,是带有技术性的分析。但诗歌的形式和内容并不是截然对立的,这种分类不是绝对化,并不是为了拉开他们的距离,说这是形式,那是内容。我希望去探讨形式与内容之间的互动和紧张关系。

我关注诗歌纸质文本的形式问题,也关注诗人是如何去朗诵他们的诗歌文本的。比如沈浩波的朗诵是疯狂的速度,非常有进攻性的,这和他诗中所讨论的内容是相符的。不过有一个相反的例子——尹丽川的朗诵。当她走上台的时候,大家会觉得,多么可爱或者说多么酷的女性,但她会写文坛上一般很少去谈的问题,比如说像妓女啊,或者其他反映社会阴暗面的问题,所以张力在这里产生了。尹丽川读她的诗时,非常有音乐性。你如果不懂中文,当她读诗时,你会以为她在念一首很可爱的诗。如果你懂中文,你会发现她的诗实际上谈的是性,这种朗诵和文本之间的张力就变得很有趣。

伊沙说的"避免了很多不必要的敏感和不可预知的躁动",我并不觉得是避免或不避免的问题。2008年这本书在不同的地方涉及社会背景、政治背景等问题,我没有回避这些。朱大可、沈奇等不少学者,都写过关于伊沙作品的文章,我这次写伊沙可能只是注意了其形式问题——而其实在文章中也谈到他的体裁、主题、广义的"内容"以及诗人和作品的"所在处"。有很多种不同的方法去接近这种诗歌。你可以去解释,为什么说不出话来,是因为政治吗?我不知道。当我去讨论伊沙时,这不是我首先要去考虑的问题。在西语世界里,写伊沙的人很少,殷海洁最近也发表了关于伊沙的文章,这是好事情。他的诗歌的英译目前数量也不多。我做了伊沙的个案研究,做了一些资料性的工作,并讨论了伊沙在鹿特丹诗歌节时怎样呈现他的诗歌的问题。《结结巴巴》非常有名,我感兴趣的是,伊沙在那天晚上,他参加鹿特丹诗歌节的时候,如何向荷兰读者朗诵他的《结结巴巴》。

吴:崇高与世间(Elevated and Earthly)、民间和知识分子(Popular and Intellectual)是两组不同概念,对吧?

柯:对,知识分子阵营和民间阵营,他们在1999年的"盘峰论争"中吵得不可开交。他们的美学分歧早就开始了。崇高和世间,用来描绘当代诗歌美学发展上的两极走向。崇高是指英雄化的抒情、精英主义、知识分子倾向以及学院派的诗歌话语和特色;世间是指非抒情、日常生活化、口语化、反精英等诗歌话语和特色。

吴:您有不少中荷、荷中、中英的诗歌翻译经验,能举一到两个例子谈谈在跨语言、跨文化翻译中碰到的问题吗?您又是如何处理的?

柯:可以从文化角度和技术角度来谈这个问题。先说些非常技术化的问题吧。从严格意义上来说,中文并没有定冠词。宽泛地说,有类似定冠词的用法,比如"一种""一个"对应英文中的 a 或者 an、荷兰语中的 een;中文里的"那些""那个"对应英文中的 the、荷兰语中的 de。尽管如此,它们还是不完全一样。另外,怎样挑荷兰语的名词来翻译中文里的名词,这也是一个挑战。正因为有挑战,才有空间的存在。一个句子,只要你有充足的理由,你可以这样翻译,也可以那样翻译。翻译在一定程度上和学者做研究有些类似,只要有足够的论据来证明你的论点,就可以以理服人。

从文化角度来说,因为文化的不同,面对同样的词语,荷兰的读者有可能会产生跟中国的读者不一样的联想。比如北岛的小说中有句话说"他的心也不是木头的",若用荷兰语来翻译,可以直译成"木头造的"或是意译成"石头造的"。前一种译法给荷兰读者耳目一新的感觉,因为荷兰语里没有这样的用法;后一种译法则是用荷兰语惯用的意象来表达中文原文中"木头"一词的所指。所以两种译法都可行,各有各的效果。对同一意象进行解读时,在不同的语言和文化当中不一定会产生同样的联想。所以在翻译的时候,必须考虑到当地读者的接受问题。另外,跟荷兰的受众相比,我敢说中国大陆的观众听众(包括那些先锋姿态的)更喜欢一种抒情的语调、抒情的声音。正因为有这样的技术上的和文化上的差异,才有了翻译家去发挥的空间。如果不存在这样的差异,那还要翻译家干什么呢?直接拿一本字典不就完事了吗?

还有一个有意思的问题。计算机翻译比如说 Google Translate,有时非常奏效。在翻译方向或者简单指令时,它可能不会犯错。但它要

"太简单、但刚好是最重要的几点"

是做诗歌翻译会怎样呢？这还不是一个文化保守主义者在说"永远不可能"，不是这一套。Google Translate 翻译不同诗人的诗，有效度是不一样的。我常常跟中国的诗友谈到 Jan Arends——1974 年自杀的荷兰诗人（又一次说到"自杀"），他的诗特别容易译。Ik heb / een huis，我有／一所房子。这个可以讨论是不是要加"一所"这样的量词。但我一听到这首诗的节奏，就知道不需要加量词。相对而言，Google Translate 翻译 Jan Arends 的诗，会比翻译多多的诗来得更好一些。但这并不等于说 Arends 不是一个好诗人。

正因为有这些空间，正因为我们需要这些空间，所以才有讨论翻译的需要。当我回顾我的翻译，我觉得有一些变化。现在翻译逐渐成为一门学科，有实践，也有理论上的探讨。我隔壁办公室的一位同事，因做论文的需要，跟我借了两大本关于翻译学的书。翻译中总会有吵不完的问题，但正为有吵不完的问题才有学术的工作。吵完的话，行，那就关门、关灯，那就不学文学。

吴：刚才我们回顾了一路上影响您的人，谈了您的学术和翻译工作，接下来说说您的教学和行政工作吧。您从莱顿大学毕业，如今是在莱顿大学教书。能谈谈如今本硕教育与您当时接受的教育的不同之处吗？若有不同，为何会有这样的变化？

柯：有一些改变的。80 年代时没有互联网，我们那时都是通过卡片索引来找书看。现在的学生比较依赖于互联网。我在给本科生上课时，会讨论到王实味。他们就会上网，搜王实味的名字，然后获得一些信息。但我希望他们也去读一读戴晴写的关于王实味的书。网络的危险在于网民以为"网外全无"（这能算是老外发明的新成语吗？）。

信息网络化、书籍电子化后，有些意料不到的思维惯性也就跟着出来了——如果网上搜索不到，就认为不存在。有一次我跟我们所的一位教授聊天，他跟我说他的一个博士生 A 快绝望了，因为 A 非常需要一本书来做论文。这本必读的书，A 怎么也找不到。在网上搜索，发现只有美国的某个图书馆才有，要将这本书电子化又需要花很久的时间，也要不少的经费。A 不知道该怎么办。后来他的导师咨询了莱顿大学图书馆的工作人员,然后跟 A 说:其实你从办公室走一百步,到莱顿大学图书馆,就可以找到这本纸质版的书。这个故事并不典型,也有可能是 A 对我们的图书馆资源并不了解。但这或许能说明,生活在网络化的虚拟空间里,有时会不知不觉地陷入一种迷信的误区。

吴:接下来的三年您有什么学术及行政上的新构想吗?

柯:我正在考虑的是写关于汶川大地震的文章,这个题目殷海洁写过,但我和她切入的角度会不同。不过现在行政工作压力不小,见缝插针地做学术吧。我现在是莱顿大学区域研究所的学术主任。研究所的研究范围很广,既包括中东研究(阿拉伯、波斯和土耳其研究,亚述学、埃及古物学、希伯来语和阿拉米语研究以及纸草学),又包括东亚、南亚和东南亚研究。研究所不仅仅是研究文学,而是人文学科和社会学科相交融的多学科研究。这种时间紧张的状况将来会有所改变。我们区域研究所的领导层一帮人,大家轮着做学术,要是轮到我了,我就来做。我的这一任期可能是到 2015 年,也可能是到 2014 年,还没最后定。行政工作不轻松,但我们还是希望内行人管内行人,不希望上头派一个不懂人文学科的人来管我们。

吴:转眼间一个半小时的采访时间就过去了。柯老师,谢谢您接受我的采访。

柯:不客气。

关于中国文学研究与中国当代文学

——顾彬教授访谈录之一

〔德〕顾 彬 刘江凯

访谈时间:2010年7月8日—8月4日,分5次完成。
访谈地点:波恩大学汉学系办公室
访谈人:顾彬、刘江凯(以下简称G,L)

一、从怀疑开始的回应

L:教授您好,很高兴能有机会跟随您进行联合培养博士计划,在完成了对您的专节研究后,我有很多问题想当面向您请教,也希望您能通过这次访谈对我的研究提出指导和反批评,其中一些问题,我相信也是部分大陆学者比较关心的,您也可以借此机会对他们做出一些学术回应。在我的印象中,您似乎没有对任何一篇批评进行过反批评。然而按照学术界的习惯,似乎应该做出一些学术回应。

G:我没有回应有好几个原因,最重要的原因可能是我忙不过来。我不是光搞研究工作,我还出两本杂志,一个星期要上9个小时的课,一共5门课,另外要到处跑,开什么朗诵会,参加活动,开会。去年我在德国一共发表出版了11本书。今年我在德国出版的书虽然少了一些,但因为有机会去亚洲开会,所以老写什么报告。我基本上没有时间反应别人对我的看法。另外,中国学者对我的批评基础经常是翻译,不是原文。我应该从原文来对他们的批评做出反应,可是我懒得再看我过去写的东西。我还得养孩子,考学生……

L:我了解。这篇文章是我博士论文第二章的第三节内容,前两节主要是研究中国当代文学海外学术著作和有关学者。第一章则从"海外期刊与中国当代文学"的角度考察了大陆、港台、海外重要期刊,并就 MCLC 进行了个案研究。我这篇文章主要是对您的中国当代文学研究相关情况做出尽量客观的资料整理,并在此基础上略做分析和探讨。很荣幸能有机会当面听到您的回应,请您不必考虑"面子"之类的问题,谈谈对我这篇文章的意见,因为不论是从学生还是学术的角度,我都想听到真实的意见。

G:你的文章"报导"性很强,这个意思就是说你不分析,收集了很多资料。另外,因为你德文有困难,所以要靠英文或中文,这是个问题。

L:这的确是我的遗憾,我对您的研究除了个别简单、短小的材料外,多数还是以英文和中文为基础,否则我可能会获得更深入、独到的研究成果。我们先从这篇文章中引申出的问题进行吧。第一个问题是:您最早是从什么时候开始怀疑起中国当代文学尤其是小说的价值的?

G:可能是从 2004 年开始,因为那个时候我在上海写 50 年代的文学,在写 20 世纪中国文学史,我应该重新思考一批作家作品的价值。从 70 年代开始,我和其他德国汉学家一样,不是从文学、语言、思想来看中国当代文学,而是从政治、社会来看,所以会通过能接触的材料——文学杂志或者报纸什么的来了解中国社会。但是 2004 年,我从一个文学家的角度来看。另外从 2000 年开始我慢慢走上了作家的路,所以今天不是和过去一样首先从政治来看,而是首先从文学来看。

L:那么您对中国当代文学从 2004 年开始怀疑的主要诱因或者原因是什么?是在阅读中文、译文作品的过程中自然产生的还是受到了别人批评意见影响的程度更多一些?

G:一部分是通过阅读,更重要的是通过和别人间接的对话,包括德国人和中国人。

L：您的意思是受别人影响的因素更多一些？

G：对，首先是中国学者，比方说刘小枫。很早之前（可能是90年代）他就坦率地告诉我：不应该研究中国当代文学，中国当代文学没有什么值得研究的。劝我多写中国哲学、中国思想史，把目光放在中国古代。第二个人是清华大学的肖鹰，他说1949年以后的文学都是垃圾。第三个是我的妻子，她看不起中国当代文学。第四个是波恩大学的陶泽德（Rolf Trauzettel）教授，我接他的工作。他已经80多岁了，因为是从民主德国来的，所以了解在社会主义情况下能够写出的作品。他对社会主义国家文学的了解比我可能深得多，他觉得比方说王蒙的小说，和当时民主德国的小说太相似。

L：这里我想插问一句：刚才您提到了身份的变化，之前您可能更多的是以一种学者的角度来看中国当代文学。但2000年以后，您有了作家的角度，您还是一个重要的翻译家，从作家和翻译家的角度来讲的话，可能对文学的语言、形式感受会和学者不一样。我想问，您用三种身份评价中国当代文学，它们之间评价的标准有什么异同？比如作家可能更在意语言和形式的艺术性，而学者则需要在文学史的体系中客观地评论。这三种身份对中国当代文学的评论，在评价尺度、标准上是否一致？

G：这个异同很简单，通过翻译来提高我的德文水平，通过研究工作来提高我对历史、世界的了解，将这两者结合后，我才能够写作。作为一个作家，我可能是从美学的观点来看中国文学。作为一个学者，我可能从思想来看；作为一个翻译家，我可能从形式来看，大概是这样。

L：您有没有考虑过，对中国当代小说的评论，其实是用学者的身份说出了作家的标准？

G：是这样，对于有些小说，作为作家，我会说没有意思，但作为学者来说，可能还有意思。比方说50年代，吴强写的战争小说，作为一个读者我看不下去。但是如果你想了解当时一批自大的领导干部思想的话，通过他们的小说你完全可以了解他们当时的思想。

L:您说的这种情况,按照中国学界来看的话,就是有些作品文学意义不强,但是文学史的意义很强。

G:对,有。比方说巴金的《家》,他的语言不好。但是从思想来看,这部小说是非常重要的。通过这部小说我们可以了解到今天的困难。因为《家》里的主人公用太简单的方法相信未来,但是未来到了以后,他们的问题还没有解决。当时他们都觉得对老人应该反抗,老人代表旧社会,年轻人代表新社会。但年轻人老了以后也不能再代表新的倾向,所以他们老了以后也会受到新的年轻人的批判。今天特别是德国的社会,如果要了解的话,可以从《家》来看,因为现在,我们的社会承认的是年轻人,年龄大的人都不算。另外,年轻人想创造一个全新的社会,但是他们真的能做到吗?反正他们在1949到1979年前后创造的世界太可怕。

L:您觉得中国现当代文学在海外是一个独立的学科吗?

G:是,因为不管在美国还是德国,如波鸿大学、苏黎世大学、科隆大学,他们专门有一个教授的位置,最像是中国现代、当代文学。

L:它和中国大陆的中国现代、当代学科划分是一样的吗?我个人感觉好像不完全一样。

G:科隆大学教授的那个位置是"Literatur Philosophie 20 Jahrhundert",中国20世纪哲学和文学;波鸿大学是"Sprache und Literatur China",中国语言和文学;美国这类的教授位置好多好多,至少有100个。

L:您说的是指教授的位置,在中国它是一个学科、专业,比如我们的研究生毕业后,他的专业就是"中国现当代文学"。

G:现在波鸿、苏黎世大学也专门培养学生学习现当代文学,特别是美国,经常专门找可以教中国现当代文学的老师。

L:除了1967年和1974年分别受到李白和鲁迅影响外,还有哪些重要人事对您的中国文学研究产生过影响?2006年的评论事件能否算一次？从现在来看,您觉得这个事件对您造成了哪些影响？

G:对我来说,庄子、孟子也很重要,另外我特别喜欢中国的散文,我特别喜欢韩愈、苏东坡、欧阳修。

L:您说的主要是古代文学,对您来说,在当代文学中有没有特别的人或事？

G:原来我的研究除了诗歌以外,就是妇女文学,本来想出版一本书,但因为市场的问题,都是一篇一篇发表的,因为男人写女人,女人不看,男人也不看。

L:那么您觉得2006年德国之声的报道对您来说算不算是一次比较重要的影响？

G:是,是重要的。

L:这件事情对您造成的影响有哪些？

G:没有人接我的这个批评。原来我希望是好多好多人的声音,因为德国、也可能包括国外一些学者,对中国当代文学的批判比我还厉害,但他们不想公开出声。

L:德国的中国当代文学学者,据我了解,还有如海德堡大学的瓦格纳教授、科隆大学的司马涛教授,还有维也纳大学(原来在海德堡)的魏爱莲教授等,他们也有对中国当代文学比较严厉的批判吗？

G:我说的是另外一批。

L:那些人在中国被介绍了吗？或者说中国学者熟悉他们吗？

G:一个肯定熟悉。

L:您能说出他(她)的名字吗？

G:嗯,他(她)不要。

二、关于海外汉学,以及汉学家的中国背景

L:您认为汉学家的中国妻子可能会对他们产生哪些方面的影响?比如马悦然和宇文所安。您也是研究唐代出身,您对他的研究有什么评价?

G:我不太了解他们的情况,但我非常重视宇文所安,我羡慕他的作品。他的唐代研究水平非常高,世界上可能没第二个人可以比。最近他的学术思路、风格发生了很大的变化。原来他的思路和欧洲一样,但是受到了批判。他最近发表了两本有关中国古典诗歌的书,让我有点失望。内容没有他原来的书好看,基本上没有什么真正的思想,他好像在给我们报导他阅读了什么,报导他读书的情况。

L:他走向了您批评的美国学派的做法,更多的是一种客观材料的研究?

G:是。他去年发表的两本书非常客观,我自己觉得无聊,如果你不是查什么资料的话,可以不看。美国学者对欧洲学者有偏见。他们老在批判我们搞的是一种形而上学。他们这么看是有道理的,我同意。但是我们不喜欢他们经常用什么报导方法介绍某一个人的作品,告诉读者谁什么时候、在什么地方产生、发表了什么书以及书的内容。在这方面,最有代表性的是现在哈佛大学、原来在荷兰的 Idema(Wilt Lukas Idema,中文名伊维德)教授,他用英文发表书,只能够给你报导,从来不分析什么。他自己也发表过一部中国文学史,这里边什么都有,但是分析、思想你找不到。这正是我经常对美国汉学不满意的原因,他们缺少思想,觉得我不应该想得太多太远,应该避免用这种形而上学的方法来研究中国。他们对我的这种批判,从他们的角度来看是对的;但是我对他们的看法,从我们欧洲来看也是对的。

L:这其实是不同的学术风格、思路,各有各的特点,也不一定说谁就是正确的。只不过是大家有不同的传统。

G:是,你说得很对,完全是不同的传统。因为美国人喜欢搞 presentation,德国人不太喜欢,我们觉得太无聊。因为我们需要的是思想,但是美国学者怀疑的就是思想。因为思想的基础是比较弱的、比较轻的。

L:是的。其实美国这种思路和中国的某些学术传统很相似,比如义理、考据、辞章,也强调对材料的掌握。我自己也越来越注重对一些基本材料的梳理,然后在这个基础上提出意见、思想和一些观点,否则我会觉得这个观点很空,没有基础。

G:没错,是这样的。

L:我也看过另一个汉学家王德威的许多作品,您对他有什么评价吗?

G:王德威的观点不太绝对,他比较小心,我觉得还不够。我为什么觉得美国汉学家或者说王德威的作品有些问题?因为如果涉及理论,他们都在使用一批固定的作品、固定的人,比方说阿隆索、杰姆逊(Fredric Jameson)、德里达(Jacques Derrida)等,他们不会用全新的理论;而如果你看我的作品的话,我的注释可能都会用最新的理论。我不可能写阿隆索、杰姆逊、德里达,因为太多人已经写过他们,他们不能分析一个受到社会主义影响的社会,所以,对我来说,他们的理论不一定适合分析中国当代文学。王德威刚刚发表了一部文集,中文名是"历史怪物",我看了之后很失望,完全失望。因为我们德国在八九十年代发展了最基本的有关历史的理论,他都不知道。所以我没办法通过他这本书更了解中国,或者德国。所以,他在这方面是很有代表性的。他们的理论是固定的,狭隘的,他们好像害怕使用新的理论,因为别人还没有用过。他们老用本雅明、本雅明的,无聊死了。本雅明不能够给我们介绍1949年以后的世界。不过,这些过去的理论可以让他们在使用的时候感到安全。

L:您夫人对您的学术研究有影响吗?您与中国作家、学者的交往呢？能否举一些例子说明？

G：我是德语国家第一个娶了一位中国大陆女性做妻子的汉学家。我们1981年认识,1985年才结婚。我不是专门去找一个中国人结婚,这只是一件偶然的事。是这样,我的妻子发现我在研究什么,她会给我找出自己觉得非常有意思的书。所以我经常会受到她的影响,特别是哲学。她自己不喜欢中国当代文学,她喜欢看中国当代哲学家的作品。所以如果刘小枫、汪晖、王锦明、肖鹰这一批青年学者有比较好的文章,她肯定会给我介绍,她不一定让我看,但她自己看后会讲给我。所以她对我的研究方向是非常重要的。很多文章、小品,也可能包括书在内,如果没有她帮助的话,第一可能写不出来,第二写出来可能方向不一样。中国作家、学者给我的影响也一样,特别是北京大学的王锦明、清华大学的肖鹰、华东师范大学的臧克和,如果我有什么问题的话,我肯定会问他们三个人。

L：那当代文学方面呢？作家呢？

G：在对我的影响上,当代文学领域肖鹰更多一些,作家有欧阳江河,还有梁秉钧、王家新,他们想得很远。

L：您刚才提到的大陆作家都是诗人,有没有小说家呢？

G：没有,他们没有什么思想,根本没有,不要跟他们谈什么文学。

L：我觉得越是意见不同的,越应该加强交流。我倒很希望您和部分中国当代小说家直接交流意见。如果有可能,再加入一些诗人和中外学者,甚至国外小说家、诗人,这样可以让不同意见充分交流和碰撞起来。您马上要退休了,和中国的"退休"一样吗？退休后打算从事哪方面的写作？

G：中国的退休我不明白,但是德国,我们退休后,不需要上课,工资会少一些,但还可以带博士,大学希望你还可以写书,发表书,也希望教授一个星期上一个小时的课。将来,我大概会写一本李白的书,一本苏东坡的书。

三、师者之于学生

L:您同意我在文章中对您中国当代文学相关工作的总结吗?如"翻译大于研究,诗歌多于小说"、研究有私人交往的痕迹、缺少90年代小说等?

G:从数量上讲,诗歌翻译多于小说是正常的,因为更快。另外,如果我不搞翻译的话,可能就没有人搞了。我牺牲了自己,也牺牲了自己的写作。我每天早晨五点半到六点一刻才能写作。但是翻译的话,每天搞几个小时。我培养了不少德国学生用最好的德文翻译中国当代小说,比方说曼海姆(Marc Hermann),目前可能有6到10个人在翻译小说。如果我也搞,区别不太大。但是翻译诗歌的人少,而且翻译诗歌的人不一定是诗人。上个星期介绍杨炼、北岛的诗歌,他们对我的翻译非常满意,这个我不能多说,要不然不谦虚。反正我在德国不少大报纸上发现他们已经注意到不少好的德文诗翻译,所以我觉得应该继续。如果我不翻译的话,没有人做。比方说欧阳江河的诗歌太复杂、太费力气。王家新的诗歌虽然容易一些,但是因为他的中文很特别,找合适的德文不容易,如果找不到的话,他的德文诗没什么味道。

L:您刚才提到欧阳江河的诗很复杂,主要表现在什么地方?

G:表现在他的思想、词汇和语法上,另外,他喜欢写很长很长的诗行,所以有的时候不清楚(他在表达什么),问中国人也没用,他们也不清楚。受私人影响有一点道理,可以这么说。但我不太同意一批无论是德国的还是中国的学者的观点:最好不要和作家交往。我觉得如果能的话,应该和作家交往。因为这样作家可能开掘你的眼界和思路,通过和作家们的接触,我经常能了解到完全新的东西。比方说王家新,他的诗歌写得比较简单,通过对话,我才发现,看起来他写得很简单,实际上从内容来看他并不简单。如果我没有和他接触的话,可能没办法写他。我写的90年代小说文学史里有一些内容涉及他。

L：文学史里确实有一些，但整体上 90 年代小说所占的比例还是很少的。

G：因为这本书不是词典，我想介绍有意思的书。我的序说得很清楚，我不要什么词典，另外我不喜欢的作品，尽量能不发表就不发表。90 年代文学写得少一些还有好几个原因，最重要的原因可能是：评论一部作品需要距离感。那距离感会包括多少年呢？一般来说会有 20、30、40、50 年。90 年代刚刚过去，我的文学史是从 2000 年到 2005 年间写的。我自己对 90 年代文学不一定能有距离感，当时的作品对我来说太近。我觉得 90 年代后的文学有一个很大的毛病，就是它的商业化。第二是不少作品完全是空的，没什么内容。特别是八零后，他们的中文对我来说是"娃娃中文""小孩中文"，基本上不需要使用字典都可以看得懂。他们主张今天写今天，没有过去和未来，所以他们的世界观是非常狭隘的。所以我对 90 年代文学特别是小说、话剧、散文非常不满意。我还有一个毛病，就是不想重复自己。我写过许多 90 年代的作家作品，所以在《二十世纪中国文学史》中特意少写了一些。当然，如果某个作家我还没有研究透彻的话，我还会写。所以，除了看我的《二十世纪中国文学史》外，还应该看我的一些其他文章。关于中国当代文学恐怕还会有 100 篇左右的文章，包括长的文章、后记什么的。还有，1992 年以后，中国作家一个个放弃文学，下海赚钱去了，我认为真正的作家不应该这么做。我怀疑不少作家文学方面的道德，虽然我在中国可以和不少作家谈这个问题，但有的时候，他们比我还悲观。

L：能否就您对中国当代小说的阅读情况具体介绍一下？这是许多中国学者在文章中多次提到的问题，希望您能正式回应一下。

G：我比中国学者看得慢，这个他们应该了解。我不想浪费我的生活，如果我发现一部小说没有什么吸引力，我立刻放弃。

L：您说的小说没有吸引力，更多是指中文的原作呢还是译文？

G：原文。无论我写什么，我都看过原文。但我的文学史不是什么辞典，不少中国学者写文学史的时候，根本不写什么文学史，他们编辑的是一种辞典,我讨厌(这种方式)。我的序说得很清楚,我看过的不一定都报导。我还要考虑到读者,如果我看过的都报导,我的读者会把我的书的扔掉。我的书从德国来看,已经比较厚,一共500页,一本书超过四五百页后,不光是出版社,读者可能也不高兴,所以应该在限制之内提出最重要的问题来。另外,翻译是解释,翻译家通过翻译会表达跟我不一样的立场,所以译文也应该看。

L:从您提供的那个编目来看,我的印象是您对中国当代小说进行具体文本分析的文章很少,因为我查到的就是王蒙、张洁、张抗抗,张辛欣访谈,王安忆有一个后记什么的。

G:但其实不少,我写了好多。80年代末到90年代初,关于王安忆我写了很长的文章,20页,写了她不少作品。这些具体作品的分析在哪里呢?除了文章外,在德国出版一个世界上最大的外国作家活页辞典,这里我每年要写一些中国当代作家作品,他们允许我写10到20页,我在那里分析过张洁、王蒙等可能十几个作家作品。他们要求我分析作品,但我分析后就不想再在文学史中重复。

L:这样的文章都是用德文发表,还没有翻译成中文?

G:是德文发表,已经翻译成中文,但是上海还是什么地方,已经拖了5年。

L:您刚才提到了一个大家容易忽略的问题,即这本文学史针对的读者首先是德国,并不是中国,这一点应该重视。

G:也可能是欧洲读者,也可以说是西方的读者,或者说非中国的读者,我没有想到它会被翻译成中文,会引起什么影响。

L:好的,谢谢。那么您觉得自己对当代中国及小说的隔膜大吗?同意我文章中的分析意见吗?即我觉得您的精英立场和海外视角在成就您的同时也遮蔽了您,觉得您比中国人多了一份对当代文学"置身世外"的"超脱"感,而少了份本土语境中的切身"历史体察"。如对

50—70年代的文学的态度,我承认它们确实有问题,但这些作品中还存在其他的渠道让我产生复杂、强烈甚至是审美的体验。我所说的隔膜就是指您和这些作品沟通的渠道似乎太少,陈晓明教授说您对这种异质化的文学找不到理解的参照系,在我看来也是指存在这种隔膜。

G:可以这么说,对,但不光是我一个人的问题。我认识的许多中国学者也是。比方说肖鹰,他跟你不一样,他跟我一样会说1949—1979年的文学不光是垃圾,除了一些文学作品外,完全是谎话。当然了,50年代还是有一些好的作品的《茶馆》王蒙的作品、丰子恺的一些书信,但是恐怕不会超过百分之十,或者更少。另外多多因为他"文革"的时候开始写作,"文革"时他的诗歌我承认是一流的,所以这段时间会有一些作品值得认真对待,但这类人是少数的,并没有代表性,因为当时他们是地下的,很少有人能看到,并不代表当时的精神,不是主流的文学。

另外,不光是我,我的同事、同行,包括研究现代当代的汉学家在内,对于中国当代小说都是非常陌生的。

L:您承认存在很多隔膜?

G:对。为什么呢?就是从德国来看,中国当代小说家大部分还是在用19世纪的方法来写小说。所以我老说莫言、格非、苏童、余华他们都过时了。

L:那比如说"先锋小说"呢?

G:他们那个时候模仿西方先锋派,不能说他们那个时候太过时,可能过时了10年、20年,不能说落后了100年。

L:但先锋写作在中国持续时间其实很短,很快就回到了传统的故事性写作。

G:对,卖不出去是第一个问题,第二个问题是,不论中国读者还是德国读者都不太喜欢看。在德国,很少会有人喜欢看先锋小说,恐怕是这样。

L：您的研究范围很广泛，您觉得自己的学术着力点主要是哪一领域？

G：从《诗经》到现在，我基本上什么都看，什么都写，什么都研究，我的心根本不是在中国当代文学，无论是台湾、大陆、香港。

L：您的意思是中国当代文学只是您众多文学研究中的一个小小分支？

G：是，它只占很小的地方，很多人并不知道我研究什么。但是这也说明他们也不知道德国大学的样子，不了解德国学者。中国学者可以专门研究，比如说中国当代文学，之前、之后有什么，他们不管，文学旁边有什么，他们不管。所以他们的研究对象可以是什么几十年代文学。但是德国大学，我们的研究工作不是这样，比如说：50年之内的文学史，我们也应该看前后有什么，要关注文学和社会、政治有什么关系。所以，如果我们不从事古代的研究，就没办法研究一些现当代文学的现象，比方说"主观主义"的问题。好多美国学者胡说八道，会说什么《诗经》中或者说在汉朝、唐朝会有德国18世纪才有的主观主义，他们根本不知道主观主义是什么，如果要了解的话，应该先从哲学看看什么是主观主义，另外从什么时候欧洲才产生主观主义？为什么产生？我们怎么看主观主义？中国大概从什么时候开始有主观主义？举一个非常简单的例子，从什么时候开始有"爱国主义"这个词？从法国革命以后，法国革命之前都是地方主义。所以中国学者、美国学者老把这个词用错。他们不是从历史来看，而是从当前那个说法来看。今天这个词可以随便用在中国古代文学研究之上，从德国来看，完全是错的。所以说，这是一个原因，为什么我的研究并不仅仅局限于一个领域。原来我的爱好在唐朝文学，但是从中国回来以后，我为了过日子教中国现当代文学，所以几年后，20世纪中国文学也成为我研究工作的一个重心，但是1995年以后，因为我可以停止讲现代汉语了，所以从那时起我开始思考将来可以教什么书。我觉得德国基本上没什么人研究古代文学，所以我还是应该回到中国古代文学中去。这就是我为什么研究诗歌史、散文史、戏剧史等。

L：您自己对哪一领域的研究最满意？

G：唐朝的诗歌。

L：哪个领域最不满意？

G：应该这样说,我去年在德国发表的中国戏剧史,现在有人说这是我写得最好的。我用了一种新的方法来写作,因为我不是中国戏剧的专家,另外我的读者跟我一样,他们不懂中国戏剧是什么,所以不一定认同我的看法,用最简单的方法来写,每一句话非常清楚。因为我不一定太懂中国戏剧,所以我老问自己,研究当时的中国杂剧等,对我们今天的人来说意义在哪里？这样我发现了许多新的问题。比如昨天提到的 Idema 教授,他是研究中国戏剧的专家,如果他发表什么书,什么文章,肯定是明清、还是元朝的某一个戏剧作品。但是他不分析,只是报道,而如果我介绍中国戏剧,都会分析。

L：有您自己的观点和研究意见？

G：对,有一些我分析了很长时间,所以,那个陶泽德教授,他看了好几次,他说这本书写得特别有意思。另外,他谈到我的注释,说没有想到我把中国以外的这么多东西联系起来,所以他老看,因为他发现许多新的东西。真的是这样？因为是他说的,我不敢评论他。我自己觉得我的《中国诗歌史》,对我来说还是最重要的一本书,但是这本书我承认写得太复杂,普通的读者可能并不知道我在写什么。所以还要写的话,会简单一些。比方说明年开始写李白的一本书,我还会试试能否用简单的写法写出复杂的思想来。

四、书评与中国学者

L：您看了我从部分书评总结出来的那些评论,有什么回应？

G：我看了这些评论,觉得非常失望。有两个原因,第一,他们对我评论的基础是什么？

如果是《二十世纪中国文学史》(中文版)的话,他们根本不知道,也不考虑到这本书不能代表我,因为百分之二十的内容被出版社删掉了,包括我最重要的思想、最重要的理论。第二,他们好像只能通过翻译了解我。但翻译是个问题,翻译是解释,另外上海还是什么地方,想出版两本顾彬文集,我看他们给我的校样,把原文删掉了百分之二十。所以,这本文集根本不能够代表我,如果有人靠我的文学史、我的文集评论我的话,他们只能胡说八道。但是这些学者他们自己可能想不到这个问题。另外,老说我不是从"内"来看,我是从"外",从海外、国外来看。这个让我非常非常失望,因为这是一个哲学的问题。我在中国、德国发表了好多文章,专门谈了解和理解的问题。所以如果他们说,我有一个海外的观点,我也可以问,你们中国人有什么海外的观点?所以你们没办法了解我,但是从哲学来看,这种说法一点意义都没有。这说明什么呢?这些评论我的学者,他们的思想落后,他们没有什么固定的基础可以评论我提出来的问题。

L:您提到有百分之二十被删掉了,当代文学部分也是这样吗?能否具体举个例子说明一下?

G:是。我现在想不起来,应该查一下。好像我专门谈了法国革命给我们留下什么的问题,一共3页,他们都删掉了。所以,陈晓明好像提出一个问题:我的方向是什么?我的方向就是在理论,但是理论删掉的话,这个方向当然就没有了。

L:第二个问题是关于翻译。您认为翻译存在一些问题,比如翻译者的解释,丢失一些意思,还有人为的删除,所以是靠不住的,是吗?

G:是这样的,翻译家有的时候没有用我原来的词,他去找一个不太敏感的词代替,这样的我思想会浅薄一些。

L:您的意思是德文原文更加犀利、深刻、批判性更强,但翻译后可能会有一些软化的处理?

G:对,软化,经常这样做。

L:那您觉得中文版仍然在代表您的基本观点吗？尽管删掉或改变了一些，否则这个翻译就完全是失败的了。

G:也有。

L:您本人也是翻译家，如果您认为中国学者不应该通过翻译来研究您，读者(作家)不应该依靠翻译作品的话(因为您特别强调当代作家只会读翻译作品)，那您所有的翻译不也变得没有意义了吗？翻译的价值难道不正是为那些不懂外语的人们提供了解的机会吗？因为绝多数人是不可能靠掌握多门外语来了解世界的。您如果否认中国学者可以通过您的译作了解、批评您，基本上也否定了翻译存在的合理性。您怎么看待这个矛盾？

G:通过我翻译成中文的作品，读者能了解到我的部分思想。(短暂停顿)

L:您的意思是并不完全否认翻译的价值，但因为存在一些翻译问题，特别是当这些问题很重要时，如果中国学者依据相关的中文版本对您的相关研究提出评论，很多重要问题判断的前提可能就会有问题了。

G:对。我最讨厌别人说我是海外视角，好像我没有去过中国，好像我没有学过中文，好像我无论有什么立场，都是海外的，好像我没有和中国的学者交流过，好像我也没有受到他们的影响。但我的确受到了刘小枫、肖鹰、王锦明的影响，现在无论我发表什么著作、文章，下边都有中国学者的注释。不过，尽管我受到了他们的影响，我还是有我自己的立场。

L:我觉得您可能更多地看到中国学者用这个对您进行批评，事实上，这同时也是他们对您进行肯定的主要依据。它只是一个客观事实，从中既可以引出批评，也能引出赞扬，所以我觉得您不必介意中国学者拿这个说事。

G:他们(指我文章中提到严家炎、陈福康等人的书评)说我"误读"了，具体好像没有说。另外我对五四运动的观点和他们的根本不一样。我觉得中国学者对五四运动的了解是有问题的。

L：主要有哪些？

G：比如中国学者还是认为鲁迅代表五四运动，但我自己觉得他根本不代表五四运动，他是批判五四运动的，觉得五四运动是有问题的。另外，他们说一些资料、一些作品我没有看或没使用。是这样，我不想编什么词典，有些作家我觉得太差，比方说我根本不喜欢郭小川的诗歌。上次在香港也有一个学者公开批评我没有介绍他，没有写他，所以他觉得这本书是有问题的，但我是故意没有介绍他。如果我老给德国读者介绍我觉得很差的作家的话，他们看一两页以后就会把书扔掉了。所以有的时候我介绍一次还可以，比方说刘白羽，他差得很，但是第二次再做，这个书会卖不出去。

L：我明白了，这个问题我们前面已谈过。我在文章中也提到作为您个人的学术想法，您有权力决定写什么，怎么写。而且您设定的目标还是非中国的读者，这可能会导致部分中国读者、包括学者的心理期待有落差。您怎么看这本书的译者范劲书评中的意见？因为他是德语阅读者，误差会更少一些。他在书评中对您的观点也提出了一定程度的质疑。比如他提到了您对舒婷这首诗(指《祖国啊，我亲爱的祖国》)的理解以及陈敬荣的说法。

G：如果根据他的理解，将舒婷这首诗翻成德文分析的话，所有的德国人都会讨厌这首诗。所以我用女权主义的立场来分析这首诗，我是从女人来看的，德国读者都接受。写舒婷的那篇文章在80年代就用英语发表过，美国大学学生老用。舒婷的一些诗，如果用中国人的理解来看的话，我们都不喜欢，但是如果从另外一个角度，比方从说女人、女权主义来看的话，我们会觉得她写得非常有意思。

L：好，谢谢。您对陈晓明教授的那段书评有何回应？如果是因为我引述不准确造成了误会，责任由我来承担。

G：很简单，陈晓明没看过我原来的文学史，他只能看到删掉百分之二十后的文学史。所以他的基础是什么？和中国大陆割裂,这个我不同意,完全不同意。我写《二十世纪中国文学史》时,总跟陈思和、王家新、欧阳江河他们交流,所以怎么可以说我和中国大陆是割裂的呢？难道他们的资料我都没有用过？不对,我老用。

L:他这里强调的是从参考文献的实际引述情况来看。

G:是这样,你看一个中国学者的书,可以不看剩下的99本书,因为都一样。第二,中国学者的理论经常很差。他们的资料可以,但是理论是有问题的,有些话他们不敢说。另外,我不想老重复,过去在文章中用过的引文我不会再用。我也不是仅仅在一个西方汉学的基础上,因为我老和中国学者交谈当代、现代文学的问题。

L:陈晓明教授认为,中国当代文学的这种异质性,让您在叙述中国当代文学时找不到方向,找不到理解的参照系。在他看来,当您把现代文学、当代诗歌放在世界性的参照系中时能找到一种参考,但当代小说似乎找不到这种参考了？您怎么回应？

G:当代文学我也是从社会主义、从政治理论、从东欧来研究的。因为中国学者好像对当时东欧文学的概况不太了解,所以老用写东欧文学学者的文章来揭示当代文学,我可以用东欧文学研究来了解中国当代文学的概况。

L:您并不认可他们的一些判断？您觉得他们在材料上可能还好,但观点上存在一些问题？

G:但是我接受陈思和他们的观点。

L:那么在中国当代文学研究领域,就您了解的中国学者来说,除了陈思和教授,您个人还推崇哪些学者？

G:有,比如肖鹰,我常和他谈谈当代文学。

L:洪子诚教授呢？

G:他的书我看过,还可以,但是不够深,因为他缺少理论。

L:但他的书在大陆是一本很重要的书。

G:我知道,他的书写得比较清楚,但是因为他不能够从外部来看中国当代文学,所以,他不知道中国当代文学的深度在哪里,不知道它的问题在哪里。

L:国内以"当代文学"命名的文学史教程中,现在比较重要的,在我看来有3本,洪子诚、陈思和还有董健等主编的《中国当代文学史新稿》,各有特点吧。您刚才谈了对洪老师书的评论,能谈一下对另外两本书的看法吗?

G:我觉得陈思和勇敢一些,有些观点别人肯定不敢发表,但是他敢,另外一本书我还没有看。

L:关于当代文学部分,有人根据注释怀疑您阅读的版本主要是德译本或是英译本,这个问题我们前面其实已经澄清了。

G:是,他们这样说是胡说八道。我的注释不光提译本,同时也说明原文在什么地方发表,这些原文我都看过。但也可能不是从头至尾地看,而是会对照着去看一部分。另外译本应该看,有两个原因:第一,大部分的读者不会中文,所以他们需要译本,我应该知道译本行不行。第二,通过译本我也可以了解作家,因为翻译也是解释,所以也可以通过译本来更多地了解和理解这部小说。我也是翻译家,每天搞翻译,每天和中文版本有密切的关系。

五、中国当代小说,否定与肯定

L:我个人有一个印象,和王德威的研究相比较,您的决断似乎多于分析,他有许多谈中国当代文学作品的著作,不论是英文还是中文。

G:这个我们谈过。原因有好几个:第一可能是我已经写过他,不想再重复。如关于王蒙我写了一篇很长的文章,分析了他的不少作品。

第二恐怕读者不感兴趣。第三可能删掉了。

L：我理解您的意思，您写过许多当代小说的分析文章，但在文学史里，并不想重复使用这些资料，所以给人一种错觉，即您很少作品分析，多了一些判断。所以又回到了您前面强调的中国学者评论您的基础是什么，因为语言和翻译的问题，造成了我们对您理解上的片面和局限，甚至产生了一些错误的判断。

G：是，我在文学史的序里说得很清楚，写过的东西不想再写。比方说王安忆的作品，我分析过她的很多作品。在我看来，她还能代表80年代、90年代、新世纪，因为她一直在写。但因为我写她特别多，甚至写得有点烦了，所以我在文学史里故意写她写得比较少。因为如果我还是多写的话，可能会说一些将来后悔的话。比方说我过去太靠陈思和他们一批人的观点，因为他们都觉得《长恨歌》写得不理想，所以我懒得认真地看。但这次在香港岭南大学，我不得不进行《长恨歌》的介绍，所以我看了原文和英文译本，不论是译本还是原文，我都觉得她写得很好。另外，王安忆自己也说这是她写得最糟糕的一部小说，这也是为什么我觉得可以不认真看的原因。但是通过美国的译本、译者的序，我发现陈思和、王安忆对这部小说的理解跟我很不一样。因为我能够看美国翻译家的序和后记，我可以从另外的角度看她的小说。现在我觉得这可能是1949年之后中国写得最好的小说之一。所以，我那时候犯了一个错误。一个学者不应该听一个作家的话，因为作家可以误解她的小说。比方说丁玲在三四十年代说"莎菲日记"写得不好，歌德说他的"维特"写得不好。如果我们相信他们的话，那么这些作品都没有价值了。我自己觉得"维特""莎菲"都写得特别好，从内容看"莎菲"，写得不错；从语言来看有点问题。关于《长恨歌》我那个时候太听别人的意见，所以忽视了这部小说的重要性，这是一个很大的错误。但这也可以说，我那个时候没有距离感，现在过了快20年，我有了距离感，我从另外一个角度来看她写上海，发现不错，很鲜活，她介绍的上海给我的感觉就是：这正是上海，正是她的上海，一个有活力的上海。

L：老师，您刚才提到王安忆的这个例子，主要表达了您以前过多地相信学者包括作者的意见，导致您没有认真地去考虑或者阅读。现在经过一段时间后，您有机会再次阅读，加上您可以阅读译本和原文，找到一些新的角度。将这些因素结合起来，您认为《长恨歌》甚至是1949年以来最优秀的小说。我有一个小问题：您批评当代小说主要是从语言、形式、思想三个方面，您能否从这三个方面简单谈一下《长恨歌》？

G：我自己觉得《长恨歌》的语言是很漂亮的，和英语差不多一样美，是非常成功的。形式上，王安忆有一个特点，她老喜欢用重复这个方法来写作，所以这部小说好像一部音乐曲子，你一旦开始看就不想停止。内容、世界观，这个我现在还没有考虑过，为什么呢？不论是原文还是译本，它都有很大的吸引力，所以你老想继续、继续、继续看，所以还来不及考虑有什么内容、有什么思想。你问我思想深不深，这个问题我应该再考虑。

L：还有一个问题，您在文学史里也说明了对一部中国小说的理解，随着时代的变化，您也可能会产生新的看法。那么有没有这种可能，正如《长恨歌》一样，其他您批评过、认为不好的中国当代小说，也会在今后的阅读、思考中，产生新的结论，使您给予新的、更高的评价？会有这种可能性吗？

G：会。但是我现在想不起什么例子来。这也是正常的，和年龄有关系。年龄大的时候，你会宽容一些。年龄大的时候也可能从其他角度，从最近看到的资料、小说和其他文学作品来看。

L：谢谢。就个人阅读到的作品分析来说，我觉得大陆学者的研究意见更容易让我产生共鸣。海外学者，比如王德威，不对，他毕竟还有母语基础……比如您吧，对一些作品的分析不能引起我的共鸣，这里是否也有文化差异带来的接受区别？

G：不应该老说文化差异，现在我们日常经验和经历差不多都一样。当然，我和中国学者有差异。但这个和政治、和意识形态有关。我们更多的是在思考从1917年到1989年之间的那个社会主义。特别是德国学者,他们在这方面发展了一个很强的理论,这个理论是从苏联、民主德国基础上发展的。但是因为中国也有这种类似的历史,有些观点可以用。我敢面对一些中国学者经常面临的问题。

L:您能简单介绍一下刚才提到的这种理论的主要观点吗?
G:这个我都写过,用英文发表过,翻译成中文,但大部分都被出版社删掉了。

L:这样的理论是对社会政治模式的一种批判的态度吗?
G:分析的态度。比方说把马克思主义、社会主义叫成世俗化的基督教。另外,社会主义也包括民主德国、苏联,老用基督教的象征来歌颂自己的领导,来说明为什么他们是优越的。所以他们是在使用一种经过转化的、宗教式的语言。比方说"新人"是来自《新约》的一个概念,但苏联用自己的方式创造了这个宗教概念,变成了一种社会政治性的概念。

L:啊,明白了。
G:你说的共鸣是了解不了解历史的问题。如果你把中国当代文学放在东欧文学历史上,如果你从"外"来看中国当代文学,你会发现,中国当代文学遇到的问题和困难,原来东欧也有过。但是,处理这些问题和困难的方法,当时东欧的作家和今天中国当代作家的方法都不一样。另外,中国学者不学外语,所以只能通过翻译来了解我们如何理解作品,他们不看原文。我用的资料都是最新的,连德国图书馆都找不到,因为在图书馆新书一般需要一年才能出现在书架上。所以,我的理论都是最新的,不光是你一个人,有不少德国人包括汉学家在内,也和我没有什么共鸣,所以过了一二十年以后,我用的那个理论开始变得比较普遍了,我的影响可能才会开始。

六、两位导师之间的学生

L：老师，您和张清华教授分别是我在国外和国内的导师，有意思的是，他曾写过一篇文章对您提出质疑。我觉得这很有趣，我的两位导师意见相左，所以我想听一下您对他的回应。特别说明一下，虽然你们是我的导师，但我也有自己完全独立的立场。

G：是，应该的。中国学者提出来的问题说明他们对现代文学的了解和我不一样，中国现代文学和当代文学与国际文化是分不开的。如果还会有什么本土、乡土文学的话，一般来说不可能会输于世界文学。

L：您的意思是说，本土文学和世界文学不存在一种比较关系吗？还是说本土文学不一定就比世界文学差？

G：本土文学不能够代表真正的文学，不能够代表国际文学，不能够代表世界文学。

L：老师，您说的这个"世界文学"的内涵究竟是什么？因为这也是很多中国学者的疑问，您的访谈中也多次提到这个概念，但好像都没有详细地做出过解释，让大家无法明白您所说的"世界文学"的内涵、标准到底是什么？南京大学的王彬彬教授曾指出您批评中国当代小说时有四个参考的标准，即中国古典文学，西方文学，以鲁迅为代表的中国现代文学，还有就是当代诗歌。我个人认为还可以加上半个，即您认可的比如《茶馆》、50年代的王蒙等人的少量当代小说。我的问题是：您的标准更多地是以中国文学的历史延续性为主，还是以西方文学为主？

G：都有，没有主次和轻重的区别。

L：我觉得中国文学有一些审美特质其实是很难存在于中国文化之外的，这种独异的文学传统如果也用西方标准来观察的话，是否会从根本上发生偏差？如它优秀的地方您可能没有感受到，一些没意思的地方，从西方的角度看反而可能会看出一些趣味。比如说高行健，按照中国的看法,他的水平很普通,但西方可能会从小说中看到一些他们认可的东西。

G:是,有这种可能。我在德国大报纸看到的有关高行健的评论都在否定他小说的水平,但是有一些汉学家,包括马悦然在内,他们觉得高行健的小说特别好。为什么这样说呢?他们不是作家,这是一个原因。另外,他们可能不太懂文学,他们没有跟我一样学过比如日耳曼文学,因为我原来不是汉学家,原来我学的不是文学,是神学、哲学,我很晚才开始学汉学,所以我的基础和他们不一样。我经常不是从中国来看中国,而是从世界文学、思想来看中国。另外我也写作,所以我知道德文是非常难的,语言是非常难的,不容易写出来,我对语言非常敏感。如果一个人老用别人也在用的说法、思想等,我会感到无聊,看不下去。但是别的汉学家,如果他们不是跟我一样,每天看文学作品,无论是哪一个国家、民族,他们觉得中国文学是文学,但是中国文学外他们可能没怎么看过。所以,他们的标准是他们对中国文学的了解。

L:对,参照的体系是不一样的,所以可能对同一作品的评论标准也是不一样的,结论也自然不一样。

G:是,如果我们以鲁迅来看这个问题的话,那很简单。如果我们不是从世界文学来研究鲁迅的话,我们根本不知道他在写什么;如果我们只从中国来看鲁迅的话,那鲁迅不是一个伟大的作家。他受到了德文、日语的影响,受到了德国文学、哲学、日本文化的影响,等等,在这个基础上他能创造他的作品。北岛也是,北岛没有受到西班牙朦胧诗派影响的话,我们今天没办法提高北岛的地位,如果我们不是从西班牙朦胧诗派来看北岛的话,你根本不知道他在写什么。但是中国作家和学者的问题就是在这儿,他们根本不了解外语,根本不了解外国文学,现在连住在美国、从中国大陆过来的年轻学者,他们觉得还是能够专门从中国来研究北岛,但根本不知道他在写什么。

L:朦胧诗当然会受到外国文学的影响,但国内也有一种观点,认为在中国本土的历史语境下,会自发地产生一些类似于西方的思想,也就是说朦胧诗在中国的出现,有其自然的本土因素。您觉得有这种可能性吗?

G:有,但很少。问题在哪里呢?中国学者对现代性的理解跟我的不一样。我觉得他们关于现代性是什么了解得不够。从我来看,现代性应该和传统、跟过去尽情地决裂。

L:您是在整体地回应这些问题,能否具体谈一下,比如第四个问题:中国当代文学在这方面做得怎么样?

G:当代文学除了诗歌外,基本上做得都不怎么样。比方说莫言、余华,他们都回到了中国的古典传统中。

L:但您不认为我们的古典小说,比如《红楼梦》,也存在可以挖掘的资源吗?我觉得中国作家如果想在国际文学上有所发展,除了吸收西方的资源外,更应该从传统中借鉴并加以改造和转化,并和当下现实社会联系起来,写出具有时代性格的小说,这才是中国当代文学可能的发展方向。我不认可中国作家的资源都得向西方看齐,我觉得他们现在更需要向传统回归。

G:但是传统是什么呢?如果是语言美,可以;如果是有些思想,可以;如果是世界观的话,根本不行。

L:我明白您的意思,对于传统资源的现代转化,是目前中国学界的一个重要问题,但我相信中国传统里,比如说您刚才提到的语言美,包括中国传统小说里那种特殊的阅读感觉等,存在着许多可以让当代文学转化、利用的资源。比如说格非的《人面桃花》,我明显地感到他有一种回归传统的味道,小说的情境很古典,语言也比较优美。这部小说您看过吧,有什么印象吗?

G:是,但是这部小说写得太落后。

L:它的落后主要表现在什么地方?

G:首先我们应该确定一个现代性的小说是什么样子的,一个现代性的小说应该集中在一个人身上,讲一个人的故事、一个人的灵魂、一个人的思想。但是他呢?讲了几十个人。另外,他还在讲故事,1945年以后,我记得讲过好多次了,好的作家他们不可能讲什么故事,因为故事的时代已经过去了。

L:也就是说,您认为现代性好的小说有一个很重要的依据:作家不应该依靠故事来吸引读者,而应该靠语言、文体形式上的变革,包括思想的追求。

G:是,思想。

L:还有一个问题,我曾看到您在很多访谈中谈到了中国作家缺少勇气,我个人感觉您的勇气的内涵好像是指作家应该站在社会公义的立场上,代表人民的声音,和现实的一些丑恶进行对抗,比如80年代北岛写过一些批判政治意识形态的东西。这就是您批判很多中国当代作家走向了市场、丧失了立场、背叛了文学等问题的原因。您所说的勇气是指我刚才所说的这些吗?

G:是,对。

L:我觉得您对中国也非常了解,您能理解中国作家为什么这样吗?

G:因为他们想舒服,想好好过日子。现在国家给他们的优惠比较多,比方说王蒙还可以保留他原来的舒服待遇,他可以用国家的车。另外,不少作家在大学教书,他们也能得到国家的好处。也可以这么说,是国家把他们收买了。

L:那您认为优秀的作家包括学者,他们就应该和政府对抗吗?

G:他们应该是独立的。如果他们觉得有问题的话,应该说出来。特别是他们应该保护他们的自己人。

L:西方的民主制度要比中国更成熟一些,那您觉得在东德时期,德国那些作家在当时的高压政策下,有同样的勇气吗?

G:东德原来的不少人,也包括苏联、捷克、波兰的一批人,虽然知道如果说话会倒霉,但他们还会说。

L:谢谢,我们看下一个问题。有不少学者认为90年代中国文学经历了一次"大转型",即您书中"20世纪末中国文学的商业化"时期。洪子诚老师新版的《中国当代文学史》也加强了90年代文学论述。而您的这部文学史对90年代文学似乎因为"商业化"的原因基本没有展开。有没有想过以后补充这方面的写作?

G:我同意90年代发生了一个大转型,特别是从1992年邓小平南巡讲话以后,第一次由一个中国领袖公开地说赚钱是好的,因为1992年以前,毛泽东不会这么说,孔子不会,孙中山也不会这么说。1992年以前,赚钱不一定是最重要的,还有一些其他事情更重要。

L:对,比如说一些理想和精神层面的东西,宣传得会更多一些。

G:我之所以没有展开,其实是因为距离,可能还会需要10年以上。

L:我个人对90年代文学的观点是:尽管从文学性本身来看,可能存在很多问题,您也是批判的态度,比如私人化、商业化,甚至有点坠落。但从文学史的角度,我认为这次转型的意义甚至超过了1919年和1949年。因为20世纪90年代的文学转型标志着中国自鸦片战争以来形成的那种民族国家危机意识开始松动。我们的文学从一个半世纪以来的那种焦虑和追赶的心态中放松下来了。如果以这样的历史背景下去审视,90年代文学的意义可能仍然有许多未开掘之处。

G:是,我同意你的想法。

L:这个问题,我曾请教过张清华教授,他让我再多看点书,我自己也觉得这个问题的确需要看很多书才能写清楚。那么最后一个问题:尽管您已明确了卫慧、棉棉、虹影等作家作品不好,也在《二十世纪中国文学史》中谈到了一些当代主流作家的写作问题,如王安忆、苏童等,您能具体谈一下还有哪些当代主流作家作品不好吗?他们不好的原因除了语言、形式、思想外,还有其他的表现吗?比如莫言、陈忠实、贾平凹、张炜、余华、铁凝、史铁生、阎连科等,毕飞宇的作品您看过没有?

G:中国当代作家最重要的问题,如果写小说的话,第一他们不知道自己是谁。什么意思?他们不太了解自己。因为他们不能比,如果能够和一个外国作家比的话,他们就能了解到自己缺少什么。但是中国作家太自信,觉得自己了不起。另外,他们缺少一种cosmopolitism,字典里没有,这个意思是不论你在什么地方,都知道自己在做什么。比方说梁秉钧,他不需要翻译,可以用英文。他可以从越南来看中国,从德国来看中国,从北京看柏林,无论他在什么地方,都可以写。最近他发表了一组专门谈亚洲食物的诗,谈越南菜、日本菜、马来西亚菜等,所以他可以从各个国家和地区的文化来看中国文化。但是除了诗人外,我恐怕其他中国当代作家没有这个视野。

L:那么我提到的这些作家的作品您都看过吗?毕飞宇作为一个新锐作家您看过他的作品吗?

G:我都看过,毕飞宇也看过,他还不够好。这些人他们都会有比较好的一篇或一部散文或小说。铁凝的短篇小说写得很好,比如那篇《哦,香雪》。另外,张炜也有一些好的短篇小说,贾平也有一些好的散文,但不一定是我最喜欢的。莫言我们很早就介绍了。陈忠实《白鹿原》我不喜欢。余华的《许三观卖血记》基本上可以,《活着》也还行,《兄弟》我不喜欢。阎连科的我只看了他一部小说,因为他自己说写得不好,所以我不应该再批评他。

(2010年8月12日整理,
2010年8月15日修改)

关于中国文学研究与中国当代文学

——顾彬教授访谈录之二①

〔德〕顾 彬 刘江凯

访谈时间:2010年7月8日—8月4日,2011年1月14日。
访谈地点:波恩大学汉学系办公室
访谈人:顾彬、刘江凯(以下简称 G,L)

题记:笔者有幸于2009年到德国波恩大学跟随顾彬教授做联合培养博士,期间我们进行了多次访谈,最终形成了这个访谈稿,因为原文较长,所以分两部分发出,个别问题为了衔接需要,略有重复,特此说明。

一

L:教授,您好。我们继续前面的话题。您因为批评中国当代文学而在中国迅速走红,您也讲过自己有学者、作家、翻译家三重身份,有没有考虑过对中国当代小说的评论,其实是用学者的身份说出了作家的标准?

G:是这样,有些小说我作为作家会说没有意思,但作为学者来说,可能还有意思。比方说50年代,吴强写的战争小说,作为一个读者我看不下去。但是如果你想了解当时一批喜欢自大的领导干部的思想的话,这些小说可以帮到你。

---

① 本采访原文较长,其中一部分发于《东吴学术》2010年第3期。

L：您说的这种情况，按照中国学界的说法，就是有些作品文学意义不强，但是文学史的意义很强。

G：对，有。比方说巴金的《家》，他的语言不好。但是从思想来看，这部小说是非常重要的。通过这部小说我们可以了解到今天的困难。因为《家》里的主人公用太简单的方法相信未来，但是未来到了以后，他们的问题还没有解决。当时他们都觉得对老人应该反抗，老人代表旧社会，年轻人代表新社会。但年轻人老了以后也不能再代表新的倾向，所以他们老了以后也会受到新的年轻人的批判。要了解今天特别是德国的社会，可以从《家》来看，因为现在我们的社会承认的是年轻人，年龄大的人都不算数。另外，年轻人想创造一个全新的社会，但是他们真的能做到吗？反正他们在1949年到1979年前后创造的世界太可怕。

L：您觉得中国现当代文学在海外是一个独立的学科吗？

G：是，因为不管在美国还是德国，如波鸿大学、苏黎世大学、科隆大学，他们专门有一个教授的位置，最像是中国现代、当代文学。

L：它和中国大陆的中国现代、当代学科划分是一样的吗？我个人感觉好像不完全一样。

G：科隆大学教授的那个位置是"Literatur Philosophie 20 Jahrhundert"，中国20世纪哲学和文学；波鸿大学的是"Sprache und Literatur China"，中国语言和文学；美国这类的教授位置好多好多，至少有100个。

L：您说的是指教授的位置，在中国它是一个学科、专业，比如我们的研究生毕业后，他的专业就是"中国现当代文学"。

G：现在波鸿、苏黎世大学也专门培养学生学习现当代文学。美国经常专门找可以教中国现当代文学的老师。

L：您认为汉学家的中国妻子可能会对他们产生哪些方面的影响？

比如马悦然和宇文所安。您也是研究唐代出身,您对他的研究有什么评价?

G:我不太了解他们的情况,但我非常重视宇文所安,我羡慕他的作品。他的唐代研究非常高,世界上可能没第二个人可以比。最近他的学术思路、风格发生了很大的变化。原来他的思路和欧洲一样,但是受到了批判。他最近发表了两本有关中国古典诗歌的书,让我有点失望。内容没有他原来的书好看,基本上没有什么真正的思想,他好像在给我们报导他阅读了什么,报导他读书的情况。

L:他走向了您批评的美国学派的做法,更多的是一种客观材料的研究?

G:是。他去年发表的两本书非常客观,我自己觉得无聊,如果你不是查什么资料的话,可以不看。美国学者对欧洲学者有偏见。他们老在批判我们搞的是一种形而上学。他们这么看是有道理的,我同意。但是我们不喜欢他们经常用什么报导方法介绍某一个人的作品,告诉读者谁、什么时候、在什么地方产生、发表了什么书以及书的内容。在这方面,最有代表性的是现在在哈佛大学、原来在荷兰的 Idema(Wilt Lukas Idema,中文名伊维德)教授,他用英文发表作品,只能够给你报导,从来不分析什么。他自己也发表过一部中国文学史,这里边什么都有,但是分析、思想你找不到。这是我经常对美国汉学不满意的原因,他们缺少思想,觉得我不应该想得太多太远,应该避免这种形而上学的方法来研究中国。他们对我的这种批判,从他们的角度来看是对的;但是我对他们的看法,从我们欧洲来看也是对的。

L:这其实是不同的学术风格、思路,各有各的特点,也不一定说谁就是正确的,只不过是大家有不同的传统。

G:是,你说得很对,完全是不同的传统。因为美国人喜欢搞 presentation,德国人不太喜欢,我们觉得太无聊。因为我们需要的是思想,但是美国学者怀疑的就是思想,他们觉得思想的基础是比较弱的、比较轻的。

L：是的。其实美国这种思路和中国的某些学术传统，比如义理、考据、辞章类似，都强调对材料的掌握。我自己也越来越注重对一些基本材料的梳理，然后在这个基础上提出意见、思想和一些观点，否则我会觉得这个观点很空，没有基础。

G：没错，是这样的。

L：我也看过另一个汉学家王德威的许多作品，您对他有什么评价吗？

G：王德威的观点不太绝对，他比较小心，我觉得还不够。我为什么觉得美国汉学包括王德威的作品有些问题？如果有理论的话，他们都用一批固定的作品、固定的人，比方说 Fredric Jameson（杰姆逊）、Jacques Derrida（德里达）等，而不会用完全新的理论。如果你看我的作品的话，我的注释可能都会用最新的理论。我不可能写上杰姆逊、德里达他们，因为太多人已经写过他们，他们不能分析一个受到社会主义影响的社会，所以，对我来说，他们的理论不一定太合适来分析中国当代文学。王德威刚刚发表了一部文集，中文名是"历史怪物"，失望，完全失望。因为我们德国在八九十年代发展了最基本的有关历史的理论，他都不知道。所以我没办法通过他这本书更了解中国或者德国。所以，他在这方面是很有代表性的。他们的理论是固定的、狭隘的，他们不能够用完全新的理论，或者说好像怕用新的理论，因为别人还没有用过。他们老用本雅明、本雅明的，无聊死了。但是本雅明不能够给我们介绍1949年以后的世界。另外，这些过去的理论让他们使用的时候感到安全。

二

L：您夫人对您的学术研究有影响吗？您与中国作家、学者的交往呢？能否举一些例子说明？

G：我是德语国家第一个娶了一位中国大陆女性做妻子的汉学家。我们1981年认识，1985年才结婚。我不是专门去找一个中国人结婚，这只是一件偶然的事。是这样，我的妻子发现我在研究什么，她会给我找出自己觉得非常有意思的书。所以我经常会受到她的影响，特别是哲学。她自己不喜欢中国当代文学，她喜欢看中国当代哲学家的作品。所以如果刘小枫、汪晖、王锦明、肖鹰这一批青年学者有比较好的文章，她肯定会给我介绍，她不一定让我看，但她自己看后会讲给我。所以她对我的研究方向是非常重要的。很多文章、小品，也可能包括书在内，如果没有她帮助的话，第一可能写不出来，第二写出来可能方向不一样。中国作家、学者给我的影响也一样，特别是北京大学的王锦明、清华大学的肖鹰、华东师范大学的臧克和，如果我有什么问题的话，我肯定会问他们三个人。

L：那当代文学方面呢？作家呢？

G：在对我的影响上，当代文学领域肖鹰更多一些，作家有欧阳江河，还有梁秉钧、王家新，他们想得很远。

L：您刚才提到的大陆作家都是诗人，有没有小说家呢？

G：没有，他们没有什么思想，根本没有，不要跟他们谈什么文学。

L：我觉得越是意见不同的，越应该加强交流。我倒很希望您和部分中国当代小说家直接交流意见。如果有可能，再加入一些诗人和中外学者，甚至国外小说家、诗人，这样可以让不同意见充分交流和碰撞起来。您可以选择一两个作家作品具体谈谈批评意见，如果有这样的机会，您愿意吗？

G：一般来说，我会同意，但是也要看看是哪些大学、作家。如果是太差的作家的话，那么公开地谈谈对他的批评意见是有问题的。另外，如果他受不了批评，老是希望我给他说赞扬的话，也没什么意思。但是比较宽容的作家比如莫言就没问题，王蒙也是。

L：那比如说王安忆、铁凝、余华、苏童、阎连科等呢？

G：他们都行。我已经和王安忆在上海开过这类的座谈会，那个时候好像还有一个上海女作家,她叫陈丹燕,好像是写儿童文学的,我们很谈得来,她也来过波恩大学。

L:老师,按照您个人的观点,如果让您给大陆这些作家大致排序的话,大概是如何的?

G:好像还是八九十年代的王蒙、90年代的王安忆、苏州写美食家的陆文夫。我原来也比较重视90年代的王朔,但是我应该重新研究他的作品,他对我还是很重要,但已经过了10多年了,我没有再看他的作品。

L:那么李锐呢?

G:我不太重视他的作品,觉得他的作品很有剧本的味道,另外,我觉得那是一种图画式的小说,好像没什么思想,他的小说情节太主张故事,故事时代已经过去,如果还讲故事,可以拍电影。

L:您马上要退休了,和中国的"退休"一样吗?退休后打算从事哪方面的写作?

G:中国的退休我不明白,但是德国,我们退休后,不需要上课,工资会少一些,但还可以带博士,大学希望你还可以写书、发表书,也希望教授一个星期上一个小时的课。将来,我大概会写一本李白的书,一本苏东坡的书。

L:您同意我在文章中对您中国当代文学相关工作的总结吗?如"翻译大于研究,诗歌多于小说"、研究有私人交往的痕迹、缺少90年代小说等?

G:从数量上讲,诗歌翻译多于小说是正常的,因为更快。另外如果我不搞翻译的话,可能就没有人搞了。我牺牲了自己,也牺牲了自己的写作。我每天早晨五点半到六点一刻才能写作。但是翻译的话,每天搞几个小时。我培养了不少德国学生用最好的德文翻译中国当代小说,比方说曼海姆(Marc Hermann),目前可能有6到10个人在翻译小说。如果我也搞,区别不太大。但是翻译诗歌的人少,而且翻译诗歌的人不一定是诗人。上个星期介绍杨炼、北岛的诗歌,他们对我的翻译非常满意,这个我不能多说,要不然不谦虚。反正我在德国不少大报纸发现他们已经注意到不少好的德文诗翻译,所以我觉得应该继续。如果我不翻译的话,没有人做。比方说欧阳江河的诗歌太复杂、太费力气。王家新的诗歌虽然容易一些,但是因为他的中文很特别,找合适的德文不容易,如果找不到的话,他的德文诗没什么味道。

L:您刚才提到欧阳江河的诗很复杂,主要表现在什么地方?

G:表现在他的思想、词汇和语法上,另外,他喜欢写很长很长的诗行,所以有的时候不清楚(他在表达什么意思),问中国人也没用,他们也不清楚。受私人影响有一点道理,可以这么说。但我不太同意一批无论是德国的还是中国的学者的观点:最好不要和作家交往。我觉得如果能的话,应该和作家交往。因为这样作家可能开掘你的眼界和思路,通过和作家们的接触,我经常能了解到完全新的东西。比方说王家新,他的诗歌写得比较简单,通过对话,我才发现,看起来他写得很简单,实际上从内容来看他并不简单。如果我没有和他接触的话,可能没办法写他。我写的90年代小说文学史里有一些内容涉及他。

L:您承认对中国当代文学仍然存在很多隔膜?

G:对。为什么呢?就是从德国来看,中国当代小说家大部分还是在用19世纪的方法来写小说。所以我老说莫言、格非、苏童、余华他们都过时了。

L:那比如说"先锋小说"呢?

G:他们那个时候模仿西方先锋派,不能说他们那个时候太过时,可能过时了一二十年,不能说落后了100年。

L:但先锋写作在中国持续时间其实很短,很快就回到了传统的故事性写作。

G：对，卖不出去是第一个问题，第二个问题是，不论是中国读者，还德国读者，都不太喜欢看。在德国，很少会有人喜欢看先锋小说，恐怕是这样。

L：您讲到最满意自己对唐代文学的研究，那么对哪个领域的研究最不满意？

G：我去年在德国发表了中国戏剧史的研究成果，现在有人说这是我写得最好的。我在用一种新的方法来写作，因为我不是中国戏剧的专家，另外我的读者跟我一样，他们不懂中国戏剧是什么，所以虽然我自己这样觉得，但别人不一定这么看，用最简单的方法来写，每一句话都非常清楚。因为我不一定太懂中国戏剧，所以我老问自己，研究当时的中国杂剧等，对我们今天的人来说意义在哪里？这样我就发现了许多新的问题。比如昨天提到的 Idema 教授，他是研究中国戏剧的专家，如果他发表什么书，什么文章，肯定是明清或者元朝的某一部戏剧作品。但是他不分析，只是报导，我介绍中国戏剧时，都会分析。

L：有您自己的观点和研究意见？

G：对，有一些问题我分析了很长时间，所以，那个陶泽德教授看了好几次，说这本书写得特别有意思。另外，他提到我的注释，说他没有想到我把中国以外的这么多东西联合起来，所以他老看，因为他发现许多新的东西。真的是这样？因为是他说的，我不敢评论他。我自己觉得我的中国古典诗歌史，对我来说还是最重要的一本书，但是我承认这本书写得太复杂，普通的读者可能并不知道我在写什么。所以如果还要写的话，会简单一些。比方说明年开始写一本关于李白的书，我还会试试能否用简单的写法写出复杂的思想来。

L：关于当代文学部分，有人根据注释怀疑您阅读的版本主要是德译本或是英译本，这个问题我们前面其实已经聊到并澄清过了。

G：是，他们这样说是胡说八道。我的注释不光说译本，同时也说原文在什么地方发表，这些原文我都看过。但也可能不是从头至尾地看,可能会对照地去看一部分。另外译本应该看,有两个原因:第一,大部分的读者不会中文,所以他们需要译本,我应该知道译本行不行;第二,通过译本我也可以了解作家,因为翻译也是解释,所以也可以通过译本来更多地了解和理解这部小说。我也是翻译家,每天搞翻译,每天和中文版本有密切的关系。

L:谢谢。

三

L:教授,再次见到您很高兴。因为回国补充资料错过了您的65周年荣休典礼,非常遗憾。再过些日子,就是中国春节了,提前给您拜年了,感谢您对我一直以来的帮助和指导,也祝您身体健康。上次访谈的第一部分发表后,一些朋友、老师很想听一听您对中国当代小说具体的评论意见。就我个人而言,也有和您访谈某些具体作品的计划。所以,很感谢您今天特意安排时间,接受我的访谈。我们就以这几年在国内饱受争议的《兄弟》作为个案,具体谈一谈您对这部作品的批判意见吧。

G:好的,谢谢。

L:关于余华的《兄弟》,上次访谈您讲过不喜欢。而《兄弟》在国内外的评论明显存在着有趣的分歧:国内整体是上"恶评多于赞美"(但民间评论[主要指网络读者]似乎和主流评论并不一致);国外(尤其是法国,据余华个人博客资料)则整体上是"肯定多于否定"。请您介绍一下德国对《兄弟》的评论大概是什么状况?尤其是主流评论界和民间评论。

G:是这样,我根本不上网络,我觉得网络很无聊,第一我不相信,第二没有什么内容,所以你说的网络读者的民间评论,我没办法回答。据我了解,在德国好像没有什么汉学家看过余华的《兄弟》,反正没有一个汉学家跟我谈过这部小说。在中国,有汉学家跟我谈过《兄弟》,但是他们原来也都是从中国出去的。在德国有评论性质的文字,但有意思的是,它们出自记者而非汉学家之手,他们肯定有文学背景,学过日耳曼文学或者对中国文学感兴趣。我还记得两个书评,一个是《法兰克福汇报》发表的,作者的名字我从来没有听说过,但是她的水平不错。《法兰克福汇报》书评的水平在德国是非常高的。她对这部小说的态度是给读者报导这里边有什么,她自己用一个外文的词来描绘这部小说,英文是"Slapstick"(打闹喜剧),就是电影、电视节目中经常有几个人表现得比较笨,出现各种搞笑的情节,让观众大笑。我觉得这个观点是有道理的,因为余华讲故事的方法非常简单,甚至有点过分,就是你可以感觉到故事接下来会发生什么。

L:可以预测小说的情节?

G:对,所以我看这部小说时感到很无聊。另外,余华有才能,但是他不能控制自己的才能,老在重复自己。第三次或四次看到同样的词、观点,我就没兴趣再读下去了。他需要一个很好的编辑,告诉他不应该写四五百页,而应该集中在两百页。再说法兰克福的书评,基本上她没有否定余华的这部小说,我作为她读者的感觉就是这是一部可以看的小说。我还看了德国另外一份非常重要的报纸发表的书评,中文名可能是《世界报》,批评家是德国一个非常有名的作家,他的名字叫汉斯·克福斯道夫·布赫(Hans Christoph Buch)。他早就去过中国,我跟他还有另外一些德国作家代表团成员,1985年去过中国好多城市,比如北京、上海、广州还有其他地方。但是他还没有去中国以前,已经对中国非常感兴趣。他在70年代初出了《鲁迅作品选》,但是那个时候德国或者说德语国家没有什么人对鲁迅感兴趣。他不会中文,所以和一个华侨借助英文、意大利文译本把鲁迅的作品翻译成德文,然后让那个华侨查一下。他的这部书非常成功,也影响到我对中文的了解。两年以前,在杭州——如果我记得对的话,有机构希望我介绍一个德国作家在杭州待半年,我介绍了他。大概是那个时候,他和余华见过面。布赫的书评在歌颂这本书,他说这本书应该看,余华算一流的作家。其他的德国报纸可能也发表过书评,但是我现在记不清了。有意思的是,这些书评好像没有出自汉学家之手的,汉学家对中国当代文学基本上不感兴趣。

　　L：那您在波恩大学有没有向学生介绍过当代文学的一些书？
　　G：早就这样做过。但是最近，我大部分时间在教中国历史，特别是古代的、中世纪的、近代的历史，还有哲学、古典文学，所以可能5年来我没有上课的时候介绍过中国当代文学。但是，每年我不光在波恩，也在波恩外的城市开中国朗诵会，也总会给对中国当代文学感兴趣的人介绍。比方说现在欧阳江河在奥地利出了诗集，我们在9个德语国家的文学中心城市介绍他。我的意思是，我现在介绍中国当代文学不一定是在大学里，可能大部分都是在大学外面。

　　L：老师，我想追问一个问题，您刚才提到这两篇书评时似乎基本上持肯定意见，我想知道他们肯定这本书最主要的依据是什么？比如在法国，很多评论都突出了这部小说的"当代性"表现，即这部作品对中国当代生活的表现力。
　　G：那个女的认为，通过这部小说，我们可以了解中国的变化、发展等。布赫则从另外一个角度强调，通过这部小说，我们可以发现中国有很会讲故事的作家。

　　L：那么第一位似乎仍然把中国小说当成社会学材料，强调通过小说认识中国，好像和法国的评论角度差不多。
　　G：这是一个普遍的方式。

　　L：第二位则似乎更多地从文学本身出发来评论。
　　G：是的。我也有写余华《兄弟》的评论，但是我持否定态度。

　　L：啊，那我很期待。我知道您持否定意见，所以这次特意选择了陈思和、张清华和我自己持肯定意见的文章，想和您碰撞一下。来看第三个问题：据我个人的观察，国内主流批评多数局限于道德和美学技术主义的范畴，我并不认可这种论调，觉得有点陈词滥调。以陈思和为代表的"上海的声音"出现后,主流批评界才出现了些逆转的意思。国外的评论则非常强调《兄弟》的"当代性"——而这一点也是我很重视的。我想请教:您对《兄弟》中的"当代性"有何评论?

G:我不同意《兄弟》有什么"当代性"的地方。余华是一个很有才能的作家,但我刚才说了,他不能控制他自己,他有一些主意、概念或者非常有意思的灵感等,但他不是只用一次,而是重复地使用。好像他不知道在语言中发现什么,所以如果他只用一次,那还不错,但是如果继续用,就破坏了自己讲故事的方式。特别是第二部分,什么都有,什么都写,不论是中国社会发展还是什么变化,他都写进去。但是一个作家的任务不是把所有的现象描写在一部小说中,而是应该集中在某一点上。举一个很简单的例子,一个奥地利小说家得了德国最高的文学奖,得了5万欧元,才100多页。小说写了1900年一个诗人在10天内想什么、说什么,语言非常美。但余华和其他中国作家一样,他不写几天,而是写三四十年。这个作家只写一个人,但是余华的小说里有好多人,比方说刘镇,还有什么诗人、铁匠,太多了。另外,这里有太多想表达的主题,这些主题之间有什么关系,不太清楚。他老讲故事,这些故事不一定是有机联合起来的。我看这部小说的时候,我老觉得自己在看中国传统小说,第一很长,第二主人公特别多,有好多好多故事,这些故事有什么关系,不太清楚。最重要是,现在德国作家都是从"内"来写主人公,但是《兄弟》的主人公如果发生什么变化的话,基本上这个变化是从外来的。比方说李光头最后的变化,原因是他的弟弟死了。如果他的兄弟没死,他肯定还会继续玩女人。但是如果说这部小说还有什么"现代性"的话……

L:当代性

G:我明白,我的概念有些问题,因为我谈的是现代性,你说的是当代性。但是这个问题我也可以回答。如果《兄弟》真的有当代性的话,那么应该说这部小说代表中国,代表中国的情况,代表中国的灵魂,代表中国人,无论男女老少有什么变化。我不相信。所有的故事是创造出来的,特别是林红,她最后变成一个"老鸨"(妓女的妈妈),这简直是开玩笑。我不相信在中国,一个非常纯的女孩,对她的丈夫非常好,最后竟然因为丈夫不是男子汉,而和丈夫的兄弟玩,我不相信。

L:您觉得从逻辑上这样的故事情节是不能成立的?
G:《兄弟》从头到尾都有逻辑问题,从我个人来看很多情节不合逻辑。

L:从我个人来看,有一些情节确实存在您说的这些问题,但我觉得很多情节在中国确实不可思议地发生了。
G:是,一个人或者两个人可能会这样,这些故事可能在中国真的发生过,但是他们能代表中国吗?他们只能代表作家或者他的幻想。我自己的意见是:过了20年以后,没有人会再看这部小说。

L:这是您的评价?
G:对。

L:好,那么关于"当代性"我们先讨论在这儿,因为我觉得应该先对"当代性"做出清楚的界定才能更好地谈它。我们来看下一个问题。我已经提前发给您陈思和、张清华教授以及我本人对《兄弟》的研究文章,您阅读了吗?上次您重新肯定了王安忆的《长恨歌》,这次您对余华《兄弟》的评价会有所改变吗?
G:抱歉,我还没来得及读。不过,我们可以试着谈一下这个问题。老实说,《兄弟》我看不下去,因为我觉得它没什么思想。开头还可以,但因为他老在重复同样的情节,所有人都在谈看屁股的故事。第一次还可以,多了就太无聊了,不想读下去了。但是《长恨歌》不论是中文还是英文,我都很想看下去,因为它很有艺术性。也可能我是错的,但这是我的感觉,我还没有用学术的方法研究它,我只是说一下我的阅读印象。

L:今天请您对我们三人的研究意见提出反批评,这样虽然会限制讨论范围,却也能更有针对性地讨论问题。您既然没有来得及看我们的文章,我就边问边简单给您介绍和解释下我们的观点吧,好在这些内容您大概一听就能明白。先从陈老师的文章开始吧。《我对〈兄弟〉的解读》一文,主要用巴赫金的"狂欢"理论并结合了"民间"叙事的"隐形文本结构",肯定了《兄弟》"拉伯雷"式的文学价值。请您谈一下对这篇文章的看法,您认同陈老师的分析吗?又有哪些不同意见?

G:巴赫金,这个我明白,还有一个是?啊,隐形文本结构,这个我也明白。拉伯雷?啊,是那个法国人,啊我明白。

L:陈老师应用巴赫金的理论和他自己的民间叙事模式来分析《兄弟》,他的文本分析和理论阐释结合得很好,还是很有理论说服力的。但因为您没看他的原文,要不我再给您简要陈述一下他文章的意思?

G:没关系,这个我能讲,我知道他文章的意思。我老在批判美国汉学,为什么呢?他们在讨论中国当代文学的时候,不一定是从原文看文学作品,他们基本上是在从理论、从外国人的理论来看中国当代文学,所以他们的出发点差不多一模一样,现在用巴赫金的理论来谈中国当代文学的人太多了,烦死了!如果看第一个人用,还行,但是如果看到第二个、第三个、第一百个用巴赫金的理论来谈贾平凹、莫言、余华,我看不下去。第一,巴赫金的理论是很有问题的,不一定是对的。另外,我不知道巴赫金使用过英语吗?我的意思是,美国汉学家和中国学者一样,他们相信巴赫金的理论就是译文所展示的那个样子,如果是从法文翻译成英文,应用时应该先看法语有什么。总之,巴赫金在德国没有什么地位,因为他的理论是很有问题的,有的时候是对的,但不一定都是对的。所以,我对他很有看法,我肯定不用他的理论。现在有成百上千个人在用"狂欢"描写中国文学,太无聊。第二个问题,拉伯雷是法国很重要的一个作家,德国也有过这样的作家。但是从德国或法国的文学史来看,他们的时代已经过去了。另外,我对作家的要求是什么?他不应该给我们看一个已经经过的世界,他应该告诉我:为什么世界是这样的?为什么现在中国不少作家用"狂欢"的方式来写?这样他们可以避免我们问他:为什么世界会这样?原因是什么?为什么

"文革"的时候,会有人用最残酷的方法来折磨别人?为什么"文革"结束后,刘镇的人好像没有一个人来反思当时的情况?他们还能一起活下去,一起吃饭、一块儿高兴……在德国,这是不可能的。如果一个作家让过去、当代互相面对的话,是有问题的,他不敢回顾,不敢提出最重要的问题。当时的人如果活下来的话,为什么不要负责当时的罪恶?

L:您这个问题,我觉得确实非常好。在《兄弟》中,他的上半部还是延续了余华前期的风格,但是在下半部,我也认为应该砍掉一半,有些情节也比较啰唆(是,很啰唆),语言也不是很精炼(没错)。还有一点,就是您说的那个问题,在下部里,刘镇的人完全忘记了"文革"的创伤,他们一起狂欢、发财、选美。这其实并不是余华个人的问题,我觉得这是许多中国人的问题。我们对"文革"的反省,相对来说比较淡薄一些。

G:是,你说得很对。

L:我们来看下一个问题。陈老师的分析虽然很精彩、很到位,但我觉得不如余华在随笔中提出的"歪曲生活的小说"更有说服力。这是我对余华"随笔写作与小说创作"关系研究后得出的结论:我认为陈老师是批评家式的"外部"阐释;而"歪曲生活的小说"则是作家对文学的一种近乎本能的"内部"体验。您读了这一段研究意见后,不知有何评论?

G:我明白,我不同意这个观点。为什么呢?我们从叙事学的角度来讲,把小说里的声音分成四种:第一是小说中主人公的声音;第二是作家的声音;第三是小说中叙述者的声音;第四是原来写小说作家的声音。四个不同样的声音。如果有人觉得小说里的声音是真正余华的声音,我根本不同意。为什么呢?给你举两个例子,歌德和丁玲,我们上次谈过,如果我们相信他们小说里的声音就是他们的声音,那么就不应该看。但是这些作家的声音发生了变化。所以,余华如果将来对《兄弟》发表看法,那么也和陈思和一样,是从外部来看的。还有一个现象,到了鲁迅以后,中国小说界也有一个"不可靠的叙述者"现象,他可以胡说八道,所以我们怎么能知道小说里的声音就真正代表作家?

L:张清华老师在《〈兄弟〉及余华小说中的叙事诗学问题》(《文艺争鸣》2010年12月号)中,谈到了"戏剧性"或戏剧性元素在小说叙事中的作用,并提出"戏剧性小说"的观点。同样也结合文本做了精彩的阐释,我觉得也很有理论启发性。您对他的这一观点有何评论?

G:对,我明白他的意思。这个理论很精彩。

L:是吗?您完全认同他的观点?

G:是的,完全是对的。为什么呢?因为现在写小说的中国作家,他们不是在写小说,而是希望能把小说拍成电影。所以,余华在有意识、无意识地跟随莫言、李锐,跟好多其他作家一样,写可以拍戏的东西。所以,他的这个理论完全是对的。

L:但这里我需要解释一下,张老师在这篇文章里并不是从影视改编的角度来谈余华,而是从"戏剧性"的因素,比如情节的对称性、人物性格的戏剧化等,肯定了这种因素在小说的价值,强调了"戏剧化长篇小说"的合法地位。

G:是,他说得完全对,所以很容易拍戏。但余华有一个地方,我很喜欢,就是他的人道主义关怀。无论我是否否定《兄弟》,开始时真的有一些对"人"的描写,比如孩子如何照顾他的妈妈,这些让我很感动。

L:能否介绍一下德国评论界对德国当代文学的批评模式?我个人还是喜欢建立在文本细读基础上的理论阐释,我对"纯文本细读"和"纯理论"批评都不感兴趣,我认为文学研究可以跨界,但很难接受"文本"分析不足的评论。

G:我们有两种文学批评家,一种是学术的,一种是学术外的;一种是报纸的,一种可以说是大学的。报纸上的评论家,他们基本上是大学毕业,也可能是作家或者教授。但是他们的批评方法和学术批评不太一样,谁能在报纸发表批评,谁能得到钱,有时候得到的钱不少。先谈他们。他们不管是否是朋友,地位高低,基本上会说心里的话。比方说《法兰克福汇报》,我发现不少批评家会把他们认识的、有社会影响的作家作品完全否定,并且不影响他们之间的关系。报纸的书评家们会考虑到读者应该不应该看这本书,告诉他们为什么应该看或不看,最重要的,他们会从语言、传统等评析。他们还会提出这样的问题:这本书有什么新的内容?在德国一般来说,书评家们不一定会百分之百地否定一本书的价值,如果他们发现什么毛病的话,会提出来,但也会说它的优点在哪里。像《法兰克福汇报》的记者发表的书评,因为他们也是学哲学或文学出身,所以也会用哲学或文学的理论分析。这些书评在德国的影响是非常大的,基本上谁都看过。还有一种书评,是以我为代表的。我编辑的杂志《东方方向》里,每期都会发表很多书评,我评论的书大学外基本上是没有人看的,因为是学术性的。但我自己觉得人家如果看的话,应该注意到,我是用比较客观的方法,来介绍这本书。我发表书评后,人家不一定都会看,也不一定谁都会接受。比方说半年前,我评论了一个同事、同学、朋友的《中国作家辞典》,我觉得这个辞典是有问题的,但很多人都喜欢这本辞典,我觉得我的任务是告诉人们这个辞典的问题在哪里,要不然他们用这个辞典,将来可能会碰到什么困难。所以我报道了这个辞典的错误在哪里,我的朋友看后跟我绝交了,他说我一辈子不再和你做朋友。在文学界,在报纸发表比较厉害的评论,批评和受批评的可能还是朋友。比方说我1994年在瑞士发表了《鲁迅选集》6本后,有个我非常重视的瑞士作家,讽刺我当时用的德文等,可以说他完全批判我的选集,但是我还是继续重视他。几年前,他发表了新的诗集后,我也写了肯定的书评,也给他写了信表示下次在瑞士时可以见面谈谈。在德国评论界,或者说就我个人而言,是分人和事的。

L:啊,用中国话讲就是"对事不对人"?这其实是一种起码的学术素质。比如您是我的导师,我们的观点有些也并不一致,但我们不会因为观点冲突产生人身攻击,用西方的话讲就是"我不同意你的观点,但我誓死保卫你说话的权利"。

G:对,完全对。

L:最后,我个人对《兄弟》的研究意见是"有小瑕疵的时代大书",曾先后写过4篇文章(《压抑的,或自由的》,《文艺评论》2006年6月;《审美的沉沦亦或日常化》,《文艺争鸣》2010年12月;《文学的看法与事实》,未刊;《出门远行与走向世界》,博士论文节选)。我认为《兄弟》在叙事对象上实现了由"历史叙事"向"现实叙事"的转变;叙事美学原则是"极力地压缩小说和生活的审美距离";《兄弟》的当代性及其中巨大的历史信息和理论可能性都值得我们认真思考;并认为余华可能无意中创造了一种新的小说叙述形式——"歪曲生活的小说";而这种形式中,可能蕴含着中国当代社会贡献给世界的新理论因素——即和"真实"相对的"歪曲"理论。综上所述,我对《兄弟》越来越倾向于肯定其价值。我也很想听一听您对我文章的批评意见。

G:这里我们碰到一个哲学的问题。这个问题我们可以从近年来德国媒体对中国形象的报导来谈一谈。如果一个人说中国是这样或者那样,这只不过是一种观点。无论他怎么说,都不能表现出中国的真实。所以一个小说家,他的小说也只能够表现个人的看法,而不能说表现了中国的客观真实。你提出来的这个问题,从哲学来看是有问题的。因为没有什么真实。现在从阐释学来看,德国哲学家,包括波恩大学的哲学家,他们提出一个口号:最后的知识,我们得不到。所以,如果我把你的观点看成一个可能性的观点,应该知道你的观点和事实是分开的。所以,我们在谈的是怎么一起了解我们要谈的对象,观点是观点,事实是事实。

L:您刚才提到的"观点"与"事实"其实正是我一篇文章的题目——"文学的看法与事实",这个题目源于余华提到的一位美国作家的话:"看法总会过时的,而事实永远不会改变"。我在这篇文章里主要谈了余华在随笔写作中透露出来的小说看法,如何表现在他后来的小说创作事实中,并由此引申出了我刚才谈到的"歪曲生活的小说"及"歪曲"理论的思考。我的观点其实也是分析了"看法"和"事实"的关系,正是因为我们无法抵达"真实",但又不可能完全生活在"虚假"中,所以,"歪曲"其实才是我们生活的常态,是介于"真实"和"虚假"之间的实在状态。生活和文学中存在大量的"歪曲",艺术的"歪曲"其实正好可以让我们重新认识"真实"。《兄弟》中的许多现象如果用"歪曲"来理解,我觉得很合理。

G:好像我们在"歪曲",好像余华在"歪曲",但是他"歪曲"什么呢?他"歪曲"真实吗?这些真实他仍然认识不到。

L:但我们可以通过"歪曲"的方式来接近真实,有这种可能。

G:我同意通过所谓的"歪曲",我们可以离我们的对象近一点,我们可以这样做,我同意。

"我希望得到从容"
——顾彬教授访谈

〔德〕顾 彬 冯 强

访谈时间:2012年1月25日、27日和31日,分3次完成。
访谈地点:波恩大学汉学系教室
访谈人:顾彬、冯强(以下简称G,F)

F:您是如何决定开始翻译一位之前不曾被翻译过的诗人呢?朋友推荐吗?我发现您的翻译集中于郑愁予、顾城、北岛、梁秉钧、张枣、杨炼、翟永明、王家新、欧阳江河这几位诗人,这是不是因为您和他们有着很好的私人关系?

G:是这样,我开始翻译当代诗歌的时候,还没有和诗人见过面。但随着我去中国研究、翻译和教学工作的次数的增加,我开始跟很多诗人见面、交朋友,如果我觉得他有意思的话,我会开始翻译他的诗。但也有可能是这样,一个诗人来德国参加一个活动,虽然我不认识他,但某个文学机关需要一个译者,就来问我能否帮忙。我过去翻译过一些我并不太重视的诗人,比如说李瑛,"文革"诗人,但从来没有和他见过面。梁秉钧,我认识他之后,才开始对他的翻译。北岛,我还没有认识他之前,已经出了他一部短篇小说,好像是《陌生人》。舒婷,我没见到她之前也翻译过她,也写过她。目前我在为奥地利最重要的出版社编辑中国当代最重要诗人的诗选,其中的大部分诗人我都没有见过面,是别人给我介绍的,比如说王家新。

F:对,您上次跟我提到池凌云是他介绍的。

G:对。所以我翻译一个人,不一定因为我们是朋友。他也许是朋友推荐的,说这个诗人不错。也许是因为某些文学机构需要帮助。

F:那您最早知道北岛是什么时候呢?是通过文学史吗?

G:最早知道北岛应该是在1979年,在南京,我的一个学生向我推荐北岛,他还向我推荐北岛的短篇小说。所以,80年我在德国发表了中国当代短篇、中篇小说选,那里面有他的小说。

F:这么说您对北岛的翻译最早是从小说开始的。

G:对。第一次听说舒婷是在柏林,大概也是1979年,梅佩儒告诉我的。他翻译过她,给我看。那时起我注意到她,翻译她,写关于她的文章。

F:您曾提到张枣和杨炼的诗歌翻译起来有很大的难度。您也曾经提到您不太喜欢没有难度的诗歌。您认为当代诗歌是否应该有某些标准?如果有,它们是什么呢?您认为张枣和杨炼诗歌翻译上的困难是同一种困难吗?

G:杨炼写了很多,但他老在重复自己。重复是什么意思呢?他的词汇在重复,内容上他总是在谈死亡的问题。张枣他写得不多,也可能这是一个原因,他不必重复自己。如果我没记错,他诗歌的词汇不一样,内容也不一样,思想也不一样。有时候我和杨炼开玩笑说,我翻译了他三本书,现在也可以写他的诗。但是我没办法写张枣那样的诗。

F:您不仅大量翻译当代诗歌,您还有专门的翻译理论著作《黯影之声》,不仅如此,您在波恩大学开设的课程里有一门课也是翻译课,您的很多学生后来走上职业翻译的道路。您甚至写过《翻译与死亡》这样的文章(2011),我想请教您在翻译的过程中为自己制定了怎样的翻译标准?

G:我对翻译只有一个标准,德文应该第一流的,必须是好的德文。

F:您多次强调语言的重要性。我认为您对欧阳江河和杨炼作品的欣赏一部分来源于您对他们语言的赞赏。但我认为,他们也有陷入语言不能自拔的弊病。我觉得欧阳江河最好的作品是《傍晚穿过广场》而不是《玻璃工厂》。

G:《傍晚穿过广场》很好,我翻译过。这个在中国发表过吗?

F:应该是1992年发表的。
G:《泰姬陵之泪》也很好,我也翻译过。

F:这个您也翻译过?
G:我觉得《傍晚穿过广场》不一定是他最好的诗,但是是非常深刻的一首诗。比这个更好的是《玻璃工厂》,但是《玻璃工厂》更加复杂,《傍晚穿过广场》容易看得懂,没有什么困难,《玻璃工厂》我不敢说我看得懂。写得非常非常复杂,翻译时有很多很多困难。《泰姬陵之泪》写得非常清楚,写得非常美,很容易用合适的方式来朗诵,可以影响到听众。我们在波恩大学非常漂亮的教堂里一块儿朗诵这首诗,来了四五十个人。我们用中文德文朗诵,朗诵一小时,在祈坛,影响是非常大的。

F:那天主要是朗诵这首诗?
G:就是这首诗。够了,足够长。中文,德文,一个小时差不多。

F:那天您请我们到您家作客,您慨叹说您是"失败者"……
G:我说我是"失败者"的时候有一点点开玩笑。但是也有一点道理,因为到现在为止我的诗集卖不出去。

F:但是现在诗歌普遍卖得不好啊。
G:我希望我能卖300本。如果能卖300本,出版社就不会说什么。另外我翻译的张枣、北岛、王家新、梁秉钧等人的书很快卖光了,他们很成功。我的诗集卖了一百几十本,所以当地的出版社Weidle在我的第三本诗集出版后告诉我他们不准备再出我的诗集。我去奥地利,那里有家出版社出了我的第四本诗集,卖不出去。另一家出版社出了第五本,这是一家专门出版汉学家著作的出版社,他们问我有没有书可以给他们发表,我说没有书,有一本诗集,他们说给我吧,不要什么钱。

F:聊一聊昨天的朗诵会吧。我记得您专门写过文章讨论中国诗人在国外朗诵时如何能与听众更好地进行交流。您说欧阳江河和杨炼与听众交流得很好。

G:对,但这要看情况。比如梁秉钧,他非常聪明,真正懂文学,不仅懂中国文学,也懂外国文学,所以如果开朗诵会,不一定要谈他的作品,也可以谈别人的作品,谈文学形象,谈文学史。另外梁秉钧有幽默感,如果我们俩一起上台,听众们老是在笑,但不一定是我们故意让他们笑,是偶尔发生的。北岛则不喜欢说话,不喜欢回答问题。当然如果是具体问题,他可以回答,比如你从哪里来,你现在有什么计划,但如果你问他自己的作品,他一般不回答。杨炼则特喜欢说话,欧阳江河也是,你问他们一个问题,他们可以回答一个小时,不停止的。所以如果要组织他们的朗诵会,组织人就要注意不要让他们谈太多太长,因为听众会不耐心。计划时要看一看谁来,才能决定怎么组织。

F:您的学术文章和回忆文章都透露着您的真诚和直率,我感动于《最后的歌吟已远逝:祭张枣(1962—2010)》,即使它是经您的友人肖鹰从英文翻译成中文。您认为什么东西是翻译中不容易被磨损掉的?我认为除了技艺,最主要的是价值观,价值观可以沟通不同种族不同记忆的人,我想听听您的看法。

G:我反复说过,无论是写作还是翻译,我最高的判断标准是语言水平。比如昨天我碰到我的同事,他突然提到海德堡大学的 Günther Debon,他说看过他的翻译吗,我说我当然看过,我非常重视他的翻译。因为这个人可以用 19 世纪的语言来写诗,所以他的翻译很有味道。他还保留了 19 世纪的词汇,所以当他把《诗经》和唐诗翻译成 19 世纪的德文时,就给他的翻译加上了古代的味道,当然也有人批评他——我们看唐诗,并没有感觉到有 19 世纪的味道,完全是错的。但是我们的翻译家没有别的办法，我们应该决定要把作品翻译成那种语言，这是我们的决议。这个决议你可以不同意，但我们没有别的办法，我们不能（同时使用）19 世纪、20 世纪和 21 世纪的语言。另外 Debon 的诗也和 19 世纪分不开，所以他老用我们德国人已经忘掉的词。我们看他的翻译的时候，也需要查德文词典。一个德国的汉学家完全可以把中国的诗歌翻成真正的德文诗。

F：您说，"我可以说是半个基督教徒、半个儒家，也可以说我是一个新的儒家基督教徒"。您在日常生活中严格作息、兢兢于事业，又热爱家庭，经常下厨做饭，的确是一个新的儒家基督徒。民国时期张东荪曾说儒家的价值在一个民主社会中可以得到更大的彰显，您是否同意这样的说法呢？

G：不光可以得到更大的发挥，也可以碰到更大的危机。因为在一个民主社会里人应该去控制自己，但很多人他们根本没办法控制自己，他们觉得民主社会应该满足我所有要求。对此你没办法，你满足了这些要求，肯定还会出现新的要求，你可能一辈子不满足，但应该学会满足。

F：儒家讲究慎独。这个非常重要。
G：对。我完全同意。

F：您曾经提到 1915 年左右庞德吸收东方诗歌更新了现代主义的诗歌写作，之后影响到整个西方乃至东方的诗歌写作。杨炼和西川都承认庞德对他们产生了重要影响。"杨炼最近告诉我，他写的诗歌跟庞德的关系很密切，因为他通过庞德对中国文学、中国诗歌的了解，才知道他怎么才可以创造中国的、新的诗歌。"庞德学习中国的古诗，西川、杨炼又学习庞德，好像是一个礼物，诗歌在他们之间来回传递。您如何评价这种现象？您当初从神学转到汉学，也是受了庞德翻译的中国诗歌的影响。

G：对，受到影响，但是和西川、杨炼受到的影响不一样。第一，我通过庞德认识到《诗经》和唐诗的意义;第二,我通过他感觉到中国美学是什么;第三,通过庞德我开始写作,开始走上中国古典诗歌味道的路。另外,我最近从他那里重新研究一些诗学问题,两年前我在韩国从庞德出发谈中国诗歌和外国诗歌的不同。最近我写了关于庞德的几篇文章,我觉得在他那里还会有许多非常有意思的地方。但是他最有名的诗歌"Cantos",我不太爱看。因为什么语言都有,乱七八糟。是这样,我的脑子喜欢"Cantos",但是我的心不一定喜欢。他的"Cantos"太用他的头脑来写,而不是用他的心,缺少感情。当然了,有人说现在的诗歌不应该用感情写,应该用头脑写,但是这样会有一点儿冷。比方说德国最好的诗人 Grünbeim,他从来不会说"我",从来不会写他自己。他的诗歌非常非常冷。我想有人不一定喜欢看他的诗歌。他的诗歌很好,没有争议,但是我最近觉得他缺少一点东西。今天我在翻译王家新的一组长诗《少年》,在这首诗中他谈他自己,但是通过谈自己他也在谈时代、谈"文革"的问题,等等。所以虽然他在谈自己,但其实也是在谈当时所有小孩的经历。所以如果适合于你的话,你还是会非常客观地、冷一点儿地写作。

F:您说,"1949年前后,中国文坛发生了很大的变化。在三四十年代,中国在文学上比一些欧洲的国家进步得多。而在1949年后,中国就和现代性的文学告别了"。什么样的文学才是现代性文学呢?在民族大学的讲座里,您提到您是现代性的诗人。但在一次采访中,您说,"我觉得现代性完全是一个错误,20世纪也完全是一个错误。到了现代性以后,我们什么都丢了,没有什么基础,所以什么都是暧昧的"。您是被迫做一个现代性的诗人的,我可以这样来理解吗?对现代性的诗人来说,有哪些标准呢?

G:我做学生的时候,80年代以前,我自己喜欢的都是现代的东西,无论是文学、哲学、艺术,越现代越好。80年代以后,我是相反的,虽然我是一个现代、当代的作家,不会写古代的东西,但我现在跟过去不一样,越古老越好,越来越旧。这些大概与80年代对社会和自然的认识有关系。从60年代起有一批人,Club of Rome,他们告诉政治家,如果我们欧洲、美国、日本这样继续下去，老主张发展，二三十年之后我们就会碰到许多问题，不仅是社会的，也是自然的。那时所有的人包括我在内都笑他们，觉得他们是错的。到了80年代以后，因为绿党的影响，我们意识到 Club of Rome 的理论完全是对的，所以我从80年代开始对我们的现代化产生怀疑。另外那时我也开始回忆我的儿童和少年时代，想起了我们的老师老给我介绍的一批哲学家，他们是保守的，比方说 Josef Pieper，比方说 Romano Guardini，我突然觉得我应该重新看他们的书，我发现第一，他们的思想我都看得懂，第二，他们的德语很好，非常漂亮。思想虽然保守，但是有吸引力。另外因为他们谈道德的问题，谈人的问题，给我的感觉是我可以从他们那里来思考社会的问题，他们也可以代替孔子、《论语》，等等，另外，虽然他们和《论语》没有什么直接的关系，但是有不少思路是相近的。比方说 Josef Pieper 专门写过有关道德的一些书，专门谈希望、谈教育、谈伦理之类的问题。如果我们从近年自然灾难来看，会觉得我们的现代化不能这样继续下去不然我们很快就会进入末日。所以这是一个原因，为什么绿党在德国越来越成功，这也是为什么我们的基民党、社民党突然也会谈一谈自然保护的问题。70、80年代他们觉得自然问题无所谓。

F：那时候莱茵河……

G：很脏，不能够游泳。现在可以游泳了，但是我们还是不游，因为莱茵河很危险，它的激流太多了，每年在那里死不少人，所以我们不敢游泳，不是因为水不干净，水差不多干净了。所以到90年代，德国在自然保护上发生了很大变化。现在不少哲学家，包括我非常重视的、非常保守的 Robert Spaemann 在内，他们都觉得现代人太注重自己的要求，太少从后代、从动物、从植物、从宇宙来看自己。对这一批人来说，我们的现代化完全是一条错的路。我们应该回去，回到我们原来那个来源。这个来源也包括宗教、道德在内。他们都是天主教的，他们从天主教来看社会、人的问题。

F：绿党应该是现代性的一个产物。

G：对。但是他们没有宗教的背景，基本上是无神主义者。

F：他们是信奉自然。

G：对，对。德国跟英国、法国、美国不一样，德国人大部分人特别是知识分子、文人，他们不相信现代化、工业化，这种思潮从浪漫主义时代开始迄今，还没有停止。对他们来说，现代化唯一的好处就是让人独立、让人思考、让人自己决定，包括女人在内。但是你不知道70年代的鲁尔区、80年代的柏林，空气污染可怕得很。

F：比现在的北京还要严重？

G：有时在柏林还要更可怕。因为是东柏林、是民主德国污染到西柏林，所以有时你看不到什么，不能够开车，不能够到外面去。那时西柏林的工业不怎么发达，他们靠西德的钱过日子。但现在鲁尔区的空气很好，柏林的空气特别好，民主德国的空气非常非常好。所以工业即使是允许我们多买东西，使生活变得舒服，我们也不要。我们觉得工业对人、对他的生命和生活不一定好。所以这个Spaemann老是说我们应该控制工业、现代化，也应该控制经济，我们应该从人来看经济，经济发达可能等于人的死，所以我们要小心。这是这些年来德国的环境保护做得不错的原因，基本上到处都可以去呼吸新鲜空气，基本上大城市不会有很长时间的污染，可能还会有一两天，但是我怀疑，真的还会有，因为人家马上就会游行。他们都需要人民的选票，所以他们老考虑到我们。如果他们在城市砍什么树的话，先应该跟当地的人商议一下，需要他们的同意。虽然从法律上看不需要他们的同意，但如果不跟他们商议一下就砍树，他们马上会从家里出来，开始骂、写信、找记者，等等，德国人现在会为了一棵树去游行，真的是这样。

F：在谈到神学家朋霍费尔（Bonhoeffer）时，您给他的评价非常高，"虽然我们的罪是不可原谅的，但是因为德国曾经有过一批人能够跟犹太人、波兰人一样，为了未来而死，所以我们现在还有权利来说我们的过去不光是黑暗，我们过去的黑暗里面还有一些光"。在您看来，中国大陆是否存在朋霍费尔式的人物？

G：Bonhoeffer 是个非常强的人，因为他坐牢时写出了他最有名的一支歌儿，Von guten Mächten wunderbar geborgen，做礼拜的时候会唱一唱。这首歌很难翻译成外语。他有事的时候心里也非常非常安静，中国文化对我来说为什么有这么大吸引力，就是因为不少唐朝的诗人生活的目的是从容，得到从容和风度。一批人肯定得到了，也包括苏东坡在内，因为他也不怕死。他批判过王安石当时的改革活动，当时要判他死刑，因为他的朋友帮忙，得以免死。对我来说，不少中国文人有一种我非常重视的、我希望自己同样具备的从容、风度。Bonhoeffer 更是，连坐牢的时候都是在歌颂。我觉得非常非常遗憾，好多人二战以后会提出好多笨的问题，比如在集中营那里有上帝吗？但是集中营不是上帝的事儿，是德国纳粹分子的事儿，是他们做的，他们有责任，上帝没有什么责任。从 Bonhoeffer 来看，无论我在什么地方，上帝都跟着我，我不要受苦，我不要咒骂他，我应该相信他在保护我。那么 Bonhoeffer 可以说是德国人的良心，跟 Böll、Grass 一样，还有不少其他的人，所以我佩服他。

F：您在 1987 的就曾有关于舒婷诗歌的论文《用你的身体写作：舒婷诗中的伤痕文学》。这是您研究当代诗歌的开始吗？

G：我是从 1974 年开始在北京研究现代诗。那时我专门写了一篇关于戴望舒的文章。为什么呢？70 年代法国有个汉学家专门介绍受到西方、特别是欧洲、特别是法国影响的现代诗人，也包括戴望舒在内。因为戴望舒受到西班牙二三十年代诗歌的影响，我的诗歌也受到这个影响。我对戴望舒很感兴趣，想研究研究他是怎么接受、介绍和翻译西班牙现代诗歌的。如果我记得对，我是 1977 年后在柏林开始研究翻译戴望舒作品的。不对，我 1974、1975 年在北京学中文时开始翻译当代诗歌的，包括毛泽东、贺敬之和李瑛的作品。但是当代诗歌研究可能是在 1977、1978 年。在波鸿，我写过一篇研究毛泽东诗词的文章。关于贺敬之、李瑛——在柏林，1978 年——我写过关于他们的长篇论文。所以研究舒婷的这篇文章虽然写得比较早——1984 年在北京开始写的,但是之前我的研究已经开始了。

F:您在1990年已经介绍了包括北岛、顾城、杨炼、舒婷、多多、丁当、李亚伟、翟永明和食指的诗歌,这些诗人包括前朦胧诗诗人食指,也包括第三代里的"莽汉"李亚伟和"他们"早期的丁当,我想问您当时选择这些作者的原因是什么?比如同是"他们"一派,于坚、韩东等人早期的代表作已经发表,但并未在您的选集里出现,您翻译于坚应该是在2009年左右的事情,这一年您和高红在波恩出版了 *Alles versteht sich auf Verrat*,是于坚、翟永明、王小妮、欧阳江河、王家新、陈东东、西川和海子的诗合集。这是否与当时中国号称"民间写作"的一批诗人在与知识分子群体争论时话语权较弱有关?

G:对当代文学的研究契机主要是通过作家、朋友的介绍,他们告诉我,谁有意思、什么作品有意思,然后我会试试看。

F:这里我主要是以"他们"诗派为例,比如说丁当,"他们"派早期的一个诗人,现在已经不写诗了,您很早就介绍过他。而对于另一个"他们"诗人于坚,您直到2009年才开始翻译他的作品,我这个表述准确吗?

G:是对的。

F:那是什么促使您很早介绍丁当却没有介绍于坚?

G:有好几个原因,其一是我不能什么都做,我需要有所选择。

F:但当初您已经知道了于坚,是吗?

G:我1994年——如果我记得对的话——在莱顿第一次和于坚见面。因为他和王家新之间有矛盾,所以我觉得我应该等一会儿。为什么呢?如果我歌颂他,人家会说我骗王家新,如果我批评他,人家会说我受到王家新的影响。所以我觉得应该等一会儿。因为王家新是一个非常客观的人,不论别人说他什么,他都会承认他们的成绩,所以他老告诉我,这是个很好的诗人,你应该翻译他。所以最后,我翻译了于坚

15首诗。另外我也给我同事翻译的一本于坚诗集写过书评,已经在我的杂志上发表了。

F:于坚的诗您怎么看?

G:他写得不错。我翻译时他给我的感觉是他很容易翻成比较好的德文,他的诗写得不像欧阳江河、杨炼那么复杂,他写得简单一些,所以容易翻成比较好的德文。另外2009年我在波恩出版了8个中国后朦胧诗派诗人的代表作,这8个人不是我选的,是唐晓渡选的。他决定哪些诗人哪一些诗入选,我尊重了他(的选择)。

F:您曾在2008年撰文介绍荷兰汉学家柯雷讨论中国当代诗歌的著作,也曾介绍过美国人宇文所安和法国人于连。我们把范围缩减至当代诗歌,请您用简单几句话评价柯雷的这部著作,另外请您简单介绍几位您觉得不错的专门研究当代中国诗歌的汉学家。

G:关于柯雷写多多的书我写过书评。这本书大概是80年代末90年代初写的,从当时来看,他写得很好。但是如果我们今天来看,有一些缺点,什么缺点呢?德文有一个固定的说法,这个人他没办法看盘子外的世界,如果你吃饭的话,你看盘子,不看盘子外。所以如果真想了解多多的诗歌,第一,应该把他放在中国现当代史里面,他没有这么做,另外因为多多受到外国人影响,所以我们也应该从国外来看他,这样能够丰富对他的研究,但是柯雷没有这样做。他在体系之内,我看过的他的所有研究都是体系之内的研究。现在我们会觉得不够。这好像是莱顿的传统,比方说那里原来一个老师,Lloyd Haft,他一两年前出版了一本研究某位台湾诗人的书,这位诗人叫周梦蝶,但他根本不告诉读者这位诗人是谁,到了80页之后我们才知道这位诗人是台湾来的,另外他也不告诉我们周的重要性在哪儿,也不告诉我们他和现代诗、当代诗有什么关系,也没有告诉我们和外国诗人比较起来,他有什么地位。所以Haft的这本书是写给研究过周梦蝶的专家看的,他们不需要听Lloyd Haft说明周梦蝶是谁,因为他们都知道。柯雷写多多,Lloyd Haft写周梦蝶,汉学界之外不可能去看。这样的书我称它们为"死掉的书",因为没有什么影响。我写书总是会考虑到汉学界之外,因为汉学界的人基本不看我的书。另外如果我在德国开设中国当代诗歌朗诵会,肯定不会有汉学家来。

F:是因为研究领域不一样吗?他们多研究古代?

G:第一,我说过,德语国家的汉学家基本上看不起中国当代作家,看不起中国当代文学,根本不看,基本上也不研究。如果研究,第一,他们不翻译,第二,他们也不接受,第三,也不会发表什么。

F:现在在德国翻译当代诗歌的只有您和您跟我提过的霍夫曼吗?

G:对,但是他现在不翻译当代诗,他现在翻译当代小说,因为可以赚钱,毕竟中国当代小说在德国有市场。现在还有梅佩儒,他回来了。70年代末他翻译了舒婷、顾城以后,就没有继续翻译,最近他可能准备退休或者已经退休了。但他翻译的诗人都是台湾的,如果我了解准确的话。另外我不知道 Raffael Keller 还在翻译,他专门翻译过萧开愚。最近他出版了一本柳宗元的诗集。

F:在德国,哪些出版社乐意出版中国当代诗歌呢?他们的要求是什么?

G:如果要出诗集,基本上是小出版社在出,大出版社也会出,但是很少。他们出有名诗人的诗集,比如说 Hanser,一个非常重要的出版社,他们出版了我翻译的北岛,现在要出版杨炼的作品,但其他人他们没有接受。Suhrkamp,柏林一个非常重要的出版社,1985年我在那里出版了中国现代当代诗选,卖得特别好,有万册。这是一个很大的出版社,也是世界上最好的出版社之一。但那以后他们没有来要诗集……不对,2009年他们要求我翻译杨炼。他们还出版了杨炼的散文,不是我翻译的,是另外一个人翻译的。

F:这是最大的两家出版社?

G:最大的。其他出中国诗人个人诗集的出版社都比较小。无论德国还是奥地利都是小。因为小出版社不想做别的,不想重复大出版社的工作,他们想有特色,这是第一。第二,他们有时会把诗集做成艺术品,比如去年和今年我在奥地利出版的欧阳江河和王家新的诗集,是手工做的,比较贵。不一定是爱诗的人要,收集艺术品的人也会要,因为很多年后他们可以卖得很贵。今年你花 30 元买,过了 10 年,因为书都没了,你可以卖几百块。

F:就出这一次,不会再版。
G:对,只出一次,因为是艺术品。另外告诉读者,我们只印 50 本或者 100 本,限量本。

F:那这些出版社的要求是什么?
G:他们要求德文好,另外他们校对我所有的翻译,会发现一些小错误,所以我很喜欢和小出版社合作。大出版社可能会校对,但未必(很仔细),而小出版社肯定会很认真地看,还会和我坐在一起,和我说这句话可以更好些,那句话可以更好些。

F:所以编辑在德国出版业占有重要地位。
G:对。所以这个在德国卖得也特别好。不光是我的翻译,也可能有人看(校对)过。

F:您有时候需要为中国当代诗歌在德国的出版自掏腰包,是什么原因促使您这样做?
G:是这样,高行健的《车站》是我自己出钱出版的。但是到现在诗歌我好像没有用过自己的钱,虽然也经常收不到钱。比方说目前我准备为奥地利最大的出版社出诗选,包括好多好多年轻人,他们说不给我钱,换句话说我要为他们白工作两个月,两个月我差不多能翻译完。

F:他们只出书,不给您任何费用。
G:什么都不给。非常不公平,因为他们是大出版社,不是小出版社。另外他们是成功的。

F：那小出版社会付给你钱吗？

G：是这样，出版王家新、翟永明、欧阳江河的诗集基本上没有（给）钱，出版王家新诗集的小出版社没有给我钱，但是他们送给我20本王家新的诗，告诉我你卖20块吧，我是这样做的，卖得很快。出版欧阳江河诗集的是大资本家，他们说我给你做500本，100本我想送，400本我想卖，每一本我给你一块钱，他放在我手里400块钱，要求我和欧阳江河分，但是欧阳江河不要钱。所以虽然没有真正的合同要求给我多少钱，但我还是有400块钱。翟永明的诗歌出版社要1500块钱（出版费），这笔钱是从一个基金会来的，等于是我的翻译费，但出版社要，到现在为止翟永明的诗集我一分钱也没收到。

F：中国当代诗歌在德国卖得怎么样？都是哪些人喜欢读这些诗歌呢？

G：中国当代诗人的诗集基本上卖得都很好，也卖得很快。比方说北岛、梁秉钧。北岛的诗集一年之内卖了800本，算很好，因为出版社能卖300本的话就不会亏本。德国诗人一般来说也只能卖300本左右，所以北岛如果一年之内能卖800本，算很好。梁秉钧、王家新、翟永明、欧阳江河的诗集从我们这里来看都卖得不错，出版社可以不发愁，基本上会卖四五百本。杨炼所有的诗集都卖光了。北岛的第一本、第二本还没有卖光，但是也卖了有1000本。

F：我在波恩感觉这里的书很贵，而且即使在网上，也很少像中国和美国那样可以打折——在中国，有的学术著作甚至可以打三折——我想这是因为德国比较重视知识产权，这样的话德国的诗人们的日子肯定要比中国诗人好过一些。您能不能简单对比一下中德两国诗人们的生存状况？

G：德国到处都有文学中心，如果你能去文学中心开朗诵会，至少有250块钱朗诵费，所以这也是为什么去年1月欧阳江河同意自费来德国，我跟他去9个文学中心介绍他的诗集,文学中心包欧洲内的路费、住宿费,另外会给他几百块钱朗诵费,所以他的钱回来了。不光回来了,他回中国身上会剩一两千欧元。如果一个德国诗人很有名,他可以要求1000块。如果一个月开一两次朗诵会,差不多了。另外有些诗人也是翻译家,他们也可能有自己的工作,比方说Sartorius,非常受欢迎的一个翻译家,刚退休。另外还有作家为大报纸写书评,有几百块钱。

F:一篇文章就几百块?
G:几百块。如果是无线电台播放,1000块。

F:这么多?
G:对。所以有些人靠给报纸或者无线电台供稿生活。Sartorius非常重要,中国不少当代作家都认识他,经常见面。

F:他介绍他们?
G:通过我。因为他影响非常大,地位非常高。我把所有的资料都寄给他。

F:他主要通过您来了解中国的诗歌?
G:对。

F:教授,我的问题暂时就是这些了。非常感谢您这么耐心地回答我。

最好是有真理,有风格

——对汉学家拉斐尔先生的一次访谈

[德]拉斐尔　冯　强

拉斐尔(Raffael Keller)先生,瑞士著名翻译家,曾翻译汉语和日语诗歌,是杜甫和柳宗元的德译者,也翻译了诗人萧开愚的两个集子。
访谈时间:2012年3月23日上午。
访谈地点:苏黎世中央图书馆咖啡厅
访谈人:拉斐尔、冯强(以下简称K,F)

F:您在苏黎世中央图书馆的古籍部工作,是这样吗? 能简单介绍一下您的日常工作吗?

K:我现在的工作和汉语没有什么关系,就是为了挣钱、养家。我也做了几种不同的工作,其中一项是做展览。我去年做了一个展览是"外国诗人在苏黎世"①。我从2003年开始在苏黎世图书馆工作。

F:您从什么时候开始接触汉学呢?

K:1990年我在苏黎世大学学了一年汉语,之后去了柏林洪堡大学,读汉语和日语,在那里拿到硕士学位。

F:然后去了中国?

K:是毕业以前去的中国。

---

① 现已编辑成书:Zuflucht und Sehnsucht : *Fremde Dichter in Zu rich*, Zentralbibliothek Zu rich, 2011。

F：您自己写诗吗？

K：有一些，但没有发表。翻译中国诗歌就够了。

F：您最早了解中国当代诗歌是什么时候呢？是通过哪种方式呢？

K：最早是通过顾彬教授的翻译。他最近出版了关于老子的著作。他原来主要翻译当代，现在好像翻译古代多一些。去年我翻译了艾青的几首诗。

F：您知道他的儿子吗？艾未未。很有名的艺术家。

K：对，我知道。他很出色。

F：他遇到刁难，几万人站出来支持他，像是一次大规模的行为艺术。

K：对，我知道。

F：您最早什么时候开始翻译中国当代诗歌的呢？翻译的第一首当代诗歌是什么？为什么要翻译它呢？

K：通过顾彬的翻译我认识了朦胧诗，以后我在南京（师范大学）的时候朦胧诗的潮流已经过去了。我好奇那时的诗歌是怎样的，就在南京买了一本《后朦胧诗集》，通过它了解中国诗坛。回到柏林以后我写了介绍文章，用德文。在这篇文章里我翻译了海子、柏桦、欧阳江河、翟永明、张枣等人的诗，大概40首。

F：那篇文章现在还有存底吗？

K：没有。我的硕士论文写了朦胧诗以后的诗歌，以后也出了书，叫《南方诗》[①]。

[①]《南方诗：中国当代诗歌比较研究》，Die Poesie des Su dens：*Eine Vergleichende Studie zur Chinesischen Lyrik der Gegenwart*，Bochum：Projekt，2000。

F：除了开愚老师，我知道您还翻译过蒋浩。您还喜欢哪些中国诗人的诗呢？

K：还有韩东，于坚去年来到苏黎世朗诵，他的作品现在有德文译本。

F：是《0档案》？
K：对。

F：不是您翻译的。
K：是 Marc Hermann 翻的，他原来也在波恩大学呆过。他翻译得很好。黄灿然的作品我也翻译过。

F：您如何看待盘峰论争？
K：我觉得个人更重要。1997年，德国柏林文学馆举办当代中国文学节，邀请了开愚、柏桦、张枣，于坚那时不能来，那时我第一次见到开愚。我听到他的朗诵，觉得很有力量，这种力量我在别的诗人那里没有看到过。他的朗诵跟别的中国人不一样，诗歌本身也好。到现在我最喜欢他90年代的诗。

F：您翻译他的第一首诗是哪首？
K：第一首是《雨中作》。

F：您和开愚谈诗歌时，最经常谈论的话题是什么呢？
K：我在翻译中遇到问题时经常会问他。他也会提起他喜欢哪些西方诗人和中国古代诗人，提起他与古代诗人和西方诗人的关系。

F：于坚和韩东的诗歌您喜欢哪些呢？
K：他们有个人风格，也有中国传统。相对开愚，他们的诗歌有点轻。

F：您为开愚翻译了两个集子，*Stille Stille*（30页，Wortraum-Edition，2001年10月）和Im Regen geschrieben：Gedichte（104页，Waldgut Verlag，2003年），《雨中作》是他非常早的诗，为什么反而晚于《安静，安静》出版呢？您如何看待他不同时期诗歌的变化？

K：后一本诗集实际上包含了前一本诗集的内容。我最喜欢他90年代的诗歌。最近的诗歌我翻译了《破烂的田野》。90年代以后他有一个很大的变化，做了很多实验。非常难把握，难翻译。所以我翻译的也少。我翻译《破烂的田野》，有点像90年代诗歌。后来我还翻译过颜峻。我跟他有过一个朗诵，在苏黎世文学馆，挺有意思的。我不知道在现在的中国诗坛像颜峻这种诗人是否受欢迎。

F：颜峻、曾德旷、周云蓬他们都可以诗歌加音乐，表演性质挺强。我觉得当代诗歌的这一特色可以追溯到廖亦武，他的《屠杀》，文字并不十分出色，但是经他表演，的确震撼人心。您听过这个录音吗？

K：是吗？我还没有。他很快会在这里的文学馆举办朗诵。

F：您翻译了柳宗元的集子……

K：对，在2005年。我还翻译了杜甫，就是这本。可以说这是第一个德文的杜甫集子，以前没有真正的翻译。

F：其中的诗都是您自己选择的？

K：对，我自己选的。

F：您的工作和译诗无关，那么您译诗完全是出于自己的爱好。

K：对。

F：您如何看待朦胧诗以后中国诗歌的变化？

K：我的硕士论文里也写了，集中在第一章。朦胧诗的语言仍然是统治者的意识形态语言，跟毛派话语是共同的语言。后朦胧诗歌找到了个人的声音，但他们还是过分模仿了西方的语言。

F:您认为后朦胧诗最重要的发现是什么?

K:80年代诗坛最重要的发现是个人,模仿西方。

F:那么90年代呢?是否借鉴了古代的传统?

K:当然。

F:您既翻译中国的古诗比如柳宗元的诗歌,也翻译开愚、蒋浩的诗,您认为中国当代诗人从中国古诗中继承了哪些传统?开愚在一次访谈中曾经说,"没有西方诗,中国诗人就不会把诗写成现在这个样子。我喜欢杜甫、陶渊明的诗胜过喜欢任何西方诗人,但杜甫、陶渊明较少影响到我的写作。相反(包括不入流的)每一个西方诗人都深深介入了中国诗人的写作"。您怎么看中国当代诗人对中国和西方两大诗歌资源的使用?

K:我觉得八九十年代受西方和中国传统影响比较大,可以说是练习期,到现在,已经比较自然了。

F:我认为开愚的一些诗歌里有很深入的政治关怀,您认为中国当代诗歌和中国目前的政治环境有什么深层次的关系吗?民国时期张东荪曾说儒家的价值在一个民主社会中可以得到更大的彰显,您是否同意这样的说法呢?

K:对,我同意。

K:这个是米做的糕点,专门为复活节准备的,你可以尝尝。

F:谢谢。为什么复活节到处是小兔子的纪念品?

K:这个是传统。兔子送来鸡蛋,一个民间传说,表示春天来了,要丰收。一只大兔子可以生很多小兔子。蛋是彩色的。

F:《星期天诳言,赠道元迷》的注释是开愚专门写给你的,必须承认,我作为一个中国人看这些注释都有困难,主要是我的知识结构有问题,很多书没看过。而且这组诗我觉得翻译起来难度会很大,当初为什么要考虑请开愚写这些注释呢?

K:这个我不知道,这个真是为我写的吗?这个我没有翻译。

F:能简单介绍一下您是如何展开翻译工作的吗?被翻译的诗歌是您自己选择的,还是和开愚共同协商的结果?

K:主要是自己选择的。90年代他在柏林写作,我在柏林读书,我有不清楚的就可以问他。当然怎么翻译是我的问题。

F:翻译过程中您遇到过什么麻烦吗?最大的麻烦是什么呢?

K:很不一样,对不同的诗人、不同的诗歌有不同的标准。必须在德文找到对应的声音,否则不同的诗人翻译出来就会被翻译成相同的德文。于坚、韩东看起来容易翻译,因为语言好像很简单,但是要翻译出来很难,那种"轻"很难。最容易翻译的,像翟永明、欧阳江河,因为他们的风格不是很独特,可能太国际性。翻译古诗不一样,用德语翻译中国古诗(相比中国当代诗)带有更大的实验性。

F:对您来说,翻译古诗更有实验性,有更大的乐趣。

K:对。翻译古诗,把古代的中国语言翻译成当代的德语,带有很大的实验性。因为即使现在的中国人读中国的古诗,也往往需要看注释。

F:那么您翻译于坚、开愚不是翻译成当代的德语吗?

K:当然是当代的德语,但不一样,翻译的时候实验性会减弱。其实我的目的是创造新的德文。这方面我受到沃尔特·本雅明的影响。他说真正的翻译要突破语言的腐烂边界……我翻译杜甫的时候,感觉他在和我说话,我翻译时感觉他复活了。

F:杜甫、柳宗元、萧开愚的诗集出版后,您或者其他人是否为诗集做过评论或介绍?

K:对,都有评论,在重要的报纸上。但不一定是通过汉语而是德语来看。

F：都是哪些人对诗集发生了兴趣，您了解吗？诗集卖得怎么样？

K：很难说。这里看诗的人很少，看中文诗的人更少，所以开愚的诗可能卖得并不好，只有150本。杜甫诗选印了1500本，到现在大概卖了400本。

F：我的论文题目是"当代先锋诗歌在欧洲"，关于这一题目，您能否给我提供一些建议呢？

K：很长时间里他们主要是介绍朦胧诗，舒婷、北岛，持续到90年代末。还有杨炼，杨炼比较有名。

F：您怎么看杨炼的诗歌？顾彬教授说他总在重复自己。

K：我不太喜欢他，他更像一个哲学家。我喜欢的朦胧诗诗人还是北岛、顾城这些人

F：那90年代的诗歌呢？

K：2000年以后才开始有介绍，2009年中国参加法兰克福书展，后来我们做了CD，和一本书在一起，可以看，可以听。有11个诗人，有陈东东、韩东、翟永明等。

F：有网址吗？有链接吗？

K：其实我还有两本，我可以送给你一本，如果你感兴趣的话。

F：您喜欢的德语诗人是谁？

K：我比较喜欢 Rolf Dieter Brinkmann，他受到美国诗歌的影响，去世很早，1975年就去世了。

F：您如何界定先锋诗歌？

K：先锋诗歌应当具有实验性，能够更新语言。

F:有一次我和开愚老师通电话,他说他很喜欢 Benn,Benn 有个观点,认为风格高于真理。您怎么看?

K:最好是有真理,有风格。不过,如果只有真理而没有一种风格,就不会好看、好听。柳宗元是这样说的:"文之用,辞令褒贬,导扬讽喻而已。虽其言鄙野,足以备于用。然而缺其文采,固不足以竦动时听,夸示后学。立言而朽,君子不由也。"在中国风格高于真理的典型可能是李商隐,看他的诗也可取乐吧。

F:您是否认同知人论世的观点?

K:我当然同意。虽然通过单篇诗歌很难做到,但整体上仍然是可能的。